冰心散文奖获奖作家　十年磨剑　全心力作

长篇小说

梦想与现实

吴新财◎著

远方出版社

图书在版编目(CIP)数据

梦想与现实 / 吴新财著. -- 呼和浩特 : 远方出版社, 2019.2

ISBN 978 -7 -5555 -1227 -1

Ⅰ. ①梦… Ⅱ. ①吴… Ⅲ. ①长篇小说—中国—当代 Ⅳ. ①I247.5

中国版本图书馆 CIP 数据核字(2018)第 288749 号

梦想与现实

MENGXIANG YU XIANSHI

著　　者	吴新财
责任编辑	云高娃　刘向武
责任校对	云高娃　刘向武
装帧设计	金麦人文化传媒工作室
出版发行	远方出版社
社　　址	呼和浩特市乌兰察布东路 666 号　邮编 010010
电　　话	(0471)2236470 总编室　2236460 发行部
经　　销	新华书店
印　　刷	青岛新华出版照排有限公司
开　　本	170mm×240mm　1/16
字　　数	350 千
印　　张	20.5
版　　次	2019 年 2 月第 1 版
印　　次	2019 年 2 月第 1 次印刷
标准书号	ISBN 978 -7 -5555 -1227 -1
定　　价	68.00 元

在天高地厚中的梦想

估计梦想者都不知天高地厚，当触碰到现实，必须有不怕天高地厚的胆略，如此来一场生命的体验。

新财来电话说，马上出版《梦想与现实》长篇小说，请我为书作序，版已排好，就等序了。他说话像打机关枪，容不得你插嘴，更不给你犹疑的机会，稀里糊涂答应下来，此刻，有些忐忑了。如此信任，恭敬不如从命，那就写点感受。

我与新财是在眉山参加第八届冰心散文颁奖会上相识的。参观坐车时，有缘坐一起，获知他是山东青岛市青年作家。山东汉子，爽直快言，很投缘。他一双黑色而深情的眸子，对掠过的一切充满期待，甚至好奇，一路上聊他的文学创作与创业梦。

他通过微信发来一些给他出版的书写过评语和序言的名家介绍，有张炜老师、张雅文老师、贾兴安老师、牛放老师……我更加惶恐了。可已答应下来了，就不得反悔，那就感谢他给了我学习的机会。

新财想通过《梦想与现实》长篇小说，意欲探索当代人的生命价值观、人生观，经过一波三折，三波一折的心灵写照，把现实与记忆中的痛苦、黑暗、绝望等，引向光明与希望。文学有灵魂改造作用。它对接受者并非耳提面命，而是潜移默化，渗透在字里行间，打动人的情感。新财的长篇小说《梦想与现实》如注入了灵魂的陶器，带了生命的温度，让人惊喜过望。

他创作了一部又一部作品，可见他对文学的挚爱，无疑，也包含了一种灵魂的体验。他把自己的人生浓缩成一个个行走的黑字，通过一张张无垠的白纸洋溢创作的灵感。写作是痛与快乐的私活。无疑，新财是在独享。之后，在这个秋天，分享给读者。我更是有幸为其作序，想来也是件享受的事。

10月，秋色深浓，广州依然草木苍绿，坐在南方的秋光里，看着金色光线穿透窗外两棵蓬勃的木棉树，心绪已跟随《梦想与现实》开始跌宕起伏了。

《梦想与现实》长篇小说起点为20世纪90年代中期，以风海这座沿海城市为背景，讲述一个农民后代、20岁的女孩进城打工的经历与遭遇。那个年代写打工的文学作品风起云涌。被认为最早的打工文学作品是林坚发表在1984年《特区文学》上的《深圳，海边有个人》短篇小说，具有一定标志性意义。

打工文学是特定的社会制度、经济生活和文化活动的必然产物，是中国工业化、城市化、全球化等大环境下特有的文学现象。应该说“打工”起始于我居住的省份——广东，而深圳是打工文学的策源地。在新财的作品中，我们看到的是革命老区沂蒙山走出的一批打工者，他们深受改革开放前沿阵地深圳、东莞的影响，涌向青岛这座美丽城市。新财捕捉到了内地城市也有一大批打工族怀揣梦想，背井离乡的故事。

小说创作的立意是想反映那个时期打工者复杂的心态和生活状态。作品以广阔的视野展现了一代农民进城打工的故事,从其笔下感受着一个个鲜活的实体,感受打工者目光的游离与坚定,内心的挣扎与彷徨,生存状态的酸甜苦辣。他告诉我,当年他在发现许多农村人涌向青岛市的城阳区、黄岛区……听说有打工妹未婚同居,有的被男人抛弃,有的未婚生子,甚至将婴儿丢弃在厕所……这些发生在眼前的故事,像一把锥子刺痛他。灵感开始折磨他了。

小说以打工女孩罗梅的经历为主线,以打工老人罗遇达为副线,展开环环相扣的故事。罗梅带着对城市生活的憧憬,到陌生城市闯荡。

小说中有一段对话:"工作能找到,可要吃苦。你能吃得了打工的苦吗?"罗遇达语重心长地说。

罗梅感觉有了眉目,急忙说:"我不怕吃苦,只要能赚到钱,多苦的活我都能干。"

愿望是好的,现实是骨感的。在外面闯荡的艰难不言而喻,面对多彩的世界,她是那么无助。可她的欲望在不停膨胀,超越了自己的能力,但她失信于"我不怕吃苦,只要能赚到钱,多苦的活我都能干"的承诺。小说塑造了罗梅这个人物复杂的感情纠葛,笔锋直指社会深层的命题,提出了罗梅那个时代打工者的存在感及社会价值观问题。

因对金钱的诱惑力改变了单纯的罗梅,人品发生了质的改变,最终堕落为三陪女,走向了犯罪的道路。出狱后她重获新生,并在一名女法官的教育帮助下开了一家小饭店,与退伍回来的未婚夫结婚,真正实现了"城里人"的梦想。正像尼采说的,没有道德现象这个东西,只有对现象的道德解释。

《梦想与现实》长篇小说已完稿多年,虽然发表与出版波折较大,但新财并不满足当时的创作,一路走来反复修改至今,就像自己的梦一直在随作品生长,如今到了收获时节。他希望继续把农民进城打工的梦想照亮现实,在机遇与挑战的新时代,揭示中国转型时期的现实问题,比如土地与荒芜、生计与发财、欲望与犯罪、爱情与依赖、生存与价值、爱恶与忧伤、追求与失望、成功与失败等等,这些尖锐的矛盾仍是当今时代的现实问题,而打工女孩罗梅正是在这些矛盾冲突中,完成了人生的蜕变。

新财用平实接地气的语言,成功地把打工者进城的酸甜苦辣形象呈现,达到情感与形象的融合,体现生命的炽热感。记得有一句话,文学对作家的魅力在于刻骨铭心的人生体验,品味人生,让生命隽永,心灵不再剧痛。

似乎,写农民进城打工题材"过时"了,可这仍是中国目前敏感的话题之一,只要我们还在改革、还在建设、还在发展,这个话题永远都要寻找答案,作家都有话说。

祝愿新财在天高地厚的梦想中越走越高。

夏晓露

2018 年 11 月 1 日夜广州

夏晓露,一级警督。中国作家协会会员、全国公安文联签约作家。全国"金盾文化工程奖"、全国侦探推理小说大赛奖。

目　录

每个人都有梦想，梦想不是现实，梦想离现实的距离往往是那么遥远，远得让人无法触及。今天的努力，就是为了实现昨天的梦想。有时我们付出毕生的努力，也无法从梦想走到现实的彼岸，现实与梦想萦绕在生活里。人生与生活就是这样，我们的生活，我们的人生，在梦想与现实之间运行。这种感受是最值得品味的。

——题　记

第一章

城市的诱惑

1

罗梅吃过晚饭，月亮已经爬上了树梢，视线蒙胧。她习惯性地走出家门，沿着门前羊肠小路走到村南面的山坡上，仰望月亮，放开嗓子，唱起了人们熟悉的《沂蒙山小调》这首经典老歌：

人人（那个）都说（哎）沂蒙山好，
沂蒙（那个）山上（哎）好风光。
青山（那个）绿水（哎）多好看，
风吹（那个）草低（哎）见牛羊。
高粱（那个）红来豆花（那个）香，
万担（那个）谷子（哎）堆满场。
咱们的共产党领导好……

罗家村的人知道罗梅喜欢唱歌，有练习唱歌的习惯，但不知道她心中的想法。她的家人也不知道她的想法。她刚开始练习唱歌时遭到了家人的指责，家里人认为她不知羞耻，丢了家人的脸面。她被罗天地训斥过。

罗天地说："一个大姑娘吼什么吼，不让人笑话吗！"

罗梅是罗天地的大女儿。

罗天地有三个女儿。三个女儿长得一个比一个漂亮，一个比一个水灵，可谓是出水的芙蓉，花丛中的牡丹。老大叫罗梅，老二和老三是双胞胎，分别叫罗玉、罗凤。罗玉和罗凤还在上中学。罗梅初中毕业回村务农了。

罗梅今年二十岁，正是女孩花样年华时期。可在罗家村，这个年龄的女孩已经是结婚的女人，或者成为孩子的母亲。如果罗梅的男朋友不在部队当兵，她也结婚生儿育女了。

罗梅的爹、娘不舍得让她受到风吹日晒，很少让她到地里干农活，但知道女儿早晚是要步入前辈的后尘。因为在这个大山深处的村子里，除了守着土地过日子，再没有什么可供谋生的出路。多少年来人们都是脸朝黑土背朝天，年复一年，日复一日，如同日出和日落轮回那么简单、枯燥，周而复始地生活着。

罗梅不到田里干农活，便在家做饭，做家务。她家务活样样会，饭菜做得色香味俱全，比她娘做的还好。她没事可做时爱幻想，想象着沂蒙山外的生活。她的心像鸟儿一样长了翅膀，带着她的想法飞出了偏僻的山村，飞出了沂蒙山，飞向远方。

远方很遥远，山村却近在咫尺。

山村之外的世界她不了解。她在用唱歌抒发心中的感情与梦想。别人练习唱歌是在早晨，她却是在晚上。晚上万籁俱寂时她心情更寂寞，情感更复杂，歌声在夜里传得更远。她仰望月亮，面对远处朦胧的山脉，想象着山外的世界。

罗家村地处沂蒙山深处，周围是山。山上树很少，光秃秃的，裸露的山石，青面獠牙。一条弯弯曲曲的羊肠小路在山间盘旋延伸了几十里，才与镇上一条沙石路相接。

罗家村的人们对贫穷是麻木的，种几亩薄地，吃粗粮，穿旧衣，从没觉得有多苦。这里的人们死守着家园，习以为常，一辈又一辈地生活着。

但这种观念被罗遇达和罗梅改变了。

罗遇达是第一个走出罗家村，走出沂蒙山去大城市做生意的老人。罗梅是第一个走出罗家村，走出沂蒙山去城市打工的年轻女子。这一老一少，一男一女成为村里瞩目人物。

罗梅在罗家村人心目中的地位必将取代罗遇达，成为罗家村里出类拔萃的女人。因为她是女人，也因为她年轻，这是罗遇达不如她的地方。罗梅思想的转变是从罗遇达身上得到启发的。

罗遇达是罗梅最佩服的男人。

罗梅在梦中经常梦见罗遇达。罗遇达的音容笑貌、一言一行总是在罗梅眼前浮现。罗梅盼着新年早点到来。

罗遇达只有在过年时才回罗家春。罗梅从罗遇达身上看见了未来生活的希望，萌生了进城打工的动力。罗梅认为应该像罗遇达那样走出罗家村，去大城市生活。

罗梅梦中的大城市是风海。她没去过风海，关于风海这座城市的模样是听罗遇达说的。这个夜晚她有点焦急，希望明天早点到来。今天是腊月二十九，明天是大年三十。她猜测明天罗遇达应该回罗家村了。她准备把心中的想法告诉罗遇达。

2

大年三十上午十点多钟，太阳充足地照着沂蒙山这片贫穷的土地。罗遇达和罗忆莲在罗家村东面的山路上从牛车上下来。他们是搭坐邻村一辆从县城回来的牛车回罗家村的。那个村庄在罗家村前面,牛车上坐着邻村的几位乡亲。罗遇达和罗忆莲从牛车上下来,跟车上的人礼节性地说了客气话,牛车沿着弯弯的山路继续朝前方缓缓而去。罗遇达定睛看着远处,看见了山坡下的罗家村。

时间过得快,不知不觉中,他们离开罗家村又是一年了。

因为坐牛车时间过长,罗忆莲觉得疲劳,腰往下弯,腿发软。她有腰痛的毛病,有些累了,腰无法挺直。她弯腰的样子显得苍老,难看。

罗遇达问:"腿麻了?"

罗忆莲说:"麻了。"

罗遇达说:"坚持一会儿就到家了。"

罗忆莲强打精神,挺直腰,跟着罗遇达朝村里走去。

罗家村虽然贫穷,但过年的习俗很浓。村庄里充满着过年的气息,年味笼罩着村里的每一户人家。

罗遇达和罗忆莲走在进村的路上,先后遇见了几位乡亲。乡亲们看见罗遇达神采飞扬,穿着极为时髦的衣服,头发抹得光光亮亮,腰板挺挺的,迈着四方步,很绅士地走进了村里,如同遇见贵客似的热情打招呼。罗遇达如同领导遇见群众似的回应着。

3

这几天罗梅在家里坐也不是站也不是,心里跟长了草似的,一次又一次从屋里走出来,站在院门口,朝罗遇达家的方向张望。她的心从来没有这样焦虑不安过。

罗梅来到罗遇达家时,罗遇达进屋还不到十分钟。罗梅知道来得不是时候,虽然是同族人,也显得不礼貌。可她还是来了。她怕来晚了罗遇达锁上房门去乡亲们家串门,找不到罗遇达。她也怕来罗遇达家的乡亲多,不方便把自己的想法跟罗遇达说。

罗忆莲看罗梅来了,从兜里拿出几个糖块递给罗梅说:"这是青岛奶糖,比咱们这儿糖好吃。"

"五娘,我不吃。"罗梅没有接罗忆莲手里的糖块。

罗忆莲也没往深了让,把糖块放到炕上。

罗梅开门见山地说:"五爷,我想跟你去风海打工。"

"你想去打工?"罗遇达把看向别处的目光移向罗梅,好像没听清楚似的。

罗梅重复地说:"五爷,我想跟你去风海打工。"

罗遇达看着罗梅娇气的脸问:"你爹你娘能让你去吗?"

"我还没跟他们说呢。"罗梅说。

罗遇达说:"你是女孩子,你爹你娘不会同意你去城市打工的。"

"他们不同意我也想去。"罗梅做出一副固执的样子。

罗忆莲在收拾屋里的卫生，罗梅走过去帮她。罗忆莲说："你在家不是挺好的吗，你爹你娘也不让你到地里干活。外出打工的日子也不是好过的。"

"我不想待在家里，待在家里闷得慌，我想进城打工挣钱。"罗梅心想罗遇达和罗忆莲可能是怕她给增添麻烦才说这种话的。

罗忆莲侧过脸看了一眼罗遇达。

罗梅说："我不会给你们增添麻烦的。如果我找不到工作就回来。"

"工作能找到，可要吃苦。你能吃得了打工的苦吗?"罗遇达语重心长地说。

罗梅感觉有了眉目，急忙说："我不怕吃苦，只要能赚到钱，多苦的活我都能干。"

"外出打工不是小事，你回家跟你爹你娘商量商量，听听大人的意见。"罗忆莲说。

罗梅说："我自己的事我能做主。"

"这么大的事你别自己决定，也得看一看你爹你娘的态度。"罗忆莲说。

罗梅说："我爹我娘会同意的。"

罗忆莲看罗梅态度坚决，把目光投向罗遇达。

罗遇达没看罗忆莲，也没看罗梅，似乎罗梅说的话跟他没关系。

罗梅心想罗忆莲做不了主，在等罗遇达做决定。她央求地对罗遇达说："五爷，你带我去风海吧。"

"我不能带你去。"罗遇达说。

罗梅头上像被浇了盆凉水似的极为失望。她不放弃地说："五爷！我不会给你增添麻烦的。我到风海自己找工作，找不到工作我就回来。"

罗遇达看着别处，坐在那里沉默着。过了一会儿，他用眼睛余光看着罗梅。

罗梅说："五爷，你答应吧。"

"村里有好多人想跟我去风海，我都没同意。如果我带你去风海了，那些人不生我气吗?"罗遇达为难地说。

罗梅说："他们是你的同辈人，你拒绝他们是正常的。我是晚辈，你不能拒绝。你是我五爷。我咋不叫别人五爷呢。"

罗遇达被罗梅说得有点心动了。他想罗梅的心眼还算灵活，知道跟他套近乎。他算是罗梅的什么五爷呢，只不过是个已经出了五伏的同族长辈罢了。

罗梅说："五爷，你就想让我在这偏僻的穷山沟里待一辈子吗?"

"风海虽然繁华，可钱也不是那么好挣的。"罗忆莲说。

罗梅说："在风海总比在咱们这儿好挣钱吧。"

"咱们这儿哪能跟风海比呢。"罗忆莲说。

罗遇达说："你要真想去风海打工，你得自己去，我不能带你去。我走得早。过了年，工厂开工晚，你去早了，找不到工作。"

"我不跟你一起走，我自己走。你只要把地址告诉我就行，我到风海找你。"罗梅高兴得几乎要跳起来了。

罗遇达说："你可要想好了。"

"你放心，到风海找不到工作我不怨你们。"罗梅眼睛四处看着，在寻找纸和笔。她不常来罗遇达家，纸和笔放在哪里不知道，但她知道罗遇达家是有笔和纸的。罗遇达在村里有个绰号叫小算盘。这个绰号的起因除了罗遇达会精打细算外，他还有写写画画的习惯。

罗遇达从上衣兜里掏出一个小本子，本子上夹着一支金黄色的圆珠笔。他到风海后养成了随身带笔和纸的习惯，随身带笔和纸除了做生意记账方便，还能体现出知识人的风度。他年轻时写过几大本子的情诗，虽然没有一篇被发表，虽然他没能成为诗人，可他还是想把自己打扮成文化人。他认为文化人比农民有地位，比农民有尊严。他在罗家村时有这种愿望，但没能实现。他到风海后开始学着城里人的模样打扮起了自己。他把在风海的地址写在本子上，把那张纸折成一条线，用手沿着那条线来回撸了撸，慢慢地撕下来递给罗梅。

罗梅目不转睛地看着罗遇达这个举动，心想罗遇达的变化太大了，罗遇达在村里种地时身上是不带笔和纸的。罗遇达把笔和本带在身上，看上去业务非常繁忙似的。罗梅更加敬佩罗遇达了，也更加羡慕罗遇达。她去风海打工的想法更强烈了。

罗忆莲说："你回家跟你爹你娘商量商量，别瞒着你爹你娘。"

"我跟五爷和五娘去风海，我爹我娘有啥不同意的。他们肯定放心，肯定高兴。"罗梅小心翼翼地把罗遇达递给她的纸条攥在手里，唯恐飞了。

罗遇达说："只你爹你娘同意还不行，你婆婆家也要同意才行。你是订了婚的人，有点复杂。"

"不复杂。我还没嫁给汪海洋呢，这事跟汪家关系不大。"罗梅说。

罗遇达不赞成罗梅的观点。他说："你跟汪海洋订了婚，你就是汪家的人，你不能破了咱们族人的规矩。你去跟你婆婆家说一说，说通了，你去风海，说不通，你不能去。如果你婆婆家不同意你去，我同意你去，他们会骂我的。"

"五爷，你放心，他们肯定会同意的。"罗梅嘴上这么说，心里却不服气，心想还规矩呢，你跟五娘都风流成什么样子了，你们破的规矩还少吗。

这时从外面进来一群人，他们是来看罗遇达的。罗遇达每次回到村里都会有好多人来看他。村里人想从他这儿了解到大城市的信息和故事。

人多，说话不方便，罗梅不想再待下去了。她往外走，走到门口时，回过头问："五爷，我啥时候去风海好？"

"过了正月十六吧。"罗遇达皱了一下眉头说。

4

罗遇达只比罗天地大六岁，他是罗天地同族长辈，不是亲戚。按照辈分，罗天地叫罗遇达五叔，罗梅也就称罗遇达五爷。

罗忆莲比罗遇达小一个辈分，跟罗天地同辈分，按照常理罗忆莲也应该叫罗遇达五叔。叔叔娶晚辈做自己的女人，不但在罗家村是开天辟地头一回，就算在沂蒙山方圆几十里也是没发生过的新鲜事。

罗遇达是爱做新鲜事的人。如果不是这样，也就不是罗遇达了，也就愧对这个称号了。罗遇达破了老祖宗们留传下来的规矩。罗忆莲也没把这延续多少辈的规矩放在眼里。罗遇达和罗忆莲是干柴遇烈火，爱得轰轰烈烈，有惊天动地的气势。他们的爱情闹得满城风雨。老一辈人阻拦这个尚未成熟的婚姻，想要用长辈的尊严来维护老祖宗的观念。可罗遇达和罗忆莲根本不买他们的账，不听劝，仍然我行我素。罗遇达看在本村结婚不行，情急之下领着罗忆莲跑到百里之外的县城，过了洞房花烛夜，开始了夫妻生活。

罗家村的老人们面对生米已经煮成熟饭的婚姻，知道大势已去，乾坤不可逆转，哑口无言，谁都不再说什么了。

罗遇达年轻时有过这段风光历史，留给后人一个风流而传奇的故事。他老了也不失风度，不比年轻时逊色。两年前有一次他去几十里外的镇上卖花生，被一辆机动三轮车撞断了腿。事故责任在他，不在机动三轮车司机。他逼迫机动三轮车司机给他治伤。

机动三轮车司机的哥哥是风海市一家大医院的骨科医生，为了能顺利了结这件事，摆脱罗遇达的纠缠，机动三轮车司机把罗遇达送到风海市治伤。

罗遇达在治伤的时候，发现在医院门口卖盒饭的生意不错，产生了想法。他被治好后没回罗家村，在风海做起了卖盒饭的生意。

风海市离青岛市近，城市建设发展快，从内地来的大批打工仔、打工妹如同潮水般涌向这里，在韩国、日本、德国、加拿大等外国人开的工厂、公司工作。

罗遇达把卖盒饭的地点选择在韩国人开的工厂、公司门前。韩国人开的工厂、公司手工劳动强度大，招聘的工人多，上班时间抓得紧，工人没有过多吃饭和休息时间。工人们为了节省时间，走出工厂、公司的大门，买盒饭，吃快餐。罗遇达看准了这个赚钱的商机。

罗遇达已经成为罗家村里的暴发户。他回村过年时，村长也来看他。他会给村长带一些干海鲜、崂山茶等青岛特产。村长成为罗遇达家的客人，他在罗家村里当然有了众人瞩目的地位。

罗家村人如同听故事似的来到他家。他家人来人往，很是热闹。他说起风海这座城市时滔滔不绝，眉飞色舞，好像他是风海市的市长，为风海市而自豪。其实他只不过是在风海市卖盒饭的小商贩。虽然在风海做生意的小商贩不计其数，可罗家村在风海做生意的仅他一人。他高傲，自吹自擂。他讲的风海新鲜事吸引着罗家村的人。他给罗梅带来无限的憧憬和幻想。

5

罗梅从罗遇达家走出来如同千斤重担被卸下,心情轻松起来。她高兴得蹦着跳着,还忍不住对着天空大喊了几声,释放着心中的喜悦。她几乎是跑着回到家的。

罗梅娘看了她一眼,责备地说:"你都是二十多岁的大姑娘了,还疯疯癫癫的,不定性,不怕让人笑话吗!"

"我八十岁,依然是你女儿。我一百岁,你还是我娘。"罗梅撒娇而调皮地说。她话音没落便坐到了娘的身边。

罗梅娘问:"去你婆婆家了?"

"没有。"罗梅回答。

罗梅娘问:"你去哪儿了?"

"你猜?"罗梅一脸喜悦地说。

罗梅娘说:"我猜不出来。"

"我去五爷家了。"罗梅说。

罗梅娘问:"你五爷什么时间回来的?"

"刚回来。"罗梅说。

罗梅娘说:"他刚回来你就去了?"

"去晚了,说事不方便。"罗梅说。

罗梅娘问:"说啥事还得背着人。"

"我想跟五爷去风海打工。"罗梅说。

罗梅娘以为罗梅是开玩笑,没当回事地说:"你在说疯话吧。你看咱们村里谁家的姑娘进城打工了?"

"我不看别人,别人不去,我去。"罗梅说。

罗梅娘说:"这可不行。村里跟你同龄的姑娘已经结婚生孩子了。你得在家结婚。"

"海洋不在家我跟谁结婚? 没男人,我跟谁生孩子? 我总不能跟自己结婚,跟自己生孩子吧?"罗梅反驳地说。

罗梅娘吃了一惊,不相信这话是出自罗梅口中。她没听罗梅说过这种疯话,责怪地说:"你这是说的什么话,这哪像女孩说的话。"

"我说得不对吗?"罗梅认为没说错。

罗梅娘说:"你跟海洋虽然没结婚,可是你们俩订婚已经三年多了。咱们这里的规矩是订了婚,收了人家的彩礼钱,你就是人家的人了。"

"既然我是他家的人了,你怎么不把我送到他家去呢?"罗梅说。

罗梅娘说:"你以为不送你过去吗? 只是没到时候,到时候肯定把你送过去。

你想跑都跑不掉。”

“这不得了，这不还没到时候吗！到结婚的时候我就从风海回来。我这叫赚钱结婚两不误。”罗梅开心地说。

罗梅娘说：“你就气我吧。把我气死了，你就高兴了。”

“你不能死，你死了我就没娘了。”罗梅说。

罗梅娘说：“贫嘴。”

“娘！海洋还有一年才能从部队复员回来呢。这一年，我待在家里也没事做，快被逼疯了，就让我去风海开开眼界，见见世面吧。等海洋回来，我结了婚，再也没机会进城打工了。”罗梅态度软下来。

罗梅娘说：“咱们村里的女孩谁出去打工了？没有一个出去过的。人家没出去，没开眼界，不是生活得好好的。”

“我不看人家，人家跟我没关系，我只管我自己。我想去风海打工。”罗梅坚持自己的观点。

罗梅娘说：“你不能去。”

“我就去！”罗梅态度强硬起来。

罗梅娘说：“大过年的，你就气我吧。”

“娘！”罗梅恳求着。

罗梅娘想说什么，但被罗玉和罗凤打断了。

罗玉和罗凤从外面风风火火地跑进屋里。

罗梅对两个妹妹说：“你们又去哪里了？”

“去同学家了。”罗凤说。

罗玉调皮地说：“姐，你跟娘又在说什么呢？是不是在跟娘说嫁妆的事？”

“姐，你做梦都想当新娘吧？这是一种什么样的心情？”罗凤把头往旁边一歪，做着想象的样子。

罗梅警告地说：“你们两个人尽管一唱一和地说，好像你们将来不嫁人似的。”

“你看你们三个，都是老大不小的姑娘了，说这种疯话脸不红吗？咱们罗家村里的女孩谁像你们？”罗梅娘责怪地说。

罗玉转移了话题说：“娘，五爷回来了。他家去了好多人。”

“你们也去你五爷家了？”罗梅娘看着罗玉问。

罗玉说：“我们去他家干什么。我们是从五爷家门口经过时，看见有人出来进去的。”

“五爷家门庭若市。”罗凤说。

罗玉说：“五爷是罗家村的名人。”

“你们不能去你五爷家。”罗梅娘警告地说。

罗凤笑着说：“我们有毛病呀！去他家不就是一人给几块青岛奶糖吗，不吃还能死了。吃了倒觉得别扭，好像欠了他多少人情似的。”

“你这孩子,怎么能这么说话呢!”罗梅娘批评地说。

罗凤说:“娘,你说五爷是不是太小气了,大人给一支烟,小孩给几块糖块。他挣那么多钱,就不能多给点?”

“话不能这么说。他的钱也不是大风刮来的,也是用汗水挣来的,能给点就不错了。要是放在你身上,你能做到吗?”罗梅娘说。

罗凤和罗玉认为娘说得有道理,不作声了。

罗梅说:“罗玉、罗凤,我想跟五爷去风海打工,你们看行不行?”

“姐,你想去风海打工?”罗玉和罗凤异口同声地说。

罗梅点头。

罗玉说:“行。怎么不行!我们在镇里上学时,听说好多人都去城市打工了。他们有的在深圳,有的在广州,还有的在海口。听说在那里打工挣钱可容易了,一年下来能挣好几万呢。”

“能挣那么多?城市钱不是从天上掉下来的?”罗梅娘不相信地说。

罗玉说:“当然了。”

“罗玉、罗凤,如果你们支持姐去风海打工,就要帮姐说服娘。到时候我给你们买好吃的,还有新衣服。”罗梅向两个妹妹求助。

罗玉和罗凤唇枪舌剑地向娘展开了攻势。

罗梅娘不想跟女儿们争执了,推脱地说:“行了,你们别跟我说了,只要你爹同意,我没意见。”

“只要你同意,我爹这边好说。”罗玉说。

罗天地牵着两只黑白花奶羊从外面走进院里,羊咩咩地叫个不停。屋里的三姐妹把目光投向院里,她们想说服罗天地。罗天地乐呵呵地走进屋里,看着三个亭亭玉立的女儿很开心,这是一种无比的幸福,三个女儿是他三个希望和寄托。三姐妹你一言,她一语地说起了让罗梅去风海打工的好处及美好前景。罗天地没说话,看着三个女儿,等她们把话说完了,说累了,思量地说:“进城打工挣钱多,不是坏事。可罗梅现在不只是咱们罗家的人,她还是汪家的人,如果汪家同意她去风海打工,她才能去。”

罗玉和罗凤傻眼了。她们在这件事上不能多说,这是婚姻大事,让罗梅自己拿主意才行。她们把目光转向罗梅。

罗梅说:“我现在去汪家说这件事。”

“你现在去好吗?”罗天地说。

罗梅说:“怎么不好了?”

“离拜年还不到几个小时了,过几个小时连拜年带说事,这样不更好。”罗天地说。

罗梅说:“还是爹考虑得周全。”

6

罗梅来到汪海洋家给汪海洋爸妈拜年，看屋里没有外人，直截了当地说出了跟罗遇达去风海打工的想法。

汪稼宇和他老婆听后顿时产生了天崩地裂的感觉，被罗梅的想法给弄蒙了，仿佛罗梅已经撕毁了婚约，仿佛罗梅已经不再是汪家的儿媳妇，仿佛汪家花的那三千元彩礼钱已经不翼而飞，再也找不回来似的。

罗梅的想法不仅让汪稼宇和他老婆吃惊，村里其他人听了也不啻于六级地震，惊诧不已。村里从来没有一个年轻女孩外出进城打工的。这在罗家村是破天荒的一次，罗梅这不是破了规矩和习俗，无人不惊。

罗梅虽然已经跟汪海洋订了婚，可婚事没办，没领取结婚证，没正式举行婚礼。她还没正式嫁进汪家呢，汪稼宇和他老婆不好多说什么，不能直接阻挡，只能婉转或间接地把反对意思表达出来。他们面对罗梅沉默着，不想直接表达意见。

罗梅问汪稼宇说："爹，你看行吗？"

"你爹看行就行。"汪稼宇吸着烟说。

罗梅转过脸来问："娘，你看呢？"

"你娘说行就行。"汪稼宇老婆说。

罗梅问："爹，娘，你们没有别的想法吧？"

"你爹你娘没有，我们还能有啥意见。"汪稼宇老婆说。

罗梅说："一年时间很快就过去了，等海洋从部队复员了，我就回来。"

"你什么时候走？"汪稼宇老婆问。

罗梅说："我准备正月十六从家走。"

"去风海能找到活吗？"汪稼宇老婆问。

罗梅说："要是找不到活我就回来。"

"你找不到活就回来。虽然咱这儿生活不富裕，但不愁吃不愁穿，日子也能过得去。"汪稼宇老婆说。

汪稼宇问："正月十六工厂开工了吗？"

"五爷说工厂初六就陆续开工了。"罗梅说。

汪稼宇老婆问："你跟罗遇达一起走吗？"

"五爷先走，我到风海找他。"罗梅说。

汪稼宇老婆说："你跟罗遇达去风海也好，都是同村同族人，他年长，社会经验多，又在风海待得时间长，你遇到事多跟他商量，他会照顾你的。"

"我也这么想。"罗梅粲然一笑地说。

汪稼宇老婆遗憾地说："只是海洋不知道你去风海打工这件事，如果他知道就好了。"

“我会给海洋写信的。”罗梅说。

汪稼宇老婆说:“海洋有好长时间没往家来信了。”

“海洋忙,如果有时间会给家写信的。”罗梅说。

汪稼宇老婆说:“好像他们部队在大山里修路。”

“娘,爹,我跟五爷去风海的事就这么定了,我回去了。”罗梅站起身走了。

汪稼宇和他老婆送走罗梅后,心绪有点乱,过年的兴致全没了,注意力转到罗梅去打工的事情上。他们开始商量怎么应对这件事。他们商量来合议去,觉得不能让罗梅去风海打工。他们怕罗梅到风海后开阔了眼界,见了世面,产生了新想法,改了跟汪海洋的婚约。于是他们去找媒人李大仙,让李大仙到罗天地家转达他们的看法。

李大仙说大年初一到罗家说这件事不好,这件事如果弄不好会伤了两家人的和气,惹得两家人不高兴,应该想个万全之策。李大仙觉得过了初五再去罗家说为好。

汪家认为李大仙说得在理。虽然汪家对这件事心急火燎的,也只能在煎熬中度过这几天了。这个春节汪家过得不痛快,原本过年的好心情被罗梅外出打工的事情给搅乱了。汪家人希望李大仙能说服罗梅,劝告她放弃去风海打工的念头。李大仙成了汪家对这件事的全部希望。

7

李大仙今年五十多岁了,脸上布满皱纹,瘦瘦的,弯着腰,显得苍老。他没婚娶,无子无女,是个游手好闲的老光棍。他好吃懒做的习性远近闻名。懒人也有懒办法,也不知是从啥时候开始,他当起了媒人的角色。虽然他干别的不行,可干这一行干得还不错。他做的媒多数能让男女双方都满意,成功率极高。他成全了人家,人家自然也不会忘了他,时不时找他陪个客,送点礼,喝点酒。他解了馋,得了口福。他给罗梅和汪海洋做媒是罗天地找他的。三年前罗梅还上学时,罗天地就来找李大仙说亲了。李大仙一愣,摸不着头脑,直勾勾地看了罗天地好半天,等罗天地把想法一股脑地全倒出来,他明白了罗天地的意思。当时李大仙认为这个媒人当得早了点,没把握能说成。他认为等罗梅不上学了,再说这个媒最好。罗天地说罗梅这孩子学习不用功,学习成绩不好,继续上学也是白上,还是不上算了,早点回村还能省学费钱。他看中了汪海洋,有意在海洋当兵前把罗梅的婚事订了。李大仙对汪海洋印象好,觉得罗天地说得在理,有眼光,去汪家提了亲。

汪家是从外村搬进罗家村的,是村里少有的几户外姓人家。

汪家只有汪海洋这一个儿子。汪海洋在读高三,准备参军。村里的老人认为汪海洋是个好苗子,前途看好。他一米七五的个子,浓眉大眼,不像农村孩子。汪家对罗家的提亲做了热情回应。他们知道在村里男孩娶媳妇比较难,儿子长得好有啥用，家境不好，还是没姑娘愿意嫁。村里有几个老光棍长得模样也不错，没娶到女人，打了一辈子光棍。汪家爽快地答应了这门亲事。

汪、罗两家的大人没意见，汪海洋跟罗梅也看中了对方。李大仙这个媒没费吹灰之力，顺理成章地做成了。

汪海洋在和罗梅订婚的当年秋天，参军去了部队。他当的是三年兵。他所在的部队驻防在四川大山深处，再有一年就复员了。这年罗梅要去风海打工。

正月初六中午李大仙来到罗家时，罗家刚好要吃午饭，他是特意赶在吃饭时来的，罗天地热情地招呼李大仙坐下。罗梅娘往饭桌上多添了一双筷子和一个碗。李大仙不推辞，盘腿坐到了炕上，嘴里说："来早不如来巧啊。"

"你有口福。"罗天地说。

李大仙说："啥人啥命。"

"喝两杯吧？"罗天地说。

李大仙说："少喝两杯。"

罗天地原本只是客气地让一让，不是真心想给李大仙酒喝，但李大仙不推辞，来者不拒。罗天地拿出酒，给李大仙满上酒杯。李大仙见到酒比见到亲爹亲娘还亲，没等罗天地让他，他端起酒杯一仰脖，咕咚，动作很利索，酒杯就空了。罗天地又给李大仙满上杯说："这酒怎么样？"

"好酒！"李大仙抿着嘴唇，品味地说。

罗天地说："咱这里没有这酒。"

"在哪里弄的？"李大仙问。

罗天地说："在县城工作的老战友给的。这是他儿子从东北带回来的。他儿子在东北大兴安岭当兵。"

"东北的酒度数高，质量好。"李大仙说。

罗天地说："东北人少地多，土地肥沃，粮食产量高，酒是纯粮食做的。"

"东北酒比咱沂蒙酒好喝。"李大仙说。

罗天地说："沂蒙酒不行，在全国排不上名次。"

"你战友原来在县商业局吧？"李大仙说。

罗天地说："退休了。"

"他多大年龄就退休了？"李大仙说。

罗天地说："他是干部，五十五岁可以提前退休。"

"还是干部好，这么早就退休了，国家还给钱。"李大仙说。

罗天地说："当然了，要不人都想着法子去当干部呢。"

"分啥干部，咱们村长也是干部，这种干部当得就没意思。村里穷，能有啥油水捞的。"李大仙说。

罗天地说："虽然村长比不上镇里县里的人，但比你、我强多了。"

"你说得在理。"李大仙说。

罗天地感叹地说:“人这辈子,如果一步跟不上,步步跟不上。”

“你从部队复员时县武装部安排你在粮油厂当工人,你咋没去呢?”李大仙说。

罗天地说:“当时觉得工厂工资少,在县城没房子住,就没去。”

“如果你去当工人了,现在也有退休金了,后悔了吧?”李大仙说。

罗天地说:“眼光短浅了。”

“海洋复员回来,你想办法给他找个工人当。”李大仙说。

罗天地说:“现在跟过去不同了,过去当兵回来安排工作,现在不安排了。”

“你家跟兵挺有缘嘛,你当过兵,海洋也当兵……”李大仙说。

罗天地年轻时当过炮兵,他对在部队里的往事有着良好的回忆。

李大仙喝了口酒,吃了口菜,看了一眼罗梅,转移了话题说:“罗梅真要去风海打工吗?”

“有这个想法。”罗梅说。

李大仙说:“我没去过风海,不知道风海是什么样,真是白活了。”

“她看罗遇达在风海赚到钱了,非要去风海打工。”罗天地说这话时显得无可奈何。

罗梅在旁边说:“出去赚钱咋不去?”

“你再等一年不行吗?再有一年海洋就从部队复员回来了,到时候你们两个一起去风海打工,生活上相互有个照应。你一个人外出打工家里能放心吗?”李大仙说。

罗梅娘说:“罗梅,听你李叔劝吧,别一个人去风海打工了,谁也不会把你往火坑里推。”

“李叔今天是来当说客的吧?是不是我那个多疑的婆婆让你来的?只有她不放心,除了她不会有别人。她不是不放心我,而是不放心她那三千元彩礼钱,她怕我拿着钱跑了。李叔,你说我能跑了吗?就算我跑了,我爹我娘还能跑了吗?”罗梅生气地说。

李大仙说:“你这孩子,怎么能这么看你婆婆呢!你婆婆不是你想的那种人。她说你走时还要送你呢。”

“她能想得开吗?”罗梅不相信地说。

李大仙说:“你不信?”

“不信。”罗梅说。

李大仙说:“你跟海洋订了婚,你就是汪家的儿媳妇。你要相信你婆婆。不然,你们将来怎么在一起生活?”

“现在罗梅谁的话都不信,只信罗遇达的。可罗遇达却同意她去风海打工,你说这不邪门了嘛。”罗梅娘说。

李大仙说:“天地,你没找遇达说一说,聊一聊吗?”

“遇达是个大忙人,初五就走了。”罗天地说。

李大仙佩服地说:“遇达是咱们罗家村的圣人、能人,谁也比不上他!”

“他有点本事,要不能在风海做生意。”罗天地随声附和着。

罗梅说:“圣不圣人先别说,你看五爷多阔气,活得多滋润。反正说来说去,村里没有人能比上他活得滋润。五爷为啥活得滋润?不就是有钱。五爷能赚钱给五娘花,这叫男人的本事。罗家村里的男人要都能像五爷那样就好了。”

罗梅娘见罗梅一口一个五爷地叫,觉得别扭,生气地说:“大人说话小孩少插话,好像他是你亲爷似的。”

“亲爷咋的啦?不是亲爷咋的啦?”罗梅不服气地说。

李大仙看罗梅是这种态度,知道劝不了罗梅。他不能硬拦,硬拦不但拦不住,还会伤了和气。他改变了方式,顺水推舟地说:“罗梅想去打工就让她去吧,反正海洋还没复员,等海洋复员了,罗梅从风海回来跟海洋结婚也不耽误。”

“还是我李叔明白事理。我去风海打工是为了赚钱,是为了减轻家里的负担,可我爹我娘不理解我。”罗梅委屈地说,也像是在诉苦。

8

李大仙酒足饭饱后,从罗天地家出来,打着饱嗝,一走三晃地来到汪家。汪稼宇看李大仙这副样子,知道他又吃了罗家的饭,喝了罗家的酒。他瞧不起李大仙蹭饭吃的做法,更看不惯李大仙游手好闲的生活习性。他装在心里,不表露出来。他把李大仙让到屋里,倒上茶,等李大仙说话。李大仙坐下,喝了口茶说:“罗梅去风海打工的事谁也拦不住了。”

“你说她,她也不听?”汪稼宇问。

李大仙说:“她爹她娘说她也不起作用。”

“她爹她娘也不让她去风海打工吗?”汪稼宇问。

李大仙说:“不让,可罗梅不听。”

“她听遇达的。”汪稼宇说。

李大仙说:“遇达是咱们罗家村的圣人、能人,罗梅当然听他的了。”

“她李叔,你说咋办?”汪稼宇老婆说。

李大仙想了想说:“要我看,如果拦不住,还不如让她高高兴兴地去打工了,这样做既不伤和气,又显得咱们会做事,明事理。你们看呢?”

“也只能这样了。”汪稼宇说。

李大仙喝着茶说:“罗梅想到风海打工也算是有胆量,别的女孩不敢去。”

“罗梅如果不变心,去打工也没啥坏处。”汪稼宇老婆说。

李大仙说:“罗梅不会变心的,她是咱们看着长大的。她对海洋很满意。海洋在罗家村的小伙子里是数一数二的好孩子,配罗梅完全配得上。罗梅不嫁海洋,还想嫁啥样的?你们担心是多余的。”

"她李叔,这事可是你说的,我们听你的。如果罗梅变心了,我就找你。"汪稼宇老婆半真半假地说。

李大仙毫不含糊地说:"罗家那儿要是做了对不起你们的事,你们尽管找我好了。我李大仙做媒不下百人,方圆几十里谁不知道,到现在还没遇到婚变的事情呢。只要你们做得对,只要责任不在你们汪家就行。话又说回来,要是责任在你们,我就不管了。我是媒人,一手托两家,一碗水端平,要公正。如果不公正,今后谁还找我李大仙说媒,我还怎么做媒。"

"媒人就得公正。"汪稼宇说。

李大仙说:"不公正不行。"

"如果不公正,以后就没人找你做媒人了。"汪稼宇说。

汪稼宇老婆说:"她李叔,你说我们对罗家咋样?"

"你家过去做得是不错,但不能骄傲,要继续保持。保持才是最关键的,也是最重要的。当然你们这种日子也快熬到头了,等海洋从部队复员回来,把罗梅娶进门,你们就完成任务了。"李大仙说。

汪稼宇老婆说:"海洋当兵的时间也太长了,我都有些熬不住了。有些事对罗梅来软的不行,来硬的也不行,生怕什么地方做得不好,想得不周到,引起她不高兴,简直就跟伺候祖宗似的。"

"娶儿媳妇嘛,家家都这样。"李大仙表示理解地说。

汪稼宇老婆说:"你就没有这种烦恼了。"

"老嫂子,你这不是笑话我吗?"李大仙说。

汪稼宇老婆说:"开玩笑。"

"你就别说没用的了,还是说正经事吧。"汪稼宇说。

汪稼宇老婆对李大仙说:"她李叔,你说还咋办?"

"你们家这样保持下去就行,要是罗家敢变卦,我就敢去砸罗家的锅。"李大仙的酒劲儿上来了,有点困,起身回家睡觉去了。

9

汪稼宇跟他老婆商量这事儿怎么办。他们认为应该在罗梅去风海打工之前,把罗梅叫到汪家吃顿饭,给她拿些钱做路费,这样能体现出他们对罗梅的关心。汪稼宇老婆觉得这样做还不够,还应该再给罗梅做一套新衣服。汪稼宇说刚过了年,年前已经给罗梅做新衣服了,衣服不用再做。汪稼宇老婆说不做衣服也行,但要给做一床被子,女孩出门没个新被子怎么行。罗梅正月十六走,时间是很紧的,他们必须抓紧时间准备。汪稼宇和老婆决定到镇上买布料给罗梅做新被子。

罗家村离镇上有三十几里的路,山路弯弯,不通汽车,汪稼宇赶着毛驴车拉着老婆出了村。

刚过了年,镇上的店铺还没全部开门营业,只有少数几家开门营业。开门营业的店铺里也没有顾客,冷冷清清的。他们走进店门,店主跟了过来问要买什么。

汪稼宇不作声,跟在老婆身边。

他老婆走到摆放布料的柜台前,用手摸着布料,查看质量,对比颜色。店主问她买布料干什么用。她说先看一看。

店主向汪稼宇老婆介绍说这种布料在年前卖得如何如何好,如何如何受人喜欢。

汪稼宇老婆不说话,把看到的记在心里,又到下一家店铺去看。她一连走了好多家,然后把这几家的货做个比较,挑选质量好,价钱低的买。随后他们又到菜市场割了肉,买了菜,匆匆忙忙地往家赶。

毛驴子跑个不停,蹄子敲打地面发出嗒嗒的响声。汪稼宇老婆说:“啥时候咱家能有个冒烟的车就好了。”

“有冒烟的你会开呀?”汪稼宇说。

汪稼宇老婆说:“我不会,你还不会吗?”

“我不会开冒烟的,只会赶毛驴子。”汪稼宇说。

汪稼宇老婆说:“我看城里那些开冒烟车的男人长相还不如你呢。”

“会不会开车跟长相没关系。”汪稼宇说。

汪稼宇老婆说:“不会你可以学。这年头罗梅一个女孩子都外出打工了,还有什么不敢想的呢。”

“想了能做到还行,想了做不到不是白想。”汪稼宇说。

汪稼宇老婆说:“学开车有啥做不到的。”

“你能看出来罗梅的心思吗?”汪稼宇说。

汪稼宇老婆说:“罗梅不会变心,咱们这么实心实意待她,就算是冰也被融化了。她要是变心,简直不是人。”

“大千世界啥人没有。”汪稼宇说。

汪稼宇老婆说:“如果罗梅不嫁给海洋,这些东西不是白给她了吗?”

“咱们这不是猜测嘛。”汪稼宇说。

10

罗梅在镜子前照来照去涂脂抹粉的,足足忙活了半个多小时还没忙活完。罗玉和罗凤在旁边给她当参谋。姐妹三个说笑着,打闹着。

罗天地叮嘱说:“跟你婆婆和公爹好好说,让他们放心,别让他们牵挂你。”

“我得吓唬吓唬他们,我说在风海找个比汪海洋好的对象。”罗梅嘻嘻地笑。

罗梅娘说:“你要是在外面胡扯,咱家就没你这个人,我也没你这个闺女。你再也别想回罗家村了,我可跟你丢不起人。”

"我这不是开玩笑嘛,你还当真了。"罗梅说。

罗梅娘说:"这种话我不想听。"

"我去风海是为了赚钱,又不是去找对象。我不赚钱拿什么结婚?"罗梅说的是实话。罗家日子过得紧巴,一年到头也没零花钱。这几年她的零花钱是婆婆给的。虽然比两个妹妹过得好,可她明白一旦结了婚,这种滋润的日子就结束了。她得想办法自己赚钱。

罗梅娘说:"村里没钱的不只咱们一家,别人家没钱能把婚事热热闹闹办了,你怎么不行呢?"

罗玉笑着说:"我姐特殊呗。"

"我不特殊。可我不想过穷日子,想有钱,想生活得好。"罗梅觉着时间差不多了,走出了家门。

罗玉喊:"姐!别忘了把好吃的带回来点。"

罗梅回头笑。

罗凤说:"多带点,少了不够吃。"

"你们两个馋猫,等着吧!"罗梅说。

罗家住在村东头,汪家住在村西头,罗遇达家住在村中间。罗梅去汪家时经过罗遇达家门前,扭头向院里望了望。

罗遇达家的院落门锁着,院里很静,不像其他人家狗叫鸡鸣的。

罗梅来到汪家时,汪稼宇在院里拿着草料桶喂驴呢。罗梅说:"爹,喂驴呢。"

"驴好像瘦了,有点不好好吃草料。"汪稼宇说。

罗梅说:"这几天气温变化大,可能驴不适应。"

"你娘在屋里呢,你进屋吧。"汪稼宇说。

罗梅往屋里走去。

汪稼宇老婆手粘着面,乐呵呵地招呼罗梅说:"快进屋来。"

"你这是忙啥呢?"罗梅迎着汪稼宇老婆的微笑走进屋。

汪稼宇老婆没等罗梅走到跟前,闻到了煳味,急忙转身翻动锅里的油条。灶坑里的火蔓延出来,她用脚把火往灶坑里踢了踢,捞出锅里的油条,把生的放进锅里。

罗梅说:"炸油条干什么?"

"也没啥好做的,炸点油条。"汪稼宇老婆说。

罗梅解下脖子上的围巾,把围巾扔到炕上说:"刚过了年,肚子里的油水还没消化掉呢,做好吃的也吃不进去。"

"快把围巾拿开,炕热,围巾是纱料做的,遇热就化了。"汪稼宇老婆惊慌地说。

罗梅弯腰,伸手去拿炕上的围巾。她的手触摸到炕面时被烫疼了,围巾已经打了皱。

汪稼宇老婆说:"烫坏了吧?"

"没事。"罗梅嘴上虽然这么说,心里却挺心疼的。她把围巾放到一边。

汪稼宇老婆走到门口喊:“她爹,回屋吃饭。”

“来了!”汪稼宇放下手里的草料桶,回了屋。

罗梅往桌上端着菜,饭菜丰盛。

汪稼宇说:“应该把你爹你娘也叫来。”

“我去叫吧。”汪稼宇老婆说。

罗梅说:“不用叫他们,罗玉和罗凤还在家呢。”

“要么全叫来。”汪稼宇老婆客气地说。

罗梅说:“明年我从风海回来咱们在一起过年。”

“那样好。”汪稼宇老婆说。

汪稼宇说:“如果罗遇达不走,请他来喝点酒,他能多照顾罗梅。”

“李大仙说过了初五……”汪稼宇老婆话说了一半没说。

罗梅说:“明年我从风海打工回来了,咱们在一起好好吃一顿过年饭。”

“海洋年底就复员了,到时候在一起热闹热闹。”汪稼宇老婆说。

汪稼宇老两口招待罗梅比过年还隆重。他们想让罗梅感觉到他们重视她,爱护她,关心她。他们也带有讨好的意思,心想这种讨好罗梅的日子快熬到头了,等儿子从部队复员回来,跟罗梅结了婚,就不用如同供老祖宗似的供着罗梅了。

罗梅走的时候,汪稼宇要给罗梅拿油条,他老婆没让。他老婆怕油条弄脏了新花被子。罗梅想要油条,更想要新花被子。两者选其一,她当然能分清哪头重哪头轻了。她没想到婆婆的心会这么细,想得这么周到。这时她才想到自己家的被子是补丁挨补丁,破得不成样子,拿出去会丢脸面的。她感动得有点不知说啥好了。她抱着新花被子,走在回家的路上,心情激动,不自主地把脸贴在被子上,感受爱的温暖。她想这应该是结婚时盖的被子,这应该是她跟汪海洋睡在一起时盖的被子。她带走了这床新花被子,也带走了汪家对她的爱和思念。她时刻能体会到汪家人对她的关心。她想把爱传递给汪海洋。她还没给汪海写信,没把去风海打工的事告诉汪海洋。她现在给汪海洋写信是等不到汪海洋回信的。她想等到风海后,找到工作了,再给汪海洋写信。罗梅回到家时,全家人把注意力和话题放在了新花被子上。

罗玉说:“你婆婆只给你这一个被子呀?”

“还能给几个。”罗梅已经很满足了。

罗凤说:“你婆婆给你做啥好吃的了?”

“刚过了年,能有啥好吃的。”罗梅说。

罗玉说:“你也太不讲姐妹情面了,只顾自己吃,也不给我们带点回来。”

“让我拿油条,我怕弄脏了被子,没拿。”罗梅说。

罗凤说:“你是不想拿,一趟拿不了,两趟不就行了。如果你拿不了,我跟你去。”

“你们的嘴那么馋吗。再过两年你们订了婚,你们的婆婆也给你们做好吃的。”

罗梅娘在旁边插话说。

罗玉说:“你要是把我们都嫁出去了,看谁陪你说话。到时候这屋里只有你跟我爹两个人,不寂寞吗?”

“我快让你们吵死了,把你们嫁出去,我和你爹就心静了,也了却了心事。”罗梅娘说。

罗凤说:“姐,你婆婆给你钱了吗?”

罗梅摇头。

罗玉说:“姐,你婆婆真不会来事。你去风海她也没给你钱,这是什么婆婆。她也没把你当成儿媳妇呀！她老了,你不养她。”

“你们两个不给你姐出好主意,尽出歪主意。你们这么说不是对你姐好,而是在害你姐。你姐的日子要是过得不好,你们两个就是罪人。”罗梅娘说。

罗凤调皮地说:“我们犯罪了？这可是大事。”

“别人给的钱不顶花,自己挣的钱才顶花呢。”罗梅娘说。

罗凤说:“我姐挣是我姐挣的,她婆婆给是她婆婆给的,这是两回事。”

“罗玉、罗凤,妈说得对。我不要他们的钱,我自己去挣钱。”罗梅说。

罗玉说:“姐,你傻透顶了,世上再也没有比你傻的女人了。”

“姐,受妈的毒害太深了。”罗凤说。

罗天地在旁边笑呵呵地看着母女四人打嘴仗一言不发,只是看着听着,就感到了幸福。

罗梅把视线转到了罗天地这边说:“爹,你咋不说话?”

“你公爹没说啥吧?”罗天地问。

罗梅说:“他能说啥。我去打工,又不是他儿子去打工。”

“你这孩子,怎么能这么说话呢。”罗天地责怪地说。

罗梅娘说:“你快管教管教你这三个宝贝闺女吧,都让你给惯坏了。”

“别把责任推到我身上,你当娘的没责任吗?”罗天地说。

11

罗梅去风海这天早晨,汪稼宇和老婆来到罗家。汪稼宇赶着毛驴车和罗天地送罗梅到镇上。罗梅在镇上坐客车去县城,再从县城坐客车去风海。

罗家村有很多人来看罗梅。老人来看新鲜,同龄人羡慕,小孩子好奇。罗梅是罗家村第一个出外打工的女孩,大有文成公主去西藏的气势。

罗梅的心已经飞出了偏僻的小山村,飞到了风海,飞到了罗遇达身边。她心不在焉地看着围观的人群。别人说的话她这个耳朵听,那个耳朵就忘了,一点记忆的痕迹也没留。她脸上绽开着美丽笑容,好像比做新娘的女孩还开心。她很美丽,很阳光,很忘我。

太阳慢慢朝天空爬去，天色不算早了，罗天地和汪稼宇已经上了毛驴车。他们怕耽误了罗梅在镇上赶汽车的时间，催促罗梅快点上车。

罗梅接过婆婆给她的一百元钱，还有一兜子早晨刚炸的油条，离开人群，爬上了毛驴车。

汪稼宇举起鞭子朝毛驴身上猛抽了两下，毛驴车朝村外跑去。

罗梅靠在大布包上，布包里装着婆婆给她做的新花被子，柔软的被子让她感到了温暖、幸福。她手里拿着装油条的兜，油条散发着香味。油条是罗家村只有在过节时才能吃到的好东西。罗梅等于是过了两个春节，她好幸福。

为了赶时间，汪稼宇不停地往毛驴身上啪啪地抽着鞭子，毛驴尥开四蹄跑个不停。

罗天地看汪稼宇着急了说："天还早着呢，不用跑得太快，别把毛驴累坏了。"

"镇上开往县城的客车几点？"汪稼宇说。

罗天地不能确定地说："是不是十点多。"

他们来到镇上时，通往县城的大客车正好开始检票了。罗天地给罗梅买了车票，送罗梅上了车。罗天地叮嘱地说："风海是大城市，不是咱们罗家村，要是找不到你五爷就回来。"

"我能找到五爷。"罗梅说。

罗天地说："你要是找不到活就回来。"

"知道了。"罗梅说。

罗天地说："你在风海遇到想不通的事，碰到为难事，要跟你五爷商量，不管咋说都是同村同族人，比外人强。"

"知道了。"罗梅说。

客车开走了。

罗梅扭转头，透过车窗看着罗天地和汪稼宇渐渐消失在视线里。她远离了罗家村，远离了沂蒙山熟悉的生活，去遥远而陌生的城市，期待城市给她带来好运气。

她静下心后想象着风海，想象着罗遇达。

那是她的希望。

第二章

失落的乡情

1

罗遇达过完春节回到风海时，房东田寡妇对他说涨房租。罗遇达反感地说：“不到一年时间你已经涨两次房租了，还涨呀。”

“前年猪肉四块钱一斤，去年猪肉六块钱一斤，今年猪肉八块钱一斤。物价涨得这么快，房租不涨我怎么过日子。”田寡妇说。

罗遇达问：“涨多少？”

“你是老租户，照顾你，看在情面上，不多涨，涨二十吧。”田寡妇说。

罗遇达说：“你就差二十块钱啦？”

“你是生意人，挣钱容易，从哪儿省不出这点钱。”田寡妇说。

罗遇达说：“让你说对了，我真省不出这二十块钱。”

“你别开玩笑了，你不在乎二十块钱。”田寡妇说。

罗遇达说：“我没开玩笑，我真在乎这二十块钱。”

“如果你不同意，你只能搬走了。”田寡妇表情严肃地说。

罗遇达说：“我搬走后，你别涨二十，应该涨四十。”

“你住得时间长，我没给你多涨，你搬走后我涨五十。”田寡妇看罗遇达不识抬举，说话的语气也不客气了，带着辣椒味。

罗忆莲站在旁边不插言，罗遇达不让她掺和这些事。罗忆莲帮着罗遇达把三轮车上的东西搬到屋里，关上房门，叹息了一声说：“明天咱得去找房子了。”

“这点小事也叹气。这算个屁事！寡妇不就想从我身上多要点钱嘛，我钱多了往大街上扔也不给她。”罗遇达说。

罗忆莲说：“你小点声，让她听见不好。”

“她听见怎么了？我又没指名道姓说她。她还不让我说话了。”罗遇达不在乎地说。

罗忆莲说：“现在打工的都回来了，房子不好租。年前找房子好找，房租也便宜。”

"哪知道田寡妇会涨价呀。"罗遇达说。

罗忆莲说:"愁人。"

"不用愁,你把心放在肚子里,不会让你住在外面。"罗遇达信心十足地说。

罗忆莲去做饭了。

罗遇达拿过一瓶崂山啤酒,打开瓶盖,嘴对着瓶口喝起来。他喝酒时总是吧嗒吧嗒嘴,好像非常有滋味似的。他是个讲究养身之道的人,虽然注意保养,可年龄不饶人,奔波忙碌一天后还是觉得力不从心。他是个不服老的人,虽然他心态跟年轻时一样,但体力跟不上了。他对罗忆莲的身体还是那么兴趣十足,跟刚结婚的小青年一样贪得无厌。他几乎每天晚上跟罗忆莲做爱。罗忆莲身体不好,上了年纪,对性事淡了许多。她有时被罗遇达弄得像散了架似的,想躲过罗遇达的进攻,可她躲不过去。她稍有不配合,就会遭到罗遇达的责骂。他们草草地吃过了饭,上床做过爱,就东一个西一头地睡觉了。

夜是罗遇达最好的朋友。他心事无忧,睡眠好,能一觉睡到天光大亮。他在睡梦中打着呼噜,呼噜声搅得罗忆莲翻来覆去睡不着。罗忆莲白天干活时困倦,无精打采的。

早晨罗遇达醒来时罗忆莲刚入睡。罗遇达穿衣服的声音把罗忆莲惊醒了。

罗忆莲说:"我一个人去卖,你去租房子吧。"

"这个挨操的田寡妇,涨他妈的什么价呀!"罗遇达说。

罗忆莲看出来罗遇达不想搬家,她也不想搬家。她说:"要么答应田寡妇吧。"

"不答应。"罗遇达说。

罗忆莲说:"不就涨二十块钱嘛。"

"这不是二十块钱的问题。她已经涨两次价钱了,涨上瘾了。如果这次同意她涨价了,以后她还会涨。一个月多二十,一年就多付二百四十块钱房租。这也不是个小数。"罗遇达说。

罗忆莲说:"租房子住就得听房东的。"

"我就不听寡妇的。"罗遇达说。从前他的观点是能不搬尽量不搬,这回他决定搬走了。他除了不愿意每月多付给田寡妇二十块钱的房租外,还讨厌田寡妇看他时的眼神。田寡妇看他的眼神带着征服的欲望,火辣辣的,让他受不了。罗遇达是见过世面的人,了解女人这种神情,懂得女人这种心情。他不愿意跟田寡妇碰撞出火花,发生男女摩擦起电这种事。他认为田寡妇太丑陋,太老,是个贱货,得远离田寡妇,免得引火烧身。

罗忆莲骑着三轮车去卖小吃了。

罗遇达租房子去了。他不想离开小北歌村,小北歌村的位置好,离他做生意的工厂近不说,房租跟别的地方比相对也便宜。他知道有的房东不愿意租给他。他是做小吃的商贩,他住在哪儿,哪儿就是满院子的油味、菜味,让人烦。他不想再受房东的白眼了,决定不再跟房东住在同一个院落里。他为了方便,租了一个独门独院的老屋。

老屋破旧不堪，院落里杂草丛生，打工的小青年不愿意租，一直闲着，价钱便宜。他不在意房子的好坏，只想得到安静，自由，也为了做生意方便。

罗忆莲卖东西回来时罗遇达已经用房东家的三轮车搬完家了。罗忆莲对房子的好坏从不多说什么，她想出门在外讲究什么，有地方住就行。她一个人去卖货忙得很，累得腰疼，走进屋就躺下了。

罗遇达说："屋里这么乱，你也不收拾收拾就睡了。"

"我是一点力气也没有了，明天收拾吧。"罗忆莲侧身躺在床上说。

罗遇达说："明天还有明天的事哩。"

"今天我是没力气收拾了。"罗忆莲说。

罗遇达说："你不收拾屋子，我就收拾你。"

罗忆莲说："累死我了，你还是饶了我吧。"

"过一会儿我饶了你。"罗遇达说着走向了床边。罗忆莲跟罗遇达的身体缠在一起，如同两股绳子拧在一起难解难分。罗遇达再也不用顾及别人听到声音了，肆无忌惮地发泄着欲望。

罗忆莲任罗遇达摆布，好像只是在承受，没感到快乐。罗遇达从罗忆莲身上滚落下来时，罗忆莲脑子里突然出现了罗梅的影子。她说："罗梅快来了吧。"

"她来关我什么事。"罗遇达做出事不关己高高挂起的姿态。

罗忆莲说："你这人哎，不是你答应让罗梅来风海的嘛。"

"我没领她来吧？我走时她爹娘也没跟我说。我又不是她亲爷，如果我是她亲爷就管。"罗遇达压根就没把罗梅来风海的话当回事，更没心情管罗梅。

罗忆莲不赞成罗遇达说的话。她说："罗梅奔咱来，咱就要帮她，要不咱们回罗家村怎么面对村里人。"

"这事很简单，不用帮，工厂招工有的是，她自己去找活干呗。"罗遇达说。

罗忆莲说："罗梅那孩子长得不错，活应该能好找。"

"她如果是我亲孙女就好了。"罗遇达说。

罗忆莲说："这怨谁？谁让你属骡子的了。"

"我是骡子，你是啥？你是驴。你是头母驴！"罗遇达捏了一下罗忆莲萎缩了的乳头。

罗忆莲说："我和畜生能一样嘛。"

"畜生也得交配。人跟畜生没啥区别。是老了，这奶头跟年轻时都不一样了。"罗遇达感觉罗忆莲的奶头如同面团般的柔软，失去了年轻时的弹性。

罗忆莲说："这么个年龄了，你还没正经的。"

"哪家男人跟女人是正经的，正经别生孩子，生孩子就得干这事。"罗遇达说。

罗忆莲被罗遇达捏得心里痒痒，兴奋，缓慢地推开罗遇达的手说："听说人过了八十，对这种事就没兴趣了。"

“不是没兴趣，是没力气了。”罗遇达说。

罗忆莲说：“我不可能活到八十的。”

“我能活到。”罗遇达说。

罗忆莲说：“我死了，你还会找别的女人吗？”

“没想过。”罗遇达说。

2

罗梅从大客车上下来，正是黄昏，满天晚霞给眼前这座陌生海滨城市披上神秘外衣。车上的旅客如同刚打开闸门的水，瞬间从车厢里涌出来，向四周散去。几辆出租两轮摩托车蜂拥般围拢过来，抢夺生意。罗梅身上背着行李，手里拎着一个大布兜子，费力地挤出人群，站在马路边上，茫然地四处张望着。街上往来车辆不多，行人也少，显得空旷。她看着不远处的建筑物有些心慌，急切想找到罗遇达。

罗遇达是罗梅在风海这座城市里唯一认识的人。

罗遇达告诉罗梅到韩欧美电子有限责任公司门口找他。罗梅第一次来风海，不知道韩欧美电子有限责任公司在什么位置。她从衣兜里拿出罗遇达写给她的地址，看了一眼，想找人问一问路。

有一辆两轮摩托车缓慢地开到罗梅面前。司机侧脸看着罗梅，意思是看她是否坐车。罗梅没坐车的意思，客气地问：“请问去韩欧美电子有限责任公司怎么走？”

“你上车吧，我送你去。”摩托车司机说。

罗梅问：“多少钱？”

“三块。”摩托车司机说。

罗梅不想花钱，没上车。她担心摩托车司机找麻烦，急忙避开摩托车司机，快步沿着路边人行道向前走去。

摩托车司机回头看着罗梅的背影，瞪着眼骂了句：“真他妈的小气。”然后一踩油门朝前方开去。

罗梅走了一会儿就累了，开始喘粗气。一个女人经过她身边，她问：“你知道韩欧美电子有限责任公司在哪儿吗？”

“直走，过两个路口，向右转就看见了。”这个女人抬起左手指了一下说。

罗梅有点感动地说：“谢谢。”

“不远了。”这个女人说。

罗梅看着过路女人有点发呆。

过路女人长发披肩，模特般身材，鼻梁上戴着说不上是近视镜，还是平镜的有色眼镜，右手拎着一个小皮包，举止端庄文雅，身上还散发着香味。过路女人迈着有节奏的步子远去了。

罗梅的目光跟着过路女人而去,如同在送行。她感觉过路女人身上散发的香味浸透了她的心。她觉得过路女人太漂亮了。她还是第一次看见这么漂亮的女人呢。她想这也许就是城市女人与乡下女人的不同。这一刻,她是那么想成为城市女人。

她转过脸朝过路女人指的方向看了看,拎起包,继续往前走。

韩欧美电子有限责任公司门口冷冷清清的,没有人,偶尔有几个公司员工进去出来。风海市春天的傍晚还是有点寒冷,晚风吹透了罗梅的衣服,她从心底打着寒战。她心想去哪里找罗遇达呢?困惑和无奈顿时涌上心头。她已经很累了,不想走了。虽然她走的路不算远,但她拿着这么多东西,又坐了这么久的车,真是疲惫不堪了。她稍稍停了一会儿,让发慌的心平静平静,回想着罗遇达跟她说过的话。她想从罗遇达的话中得到寻找线索。罗遇达告诉罗梅在韩欧美电子有限责任公司门口卖小吃。罗梅不清楚小吃是什么,但知道跟吃有关。她猜测罗遇达可能卖完东西走了,如果来也得到明天了。明天太遥远了,隔着一个夜晚呢。假如她找不到罗遇达,这个夜晚她怎么度过呢?她想尽可能找到罗遇达。她展开手里的纸,看着罗遇达留的地址,认为就是这里。她朝传达室望去,透过玻璃,她看见传达室里有几个保安在来回走动。她朝传达室走去。

传达室里有三个保安,一个中年人,两个小伙子。三个人穿着类似警察服装的保安服。罗梅第一次看见看大门的人穿着跟警察一样的服装,有点新奇。如果不是在公司门口,而是走在大街上,她可能会误认为他们是警察。保安看罗梅走到窗前,拉开了窗户,在等罗梅说话。

罗梅站在窗户外面,外面地势比屋里低。她着仰脸说:“请问您一件事。”

“说吧。”年轻甲保安看是个打工妹,绷着脸,表现出漫不经心的样子。

罗梅说:“你知道五爷住在哪儿吗?”

“五爷。”年轻甲保安被罗梅的话问愣住了。门卫相互看了一眼都笑了。

罗梅提示地说:“就是卖小吃的那个五爷。”

“有没有六爷呀?”年轻甲保安嘲笑地说。

年轻乙保安感觉罗梅问的话太天真,感觉好笑,凑上前说:“我领你去找六爷或四爷都行。”

“你不能跟他去找六爷和四爷,六爷是赌徒,四爷是骗子,他不怀好意,想把你卖了。”年轻甲保安说。

罗梅看两个年轻保安没有告诉她的意思,拿她开玩笑,戏弄她,不说话了,想离开。

年轻甲保安说:“今晚你是找不到五爷了。你明天来,也许能找到你的五爷。”

罗梅感觉是自己问话有问题。罗遇达是她的五爷,并不是别人的五爷,她问五爷谁能知道呢。她改口说:“他叫罗遇达。五爷是代号。”

“他叫罗遇达?罗遇达的代号叫五爷?”年轻甲保安像没听清楚似的重复着。

罗梅说:"对,他叫罗遇达。"

"那我们就更不知道了。这个名字有点像逃犯和特务。你得去公安局找,看他在没在拘留所里。"年轻乙保安笑着说。

罗梅感觉两个年轻保安说的话带有污辱性,不好听,不理保安了,转身朝院落外走。

年轻乙保安扯着嗓子喊:"小妹妹,等等我,我领你去找五爷。"

中年保安对年轻甲、乙保安说:"你们逗她干什么。"

"一看就是刚出来打工的,一点社会经验都没有。"年轻甲保安说。

年轻乙保安说:"模样长得不错,屁股大,看走路的姿势能生儿子。"

"你娶她生儿子吧。"年轻甲保安说。

罗梅走到街边,看了一眼手里的纸,认为这张纸没用了,扔在地上。纸被风吹走了,如同吹走了她的希望似的。

她看着远处。天色渐暗,开始黑了,星星也出来了,还有习习的凉风,夜追她而来。风纠缠她,夜围拢她,她急躁起来。现在她想的是在哪里过夜,而不是找罗遇达了。她来风海第一个夜晚要在什么地方度过呢?她怕花钱,没有去找旅馆的想法。她是个节约钱的人,也深知挣钱不容易。这是贫困地区人们共同的生活观念。她想找个地方对付一宿。她的目光向四周搜索着,在寻找安身之处。座座高楼在灯光照耀下让人产生对幸福的幻想和渴望。她朝不远处一座高楼走去,准备在那座大楼下面度过来风海的第一个夜晚。

这座大楼是中国银行风海市分行的办公楼。大门紧闭着,屋里没有灯光,这与矗立在它旁边其他楼房相比反差特别大。

罗梅在大楼的东头墙角处停住,把行李放下,打开行李包,用手抚摸着那床新花被子,不舍得拿出来盖,她怕把新花被子弄脏了。她坐在行李上,蜷缩着身体。她饿了,拿出装油条的塑料袋,抽出油条吃起来。她没洗手,两只手非常脏。她顾不上那么多了,填饱肚子才是最重要的。她吃着风干了的油条,感觉特别香,只是嚼起来特别费力气,累得牙疼。她躲在这个角落里,看着远处城市的夜景,心想城市的夜晚真美。

罗梅第一次看见这么大的城市,这么干净的城市,这么繁花的城市。在城市生活是她的梦想,可她却要在繁花的城市里以天为屋,以地为床,度过一个凄凉的夜晚。

这有些悲哀,她没感到悲哀,却很快乐,开心。

因为她期待明天,明天会有太阳升起。

旅途上的奔波让她感到身心疲惫,上眼皮和下眼皮直打架。她一会儿睡去,一会儿又醒了,在睡与没睡之间来回徘徊。夜越深,天气越冷,她被冻得直打哆嗦。她被冻得实在受不了了,不得不从行李包里取出大花被子。她不再想是否会弄脏被子了,而是要用被子抵挡寒冷,帮她度过这个难熬的夜晚。她把被子裹在身上,感觉暖和许多。

3

一辆清理垃圾的大卡车开过来,发动机的轰鸣声把罗梅吵醒。她刚进入睡意中,正做着梦,梦中的她是那么幸福甜美。她裹在大花被子中间朝街上看去。

黎明悄悄地来了,由暗到明,街上的行人跟车辆渐渐多起来。她过了一会儿,站起身,把大花被叠好,装进行李袋中。她活动活动胳膊,脚往地上跺了几下,伸个懒腰,打起精神,背起行李,拎着布包,迈着缓慢的步子,离开了这座大楼的角落。她沿着大街,向韩欧美电子有限责任公司走去。

她远远看见韩欧美电子有限责任公司大院门口有好多人,如同乡下赶集似的。她看见有几辆卖东西的人力三轮车停在那里,可看不清人的模样。她一边向前走一边寻找着罗遇达和罗忆莲。她猜测也许那两个人就是罗遇达和罗忆莲。但她不敢断定,因为罗遇达和罗忆莲的着装不像是回罗家村里时那样了。她向人群走去,快要到人群时,看出来那正是罗遇达和罗忆莲。

罗遇达和罗忆莲的周围站着好多打工仔、打工妹。打工仔、打工妹把手里的钱递给罗遇达和罗忆莲,再从罗遇达和罗忆莲手里接过饭菜。他们在做着交易。

罗梅走到罗遇达和罗忆莲身边时说:“五爷、五娘。”

“嗯。”罗遇达抬头看了一眼罗梅,愣了一下,接着把目光转向别处去,继续卖东西。他不想跟罗梅多说什么。他想回避罗梅,可没法回避这是事实。

罗忆莲热情地说:“你什么时间来的?”

“我昨晚来的。”罗梅冲着罗忆莲笑。

一个来买饭的女孩打断了罗梅和罗忆莲的交谈。罗忆莲从女孩手中接过钱,把饭递给那个女孩。罗梅看着罗忆莲把钱装进包里,感觉钱挣得太容易了,跟从地上捡的没啥两样。她说:“五娘,一天下来能挣多少钱?”

“没个准儿,有多有少。”罗遇达抢在罗忆莲话前插了言。

罗忆莲随着说:“没个准儿。”

罗梅看出来罗忆莲原本不想这么说,看罗遇达这么说了,才改了口。

罗忆莲问:“你还没吃早饭吧?”

“我吃过了。”罗梅回答。

罗忆莲不相信地说:“这么早,你在哪里吃的?”

“我吃的是我婆婆给带的油条。”罗梅把手中的塑料袋向上举了举,证明是真吃完饭了。

罗遇达向罗梅斜了一眼说:“老家的油条比城里的油条好吃。”

“为什么城里油条不好吃?”罗梅不解地问。

罗遇达说:“城里炸油条都不用好油。”

“为什么不用好油呢?”罗梅问。

罗遇达说:“好油贵,炸油条成本高,赚钱少。”

“不用好油,用什么油?”罗梅问。

罗遇达看一时间跟罗梅说不明白,不想说了,给一个来买饭的打工仔拿饭去了。

罗梅转过脸对罗忆莲说:“没想到在城里炸油条还有这么多学问呢。”

“啥学问,全是骗人的。”罗忆莲说。

罗梅说:“城市人这么好骗吗?”

“真正的城市人不好骗,也不吃这种油条,主要还是卖给来城市打工的乡下人。咱们乡下人只要吃饱就行,不讲究卫生。”罗忆莲说。

罗梅说:“为什么乡下人要骗乡下人呢?”

“还不是为了多赚钱。再说这也不骗,一个愿意买,一个愿意卖,买的为了少花钱,贪图便宜,卖的有成本,想赚钱,就得在成本上想办法。”罗忆莲说。

罗梅听罗忆莲这么说明白了。

罗忆莲说:“这有粥,你喝一碗吧。”

“不了。”罗梅虽然嘴上说不喝,心里却想喝。她已经一天多没喝水了,口渴得要命。她看罗遇达不高兴,就没喝。她是来求人家帮忙的,要比人家矮半截。

罗忆莲给罗梅盛了一碗粥,让她喝。

罗梅推让了一下,但抵挡不住粥的诱惑,一仰脖,把这碗温热的粥喝了下去,顿时感觉肚子里舒服许多。

韩欧美电子有限责任公司院里传出电铃声,工人到了工作时间,买饭的人群已经散去,只有卖饭的人在场。

罗遇达说:“咱们回去吧。”

罗忆莲对罗梅说:“把行李给我,我帮你拿着。”

罗梅说:“不用。”

罗忆莲说:“你把包给我。”

罗梅把手中的包递给罗忆莲。虽然包不重,可她拿着包走路不方便。罗忆莲帮她拿着包,她走路轻松多了。

罗遇达谁也不管地蹬着三轮车先走了。

罗梅和罗忆莲小跑着跟在后面。

罗遇达在韩欧美电子有限责任公司门口卖小吃,有时间段了,不是全天都在那里,只是在早、中、晚三个吃饭时间去,每次也就两个小时左右,其余大部分时间都是在家做准备工作。这个生意不算辛苦。虽然收入不能跟城里的白领相比,但比乡下种田人收入强多了,他也知足。他给自己花钱还算大方,给别人花钱就心疼。此时罗梅好像给他增添了很多麻烦似的。他不痛快,把三轮车骑到家门口,还没等罗梅走到跟前,阴着脸,抱着膀说:“你歇一会儿,出去找个住的地方,然后再去找工作。”

罗梅听出罗遇达话中的意思，这分明不想让她在这里停留。她难为情地说：“好，我这就去找房子住。”

“你不用急，进屋喝点水，先歇一歇脚，过一会儿再去也不迟。”罗忆莲认为罗遇达做得有点过分了。

罗遇达转身进了屋。

罗梅看罗遇达这么个态度，不想进屋了。她问：“五娘，这里的房子好不好租？”

“看你想租什么样的了。”罗忆莲说。

罗梅说：“别太贵，能住就行。”

“好租。”罗忆莲说。

罗梅问：“多少钱能租到房子？”

“三四十，百八十不等。房子好，价钱就高，房子不好，价钱就低。”罗忆莲说。

罗梅问：“这里工作好不好找？”

“好找。韩欧美电子有限责任公司每个星期天都招工。今天是星期一，星期天你可以去试一试。”罗忆莲说。

罗梅说：“我去租房子了。”

“进屋喝口水再去租房子也来得及。”罗忆莲朝屋里看了一眼显出为难的样子。

罗梅知道罗忆莲不当家，说了跟没说一样。她说：“我不累，租到房子再歇。”

“你拿着行李租房子不方便，把行李先放在这儿吧。”罗忆莲说。

罗梅想了一下说：“行，我租到房子再来拿。”

罗忆莲目送罗梅消失在小巷转弯处。

罗梅走到不远处停下来，为难了，回头朝罗遇达家看去。罗忆莲已经回屋了，小巷没有人，她看看周围有些心慌与迷茫。这是她完全陌生的地方，容易走错地方。虽然她强迫自己努力记住走过的路线，可还不放心。她记忆力不是很好，上学的时候老师让背诵课文，总是背不下来。现在她怀疑自己是否能记住这个地方。但她必须记住，不然回来时就找不到这里。如果找错地方就成麻烦事了。开始她没敢走太远，只是在罗遇达家周围转悠。可她不想住得离罗遇达太近，那样罗遇达更害怕了，罗遇达怕她带来麻烦。罗梅刚来风海时原打算是跟罗遇达住得近一点，有个啥事相互照看一下，现在看来她这个想法是不可能实现了。她必须自立，必须自己面对眼前的城市生活。她想如果迷了路，问别人罗遇达家住在哪里，肯定不会有人知道，如果是问多少号房子，也许周围的人能知道。她为了防止迷失方向，于是悄悄返回罗遇达家门口，看了一眼门牌号，迅速记下后，急忙跑开。她这个样子跟做贼似的，心突突直跳，头脑发热。她走出了这个圈子，走得离罗遇达家比较远的地方租房子。

她开始专心致志地找房子了。

4

风海刚由镇升级为县级市没几年，市政建设处在起步阶段，百废待兴，有许多城中村没改造，新楼在空地处拔地而起，村庄跟高楼对比明显。罗梅在沂蒙老家住平房住够了，想租住楼房，可是楼房的房租比平房贵，为了少花钱，只能租平房。

小北歌村处在风海市中心地带，被列为拆迁项目，还没有拆迁。小北歌村不仅周围有很多工厂、公司，还离风海市政府办公楼近，生活条件便利，在这个村租房的外来打工人很多。村里家家户户住的都是平房，有许多住家户的门上、墙上、窗户上写着"吉房出租"的字样。没有写"吉房出租"的人家房子已经租出去了。房租是这个村里人的重要收入。

罗梅胆战心惊地敲响了一家住户的大门。一位中年男人从里面走出来，上下打量着罗梅。罗梅怯生生地问："你家出租房子吗？"

中年男人说："租。"

罗梅问："多少钱一个月？"

中年男人问："几个人住？"

罗梅说："我自己。"

中年男人一摇头说："一个人不租，房子大，你付不起房租，要租给四五个人的。你一个人也没法住。"

罗梅没想到租房子还要四五个人合伙，这是她第一次遇到。实际上她是第一次进城打工，也是第一次租房子，觉得新鲜。她沿着小巷走着，眼睛看着旁边的住家，在寻找可租的房子。

一群女孩嬉闹着从一个大院里跑出来。

罗梅上前问："这里往外租房子吗？"

几个女孩异口同声地说："租，你跟房东说吧。"

女孩的话音刚落，一个胖女人就从院里走了出来。胖女人显然是听见罗梅跟女孩的说话了，她问罗梅说："你想租房子？"

罗梅嗯了一声。

胖女人问："你想住大间，还是小间？"

罗梅答不上来，她不明白胖女人说的大间和小间是什么意思。她怔怔地看着胖女人。

胖女人解释说："大间是大间的价钱，小间是小间的价钱。"

罗梅问："小间是什么样？大间是什么样？"

胖女人说："你进来看一看吧。"

罗梅跟着胖女人走进院里。这是个四合院，东南西北是房间，每个房间都住着人。院里空间小，几根铁丝绳交叉悬在空中，上面晾着许多衣服。胖女人把晾在绳子上的衣服往两头扒了扒,闪开一条道,领着罗梅走进西侧平房里。房子还可以,因为住的人多显得乱。罗梅没相中,她一笑,没说话,转身走了。

胖女人不高兴地问:“怎么样?”

“如果屋里住的人少点就好了。”罗梅说。

胖女人说:“人多房租便宜,人少房租贵,你们进城打工挣钱不容易,都想少花钱。”

“我去看一看别人家的,如果没合适的,我就过来。”罗梅婉转地说。

胖女人生气地说:“这房子还没看中,打工妹还想住什么样的房子。”

罗梅从院里走出来,继续寻找可租的房子。往外出租的房子有很多,但能让房主和租客双方达成协议还有个选择与磨合过程。房子好,房租就贵,租客不想租。房子不好,租客看不上。罗梅心想租房子真不容易,有些灰心了。

田寡妇坐在门口的石头上,摆弄着几棵刚从地里拔出来的葱,看见罗梅一边走一边四处张望,凭直觉判断是来租房子的,搭话问:“你是不是想租房子?”

“你家有房子往外租吗?”罗梅止住步说。

田寡妇说:“有,你想住多少钱的?”

罗梅说:“当然想租便宜点的了。”

“你住大屋,大屋便宜。”田寡妇把罗梅领进大屋里。

屋里摆放着四张上下床,住了好几个打工妹,空间很小。罗梅一看就不想租了,试探性地问:“小屋怎么租?”

“小屋一个月八十,你能住吗?”田寡妇把罗梅领进东侧的屋里。

罗遇达曾经住在这间屋里。他搬走后房间一直空着,没租出去。

罗梅感觉小屋比大屋干净,也安全,可房租贵了,讲价地说:“不能便宜点吗?”

“我要的房租在小北歌村是最便宜的,不信你可以去问一问。”田寡妇说。

罗梅已经走了好几个小时,看了好几家房子,累了,腿脚发酸,不想继续找房子了。她看过的房子基本上都差不多。她说:“我先租一个月小屋吧。”

“你只租一个月不行,收你一个月租金,还不够麻烦的呢。这样耽误往外租房子。你一个月一租,在小北歌村是没人租给你的。”田寡妇解释着租房子的规矩。

罗梅看田寡妇不租,改口说:“那就租两个月。”

“两个月也不行,最少也得租三个月。”田寡妇说。

罗梅说:“我先住三个月看一看,如果可以,我会接着住下去。”

“你付钱吧,我把床给你清理清理。你肯定能住习惯。”田寡妇说。

罗梅说:“过一会儿我把房租给你。”

“你要真心想住,现在就交钱。你不交钱,如果别人来租,我就租给别人了。”田寡妇感觉罗梅没有诚意。

罗梅说:“我的东西还没拿来呢,我得去拿东西。”

“你把东西放在哪儿了?”田寡妇问。

罗梅说："放在五爷家了。"

"你在这里有亲戚？"田寡妇一听罗梅有个五爷在这村里，有点犹豫了。她不愿意把房子出租给熟人，熟人不好讲价钱，要钱多了对方不愿意，钱少了自己觉得吃亏了，钱多了少了都不好，不想跟同村人产生矛盾。她问："你怎么不住在你五爷家呢？"

"五爷家没地方，如果有地方，我会住的。"罗梅说。

田寡妇问："你五爷叫什么名字？"

"罗遇达。"罗梅说。

田寡妇说："这个名字咋这么熟悉呢。可我们村里没有姓罗的人家。"

"你不会认识他，他是我们老家来的。"罗梅说。

田寡妇听罗梅这么说改变了态度，强调性地说："如果你不交钱，有来租房子的，我就租给别人了。"

"交多少钱？"罗梅问。

田寡妇说："二百四。"

"这么多？"罗梅一听，吓了一跳。

田寡妇解释说："你不是租三个月嘛，每月八十，三个月不是二百四。我没朝你多要，我也不会朝你多要，你们出来打工也不容易。"

罗梅没接话，像是在想心事。

田寡妇不想让房子继续空下去，让步地说："如果你真想租，就七十吧，七十你租就租，不租就算了。"

罗梅觉得七十也贵了，自己长期租也不行。她在衡量着住小屋划算，还是住大屋好。

田寡妇着急地说："你这孩子，没租过房子嘛，性子咋这么慢呢，想住小屋还是大屋说话呀。"

罗梅改变了想法，不租小屋了，想租大屋。她说："我还是住大屋吧。"

"也行，每月四十。三个月是一百二。大屋虽然人多点，可房租便宜一半呢，挺适合你住的。"田寡妇说。

罗梅认为这个价钱还能承受得了，从衣兜里拿出钱交给田寡妇。她把钱给了田寡妇有点不放心地说："这房子就算是我租下了，你不能再租给别人了。"

田寡妇数了数手中的钱，纠正性地说："不是你租下了房子，而是你租下了那张床。你也不想一想，这间房子里有八张床，每张床四十，八张床每月是三百二十块钱，三个月是九百六，你能租得起吗？"

罗梅看出来田寡妇目光里带着瞧不起她的样子。她不能跟田寡妇计较，因为田寡妇是房主，她是租客，租客在房主面前是弱者，尽可能不发生矛盾。她说："我去拿东西，一会儿过来。"

"你什么时间来住随便。"田寡妇收了钱，就不管她住还是不住了。

罗梅忘记来时的路线,绕了大圈,走了远路才找到罗遇达家。罗遇达躺在床上吸着烟,如同在享受闲时的好心情。罗忆莲在准备晚饭。罗梅打招呼地说:“五娘。”

“租到房子了吗?”罗忆莲关心地问。

罗梅说:“租到了。”

“是大间还是小间?”罗忆莲问。

罗梅说:“大间。”

“住大间行,房租便宜,一个月多少钱?”罗忆莲说。

罗梅说:“四十。”

“差不多就这个价钱。”罗忆莲思量地说。

罗梅不想看见罗遇达冷冰冰的脸,礼貌地说:“五娘、五爷,我走了。”

“你既然来风海打工,就要珍惜机会。虽然我帮不上你什么忙,可我告诉你这个地方了。如果我不告诉你风海钱好挣,你也不会来这里。”罗遇达说。

罗梅说:“谢谢五爷。”

“你找到工作后就有工资了,不管怎么说风海比咱们老家好挣钱。”罗遇达坐起身,话语中带着教诲的口气。

罗梅现在需要关心,不是教诲。她不想听罗遇达说这种话,可罗遇达是长辈,她不能说自己的想法。她这种想法是不满意的,不情愿地说:“知道了。”

“你吃过饭再走吧。租到房子,就不急了呗。”罗忆莲说。

罗梅说:“我把东西拿过去,再回来。”

“你一会儿来吃饭吧。”罗忆莲说。

罗遇达坐在那儿没动地方。

罗忆莲把罗梅送出院落门口,叮嘱地说:“你一会儿过来吃饭,我等你。”

“五娘,你别等我,如果有别的事我就不来了。”罗梅没有来罗遇达家吃饭的意思。

5

罗忆莲毕竟是女人,要比罗遇达心软得多。她觉得罗遇达做得太过分了,也太无情了。别说罗梅还喊他五爷,就算不喊他五爷,也不能这样。罗梅是他们同村同族人,这让村里人怎么看?罗忆莲回到屋里生气地说:“你都是土埋半截的人了,做事咋不考虑后果呢?”

“我咋的了?”罗遇达把眼睛一瞪。

罗忆莲说:“你说咋的了,你心里不清楚吗!”

“我不清楚。”罗遇达说。

罗忆莲说:“你好坏也是罗梅的长辈,罗梅还喊你五爷。她从老家来风海投奔你，你就这样对她吗？你说你做得过不过分？如果罗梅回家对她爹、她娘说了，传出去，你咋有脸见村里人？”

“我咋不能见人了？我是跟她睡觉了，还是偷鸡摸狗了？”罗遇达不服气地说。

罗忆莲看罗遇达不讲理，就恶狠狠地说：“老天让你绝后就对了，谁让你做这种缺德事了，谁让你处事不近人情了。”

罗遇达最讨厌别人说他绝后了，这是在揭他的短处。揭了他的短，如同往他伤口上撒了盐，让他疼痛。这种内心的疼痛让他受不了，他火冒三丈地骂道：“你少说放屁话，我是不是又给你好脸色看了！”

罗忆莲见罗遇达火了，没敢再吱声。她跟罗遇达在一起过了大半辈子，知道罗遇达的脾气。她虽然还在生气，但也只能把气憋在肚子里。她忙别的去了。

罗遇达坐在床上想着心事。自从他见到罗梅起就开始生气，他知道罗梅来了，他在风海的情况会从罗梅这里一五一十地传回罗家村，他在罗家村人面前会失去隐私和神秘感，他的威望会一扫而光。

罗忆莲忙完活时想去罗梅住的地方看一看，可她不知道罗梅住在哪里。她希望罗梅能来，但罗梅没有来。

6

罗梅从罗遇达家出来，背着行李，拎着大布包，举步维艰地向田寡妇家走去。

田寡妇站在院门口，背靠在大门上，看着远处。她不出去干活，靠收房租过日子，对房客格外注意。罗遇达搬走后，那间房子还空着，空一天少收一天房租。她在寻找新房客。她看罗梅走过来时，迎上前说：“你怎么自己过来了？拿着这么多东西，你五爷怎么没送你呢？”

罗梅迟疑了一下说：“五爷和五娘正忙着呢，又不是多远的路，我没让他们送。”

田寡妇转身去给罗梅开房门。

罗梅跟在田寡妇身后走进屋里，走到那张空床前。她开始铺床，铺完床，躺在床上，身体发懒，不想动了。

风海市的春天还是有些寒冷，人们穿着很厚的衣服。这间屋跟众多打工妹、打工仔住的屋子没什么两样，同样潮湿，阴冷。罗梅又困又饿，在困与饿两者之间，她选择了先睡觉，后吃饭。她想睡醒后再去吃饭，那样才会吃得津津有味。她盖上被子，蒙住头，大睡起来。

被子是新的，特别保暖。她睡得踏实，直到被进来的打工妹吵醒。她翻身坐起来，看着进来一群比自己年龄还小的女孩。她知道到下班时间了。天开始黑了，她没料到这一天会过得这么快，她想不起来这一天干了什么。她看着这些女孩不说话。女孩们时不时地把目光投向她，但没有跟她说话。因为不是同乡，素不相识，不了解，生分。在打工女孩眼里乡情是很重要的。她们知道吵醒了罗梅，也有点不好意思,主动压低了声音。

田寡妇从外面走进来叮嘱说:“你们又来一个新伙伴,不许打架,要团结,好好相处。”

几个女孩说:“你放心吧,我们会相互关心,如同亲姐妹。”

田寡妇说:“那就好。”

几个女孩一起涌出了屋,朝院落外跑去,她们去吃饭了。

罗梅从床上下来,问田寡妇说:“她们都是一个村的吗?”

“不是。”田寡妇说。

罗梅说:“我来住,你跟她们商量了吗?”

“我是房主,房子我说了算,我想租给谁租给谁,跟她们商量什么。”田寡妇认为罗梅问的话多余。

罗梅说:“不商量,她们能愿意吗?”

“你放心,她们都是好孩子,不会欺负你的。如果她们欺负你,你找我,我管她们。”田寡妇以为罗梅是怕住在这里受气呢,给罗梅打气地说。

罗梅说:“住在一起最好别出现矛盾,融洽点好。”

“这么想就对了。”田寡妇赞成地说。

罗梅说:“她们是哪儿的?”

“济宁、莒县的都有。”田寡妇说。

罗梅想了解这些女孩的事,避免发生摩擦,防止出现矛盾。她已经二十岁了,懂得怎么与人交往,她相信能跟这些女孩搞好关系。她肚子里发出叽里咕噜的警报声,再次向她提出了抗议。饥饿感涌来,她想吃东西。但她不想继续吃婆婆给带的油条,想吃点热汤、热面条或热粥什么的。她不知道哪里有卖热饭的,便问田寡妇。

田寡妇说从院落外往东走,就是小市场,那里卖什么吃的都有。

罗梅按照田寡妇说的方向走去。

这是一条不是很宽的小街,在街两边是各种店铺。街上人挨人,摩肩接踵。她走进德州热面馆,要了一碗热面,边吃边打量着进进出出的人。呈现在她眼前的完全是个少男少女的人群,有比她年龄大的,也有比她年龄小的。他们三个一伙,五个一群,说说笑笑,打打闹闹,很开心。她一个人坐在这里有点孤单。她心想如果罗家村能多几个女孩跟自己一起来风海打工就好了,她现在想找个说话的人都没有。

打工妹、打工仔成为这条小街一道风景,这让罗梅看到了希望,让她产生了找工作的动力。

她吃了饭,在街上走着,感受着异乡的生活,很晚才回到住处。她回来时,屋中的女孩不像刚才那么多了,有几个去加班了。她跟这些女孩还陌生,一时找不到共同话题。女孩们说话时,她在旁边听着。

女孩们看着罗梅，认为她比自己大，但从穿着和举止上不如自己随意，不如自己更城市化，更紧跟时代潮流。

有个女孩问罗梅说："你是刚来风海吗？"

"昨天晚上到的。"罗梅说。

那个女孩问："你叫什么名字？"

"罗梅。"罗梅回答。

那个女孩自我介绍说："我叫李婧雨，咱们住在一起，今后就是朋友了。"

"我以前没打过工，又是刚来，对城里情况不了解，你多关照我。"罗梅说。

罗梅和李婧雨的床面对面。李婧雨比罗梅小两个月，今年也是二十岁。她来自济宁乡下，住在这个屋里的还有她三个同乡。其他几个女孩是来自莒县农村的。在罗梅搬进来之前，这个屋里住了七个女孩，分别来自山东本省两个不同地区，相处得很好。罗梅搬进来后，成了八个人住在一个屋里，来自三个不同地区。

罗梅心想自己的同村姐妹如果能多来几个就好了，那样她就不会寂寞，孤独了。虽然她是第一次出门在外打工，毕竟年龄大一些，思想成熟一些，说话做事考虑得还算周全。当然不足之处也有很多，她在沂蒙乡下长大，见世面少，缺少社会经验。

这几个女孩在韩欧美电子有限责任公司上班。她们不知怎么就说起罗遇达的事情了，当然她们没有把罗梅跟罗遇达联想在一起。她们不会把罗遇达叫五爷，她们只是把罗遇达叫卖饭的老头。女孩说罗遇达是被田寡妇撵走的。田寡妇对她们说卖饭老头经常在半夜里把床弄得吱嘎吱嘎乱响，声音在夜里传得远，搅她睡不着觉。女孩也在半夜里听到过罗遇达屋里床响的声音，不过没当回事，出门在外，应该相互理解，不能过多计较。田寡妇这么一说，女孩就明白罗遇达屋里半夜床响的意思了。她们笑着，在背后议论说田寡妇是想男人了。她们说这话时还诡秘地向外面看去，生怕让田寡妇听见似的。

罗梅万万没想到罗遇达在这里住过。她对罗遇达不像原来那么尊敬了，她认为罗遇达对她太过分了，不想搭理罗遇达了。实际上不是她不想搭理罗遇达，而是她没法跟罗遇达相处。罗遇达对她鼻子不是鼻子，脸不是脸，让她怎么跟罗遇达相处？她想到这儿心有点烦，有点乱了思绪。她想如果自己不来风海，罗遇达不还是她尊敬的五爷吗？罗遇达也不会这么对她。可又一想，她不来风海打工，又怎么会看清罗遇达的真实面目呢，她又怎么会知道在风海有这么多打工妹、打工仔呢。她想世界真是太小了，罗遇达搬走了，她却搬来了。

李婧雨的话打断了罗梅的沉思。

罗梅没听清李婧雨刚才说的话，把目光转向李婧雨问："你说什么？"

"你找到工作了吗？"

"还没有。"

"星期天我们公司招工，你去试一试吧。"

“严不严?”

“说严就严,说不严就不严,到外国人开的工厂、公司干活,有时要看运气。”

“我有点怕。”

“怕什么！怕就别在城市打工。咱们背井离乡到城市打工,任何事都有可能遇见,所以不能怕。”李婧雨说。

罗梅笑着说:“你挺有胆量的。”

“不是我有胆量,而是被逼出来的。咱们在城市打工,有时跟奴隶一样,老板让干什么就得干什么,根本没有讨价还价的权力和资本。”李婧雨说。

罗梅不相信地说:“没这么严重吧?”

“你刚进城打工,不了解情况,过一段时间就明白了。去年,我有几个同乡小姐妹在一家私营肉食厂打工,活又脏又累,非常辛苦,可老板只给她们一半工资。”李婧雨感慨地说。

罗梅说:“没人管吗?”

“你来管吧!”李婧雨说。

旁边一个女孩对李婧雨不满意了,接过话茬儿批评地说:“李婧雨,你吃错药了？说话这么呛人。”

“罗梅太天真了,太单纯了,想法跟白纸似的。你说咱们屋里有几个没遇见黑心老板的。”李婧雨说。

那个女孩说:“她不是刚从老家来城市打工嘛。如果你在老家,没在城市打过工,你能相信有黑心老板吗?”

“看来只有经历了才能明白。”李婧雨叹息了一声说。

罗梅觉得李婧雨说话是冲了点,难接受,但是好意,对她来说是好事,能让她了解打工的生活。她想了解打工的生活,防止上当受骗。她想找到好的工作,多挣些钱寄回家。

第三章

求职

1

天刚放亮打工女孩就醒了，开始起床，穿衣，洗漱，陆续离开出租屋上班。罗梅这几天比较累，还没找到工作，时间自由支配，睡了个懒散觉，快到中午才起来，在屋里待了一会儿上街。她在街边的小饭店吃过饭，想找工作，可又不知道去哪里找。她走在大街上时发现路边的电线杆上贴着很多招工启事，眼睛一亮，如同看到了希望。她买了一支笔，记下了上面的联系地址和电话号码。她不喜欢写字，记了几个招工启事后感觉麻烦，还生怕记错电话号码，干脆把能揭下来的招工启事揭下来。她每记下一个招工电话号码或揭下一张招工启事，就会增添留在风海打工的信心和希望。她怀疑这些招工的真实性，担心是陷阱，没有马上去应聘，想征求同屋里打工女孩的意见。

李婧雨下班回来，接过罗梅手中的招工启事，看了一眼，笑着说："我的傻大姐，你信这个？如果你相信上面写的，死都不知道是怎么死的。"

罗梅怔怔地看着李婧雨没说话。

李婧雨把手里的招工启事撕得粉碎，像天女散花似的往空中一扔说："生活中居然还有像你这么天真的人。"

"李婧雨，你说就说呗，干吗把人家揭回来的招工启事撕了？你这么武断，人家找不到工作怎么办？"一个女孩对李婧雨的做法表示反对。

李婧雨说："我做得不对吗？如果让罗梅按照招工启事去应聘，不是明知道那里有陷阱，还看着她往里跳吗！不是我武断，而是你们过于小心谨慎了，你们怕承担责任。我不赞成你们这种事不关己高高挂起的做事心态。"

那个女孩不说话了。

李婧雨说："咱们来自不同的地方，都是进城打工的，身处异乡，没有依靠，要相互关照才行。我认为做朋友，还是真诚为好。罗梅，你说是不是？"

"你们都是为了我好。"罗梅说。

罗梅不想站在任何一方的立场上发表看法。她对这些女孩不了解，不知道她们之间是不是有矛盾。不过,她赞成李婧雨的观点,认为李婧雨说得对,交朋友要交真诚的人,虚情假意还叫朋友嘛。

李婧雨说:“罗梅,你刚来风海,对这里的情况不了解,等了解了,就知道了。在风海招工的工厂、公司有很多。工厂、公司也确实需要招聘工人干活,可工人干了活,没有得到工钱的现象随处可见。就算是有的老板给工钱了,给得也非常少,还不够生活费呢。你说这样的工厂、公司能去干吗?有必要去干吗?如果找工作,最好到外资工厂、公司去。外国人开的工厂、公司,到月准时发工资,说哪天就哪天,从不拖欠。外国人说多少钱就是多少钱,守诚信,不像咱们有些个体老板,说每月六百,到发工资时,找各种原因,左扣右扣,发到手的还不到五百。私营老板的承诺多数是谎言,千万别信。”

“外国人在中国可能不敢违法。”罗梅说。

李靓雨说:“国内私企老板也有好的,但占的比例小,难遇上。”

“城市人复杂,好人少。”罗梅说。

李婧雨说:“咱们乡下人纯朴,没那么多坏心眼。”

“城市经济发达,人的想法就多。”罗梅说。

李婧雨说:“海尔总裁张锐敏不是说过,如果想与狼共舞,首先要变成狼。咱们在城市打工,在城市生活,就要学会与城市人相处,适应城市生活。”

“你挺有思想的,口才也不错,这些道理我知道,但说不出来。”罗梅说。

一个跟李婧雨是同乡的女孩插话说:“李婧雨不简单,她学习好,读过中专。她是咱们屋里读书最多的人。”

“读过中专还打工呀。”罗梅认为中专是很高的学历,不应该打工,应该从事更好的工作。

李婧雨说:“不进城打工还在家种地吗?”

“中专国家是分配工作的。”罗梅说。

李婧雨说:“我运气不好,我们那儿在我毕业那年开始不分配工作了。”

“怎么会这么巧。”罗梅惋惜地说。

李婧雨说:“分配工作也没意思。我们那经济落后,工资不高。如果分配在乡镇卫生院当护士,还没在风海打工挣钱多呢。”

“济宁乡下应该比我们那好吧。”罗梅说。

李婧雨说:“沂蒙、济宁、宾州这几个地方的乡下生活水平差不了多少。”

“你出来打工多长时间了?”罗梅问。

李婧雨说:“三四年了吧。”

“你怎么想来风海打工了?”罗梅问。

李婧雨说:“我有个同学在青岛,她说风海刚由镇升级为市,发展机会多,我就来了。”

“还是多读书好,能有那么多同学。”罗梅说。

李婧雨有点得意地说："我在济南读卫校时，全省各地的同学都有。"

"你读这么多书，不应该在工厂打工，应该干跟你学的有关的活儿。"罗梅说。

李婧雨说："要看有没有机会了。"

"风海这么大，会有机会的。"罗梅说。

李婧雨说："但愿吧。"

"要么你去青岛找工作也行。青岛市大城市，发展机会更多。"罗梅说。

李婧雨说："不去。"

"为什么不去青岛发展呢？"罗梅问。

李婧雨说："青岛是好，找工作机会多，可房租很贵，挣钱都交房租了，生活压力太大。"

"你考虑得也对。"罗梅说。

李婧雨说："我准备换工作了，现在有好几个单位让我去呢。"

"你们找工作那么容易，我找工作感觉很难。"罗梅说。

李婧雨说："你刚进城，不熟悉环境，过些时间熟悉就好了。不过你不能相信电线杆上贴的招工启事。你可以去人才市场或工厂、公司门口看一看，这些地方招工信息比电线杆上的可信。"

罗梅听李靓雨这么说，没再到电线杆上找工作，在等韩欧美电子有限责任公司招工的日子。这时离韩欧美电子有限责任公司招工的日期还有好几天，她没事可做，在屋里的女孩上班后，一个人在街上转悠，寻找应聘工作机会，也是为了熟悉环境。这天她不觉中转到了韩欧美电子有限责任公司门口。

2

罗遇达虽然对罗梅来风海打工的事一时想不开，不痛快，有意见，产生了情绪，但他感到自己这么做有点过分了，没必要这么做。他这几天没见到罗梅成了心事。

罗忆莲刚把三轮车上的东西搬下来，准备卖饭，看见罗梅朝这边走来。罗梅跟罗忆莲之间还有挺远的距离。罗忆莲喊："罗梅，你快过来。"

"五娘、五爷。"罗梅加快了脚步走到罗忆莲跟前。

罗忆莲说："怎么这几天没见到你，你去哪儿了？"

"我在找工作呢。"罗梅说。

罗遇达问："还没找到吗？"

"正在找呢。"罗梅说。

罗遇达说："星期天韩欧美公司招工，你来试一试吧。"

"有这个想法。"罗梅说话时留意着罗遇达的态度。罗遇达脸上的表情不像原来那么冷漠了，带着苍老的笑容。她感觉罗忆莲和罗遇达对她比刚见到时亲热。她没想到罗遇达对她的态度会有这么大转变，心情轻松不少了。

罗遇达拿了几根油条递给罗梅。

罗梅没有接,拒绝地说:“我不饿。”

“到中午了,怎么会不饿呢。”罗遇达说。

罗梅说:“我起床晚,吃早饭也晚。”

“不饿就少吃点。”罗遇达说。

罗忆莲说:“给你,你就接着,又不是外人,客气什么。”

“谢谢五爷和五娘。”罗梅接过油条说。

罗忆莲说:“这还用谢呀。”

罗梅笑了。

罗忆莲说:“我想去看你了,可是不知道你住在哪儿。”

“你这么忙,不用惦念我。我有时间会去你那儿的。”罗梅说。

罗忆莲说:“这几天一直在找工作吗?”

“应聘了几个,不太合适。”罗梅说。

罗遇达说:“你别急,风海经济发达,用人单位多,工作好找。”

“主要是我没工作经验,什么也不会,招聘单位想招聘有工作经验的。”罗梅说。

罗遇达说:“刚进城打工,由农民成工人,谁有工作经验?开始都没有工作经验,工作经验是一点一点积累起来的。”

罗梅听罗遇达说这些话心里舒服多了。

罗遇达问:“跟你住在一个屋里的女孩子都是干什么工作的?”

“她们在这个公司里上班。”罗梅看了一眼韩欧美电子有限责任公司。

罗遇达说:“这家公司是韩国人开的,待遇还行,工资也可以。”

“五爷,你认识公司里的领导吗?”罗梅心想罗遇达每天在韩欧美电子有限责任公司门口做生意,或许跟公司领导熟悉,如果有公司领导介绍,应聘的事就有把握了。

罗遇达说:“我只认识保安,不认识领导。领导不买我的东西,保安买。”

“保安说话能管用吗?”罗梅知道在单位看大门没有权力。

罗遇达说:“保安说话没有领导说话管用,但比咱们管用。咱是外人,保安是公司内部人。”

“要么你跟保安说一说?”罗梅说。

罗遇达说:“我看哪个保安在班上。”

罗梅看罗遇达朝韩欧美电子有限责任公司大门走去。罗遇达边走边往传达室看,然后回过头,向罗梅招手,让罗梅过去。罗梅跑了过去。

年轻甲保安和乙保安都在班上,只是那个中年保安没在。两个保安看罗遇达走过来,从传达室里出来问:“今天什么饭?”

“你们想吃什么,我给你们做什么。”罗遇达说。

年轻甲保安说:“我就爱听你说话。虽然你饭做得一般,但话好听。”

“你可别夸奖我了。”罗遇达说。

罗梅跑到罗遇达跟前。

年轻乙保安说：“这不是那天来找五爷的打工妹嘛。”

“你们认识？”罗遇达看着罗梅。

罗梅脸红了。

年轻乙保安说：“那天晚上她说来找五爷，我哪认识她五爷呀。”

“我就是她五爷。”罗遇达说。

年轻乙保安说：“我刚知道你的名字，你的名字有点特别。”

“也没啥特别的。”罗遇达说。

年轻乙保安说：“你孙女这么大了，她长得怎么不像你呢？”

“一个村里的。”罗遇达说。

年轻甲保安说：“你孙女挺漂亮。”

“她爸妈相貌都好，这是遗传。”罗遇达看着罗梅说。

罗梅把脸侧了过去，没有看保安。

年轻甲保安说：“你不是有意给我介绍对象吧？”

年轻乙保安说：“别介绍给他，他有对象，介绍给我。”

年轻甲保安说：“你不也有对象。”

年轻乙保安说：“散伙了。”

年轻甲保安说：“前天还来找你了呢。”

年轻乙保安说：“昨天散伙的。”

年轻甲保安说：“你小子一句话三个谎，不能相信。”

罗遇达说：“你们别闹了，明天公司招工，你们帮着说点话吧。”

年轻甲保安说：“这没问题。我跟小黄头发说一声，让小黄头发照顾一下。”

“谢谢你。”罗遇达说。

年轻甲保安说：“不用。”

年轻乙保安说：“明天我休息，如果他说话不管用，我再跟小黄头发说。”

年轻甲保安说：“你面子比我大呗。”

“这件事拜托你们了。”罗遇达说。

年轻甲保安说：“小事一桩。”

“你们忙吧。”罗遇达看有工人从车间出来了，得去卖饭了，不想说下去。

罗梅说：“五爷，小黄头发是谁？”

“公司负责招聘的。”罗遇达说。

罗梅说：“保安给你面子了。”

“他们吃我的东西，我不收钱，当然给我面子了。”罗遇达说。

罗梅问：“为什么不要钱？”

“这不有好几家卖东西的嘛，表面和气，暗地竞争，如果没人撑腰，会受到同行欺负的。这是公司的地盘,跟保安处好关系,没人敢欺负。”罗遇达说。

罗梅没想到卖饭还得有关系。

罗忆莲问:“说好了吗?”

“五爷跟保安说了。”罗梅说。

罗忆莲问:“保安怎么说?”

“保安答应帮忙了。”罗梅说。

罗忆莲说:“你别担心,能应聘上。我看公司里有的女孩还不如你呢。”

3

星期天早晨还没到上班时间,韩欧美电子有限责任公司大门口已经有三四十位十八到二十岁的女孩在等着应聘了。每个招工日都有这么多人来应聘工作。她们当中有刚从乡下来的,有在别的公司或工厂不想干的,都心存期望想来这工作。可应聘成功的只是少数人,多数人是抱着希望而来,带着失望而去,竞争比较大。

一位二十岁左右,穿着韩国式服装的红头发女孩在公司大院门口,手里拿着本子,喊着本子上的名字。被喊到名字的人走出人群,三个人一组,往公司里走。公司对她们进行面试。面试过关的,公司让留下来,没过关的,公司十分客气地让回去等通知,这么做不伤应聘者的自尊心。

年轻保安甲从传达室走出来,走到红头发女孩面前说:“我有个亲戚想进公司工作,你跟主任说一说。”

“你什么亲戚?”红头发女孩问。

年轻甲保安说:“我对象,你别吃醋。”

“你对象不是有工作嘛,怎么会来咱们公司呢?她来了,你还能有自由吗?不怕她管你吗?”红头发女孩说。

年轻甲保安说:“你这么小的年纪,想得还挺多,跟结过婚似的。”

“哪个是你对象?”红头发女孩问。

年轻甲保安朝罗梅招手,让罗梅过来。

罗梅站在人群中,心在狂跳。她以为罗遇达跟保安说的话没起作用,对找保安说情不抱希望了。当她看见年轻甲保安走到红头发女孩跟前时,希望之火又烧起来,眼睛看着红头女孩和年轻甲保安。她挤出人群,走到年轻甲保安面前。

红头发女孩说:“这哪是你对象,你对象我认识。你还请我跟你对象在一起吃过饭呢。”

“跟你开玩笑。”年轻甲保安说。

红头发女孩说:“她外表不错,如果智商正常,应聘没问题。”

“她如果脑子有问题,我就不跟你说了。”年轻甲保安说。

红头发女孩说:“怎么说话呢。”

“发工资时让她请你吃饭。”年轻甲保安说。

红头女孩说:“饭不用吃,她把工作干好就行。”

“活肯定会干好的。”年轻甲保安说。

红头发女孩说:“你如果没事请走开,我得开始工作了。”

年轻甲保安回传达室去了。

罗梅被安排在第三批应聘人员名单中。她没见过外国人,也没在外国人开办的工厂或公司里干过活。她走进屋时看到韩国老板有点心慌,神情紧张。韩国老板说着叽里咕噜她听不懂的韩国话,红头发女孩在旁边做翻译。她顺利通过了面试,被留下来。

公司生产车间主任对新入职的员工进行简短培训,讲解了工作制度与要求。新入职员工星期一正式上岗工作。

罗梅往公司外走时特意走到传达室窗前对年轻甲保安说:“谢谢你。”

“面试上了?”年轻甲保安说。

罗梅说:“面试上了。”

“进公司得好好干,不好好干随时会被辞退的。”年轻甲保安说。

罗梅说:“出来打工能不好好工作嘛。”

“你住在你五爷家吗?”年轻甲保安问。

罗梅说:“没有。”

“有时间我去找你玩。”年轻甲保安说。

罗梅说:“行。”

“你住在哪?”年轻甲乙保安问。

罗梅说:“小北歌村。”

“谁家?”年轻甲保安问。

罗梅说:“我不知道。”

“小北歌村好几百户,那么大,怎么找你。”年轻甲保安说。

罗梅说:“明天我就上班了,咱们天天见面。”

“你快走开,总经理开车过来了。”年轻甲保安表情严肃起来,急忙站直了身子。

罗梅快步走出公司大院,回头看了一眼那辆黑色轿车,阳光照在黑色轿车上,折射过来的光刺痛了罗梅的眼睛。罗梅心想当老板真好,能坐这么好的车。

罗梅回到住处时,李婧雨她们去逛街了,屋里没人。她休息一会儿去了罗遇达家。

韩欧美电子有限责任公司周六周日休息,罗遇达也不去做生意。罗忆莲问:“应聘上了吗?”

“应聘上了。”罗梅高兴地说。

罗忆莲说:“我说你能应聘上,你还不相信。”

“五爷找的那个保安帮助说好话了,我是第三批进公司面试的。”罗梅说。

罗遇达说:“年轻甲保安爱开玩笑,嘴不好,心不坏。”

“他看见老板如同老鼠看见猫似的。”罗梅说。

罗遇达说:“外国人不讲情面,如果看你不顺眼,会立刻辞退你。公司每月会辞退一批员工,要不怎么会经常招聘工人呢。”

“外国人跟咱们长得差不多,只是说话听不懂。”罗梅说。

罗遇达说:“韩国人的老祖宗就是中国人。”

“不是说日本人是中国人的后代吗。”罗忆莲说。

罗遇达说:“秦始皇派徐福带五百童男童女去海上寻找长生不老药,这些人去日本没回来,就成为现在的日本人了。”

“那韩国人呢?”罗忆莲问

罗遇达说:“中国人去韩国生活比去日本还早呢。不管怎么说,中国人是韩国和日本人的老祖宗。”

罗忆莲感觉罗遇达说得不对,离谱了,但没辩解下去。

罗梅说:“外国人真有本事,能在咱们国家开公司。”

“这算什么本事。中国人在全世界哪个国家都有,生意做得更大。如果说有本事,还应该是咱们中国人。”罗遇达认为中国人比外国人有能耐。

罗忆莲说:“你什么都懂,没有你不知道的事。”

“你说哪个国家没华侨吧,华侨就是中国人。”罗遇达说。

罗梅说:“五爷、五娘,我走了。”

“在这儿吃饭吧。”罗遇达说。

罗梅说:“不用了。”

“已经到吃午饭时间了。”罗遇达说。

罗忆莲说:“你找到工作了,为你高兴,在这儿吃饭吧。”

“太麻烦了。”罗梅说。

罗忆莲说:“你这么说不是见外了嘛,咱们谁跟谁呀,你在风海还认识第二个罗家村的人吗?咱们是这个城市里最近的人。”

“五娘,我帮你做饭。”罗梅看罗遇达和罗忆莲真心留她吃饭,也不好说什么了。

第四章
转变

1

李婧雨下班回来对罗梅说:“我在新入职人员名单中看见你的名字了,为你高兴。”

“你今天不是休息吗?”罗梅说。

李婧雨说:“我逛街回来,顺便去了一趟公司,看新入职人员中有没有你的名字。”

“谢谢你这么关心我。”罗梅说。

李婧雨说:“这算什么关心。”

“没想到应聘要求这么严。”罗梅说。

李婧雨说:“现在来风海打工的人多,如果打工人少就不会这么严了。”

“今天只招聘了十个人,我太幸运了。”罗梅说。

李婧雨问:“你上什么班?”

“晚班。”罗梅说。

李婧雨说:“咱们屋里只有你一个是上晚班,要么你找车间主任调换班次上早班,咱们一起上下班。”

“我还没工作呢,就提这种要求不好吧。”罗梅认为这个要求不能提。

李婧雨说:“不过上晚班挺好的,不用起早,不到睡觉时就下班了,能休息好。”

罗梅第一天上班,去公司早了点。她到公司时,昨天一起入职的上晚班的新员工也来了。她们看见上晚班的员工往公司院里走,然后分散开,进入不同的几处房子里。罗梅和新入职的员工站在办公室外等着车间主任分配工作。

车间主任是个朝鲜族年轻女人,长相漂亮,年龄比罗梅大不了几岁。她处理事情相当老练,昨天给新入职员工讲了工作要求和公司管理制度。罗梅认识车间主任。车间主任经过罗梅身边时边走边说:“你们跟我来。”

罗梅和另外几个新入职员工急忙跟着车间主任走去。她们被领进一个大屋里。这是生产车间,屋里有很多工人在工作。车间主任给罗梅她们分配了工作位置,由班组长教她们。

韩欧美电子有限责任公司主要生产电子玩具,产品销往国外。罗梅是在组装车间,工作简单,很快学会了。

罗梅坐在工作台前有点拘束,不适应。她组装完一个电动玩具想休息一会儿,向四处看了看,感觉干这种活不如在家种地自由,她渴望早点下班。

2

罗忆莲和罗遇达在公司院外卖饭。罗梅上的是晚班,晚班是下午十四点到晚上二十三点,九个小时,如果想加班的可以干到二十四点。在晚上十八点有三十分钟吃饭休息时间。罗梅走出公司大院时,罗忆莲问:“你想吃点什么?”

“什么都行。”罗梅说。

罗忆莲说:“你想吃什么自己拿吧。”

“这个多少钱?”罗梅问。

罗忆莲说:“你吃就行了,管多少钱干什么,能收你钱嘛。”

“你不收钱,我就去买别人的了。”罗梅说。

罗忆莲说:“你这孩子,怎么这么外道呢。”

“我天天上班,你天天在这儿卖饭,我不给钱,不成你养我了嘛,我不能占你们便宜。”罗梅说。

罗忆莲一直忙着给来买饭的人拿饭,收钱。

罗遇达说:“你给两块钱吧。”

“五爷比五娘干脆。”罗梅笑着说。

罗遇达问:“你感觉这活怎么样?”

“不怎么样。”罗梅说。

罗遇达问:“为什么?”

“如同监狱里的劳改犯,让人看着,没在家种地自由。”罗梅说。

罗遇达说:“在工厂、公司里工作跟种地性质不同,不能比。”

“跟种地是不同。”罗梅说。

罗遇达问:“你今天干多少活?”

“不算多。”罗梅说。

罗遇达说:“你们是计件工资,干多少活挣多少钱。”

“我们面试时车间主任这么说了,可我觉得这不是正经活。”罗梅说。

罗遇达说:“公司开业好几年了,还没听说欠谁的工资呢。”

“我觉得没有在家种地踏实。”罗梅说。

罗遇达说:“你刚干,不适应,适应就好了。”

“五爷,你说生产玩具能挣钱吗?”罗梅不相信玩具能挣钱。

罗遇达说:“挣钱。”

“这东西卖给谁呀?”罗梅说。

罗遇达说:“往国外出口,在国外玩具卖得可贵了。”

“你去过国外吗?”罗梅问。

罗遇达说:“没有。”

“你这不是听外国人说的嘛,外国人还能说自己国家不好。”罗梅说。

罗遇达说:“报纸上也说玩具往国外出口挣钱的事了。”

罗梅还是不相信。

罗遇达说:“你别想那么多,使劲儿干一个月试一试,如果挣钱就干,不挣钱,重新找别的工作。”

“行,听五爷的,我使劲儿干一个月。”罗梅心想不就一个月,转眼就到了。

罗忆莲说:“别说了,这么多人买饭呢,我忙不过来,有话回家说。”

“明天我去玩。”罗梅吃过饭往公司院里走。

公司规定吃饭时间只有半个小时。在这半个小时里,要吃饭,上厕所,喝水,行动慢了不够用。罗梅刚走进车间,工作的电铃就响了。

车间里只有干活的声音。

下班后,罗梅清理完工作现场,换下工作服,走出车间已经是晚上二十三点三十分了。员工们住在四面八方,出了公司大院散开,各回各的住处。虽然主街上偶尔有行人和车辆经过,可进入小北歌村就没有行人了。虽然有几个员工也住在小北歌村,但不跟罗梅住在一条胡同,相隔远了点。罗梅住的胡同狭窄,没有路灯,黑黑的,深夜一个人走害怕。她进了胡同往住处跑。

李婧雨刚睡着,被开门声惊醒了。罗梅怕影响同屋人休息,没开灯,摸黑爬上了床。李婧雨低声问:“你怎么了?”

“没怎么。”罗梅说。

李婧雨问:“你害怕了?”

“胡同太黑了。”罗梅说。

李婧雨问:“你是一个人回来的?”

“嗯。”罗梅回答。

李婧雨说:“你要注意安全,这个胡同曾经发生过强奸案。”

“你可别吓我。”罗梅说。

李婧雨说:“我没吓唬你,这个案件发生在去年秋天。”

“抓住那个男人了吗?”罗梅问。

李婧雨说:“抓住了。可有什么用,那个女孩才十八岁,就被糟蹋了。”

“那个男的应该枪毙。”罗梅说。

李婧雨说:“枪毙能还女孩干净身体吗?枪毙也没用。还是应该保护好自己才行。”

一个女孩被李婧雨跟罗梅的说话声吵醒了,责怪地说:“李婧雨,几点了,你还不睡觉,你不困吗?你明天不上班吗?”

屋里静下来。

3

罗梅第一个月领到了五百元钱。这是她长这么大挣得最多的一次钱,激动得不得了。发工资时她从家里带的钱已经花完了,她留下两百元钱做下个月生活费,把余下的钱寄回沂蒙老家。

打工女孩往家寄钱是一种自豪的事情。每到发工资的时候,女孩们相互比着往家寄钱,看谁寄的钱多。罗梅刚进城打工,挣的钱比其他女孩少。罗家村除了罗梅外,没有女孩出来打工。在罗家村人眼里别说是三百块钱了,就是一百块钱也是很大的数目。她在填写汇款单时仿佛看到了爹和娘高兴的笑容。

第二个月罗梅挣了八百元钱,她已经超过了同屋两个女孩的工资。虽然她进城打工时间短,但进步快,她有信心继续往上升。果然在后来两个月中,她挣的工资在同屋里的排名又朝前移了几个位置。随着她在风海打工时间的延长,她在同屋小姐妹中的地位也发生了变化,不知道是从什么时间起,大家开始叫她罗梅姐姐了。

她时常会不自主地说一句:“有钱真好。”

为了挣钱,她经常加班,不加班就好像缺少点什么似的。可她只能挣到这个数目的工资了,再想加班没机会了。韩欧美电子有限责任公司生产车间是两个班次工作。下一班的工人来了,上一班的工人要把机器让给下一班的人,不能耽误下一班人员的工作。公司为了保证产品质量,还规定工人加班时间不能超过两个小时,超过两个小时属于违规,不但挣不到钱,还会被罚款。人的精力是有限的,加班时间长人会疲劳,精力不集中,万一生产出不合格产品,发生产品质量问题,就是大事了。

罗梅挣到了工资,吃饭穿衣还是跟从前一样节约。她还穿着从沂蒙老家带来的衣服,跟城市人着装风格不同。

李婧雨说:“罗梅姐,你该换一换衣服了。”

“我身上的衣服是过年时买的。”罗梅看着身上还带有光泽的衣服说。

李婧雨说:“我知道你穿的是新衣服,别人也能看出来你穿的是新衣服,可你这新衣服实在是太不跟潮流了。穿衣服只讲究新不行,还要讲究款式,好款式要比新面料更重要。”

罗梅认为李婧雨说得有道理。她发现进商场,去邮局时,工作人员用另一种眼神看她。她猜测或许是因为她穿的衣服过时造成的。她不能让城市人瞧不起,得改变自己。

打工女孩到休息日有结伴逛商店,去服装市场的习惯。她们讲究衣服的款式跟讲究化妆品的牌子一样兴味盎然。

女孩天生爱美,打扮自己是女孩天生习惯,罗梅也不例外。

打工女孩跟风海市本地女孩相比是有区别的。风海市女孩与外地女孩走在一起,能明显分辨出谁是外地人,谁是本地人。打工女孩身上缺少城市女孩的气质和潇洒。风海女孩身上城市味十足,充满时代朝气。这就好比两种不同颜色的布料成色分明,各有不同。

罗梅眼前总是浮现刚到风海在路上遇见的那位城市女人的影子。那位城市女人给她留下了不可忘掉的记忆。她要模仿风海女人的着装,按照城市女人的标准打扮自己,让自己城市化。她开始精心改变自己的形象。她逛商店,去服装市场时,格外留意城市女人的衣服。她走在路上时,留意城市女人的姿态,然后效仿。

虽然她没有那么多钱买高档服装和化妆品,可在有计划地一点点更换。她的生活用品在从低档朝高档转换。

这是个炎热的星期天,她休息。她睡了个懒觉,起来后精心打扮了一番,在街边小饭店吃了早饭,去罗遇达家了。

罗遇达和罗忆莲刚从菜市场买菜回来。他们看见罗梅穿着吊带背心,裸露着肩膀,两个乳房支起来像两座小山包似的,不禁大吃一惊。

罗忆莲问:“你咋穿起这种衣服了呢?”

“这种衣服不好看吗?”罗梅说。

罗忆莲说:“我感觉身上要起鸡皮疙瘩了。”

“你不跟形势了,不能用老眼光看待眼前的生活。我这衣服现在最流行了,很多城市女孩都在穿。”罗梅说。

罗遇达说:“你五娘的思想观念太陈旧了,应该转变转变。社会发展这么快,不接受新观念不行。”

“咱们不改变生活方式,不跟潮流,城市人就瞧不起咱们。”罗梅说。

罗遇达说:“这个观点我赞成。”

罗梅得到罗遇达的赞赏很高兴,她希望罗遇达对她好,她想看到罗遇达的笑容。因为罗忆莲不当家,说的话不算,要看罗遇达脸色做事,所以罗梅不怎么在意罗忆莲的态度。

罗遇达时不时朝罗梅的胸部看一眼,偶尔也扫一眼罗梅两腿之间的地方。他的目光好像具有强大穿透力,似乎要穿透罗梅的衣服,看到肉体或者更深处。罗遇达像只馋嘴的猫见到了鱼,不愿意走开,急不可耐。他强忍着欲望。

罗忆莲是有一说一,有二说二,不多言不多语的乡下女人。她跟罗梅说的是些乡下事,罗梅不愿听。罗遇达跟罗梅说的是城里事,有时还说国外事。有几次罗遇达还跟罗梅谈论起了发生在美国的911事件、印度的核试验、中国加入WTO等最流行话题。罗梅说的事罗遇达不只能搭上话,还能发表看法,罗梅不知道的事罗遇达也知道。罗遇达能让罗梅产生新感觉,引起她的好奇心。他们两个人往往能对一件事说得津津有味,黏黏糊糊,时常还会发生友善的争执。罗忆莲在这方面一无所知,无处插言,只是个旁听者。

第五章
情 路

1

这天罗梅一个人在屋里，躺在床上看琼瑶写的长篇小说《窗外》，听到外面有脚步声，坐起来想往外看。她还没从床上下来，一个男青年已经推开门，闯进屋里了。男青年站在屋里，一脸凶相，眼睛在屋里搜寻着。罗梅不认识男青年，不知道这人来的目的，从床上下来，紧张地问："你找谁？"

男青年还在看着屋里，目光在李婧雨的床上停住。

罗梅意识到男青年没有善意，警觉地问："你走错地方了吧？"

男青年冷笑着看了罗梅一眼，意思是怎么可能走错地方。

罗梅把手中的书攥得很紧，想当自卫武器。她在观察男青年的反应，防止伤害自己。她知道自己不是男青年的对手，如果男青年对她下手，她会吃亏，斜视了一眼窗外，院落里没有人。她急忙收回目光，观察男青年的反应。

男青年质问说："李婧雨呢？"

"你是谁？"罗梅看着男青年问。

男青年说："我是她男朋友。"

"你是她男朋友？"罗梅不相信地说。罗梅没听李婧雨说过她还有另外一个男朋友。李婧雨的男朋友叫康佳云，康佳云几乎天天来找李婧雨。罗梅认识康佳云。她看着男青年感觉莫名其妙。

男青年问："李婧雨干什么去了？"

"去上班了。"罗梅说。

男青年问："她几点下班？"

"我不清楚，我跟她不在一个公司上班。"罗梅撒了谎。她在家时是不会说谎的，她会说谎话是到风海后开始的。她说谎话时的表情不够老练，有点紧张，如果不紧张就好了。她怕自己说的谎话被男青年看出来，把脸侧了过去。

男青年往床上一坐说："我等她。"

"我有事要出去，你到别处等吧。"罗梅说着，做出要出门的样子。

男青年站起身刚要走,从外面传来碎碎的脚步声。罗梅刚放松下来的神情再次紧张起来,她原本想支开男青年后,去给李婧雨报信,让李婧雨有心理准备,没想到李婧雨回来了,事情的发展没有给她留下丝毫的缓冲空间。罗梅和男青年同时朝窗户外看去。

李婧雨和往日一样,大嗓门地说着什么,第一个跑进院里。

男青年迎上前去,站在李婧雨面前,但没说话。

李婧雨不高兴地问:“你来干什么?”

男青年反问地说:“你说来干什么?”

李婧雨说:“你的事,我怎么知道。”

男青年说:“你背叛爱情!”

李婧雨不屑一顾地说:“我背叛爱情,这是我的事,你管不着!”

男青年说:“你要看我答应不答应。”

李婧雨说:“你以为你是谁!”

男青年说:“咱们是有婚约的。”

李婧雨干脆地说:“我家不就是收了你家那点彩礼钱嘛,还你咱们就两清了。”

男青年说:“你说得也太简单了吧。”

李婧雨说:“你想怎么样?”

男青年说:“让你跟我回去结婚。”

李婧雨说:“这不可能。”

男青年看说服不了李婧雨,搬出了靠山说:“是你爹让我来找你回去的。”

李婧雨坚持自己的立场说:“我爹也不行。”

男青年说:“你爹的话你也不听?”

李婧雨斩钉截铁地说:“如果他同意,你娶他好了。反正我是不能跟你结婚,你别做梦了,死了这条心吧!”

男青年说:“你不怕村里人骂你吗?你怎么有脸见人,你在村里咋抬头!”

李婧雨说:“我见不得人,我不回去行了吧!告诉你,我根本也没准备回去。”

男青年说:“你戏弄爱情,爱情也会戏弄你,你不嫁给我,会得到报应的。”

李婧雨说:“我根本就没爱过你。”

男青年说:“既然你没爱过我,为什么还跟我订婚?”

李婧雨说:“那是你爸妈跟我爸妈的事,不是我的意愿和想法。”

罗梅和其他女孩在屋里向外面看。李婧雨跟男青年都在气头上,吵得凶,如同两只打架的公鸡,想征服对方。李婧雨的同乡女孩没有一个敢上前拉架的。罗梅突然从屋里走出来,走到李婧雨和男青年中间,对男青年说:“你在这里吵什么?这里又不是你家,这么多人看你跟一个女孩吵架,显你有本事怎么着?”

“你算干什么的,没你的事,站到边上去!”男青年瞪着罗梅说。

罗梅说:“怎么没我事,你在这里大吵大闹,影响我休息了。”

“你他妈的想干什么?”男青年冲着罗梅发火。

罗梅看出来了,男青年心中的怒火大,还没有完全释放出来。男青年依然有着强大发泄欲望。她不能退缩,也不能激怒男青年,尽量把男青年劝说走。她说:“你是大男人,不是小孩子,有分辨是非能力,爱情是强迫不得的,你越是这样,越让李婧雨瞧不起你。你还不如回去消一消气,给李婧雨思考时间,或许事情会得到解决。你在这里吵能解决什么问题?只能事与愿违。你若是敢动手,我立刻打110报警电话。”

“你说得真好听。读了几年书?”男青年嘲笑地看了罗梅一眼。

罗梅说:“我说错了吗?”

“你说得没错,听你的。我明天再来。”男青年气呼呼地走了。

李婧雨看了一眼罗梅,叹息了一声。

罗梅问:“怎么回事?”

李婧雨说:“你跟我去找康佳云吧?”

罗梅说:“我还得去上班呢。”

李婧雨说:“请假吧。”

罗梅看李婧雨一脸无助的样子,不好意思拒绝,答应下来。李婧雨先陪罗梅到韩欧美电子有限责任公司请完假,然后罗梅陪她去找康佳云。李婧雨和罗梅边走边聊跟男青年的事。罗梅得知李婧雨和男青年在老家订了婚,又跟康佳云恋了爱,她认为这是见异思迁,不道德的事情。她说:“婧雨,这就是你不对了。订婚就是有婚约了,你这是对爱情的背叛。你父母不会答应你这么做的。”

“我不想回家。我家那地方太穷了,在那生活一辈子多没意思。我有机会离开,如果不离开,我不就成为大傻瓜了。”李婧雨说。

罗梅问:“你离开的机会就是嫁给康佳云吗?”

“不完全是。我不嫁给康佳云,我可以在城市工作一辈子。”李婧雨说。

罗梅担心地说:“你原来的男朋友还会来找你,他不会轻易放弃的。万一他感情用事,伤害到你怎么办?”

“那样,我更不能嫁给他了。”李婧雨说。

罗梅说:“我不知道在你们老家是什么规矩,在我们那订了婚,跟结婚差不多。”

“老家是老家,咱们不是生活在风海嘛。老家是农村,这里是城市。”李婧雨说。

罗梅说:“就算你去了北京,可依然是农村人。”

“只要不在农村生活,在城市有工作,生活得开心就行。”李婧雨说。

罗梅说:“你原来的男朋友没在风海打工吗?”

“没有。”李婧雨说。

罗梅说:“你让他来风海打工,你们不就可以在一起了吗。”

“他小学没毕业,进城打工能干什么,只能去建筑工地干活。”李婧雨说。

罗梅说:“你是中专毕业,差距这么大,怎么会跟他订婚呢?”

“我们两家关系好，交往多，我上小学时爸妈给订的婚。”李婧雨说。

罗梅问：“康佳云知道你订婚的事吗？”

“你把我当成什么人了，我可不是那种不三不四的女人。我做得光明磊落，刚开始我就告诉康佳云了。他说谈对象谁敢保证谈一个成一个，只要没结婚，没睡在一起就行。”李婧雨说。

罗梅见过康佳云几次，对这个人不了解。她问：“康佳云真心喜欢你吗？”

“当然了。他家人对我非常好。”李婧雨说。

罗梅第一次到康佳云工作的青青岛电脑公司来。

青青岛电脑公司在路边网点楼里，公司不大，卖的东西罗梅叫不上名字。店里除了康佳云外，还有一男一女两个青年人。女的是康佳云雇的卖货员，男的是康佳云的朋友赵强。

赵强对李婧雨说：“正说你呢，你就来了。”

“如果你说我的坏话，我撕你的嘴。”李婧雨跟赵强熟悉，爱开玩笑。

女店员从旁边捞过两把椅子，给李婧雨和罗梅，让她们坐下。

赵强看了一眼罗梅，问李婧雨说：“这是谁？”

“我姐。”李婧雨回答。

赵强说：“我怎么没见过。”

“你没见过的人多了。”李婧雨说。

赵强转过脸对康佳云说：“朋友，你没搞错吧，李婧雨是你女朋友吗？你不说她是独生女吗？怎么又出来个姐？”

“我表姐，你明白了吧。”李婧雨说。

赵强说：“你说话绕这么大一个圈子，不觉得累吗？”

“婧雨，我走了。”罗梅认为待在这里不合适，想离开。

赵强说：“刚进屋就走，对我们有意见吗？是不是嫌我说话太多。”

“不是。”罗梅说。

李婧雨说：“就是！你的嘴跟破车似的，谁受得了。”

赵强看出来罗梅跟李婧雨没有亲戚关系，便说：“表姐没说话，你就抢话说，不尊重表姐，没礼貌。”

“你是第一个说我没礼貌的人。”李婧雨说。

赵强说：“朋友在一起如果不说话，默默无语，那成什么了，不成白痴了。”

“赵强，你给我留点面子好不好。”康佳云笑着说。

赵强站起身准备离开，看了一眼罗梅和女店员说：“不是给你留点面子，是应该给你们留个空间。表姐、小妹，你们二位到我的饭店里坐一坐吧。咱们把空间留给这两个爱情的痴情者吧！让他们在这间屋里做最神圣的事吧！”

“你不要无事生非好不好？”李婧雨脸红了。

赵强说：“你们谈这么久恋爱了，感情达到了高峰，可以开始造人工程了。”

“闭嘴吧。”李婧雨说。

女店员是本地人，家住在附近，借机说：“回家有点事，你们聊着。”

“你回家，我回饭店，表姐跟我走吧。”赵强说。

罗梅看女店员走了，她一个人不想跟赵强去。她跟赵强是第一次见面，没交往，不熟悉，推脱地说：“今天不去了，改天我和李婧雨一起去。”

“罗梅姐，你去吧。他是饭店老板，离这不是很远，让他请客。”李婧雨说。

赵强说：“表姐去了，是我店的荣幸，当然请客了。”

“不好吧？”罗梅还在犹豫。

李婧雨说：“怎么不好。过一会儿，我去找你。”

罗梅听李婧雨让到赵强饭店等她，不好拒绝。罗梅心想反正今天请假了，回到宿舍没事做，整天吵吵闹闹的，不如去散心，放在平时哪有这种玩的机会。她跟赵强走了。

赵强骑的是日本铃木牌两轮摩托车。他发动了车，让罗梅坐上去。罗梅坐到后座上，赵强让罗梅搂住他的腰，防止摔下去。

罗梅不好意思搂赵强的腰，有些腼腆，顾虑。赵强开动摩托车上了主街时，车速加快了，摩托车性能很好，速度快。罗梅是第一次坐摩托车，害怕摔下去，顾及不了那么多，死死搂着赵强的腰。

赵强把车开得飞快，耳朵两边带起呼呼的风声。他故意把车开得这么快，车开得越快，罗梅搂他搂得越紧。他感觉到罗梅两个乳房贴在了他的后背上，他受到了刺激，产生了兴奋和冲动。

罗梅不敢看四周，闭上眼睛，心跳加快。不一会儿，只听嘎的一声，摩托车来个急刹车，车猛一颤，停住了。她一看是赵家寨。赵家寨处在小北歌村的西面，与风海市海产品市场相接。风海市海产品市场是全国最大的海产品市场。在海产品市场边上是商贸市场。她去风海市场时从这里经过，但没留意过黄海饭店。黄海饭店与其他小店铺一样，没有起眼的地方，引不起路人的注意。她先下了车，看着赵强把车停好，跟在赵强身后走进饭店。

虽然黄海饭店面积不大，是小饭店，但干净，优雅。赵强只雇了两个员工，一个是跑堂的服务员小宋，另一个是厨师贾师傅。

赵强走进饭店对服务员小宋说：“给你介绍一下，这是表姐。”

小宋故意瞪大眼睛，看着罗梅笑哈哈地说：“表姐。”

罗梅羞得满脸通红，不好意思地看着赵强。她想这件事怪李婧雨，如果李婧雨今天不让她陪着去找康佳云，就不会遇见赵强，也不会到黄海饭店来。罗梅不明白李婧雨怎么会突然给她弄这个表姐的称呼。这回好了，表姐成了她的代号。

小宋虽然年龄不大，但反应特别快，看脸色行事，见什么人说什么话。他了解赵强，凡是这么称呼的，赵强都有点不尊重的意思。赵强经常把打工妹领到饭店里叫姐啊妹的。小宋笑逐颜开地问：“表姐在哪里上班？”

“韩欧美电子有限责任公司。”罗梅机械性地说。

小宋冲着厨房喊：“贾师傅，你过来见一见表姐吧！”

“我没听说你有表姐呀。”贾师傅在厨房里正忙着什么呢。

小宋说：“我哪里有表姐呀，这是赵哥的表姐，不是我的。”

“老板的姐和妹多，这是哪个？”贾师傅说。

小宋说：“这个表姐是第一次来店里。”

“我忙着呢，忙完了，去认识一下。”贾师傅说。

赵强看罗梅拘束，想让小宋走开，对小宋说：“忙你的去吧，别借机偷懒。”

“如果你觉得我碍眼，让我倒地方，就直说，不要批评我工作做得不好。”小宋笑着说。

赵强说：“你知道你的缺点是什么吗？”

“我这么勤劳的人还能有缺点。”小宋说。

赵强说：“你的缺点是太聪明。”

“谁说聪明也是缺点了？”小宋说。

赵强笑着说：“我说的。”

“你是老板，你嘴大，我说不过你，我还是当傻子吧。”小宋做出委屈的表情说。

赵强看着小宋走开了。

罗梅说：“你跟店员关系挺融洽的。”

赵强说：“融洽的关系利于工作。”

罗梅回避着赵强的目光，她看着窗外。

赵强思索地问：“你叫什么名字来了？”

罗梅说：“你忘了？”

赵强说：“我忘性大。”

罗梅说：“你不是叫我表姐吗？”

赵强说：“如果你真想让我这么叫，我就叫。”

罗梅说：“叫我罗梅好了。”

赵强说：“罗梅，罗梅，罗梅……”

罗梅被叫得浑身麻麻的，责备地说：“你这人有毛病呀，叫个没完。”

赵强说：“我是怕忘了。你不让我叫，忘了可别怪我。”

罗梅笑着说：“如果忘了，你叫我表姐好了。”

赵强说：“你真是李婧雨的表姐吗？”

罗梅反问：“你说呢？”

赵强说：“不是。”

罗梅说：“你是明知故问。”

赵强刚开始就认为罗梅不是李婧雨的表姐。如果罗梅真是李婧雨的表姐，他不会叫罗梅来。他心想罗梅可能跟李婧雨是同乡，一起来风海打工的。他问：“你来风海多久了?”

罗梅记不准日期了。她想了一会儿,往长时间说:“有半年多了。”

赵强问:“你们一起出来几个人?”

罗梅说:“就我自己。”

赵强不相信地说:“你是一个人来风海打工?”

罗梅说:“你不相信?”

赵强说:“当然不信了。打工妹很少有一个人出来的,正常情况是几个人结伴进城打工。”

罗梅说:“我不正常,有点特殊。”

赵强问:“在外国人开的公司里干活好吗?”

罗梅说:“还行。”

赵强想了一下问:“你想不想多挣钱?”

罗梅说:“当然想了,不想挣钱来风海干什么。”

赵强说:“你到我这里干吧,我给你的钱比你在外国人那里挣得多。”

罗梅说:“我什么也不会,又没在饭店工作的经验,在饭店能干什么?”

赵强说:“当服务员。”

罗梅重复地说:“服务员。”

赵强说:“服务员,你懂吧?”

罗梅点了一下头。她知道服务员是端盘子,洗菜,打扫卫生的。她不怕干这活,只要挣钱就行。她来风海的目的是挣钱。她心想赵强可能是开玩笑,没说干还是不干。她知道城市男青年有挑逗乡下女孩习惯,她没把赵强的话当真,以为赵强是随便说的。

罗梅等李婧雨来找她,等到很晚,李婧雨也没来。赵强留她吃了晚饭。吃过晚饭天已经黑了,赵强送她回住处。她跟赵强走在路上,心情是复杂的,她感觉像跟汪海洋第一次约会时的心情。汪海洋当兵走后,她再也没找到这种感觉。汪海洋留给她的只是美好回忆。

赵强风度大方,时不时拉一下罗梅的手,马上又松开。赵强好像在向罗梅示意着什么,传送一种信息。罗梅似懂非懂,心里热热的。

罗梅回到住处时,看了一眼赵强说:“谢谢你。”

赵强说:“朋友嘛,别客气。”

罗梅转身进了屋。

李婧雨说:“你怎么才回来,我还以为你回来了呢。”

罗梅生气地说:“你不是说去找我嘛,我一直在等你,你怎么自己回来了?”

李婧雨说:“我进屋还不到一分钟,我哪知道你在赵强那待这么久。”

罗梅关心地问:“你把事情跟康佳云说了?”

李婧雨说:“康佳云找他了,他说再也不来找我了。”

罗梅突然觉得爱情这东西不可靠。她说:“太简单了。”

李婧雨说:“你跟赵强说什么了,说到现在。”

罗梅说:“没说什么。”

李婧雨说:“你不会也有新想法吧?”

罗梅说:“不要把你身上的事安在我身上,我没你那个福气。人家是大老板,我是打工妹,怎么可能呢。”

2

赵强回到黄海饭店时,叶晓林正在等他。叶晓林很长时间没来找他了。他如同没看见叶晓林似的走过去,坐在椅子上,把腿跷在桌子上。他对叶晓林失去了兴趣,叶晓林在赵强的眼中如同一本被翻烂的旧书,再也找不到新意,他不想读下去。他不想翻看这本旧书了,这本书放在哪里都会觉得碍手碍脚。他想把她扔掉,可是扔不掉。叶晓林如同胶水似的黏着他。叶晓林走到赵强面前,没说话,就那么站着。赵强很不耐烦地说:“你到底想干什么?”

“你心里清楚。”叶晓林说。

赵强装作不明白的样子说:“我不明白。”

“你想白玩是不可能的。”叶晓林警告地说。

赵强说:“你想怎么样?你到公安局告我?你告也没用,我一没强迫你,二没诱骗你。你又不是幼女,不懂事。你是大女人,你是性成熟者,你是自愿跟我睡觉的,充其量我也就是个作风问题。假若我向公安局告你,说你敲诈我,说你想用这种手段诈骗我的钱,你的后果未必好。你能想到那是什么样的后果吧。”

“你简直不是人!”叶晓林愤怒地说。

赵强说:“我不是人是什么?”

“你是狗,你是狗娘养的。”叶晓林骂着。

赵强做出无赖的样子,不知羞耻地说:“行,照你说的,我不是人,我是狗,我是操狗的行了吧!”

“操你妈去吧!你妈才是狗呢!”叶晓林骂着。

赵强不温不火地说:“你妈照样挨操。”

“你妈不挨操能生下你这么不是人的杂种吗!”叶晓林骂道。

赵强说:“行了,别说没用的了,说说你来的目的和条件吧。”

“告诉你,少了一万,别想了事。不信,你走着瞧。”叶晓林开出了清单。

赵强说:“我没有钱怎么办?”

“无赖,你等着!”叶晓林说完转身走了。

赵强跟叶晓林是在朋友生日酒会上认识的,两个人一见钟情,很快坠入爱河的旋涡中。赵强发现叶晓林不是处女,这让他想不通。他把这种事看得很重,他不可能跟这种女人结婚,生孩子。他不想跟叶晓林交往下去。叶晓林直言不讳地告诉赵强,她在十六岁时被男老师强奸了,她希望得到赵强的原谅。赵强可以原谅叶晓林,但不能同她结婚。他想甩掉叶晓林,可叶晓林不同意分手。叶晓林让赵强赔偿青春损失费,赵强让叶晓林去找那个男教师要。

3

康佳云去黄海饭店找赵强时,小宋说赵强去菜市场买菜了。康佳云问他什么时间回来,小宋说应该快回来了。康佳云在饭店门口等赵强。

赵强开着面包车从菜市场买菜回来,看见康佳云坐在饭店门口的摩托车上,便说:"这么早找我有事吗?"

"没事。"康佳云说。

赵强让贾师傅和小宋往屋里搬东西,他跟康佳云进了屋。

康佳云有意地说:"你店里缺少女服务员。"

"不愧是朋友,你跟我想到一起了。"赵强点着一支烟。

康佳云说:"你小子是不是盯上罗梅了?"

"你人挺精神的,没想到会说出这种傻话。我为什么盯罗梅,她是打工妹,我是老板,她盯我还差不多。"赵强悠闲地吐了口烟雾。

康佳云说:"你小子是属猫的,看见女孩就走不动道了。"

"难道说你比我还强多少吗?"赵强说。

康佳云说:"我当然比你强了,我不会见一个爱一个,爱一个甩一个。你这种心态,真让我佩服。"

"得,得,好像你小子真能娶李婧雨似的。"赵强说。

康佳云说:"当然能。"

"你能,我也能。"赵强较劲儿地说。

康佳云说:"你能把叶晓林娶回家?"

"你别嘲笑我好不好。"赵强不想提叶晓林,也绝对不会娶叶晓林。他对叶晓林的感情已经结束了。如果他娶了叶晓林,会觉得全世界的男人在笑话他。他必须保证娶个处女当媳妇,如果娶个不是处女的女人,他会窝囊一辈子。

康佳云说:"你不敢打赌吧。"

"你真喜欢李婧雨?"赵强问。

康佳云说:"你问的不是废话嘛。"

"她可是打工妹。"赵强说。

康佳云说:"打工妹怎么了,打工妹就没有爱情了,打工妹对爱情更专一。她们不会像城里的女孩那么疯,那么见异思迁,那么容易红杏出墙。"

"罗梅跟李婧雨是同乡吗?"赵强问。

康佳云说:“你看上罗梅了?”

“你说是不是?”赵强说。

康佳云说:“一个是济宁的,一个是沂蒙的,两家远着呢,根本挨不上边。”

“你了解罗梅吗?”赵强问。

康佳云说:“你小子是什么意思,直说,别绕来绕去的。”

“我没什么意思,只是随便问一问。”赵强说。

康佳云说:“你有动机。”

“我动机不纯行了吧。”赵强说。

康佳云说:“你如果有这种动机,离进监狱不会太远了。”

“我进监狱你得去看我。”赵强说。

康佳云说:“不去。”

“为什么?”赵强问。

康佳云说:“丢人。”

“不够朋友。”赵强说。

康佳云说:“你别想歪门邪道的事了,还是守法经营,做良民吧。”

“我想让罗梅到店里当服务员,你说她能来吗?”赵强说。

康佳云说:“你去问罗梅,我不知道。”

“我想她能来,她进城打工不就是为了挣钱吗。”赵强判断地说。当然他不可能把全部想法说出来。他只说该说的,不该说的绝对不会说。他的饭店里曾经用过几个打工妹,但不理想。他想找个理想的人,但没找到。所以他一见到罗梅,就想到这件事了。

4

罗梅拿不定主意去当服务员,还是不去。她把这件事跟罗遇达和罗忆莲说了,征求他们的看法。罗遇达跟罗忆莲看法不同,各抒己见。罗遇达说进城打工是为了挣钱,谁给钱多给谁干,但要看准了,有把握才行,不能这边丢了工作,那边又挣不到钱。罗忆莲反对罗梅去当服务员。她说在饭店里当服务员整天围着客人转,什么样的顾客都能遇见,不如在工厂里干活省心、踏实。罗梅认为罗遇达和罗忆莲说的话都在理,可她只能选择其中一个,必须舍掉另一个。她既没同意,也没拒绝,还在犹豫中。

赵强看罗梅摇摆不定,经常找罗梅,时不时留罗梅在饭店里吃一顿尚好的饭。他在诱惑罗梅,想把罗梅牵进他设的圈套里。

随着罗梅在韩欧美电子有限责任公司工作时间的延长,她对这个工作失去了新鲜感,觉得日子过得单调,没意义。每天上班进了车间,如同运转的机器停不下来。公司对员工管理严格,上厕所时间都有限制,自由活动时间少,枯燥无味。她想在饭店工作能认识很多人,能跟人聊天,吃的也会好。饭店对她的诱惑力越来越大。这天她因为大意发生了产品瑕疵,车间主任不顾情面在众人面前批评了她。她决定辞去在韩欧美电子有限责任公司的工作,到赵强开的黄海饭店当服务员。

赵强在罗梅来到饭店工作的当天,摆了一桌丰盛的酒菜,欢迎罗梅来饭店工作。罗梅很感动,有点惊慌。她现在是赵强的员工,赵强是她的老板,员工是没有资格让老板这么做的,老板也很少对员工这么做。她认为赵强是个好老板,自己来对了,决心好好干。

店员小宋还是叫罗梅表姐,只是厨师贾师傅没这么叫。贾师傅四十多岁,为人厚道,说话稳重,他像大哥似的关照罗梅和小宋。三个人在工作中没有矛盾,相处融洽。

罗梅对饭店里的工作一窍不通,客人来了,只会说:来了,请坐,吃点什么?说这类套路话。像这道菜叫什么名,那道菜的味道如何好,都不清楚。她更不会向客人介绍吃哪道菜有利于身体健康,有什么营养成分。她没吃过,也没学过,对这方面知识一无所知。如果说无知也不对,她在沂蒙老家时也会做饭。她做的饭比她娘做的还好,可那是沂蒙乡下人的家常饭菜,跟风海市饭店的没法比。她没在黄海饭店工作之前,没感到自己有多么无知,来到后觉得开了眼界,长了见识。她没想到世上有那么多好吃的食物没吃过。她不但没吃过,连见也是头一回。她心想这只是一家小饭店就有这么多诱人之处,如果是大饭店,肯定有更多开眼界的东西。她认为应该挣很多钱,吃遍世上最好的食物。

她对钱越来越看重了。开始几天赵强没理会她,没安排她做什么。她待着没事向赵强请教。赵强说这就是你的工作,别急,慢慢来,有活等着你干。她不知道赵强心里打的是什么算盘,认为来工作就要干活。她感觉饭店生意不太好,也不太坏。每天饭店的收入跟她在韩欧美电子有限责任公司一个月的工资那么多,她羡慕赵强,羡慕生意人挣钱的本领。

一个月很快过去了,她领到了八百元工资,她高兴得不得了。她的中午饭和晚饭是在饭店吃,加上吃饭钱,这个月工资有一千多元钱。她从赵强手里接过钱时看着赵强笑。

赵强认真地问:"你感觉在这里工作好,还是在外国人那里干活好?"

"当然是在这里好了。"罗梅不加丝毫掩饰地说。

赵强说:"不过,你总这样干不行。你这样干是揽不到生意的,生意不好,我拿什么给你发工资?"

"我知道这样干不行,你教我吧。"罗梅说。

赵强说:"你进城打工的目的是为了挣钱,对吧?"

"当然了!"罗梅说。

赵强说:"挣钱的方式有很多,你要学会走捷径,只靠端盘子、洗碗挣钱,钱挣得少,能够吃饭就不错了,你一辈子也富不了。"

“你教我挣钱吧,你说一说挣钱的捷径。如果我挣到钱了,分给你一部分。”罗梅似乎带着十二分傻气说这种话。

赵强不说话,站起身走开了,接下来一连好几天,赵强对罗梅都是爱理不理的,这让罗梅有点受不了,产生心理压力。她提心吊胆,时不时看赵强一眼,看他表情是不是有变化。这天晚上小宋和贾师傅已经下班离开饭店了,赵强跟罗梅没有走。

罗梅跟赵强单独在一起习惯了,跟往日一样坐在那儿看电视。罗梅不想回到住处,一般情况下走得很晚。她租住的屋里住着七八个打工妹,屋里乱七八糟的,让她心烦。她在饭店里不但能得到安静,还能看电视。青岛电视台正播放《烟雨蒙蒙》的电视剧。罗梅爱看琼瑶写的小说和电视剧,学会了电视剧中的歌,偶尔随口哼唱几句,释放心中的感情。

赵强关上店门,关掉了大吊灯,只留下装饰的小灯亮着,屋里朦朦胧胧的。他从罗梅的身边走到里间的休息室。

罗梅在聚精会神地看电视,没看到赵强表情的变化。当她听见赵强喊她时,恋恋不舍地离开电视,走进赵强的小屋。

赵强躺在床上,罗梅走进来后,他起身把门关上了。罗梅感觉气氛不对,神色有点慌。赵强说:“你不是让我教你挣钱嘛,我现在教你挣钱的最好方法。”

“怎么才能挣到钱?”罗梅问。

赵强像条饥饿的狼凶猛地扑向了罗梅。罗梅还没反应过来是怎么回事时,脸上已经被赵强狠狠啃了几口,人也在赵强的怀里了。赵强疯狂地吻着罗梅的脸、脖子,还有乳房……

罗梅恼怒起来,她不能让赵强亲她的脸,摸她的乳房。她的脸只能汪海洋亲,乳房也只能汪海洋摸,她不能让别的男人触碰身体敏感部位。她跟汪海洋是订过婚的,她是汪海洋的女人。如果她让别的男人碰她,就对不起汪海洋,就没脸见汪海洋了。她奋力挣脱了赵强的手,警告性地说:“赵老板,你不能这样。”

“我给你钱,我给你一年的工资。”赵强说。

罗梅说:“我不想用这种方式挣钱!”

“女人跟哪个男人睡觉不是睡,你别把这种事看得过重,其实男人跟女人之间就那么回事。你思想开放点。”赵强再次扑向罗梅。

罗梅转身急忙从小屋里跑出来,冲出大屋,跑进茫茫夜色中。她一口气跑出了很远,跑到一个路灯下,坐在路边石头上,双手捂着脸痛哭起来。

她不只是忧伤,而是更加思念汪海洋了。她心想如果汪海洋在她身边就好了,就可以保护她。可她又一想汪海洋在又能怎么样?还能去打赵强一顿吗?汪海洋身体健壮能打过赵强,可她不能让汪海洋去打架。这不是在沂蒙老家,也不是在罗家村,这是在风海,这是在打工的陌生城市。她在这里举目无亲,惹不起城市人,不敢招惹是非。她用手使劲儿擦着被赵强亲过的地方,觉得恶心,想吐。

她想对人诉说,可这种事又能对谁说呢?她不能说。幸好没让赵强占大便宜,如果那样,她才真对不起汪海洋,才真没脸见家人了。

5

李婧雨下班回来看罗梅躺在床上,不解地问:“你怎么没去上班呢?”

罗梅还处在忧伤中,没说话,依然用被子遮着脸。虽然事情已经过去一天了,如同刚发生过一样,让罗梅记忆犹新,无法忘掉。

李婧雨问:“赵强不用你了?”

“我不干了。”罗梅说。

李婧雨问:“为什么?”

“不为什么。”罗梅知道赵强跟康佳云关系好,不想影响他们的关系。

李婧雨问:“是赵强欺负你了?”

“没有。”罗梅说。

李婧雨说:“如果是你自己不干,你应该开心,不应该是闷闷不乐的样子。”

“你不问行不。”罗梅不想提这件事。

李婧雨说:“如果是赵强欺负你,我去找他。”

“我说了是我自己不干的。”罗梅说。

李婧雨说:“没工作也不用这么难过,工作可以再找。”

“我没难过。”罗梅说。

李婧雨说:“想家了,还是想汪海洋了?”

“谁也不想。”罗梅说。

李婧雨说:“你第一次进城打工,又没有老乡下,想家也正常。”

罗梅没说话。

李婧雨说:“我感觉你不是想家,而是想汪海洋了。因为我几天不见康佳云就想。”

“我不是你。”罗梅说。

李婧雨说:“你不是女人吗?如果你是女人,就会有这种想法。”

“你不害羞吗?”罗梅说。

李婧雨说:“男欢女爱是正常事情。”

“你干脆去当三陪小姐算了。”罗梅说。

李婧雨说:“我还真不会当三陪小姐。”

“不会学呗。”罗梅说。

李婧雨说:“不跟你说了,康佳云爸妈约我过去吃饭。”

罗梅看着李婧雨走出去。

康佳云开着面包车在外面等李婧雨。

李婧雨上车后说:“罗梅不在赵强那干了。”

“为什么不干了?”康佳云说。

李婧雨说:“罗梅说是自己不干的。”

“她根本不应该去赵强那,赵强是什么人,我还不了解。”康佳云说。

李婧雨说:“赵强占罗梅便宜了?”

“差不多。”康佳云说。

李婧雨说:“你怎么会跟这种人交朋友呢。”

“他对我好,又不占我便宜。”康佳云说。

李婧雨说:“赵强品德有问题。”

“只要他没强迫罗梅,谁都管不着。”康佳云说。

6

赵强走进康佳云的青青岛电脑公司时,康佳云在网上查阅资料。康佳云抬头看了一眼赵强,笑着,没说话。赵强说:“你怎么这么看我?”

“我怎么看你了。”康佳云手在键盘上打着字。

赵强说:“你的眼神不正常。”

“我看你像不像罪犯。”康佳云说。

赵强说:“你这是说的什么话,怎么能把我跟罪犯联系在一起呢。”

“罪犯开始也不是罪犯,做违法事后成为罪犯的。”康佳云说。

赵强说:“你什么意思?”

“你对罗梅怎么了?”康佳云问。

赵强说:“没怎么。”

“罗梅怎么不干了?”康佳云问。

赵强看了一眼窗外,无奈地说:“人各有志,她不想干了,我有什么办法。”

“你是不是非礼她了?”康佳云问。

赵强脸不红心不跳地说:“没有。”

“没有?”康佳云不相信地说。

赵强说:“我可以发誓。”

“反正你动机不纯,不然,罗梅不会离开。”康佳云说。

赵强说:“我纯!我拿什么给她发工资?我的钱挣得容易呀。”

“碰钉子了吧,没你想的那么简单吧。她没报案算是你小子的福气。如果她报案了,你怎么办?给你弄个强奸未遂,你说值得吗?”康佳云说。

赵强说:“我胆小,你别吓我。”

“我这是吓你吗?这是摆在眼前的事。你不信就继续这么干,监狱的门向你敞开着,没准哪一天就进去了,到时候可别说我没提醒你。”康佳云说。

赵强说:“我真弄不明这些打工妹是怎么想的,打工就是为了挣钱,她们怎么会把身体看得那么紧。前几天报纸上说四川有个打工妹,因为这种事从三层楼跳下去了,摔瘫痪了。她的反抗精神有英雄气概,报纸报了,电视演了,可有什么用? 生活是真实的,掺不得半点假。她摔残废了,这辈子是完了。"

"这叫守身如玉。宁为玉碎,不为瓦全。"康佳云说。

赵强说:"城里女人不会这样。公安局抓住干这种事的多数是城里女人。城里女人思想开放,能想得开。"

"乡下人跟城市人观念不同。"康佳云说。

赵强说:"女人的裤腰带勒紧点好。女人是人类的发源地,如果这片土地被污染了,人类也该灭绝了。"

"你也别人类了,你也别说女人了,你把自己管好行了。你把裤腰带勒好比什么都强。你见到打工妹就掉裤子,还有脸说别人呢。"康佳云说。

赵强说:"我是男人,如果男人没性冲动,世界还能发展吗?"

"你有本事继续冲动吧,你冲动到公安局里别后悔。"康佳云说。

赵强说:"你以为我是傻瓜吗? 我是有分寸和界线的。女人不同意,我不会强求。我得让女人自愿送上门来。女人有的是,这个不行还有那个,你不干她干。罗梅走了,我弄来两个韩国小姐。这两个是行业上人,比罗梅开放多了。"

"你不怕得艾滋病吗?"康佳云说。

赵强说:"我不用破烂,只用像罗梅这样的处女,处女才有味道。"

"你还想着罗梅?"康佳云说。

赵强说:"我想着跟她一样的所有女孩。"

"罗梅去冷藏厂上班去了。"康佳云说。

赵强说:"她能干得了那活?"

"怎么干不了,那么多打工妹不都在冷藏厂里面干。"康佳云说。

赵强说:"罗梅干不了。"

"为什么?"康佳云问。

赵强说:"不为什么。"

"你的想象力太丰富了,应该当作家。"康佳云说。

赵强说:"如果我当作家就把罗梅写成妓女,让她天天陪男人睡觉。"

"可惜呀,你只能开小饭店。"康佳云说。

第六章
节外生枝

1

罗梅伤心过后回到现实中。她不能在生气中生活，不能长时间没工作。她要吃饭，要付房租，她得去挣钱。为了生活，她必须振作起来，去找新工作。

风海已经是秋高气爽的季节，整座城市少了春天的朝气，夏季的躁动，那么淡定，如同在迎接冬季的到来。一年里招工的最佳时期早已过去，很少有工厂、公司招收新工人。她走遍了周围大大小小的工厂、公司，也没找到工作。她找不到工作，就失去了在风海生活的自信心，心神不安，身体开始瘦了。

这天罗遇达和罗忆莲来看罗梅，罗梅忍不住悲伤，哭泣起来。这段时间罗梅没去罗遇达家。罗梅失去了工作，没有生活来源，担心罗遇达笑话。罗梅不能让罗遇达笑话，可现实情况摆在眼前，躲不过去。罗遇达和罗忆莲想不出好办法帮助罗梅，只能用言语劝慰。

有一天早晨罗梅满脸愁容地站在院门口，看见邻屋那个长得很帅气的小伙子冲她笑。她跟这个小伙子没说过话，小伙子的笑给她带来了希望，她试探性地问："你们厂里招人吗？"

"谁想去？"小伙子问。

罗梅想了一下说："我的朋友。"

"她过去在哪里干？"小伙子问。

罗梅说："问这个有必要吗？"

"我不了解她，让我怎么回答你。"小伙子说。

罗梅说："她过去在一家外资干。"

"你说的是你自己吧？"小伙子一针见血地问。

罗梅说："别管是谁了，你就说你们厂里要不要人吧？"

"说要就要，说不要就不要，我们厂里工人流动性大，有走的，也有来的，从来不集中性招工。"小伙子说。

罗梅说："你能不能跟你们领导说一说，让我进你们厂里干活。事成了，我请客。”

“我是个打工仔,咋好跟领导说。”小伙子犹豫了。

罗梅说:“去干活,又不是当官。你们厂不用我,还不用别人嘛。”

“是这么回事。”小伙子说。

罗梅说:“不应该太麻烦吧。”

“你自己去说呗。”小伙子说。

罗梅说:“你们厂大门朝哪个方向开我都不知道,我去跟谁说。你是厂里工人,认识领导,说这事方便。”

“如果领导问我是谁想来干活,我怎么说?”小伙子说。

罗梅说:“你说是你姐。”

“你有我大吗?”小伙子说。

罗梅说:“你说是你妹妹也行。”

“姐也不像,妹妹也不像。”小伙子说。

罗梅有点不解地问:“你说像什么?”

“像对象。”小伙子说。

罗梅知道小伙子是借机想占她便宜。虽然她对男人没好印象,但必须跟男人交往。生活中男人无处不在,男人主宰着社会。小伙子看她的眼神是异样的。她急着找工作,求人家帮忙,不能说反驳话。她装作没听出来,满不在乎地说:“你认为像什么,就说什么吧。”

“说你是我老婆吧。”小伙子有点得寸进尺了。

罗梅心里想你怎么不说我是你妈呢,可她嘴上却答应说:“行,你说吧!”

“明天上班我给你问一问,能不能成可说不准。”小伙子说。

罗梅问:“你们厂招工人谁管?”

“厂长。”小伙子说。

罗梅问:“你跟厂长能说上话吗?”

“人家是官,我是小兵,说不上。”小伙子说。

罗梅说:“你找车间主任,让车间主任跟厂长说。”

“我不跟主任说。”小伙子说。

罗梅问:“为什么?”

“我跟主任说,人情算谁的?”小伙子说。

罗梅说:“算我的。只要能让我进厂干活就行。”

“这可是你说的?”小伙子说。

罗梅说:“我说的,错不了。”

“你叫什么名字?”小伙子跟罗梅虽然住在相邻不远的两间房里,但两个人见面机会少,这是第一次单独说话。他好像知道罗梅的名字,也好像不知道。他或许是为了证实一下,也许他想拉开跟罗梅之间的距离,提醒罗梅两个人只是一般关系,介绍工作的事有点过了,在朝罗梅讨要人情。

罗梅听见这句话非常不舒服。人家连你的名字都不知道,张口求人家介绍工作很不好。她好像到了走投无路的地步,不得不求人家帮忙。她不能计较那么多小节了,忍气吞声地说:“我叫罗梅。”

“罗梅。”小伙子重复着,点了点头,做出高高在上的样子。

罗梅问:“你呢?”

“罗天。”小伙子想了一下,没正经地说。

罗梅一惊,不相信地说:“你骗人。”

“我骗你了吗?我骗你什么了?”小伙子笑着问。

罗梅看小伙子不说实话,不再问了,心想只要能把工作的事办成就是最大收获。她说:“你办成了,我会谢你的。”

“咋谢?”小伙子问。

罗梅说:“办成再说。”

“我想知道你准备怎么谢我。”小伙子说。

罗梅不想跟小伙子说下去,说下去实在是没意义。她说去给朋友打电话,转身离开了。她走了一圈,认为院落里的人去上班了才回来。

田寡妇在清理厕所呢,看罗梅走进院里搭话:“你没去上班吗?”

“没有。”罗梅说。

田寡妇说:“你有好多天没上班了吧?”

罗梅点下头。

田寡妇问:“你不在饭店干了?”

“不干了。”罗梅说。

田寡妇说:“女孩子最好别在饭店干,男人喝了酒什么粗话都说,还动手动脚的。”

“你对饭店的活挺了解。”罗梅说。

田寡妇说:“人活到我这个年龄,如果这点事不知道,不是白活了。”

罗梅笑着。

田寡妇说:“你不能总待着,得找新工作。”

“找着呢。”罗梅说。

田寡妇说:“如果不嫌脏不嫌累,工作好找,就看想不想干。”

“谢谢你关心我。”罗梅对田寡妇说的这句话很反感,田寡妇的意思好像她不想工作似的,她脸上的笑容没了。

田寡妇不是关心罗梅,而关心房租。她关心每一个租客,如果罗梅不去工作,没有经济来源,有可能会搬走。她不喜欢走马灯似的换租客,租客换得勤房租收入不稳定。她说:“你跟郑有源说一说,他们厂经常招工,工资还高,活累,怕你干不了。”

“郑有源是谁?”罗梅不认识郑有源。

田寡妇说:“就是租住在隔壁那家的小伙子。”

“你说的是在冷藏厂干活的那个吗?”罗梅问。

田寡妇说:“是他。”

“冷藏厂的工资高吗?”罗梅问。

田寡妇说:“高。外地来打工的,有一家三口在那干的,干没几年,就在风海买上楼房了。”

“那么高吗?”罗梅吃惊地问。

田寡妇说:“在小北歌村附近冷藏厂是工资最高的工厂,不过活也累,一天干十多个小时,身体不好干不了。”

“你看我能行吗?”罗梅说。

田寡妇说:“得能吃苦才行,干活人不吃苦怎么能挣到钱呢。”

“我不怕吃苦。”罗梅说。

田寡妇说:“你跟郑有源说一说,让他帮介绍,应该可以去的。”

“郑有源,郑有源。”罗梅在心里重复着这个名字,像是在祈祷。此刻郑有源成了她的希望,比思念汪海洋还强烈。

2

冷藏厂招聘工人车间主任同意就能入职,用不着跟厂长说。厂里有几百名工人,没签劳动合同,也没投养老保险,今天你来了,明天他走了,流动性大,厂长没心思管这些鸡毛蒜皮的小事。

郑有源为了工作中能得到车间主任关照,时常请车间主任喝酒,套一套近乎,拉一拉感情,车间主任跟他关系好。他跟车间主任说的事,只要在车间主任权力管辖范围内,不违反厂里制度情况下,基本上都能办成。

早晨郑有源刚走进冷藏厂大院里,车间主任从摩托车上下来,摘下头盔,往车间走。郑有源加快脚步跟上前说:“我有个老乡想来厂里干活。”

“你领来吧。”车间主任说。

郑有源没有马上告诉罗梅,想试探罗梅的反应。

罗梅等了两天也没看见郑有源,她盼着见到郑有源,那种愿望非常强烈。她实在等不及了,就去找郑有源。她敲响了郑有源的房门问:“有人吗?”

“找谁?”郑有源躺在床上说。

罗梅说:“我找郑有源。”

“进来吧。”郑有源坐起身说。

罗梅推开门,站在屋门口说:“你问了吗?”

“问什么?”郑有源装糊涂地说。

罗梅说:“我去你们厂干活的事呗。”

“我问主任了,主任说不行。”郑有源看了一眼罗梅,心不在焉地说。

罗梅产生天崩地裂的感觉,差点晕过去。

郑有源说:“你别急,我再找厂长问一问。”

“主任不同意,厂长还能同意吗?”罗梅认为主任这一关没通过,厂长就更通不过了。

郑有源说:“厂长虽然职位比主任大,可比主任态度好,容易接触,没准能行呢。”

“你多费心吧,我不会忘的。”罗梅有气无力地说。

郑有源说:“你真不会忘吗?”

“真的。”罗梅说。

郑有源说:“你真能报答我吗?”

“一定报答。”罗梅承诺地说。

郑有源话锋一转说:“明天你可以进厂上班了。”

“真的吗?”罗梅喜出望外。

郑有源深沉地点一下头。

罗梅说:“我请你吃饭。”

“饭不吃了,我只有一个要求,你答应就行。”郑有源说。

罗梅说:“你说!”

“让我亲一口。”郑有源说。

罗梅说:“你流氓。”

“我流氓!好啊!你去找不流氓的人帮你找工作吧。我帮你找不到工作。你不是我朋友,也不是我亲戚,我没有理由帮你。”郑有源毫不客气地说。

罗梅一想到没有工作,心里一颤,没工作她无法在风海生活不下去,就得回沂蒙老家。她现在回家算是怎么回事,让乡亲们怎么看她。她是自尊心很强的人,非常讲究脸面。她心想亲就亲吧,亲一口又不能少一块肉,反正汪海洋已经亲过她了,她把初吻奉献给了汪海洋。她跟汪海洋的初吻是发生在他们订婚的当天夜晚。两家人在一起吃过订婚饭,她跟汪海洋手拉着手来到村口的大槐树下。那天晚上月亮不是很圆,月光朦胧地笼罩着他们,丝丝晚风吹来,很是凉爽。汪海洋情不自禁地在罗梅的脸上亲了一口,然后跑开了。罗梅没想到汪海洋会亲她。她虽然渴望,但还是感到意外。她用手抚摸着被汪海洋吻过的地方,又是羞涩,又是紧张,更是甜蜜。从那以后他俩约会时少不了接吻这个环节,亲吻好像是他们约会时的必修课。不过他们动作笨拙,不像电影里演得那么轻松自如。罗梅缓和了态度说:“你这人开不得玩笑,说生气就生气了。你想亲就亲吧!你说亲哪?”

“算啦!”郑有源看罗梅犹豫半天,失去了兴趣。他知道罗梅到冷藏厂干活后,还会有事求他,他不必这么心急,可以稳坐钓鱼台,放长线钓大鱼。

罗梅说:“晚上我请你吃饭吧。”

“我刚吃过,有点困,想睡觉。”郑有源不想说下去。

罗梅知道在冷藏厂工作的工人每天工作十多个小时,劳动强度大,需要有足够的休息时间。郑有源刚下班,需要休息。罗梅不想影响郑有源休息,便说:“你歇着吧。”

郑有源在罗梅关上房门走后,很兴奋。他跟女朋友在几个月前分手了,想找女朋友。罗梅求他找工作,这是个好机会。他有意跟罗梅谈恋爱。他说的话半真半假,当真行,当假也行。这样做既能退,又能进,可攻可守,不会丢面子。不过他猜到罗梅订过婚了。像罗梅这个年龄的女孩,一般在老家都订婚了。他想订婚也不怕,如果两个人情投意合在一起,就算家人棒打鸳鸯也打不散。他跟女友不也订过婚了,不也散了嘛。他想学城市年轻人谈恋爱那样,自己选择,主动出击。他躺在床上想着美事。

3

郑有源一觉醒来想找罗梅一起上街。他去找罗梅,罗梅不在屋里,罗梅同屋的女孩说罗梅出去了。郑有源一个人不想上街,回到屋里吃方便面。

罗梅回来时同屋的女孩说:“郑有源来找你了。”

“什么时间来的?”罗梅问。

同屋女孩说:“走好一会了儿。”

罗梅去找郑有源问:“你找我?”

“没有,我找你干什么。”郑有源否认地说。

罗梅不好意思地看着郑有源,她看出来郑有源心里是矛盾的,不过她表现得如同没看出来似的。

郑有源说:“你明天早晨跟我一起去公司。”

“几点?”罗梅高兴地问。

郑有源说:“上班时间。”

“行。”罗梅说。

郑有源沉默了,好像在想心事。

罗梅心情好起来,忧郁退去。她生活经验不多,看不透复杂的社会。她跟其他女孩一样,悲伤和欢乐会在瞬间到来,也会在霎时退去。这个夜晚她是那么开心,比当初来风海时还兴奋。她在睡梦中几次醒来才算熬到天亮。她洗漱完毕提前在院落外等郑有源。

郑有源跟往日一样快到上班时间起床,去街上吃早饭。罗梅跟郑有源一起吃的早饭,罗梅要付钱,被郑有源拦住了。郑有源笑着说:“我请你。”

“你帮我介绍工作,我得表示一下,怎么能让你请我呢。”罗梅有点过意不去地说。

郑有源说:“如果你想答谢我有很多方式,不一定请我吃饭。”

“我给你买礼物,你喜欢什么?”罗梅说。

郑有源说:“我喜欢你,如果把你送给我,我接受。”

“你说话又不着边了。”罗梅感觉这不是正经人说的话,不喜欢开这种玩笑。

郑有源发现罗梅不接纳他,心里不舒服,想不通,没说话。罗梅走进冷藏厂大院四处看着,如同在找干活的车间。郑有源把罗梅领进车间主任办公室。

车间主任问郑有源说:“她是你什么人?”

“不是什么人。”郑有源随口说。

车间主任听郑有源这么说笑了,郑有源也笑了。他们笑得让站在旁边的罗梅很难为情,脸红了。

罗梅心想城市男人怎么都是这个德性,难道说城市男人是属猫的,看见女人如同看见鱼了,产生贪婪之心,想占有。她在沂蒙老家时与外地男人接触不多,大家是同村同族,说话格外讲究分寸。现在倒好,接触的是天南地北五湖四海的人,什么人都有,啥话都敢说。

车间主任问:“你在冷藏干过吗?”

“没有。”罗梅回答。

车间主任问:“你愿意来冷藏厂干活吗?”

“愿意。”罗梅急忙回答。这种回答有点像结婚时证婚人问新郎和新娘时回答的话。

车间主任说:“你跟我来吧。”

罗梅跟车间主任走了,走时回头看了一眼郑有源。

郑有源已经穿上白大褂,干活去了。

车间主任把罗梅领到一个穿白大褂的男工人面前安排地说:“你们俩一组,你们要好好配合,配合好才能多干活,多干活,才能多挣钱。”

罗梅应了一声。

穿白大褂的男工人鄙视地看了罗梅一眼,带着情绪说:“主任,你又给我找个新手,没有老一点的吗?”

车间主任没好气地说:“你妈老,她能来跟你干吗?”

罗梅憋不住想笑。

车间主任说:“你别笑,人家不愿意跟你在一起干,你知道吗!怕你干得慢,耽误人家挣钱。你要快点学,快点干,不然,你只能回家了。”

罗梅点头。

车间主任让罗梅到保管员那里领一套工作服。罗梅穿上工作服,走到刚才跟她说话的那个男工人旁边,开始工作了。

冷藏厂的工人是两班制,流水线作业,一个班干十二个小时。一个男工人和一个女工人搭配成一组。男的削鱼,用刀把鱼肉、鱼骨分开,扔到一边。女工人负责整理,装箱子,扒鱼皮。几十米长的车间里,人挨人,你追我赶,忙得热火朝天。

工人走进生产车间必须戴口罩,穿白大褂,只有两只眼睛露在外面。工人在车间里如同干活的机器。这些鱼全部是出口产品,销往欧美国家。外国人对吃的食品特别讲究,卫生要求高,里面有根头发,有根眉毛都退货,要求赔款。

罗梅没干过这种活。这活没什么技巧,不难学,只看手脚利索不利索。她拼命地干,才能跟得上男工人干活的速度。她感觉到腰疼,手腕发酸。

一阵电铃响过,工人停止了工作,向车间外走去。工人们走到车间门口,摘下口罩,呼吸着新鲜空气。这是中间休息时间,干够三个小时,歇一次,每次休息半小时。休息时工人可以吃东西。

郑有源走到罗梅身边问:“能干下来吗?”

“能。”罗梅回答。

郑有源问:“你跟谁干?”

“他。”罗梅向前一指。

郑有源说:“他是本地人,你干活要快点。”

“本地人比外地人坏吗?”罗梅问。

郑有源说:“比外地人霸道。”

“可是车间主任说他,他咋没敢吱声呢?”罗梅想起车间主任说的话就想笑,觉着那话太有意思了。

郑有源说:“主任是本地工人他爹,要么能管住这么多工人。”

“你说啥话呢。”罗梅说。

电铃又响了,工人们往车间里走去。

4

冷藏厂休息了,这是少有的事。工人们都想好好休息休息,开心玩一玩,放松一下因工作造成的紧张情绪。郑有源对罗梅说:“咱们去崂山玩吧?”

“崂山有点远了,当天去当天回来,时间太紧张了。”罗梅不想去青岛崂山。

郑有源马上改口说:“我陪你去李村逛商场吧?”

“我不想去李村。”罗梅说。

郑有源说:“我陪你去栈桥看海?”

“前些天我刚去过,不想去海边了。”罗梅说。

郑有源说:“你选个地方,你想去哪里,我就陪你去哪里。”

“我哪里也不想去。上班那么累,好不容易休息一天,我想好好睡上一觉,不然,总没精神。”罗梅说。

郑有源认为罗梅说谎,他有情绪,语气有点不对劲儿地说:“我看你也想睡觉。”

“你什么意思?”罗梅听出来郑有源话里有异样的含义,质问地说。

郑有源说:“我能有什么意思。”

“你说话注意点。”罗梅警告性地说。

郑有源重复地说:“我怎么啦? 你说睡觉,我就说睡觉。你这人还讲理吗? 好像你不睡觉似的。”

田寡妇和其他在场的打工妹都觉得罗梅跟郑有源说的话像是在对暗号,听得如同在云里雾里一样。

罗梅说:“我睡不睡觉关你什么事?”

郑有源寸步不让地说:“你睡不睡觉肯定不关我的事,我没权力管你睡觉的事。如果你想睡,尽管去睡好了。”

罗梅看见郑有源恼怒了,话说得越来越难听,不想说下去了。她转身往屋里走,边走边说:“讨厌! 狗拿耗子多管闲事。”

田寡妇在旁边看出点头绪子,插话说:“你们在一起少说没用的话,说一说就说火了,这影响团结。”

李婧雨说:“郑有源跟人家开这种玩笑,人家还不火。”

郑有源说:“你别向着她说,我对她还不够意思,没有我,她能找到活干。她忘恩负义。她是什么东西,见到有用的男人就跟人家走。明天她能待在屋里睡觉,才见鬼了呢!”

李婧雨说:“你又不是诸葛亮,还能预测出别人干什么。”

郑有源较劲儿地说:“如果你不相信,咱们打赌。如果她能待在屋里睡觉,我就不姓郑。”

李婧雨笑着说:“此话当真?”

郑有源说:“当真!”

李婧雨十分有把握地说:“我就让你改一回姓。郑有源,你可别反悔! 有这么多人在场做证呢!”

郑有源说:“如果你输了呢?”

李婧雨说:“我请你吃饭。”

郑有源说:“吃面条,还是油条。”

李婧雨说:“没这么低档,去海梦园大酒店。”

郑有源说:“明天这顿饭你请定了,准备好钱吧。”

李婧雨相信能劝说住罗梅,认为打赌不会输,反驳地说:“你别这么自信。”

郑有源对罗梅有一肚子怨气,罗梅到冷藏厂工作后很少理他了。开始罗梅对郑有源是有好感的,罗梅认为郑有源每个月能挣一千多元挺了不起的。当她进冷藏厂工作后才知道只要工人能干满月,谁都能挣一千多元,郑有源只不过是几百名工人中的一个罢了。罗梅对郑有源没了兴趣。罗梅不想得罪郑有源,也不想深搭理郑有源。郑有源经常找她,她不得不拒绝郑有源。郑有源看罗梅对他的态度直线下降，由热变冷，非常生气。郑有源想发泄心中的怒气。他说："君子一言，驷马难追。"

李婧雨说："我非让你从姓郑（正），改成姓付（副）！"

在场的其他人哄堂大笑起来。

罗梅虽然跑进了屋里，耳朵却伸向了外面，聆听着屋外说话声。她把李婧雨和郑有源说的话听得清清楚楚。郑有源说的话刺伤了她的心。她知道郑有源为什么生她的气，可她只能这么做。从自身考虑，她这么做没有错。她进冷藏厂工作后，把全部精力都用在干活跟合伙人交往上。她认为如果想长期在冷藏厂干下去，保住这个饭碗，只是低头干活不行，还得跟合伙人搞好关系，如果跟合伙人处理不好关系，工作也干不长。她旁边那个女孩活干得好，因为跟合伙人相处不好，两个人有矛盾，被厂里辞退了。

虽然是男工人和女工人搭配干活，但在工作中男工人是主要的，女工人是次要的，女工人要主动配合男工人。

罗梅的合伙人已经换了两个。现在这个叫王可涛，今年三十二岁，结婚两年，小孩一岁了。王可涛性格外向，开朗，爱说爱笑，上班时总带些小食品留在休息时间吃。他家住在风海市郊区的村子里，每天骑自行车上下班。罗梅跟李婧雨带着礼品去王可涛家拜访过一次。

王可涛的妻子李惠平虽然相貌不是很好看，但对人热情，真诚，坦荡，具有风海乡下女人的朴素性格。

罗梅跟王可涛在一起工作得心应手，他们两个人干活在全车间排在前列。罗梅跟王可涛约好了星期天去红月亮歌舞厅跳舞，这是王可涛提出来的。罗梅没去过歌厅，很高兴，可她又怕花钱。王可涛说红月亮歌舞厅是他同学开的，不用花钱，罗梅才没了顾虑。

李婧雨跟郑有源打了赌，想说服罗梅，不让罗梅去跳舞。她说："你明天别去歌舞厅了。"

罗梅说："我怎么好失约呢。"

李婧雨说："你说有别的事情急着办，把这次推掉，改天去吧。"

罗梅说："这么做好吗？"

李婧雨说："你跟王可涛说有事，他会理解的，谁还没个大事小情了。"

罗梅说："我没有事，说成有事，这不是说谎嘛。我不想说谎话，人做事应该真诚点。"

李婧雨说："关键是郑有源想看你笑话。"

罗梅说："郑有源没权力管我。"

李婧雨说："你真固执！"

罗梅纠正说："我这是守信用。"

李婧雨说："这又不是做生意，你用得着这样吗？"

罗梅看李婧雨急了，不说话了。

李婧雨说："罗梅姐，我可是跟郑有源打赌了，你就不能放弃这次跟王可涛的约定，支持我一下吗？这对你是有好处的，不然，你就被郑有源说中了。"

罗梅显得很为难，还是没说话。

李婧雨说："罗梅姐，你放弃这次跟王可涛的约定对你好，对我无关紧要，我没任何损失。如果让郑有源说对了，他会给你造谣。谣言影响非常坏，不能轻视。你知道郑有源在说你什么吗？如果你不放弃这次跟王可涛的约定，他会无中生有，借题发挥，别人会信以为真，这是什么后果你想过吗？"

罗梅说："郑有源还能说出什么好话来，他不可救药了。人正不怕影子歪，我没做见不得人的事，就不怕别人说三道四。"

李婧雨显得无奈。

罗梅说："你不要跟郑有源那么认真，认真就上当了。你想想，如果我放弃跟王可涛的约定，今后还怎么跟王可涛在一起工作？郑有源也未必放弃对我的造谣。他如果想诽谤我，总是能找到理由和借口的。如果那样，我既得罪了王可涛，也没讨到郑有源的好，我就没退路了。"

李婧雨说："你不想放弃是对吧？"

罗梅说："我认为没必要。"

"你真不听劝。"李婧雨转身走了。

王可涛来找罗梅的时候，罗梅她们还没起来，王可涛在院落外等罗梅。

星期天如果不加班女孩有睡懒觉习惯。罗梅比其他女孩更想睡懒觉，别的女孩平时到星期天就休息，而冷藏厂不休星期天。这次休息是因为厂长儿子结婚，才给工人放假的，不然，也不会放假。罗梅想在床上懒懒地躺上一天，当然她知道这是不可能的，因为她跟王可涛约好去歌舞厅了。歌舞厅对她来说有着巨大吸引力，她好奇，向往。她想起这个约定激动不已。她早醒了，只是没起床，她认为王可涛不能来这么早。

李婧雨上厕所时看到了站在院外的王可涛。王可涛背朝门，看着远处，他没看见李婧雨。李婧雨回屋告诉罗梅。

罗梅匆忙起来。她在镜子前左照右看了好一会儿，打扮利落，从屋里走出来。她精心打扮过后确实跟平日判若两人，少了几分乡下女孩的土气，多了几分城里女孩的风度和潇洒。

郑有源蹲在屋门口的排水沟前刷牙，眼睛不住地朝这边看。

罗梅看了一眼郑有源，抬头挺胸，不屑一顾地从郑有源身边走过，来到王可涛身前，大大方方地说："你可真够早的。"

"是早了点。"王可涛推起放在旁边的自行车。

郑有源用水漱了漱口，把牙缸里的水扬了出去，转身回屋。他本来不想起这么早，可昨天跟李婧雨打了赌，想看一看罗梅是不是跟王可涛走了。他躺在床上停了一会儿，又出来了。这回他要等的人不是罗梅，而是李婧雨。

李婧雨上完厕所又睡下了。她很晚起来，心情不是太好。她看见郑有源表情有些不自然地说："你起得真早。"

郑有源说："没罗梅起得早。"

李婧雨说："你说话怎么离不开罗梅呢。"

郑有源说："我在证实你跟我谁说的正确。"

李婧雨说："我认输。"

郑有源说："我说得没错吧？"

李婧雨说："没错。"

郑有源诽谤地说："我说罗梅去睡觉了，你们还不信，这回信了吧。"

李婧雨虽然在跟郑有源打赌这件事情上输了，但接受不了郑有源污辱罗梅的话，为罗梅辩解地说："人家去跳舞了。"

郑有源说："跳舞，到哪里去跳舞，跳来跳去就跳到床上了。"

李婧雨看说服不了郑有源，改变不了郑有源对罗梅的敌对态度，不想多说了，随口说："男人没好东西。"

郑有源正要接话，李婧雨已经转身回屋了，他还是小声骂了一句："女人都是婊子！"

"你骂谁呢？"田寡妇的声音从郑有源身后突然传来，把郑有源吓了一跳。

郑有源急忙转过身笑着解释说："我骂着玩呢。"

"你疯了？你拿这种话骂着玩！"田寡妇说。

5

红月亮歌舞厅在风海市城区一条僻静的小街上。这条街绿树成荫，行人和车辆少，非常宁静。歌舞厅是座二层欧洲风格小楼。罗梅常从这里经过，但没走进过红月亮歌舞厅。她每次经过这里时会禁不住向歌舞厅张望几眼。她很爱唱歌，羡慕歌舞厅里的生活。

王可涛领着罗梅来到红月亮歌舞厅时，歌舞厅的门紧闭着。王可涛说："咱们来早了。"

"几点开门？"罗梅问。

王可涛抱歉地说："我也不清楚，我好长时间没来了。"

"咱们走吧？"罗梅说。

王可涛问："去哪儿？"

"人家没开门，咱也不能站在这里等吧。"罗梅想红月亮歌舞厅不会开门太早，可能要等很长时间，这样等下去是没必要的。

王可涛说："我去叫门。"

“这不好吧?”罗梅说。

王可涛说:“没什么不好的。”

罗梅看着王可涛去摁门铃。

红月亮歌舞厅的门开了,一位穿蓝色工作服的男服务员走出来。男服务员认识王可涛,知道王可涛跟歌舞厅老板私人关系密切,热情地说:“王先生,你来这么早。”

“你们老板在吗?”王可涛问。

男服务员说:“在,好像还没起来呢。”

“都几点了,还没起来,我非把他从被窝里捞出来不可。”王可涛说。

男服务员笑了。

王可涛领着罗梅走进红月亮歌舞厅。

罗梅走进歌舞厅好像身处在另一个世界里,有点眼花缭乱。这是她第一次走进歌舞厅。歌舞厅还没到营业时间,屋里静静的,体会不到音乐响起的感觉。

王可涛说:“你在这儿等我,我去找老板。”

“老板在哪儿?”罗梅问。

王可涛说:“老板在楼上的屋里,可能还在搂女孩睡觉呢。”

罗梅听见这句话心狂跳起来,脸也热了。她原来对“睡觉”这个词没在意过,考虑得不是很多,但从昨天郑有源说过她后开始在意,也开始讨厌这两个字了。她感觉把这两个字用在女人身上,好像女人做了见不得人的事。

王可涛上楼了。他知道程伟光住在哪个房间,敲着门。

程伟光问:“谁呀?”

王可涛说:“公安局的!来查户口!”

屋里马上没了声音。

王可涛又敲了两下门说:“快开门,我们是公安局的。”

程伟光说:“来了,来了。”

房间的门开了,程伟光一边穿衣服,一边往外走。他看是王可涛敲的门,生气地说:“你老兄有病嘛,这么早来吓唬我。”

“我没病,你有病。”王可涛说。

程伟光说:“我快被你吓出心脏病了。”

“怎么就你自己?”王可涛问。

程伟光说:“不是我自己还能有谁。”

“不会吧?”王可涛不相信地说。

程伟光正要说话,袁爱琴从床下爬了出来。袁爱琴原来是红月亮歌舞厅的歌手,她在红月亮歌舞厅唱了几年歌,跟程伟光同居了。她知道程伟光跟王可涛的关系,如果是警察她是不会从床下爬出来的。程伟光生气地说:“你小子以后少干这种事,这很不道德。”

王可涛笑着。

袁爱琴说:“伟光有你这么个朋友真倒霉了。”

王可涛说:“这不能怪我,谁让你们不早点起来给我开门了。我可是跟你们约好了。你们让我在门外等候,我就让你们付出点代价。”

“你有毛病吗,也没看才几点,满风海市能找到开门这么早的歌舞厅嘛。”程伟光看了一眼手机上的时间,抱怨王可涛来早了。他听见敲门声时还在做梦呢,他的美梦被王可涛打破了。

王可涛原本没打算来这么早,只是早晨跟妻子李惠平吵了一架才出来的。他笑着说:“我没毛病,早晨跟老婆吵了一架就出来了。”

“来折腾我。”程伟光说。

王可涛说:“没这个意思,是时间没把握好。”

“你不说两个人来嘛,怎么就你自己?”程伟光说。

王可涛说:“你这个样子能见外人嘛。”

“你还挺照顾我的。”程伟光说。

王可涛说:“你的手机不错。”

“也不行了,手机降价快,样式更新更快。”程伟光说。

王可涛说:“还是做生意好,挣钱多,想买什么就买什么。”

“手机算什么,这是必须有的通信工具,不然怎么做生意。如果你有手机,打个电话不就行了,用得着敲门嘛。”程伟光说。

王可涛说:“没手机就不能做生意了?”

“能,交流不方便,生意不会做得太好。”程伟光说。

王可涛说:“我们厂有许多打仔、打工妹都用手机了。”

“虽然你节约,会过日子,但过不了多长时间也得买手机。别人都用,你不用不方便。”程伟光说。

王可涛说:“我在楼下等你。”

“别再上来了,我不想看见你。”程伟光说。

王可涛说:“你快点。”

罗梅看王可涛一个人下楼了,以为老板没在,便说:“没找到老板吗?”

“穿衣服呢,马上下来。”王可涛说。

罗梅说:“人家是做生意的,咱们来玩不付钱好吗?”

“我给他钱他也不会收。”王可涛说。

罗梅说:“他不收钱,你得欠他多大人情呢?”

“好朋友,欠什么人情。”王可涛说。

程伟光和袁爱琴走到王可涛和罗梅身前,程伟光看了一眼罗梅,把目光移向王可涛。

王可涛感觉程伟光的眼神有点异样,介绍说:“我同事,罗梅。”

“你同事，罗梅。”程伟光重复着。

王可涛推了程伟光一把，笑着说：“你什么意思？你以为所有男人都跟你似的。”

“你千万别跟我学。”程伟光说。

王可涛说：“我也学不会。”

程伟光是生意人，他对人对事是用商人的眼光来看待。不过他对王可涛不是，他跟王可涛的关系完全是建立在友情上的，他们是小学到高中时的同学。高中毕业后王可涛进工厂做工，程伟光做起了生意。一年前程伟光开了红月亮歌舞厅。他让厨师做了菜，几个人边吃边聊。

罗梅已经没了食欲。如果放在平时桌上摆放这么多菜，她肯定会馋得流口水，此刻她被歌厅的卡拉 OK 深深吸引着，目不转睛地看着。

王可涛问罗梅说：“你会唱什么歌？”

“我不会唱。”罗梅笑着点头，忙又摇头。

王可涛说：“如果你会唱就唱，唱得好还可以挣钱呢。”

“我们歌厅有驻唱歌手。”程伟光说。

罗梅脸红了，想唱歌。如果程伟光和袁爱琴不在场，她会上台唱歌。可话又说回来，如果没有程伟光，王可涛能领她来红月亮歌舞厅吗？如果按照市场收费，来一次要花很多钱。她准备把钱攒起来寄回家，让爹和娘过上好日子，绝对不会花钱来歌舞厅玩。她想上台唱那首《沂蒙山小调》的歌，从她来到风海后再没唱过歌。

袁爱琴是女人，也是位歌手，非常敏感。她锐利的目光已经穿透了罗梅的身体，看到了罗梅的内心世界。她比王可涛和程伟光更了解罗梅，更懂罗梅的心情。她拉起罗梅说：“罗小姐，我陪你唱！”

“我不行！”罗梅没料到袁爱琴会来拉她，她惊慌失措，面色紧张。

程伟光带头鼓起掌。

袁爱琴说：“罗小姐，你肯定会唱歌。”

“你怎么知道？”罗梅问。

袁爱琴说：“别忘了，我是歌手。”

“我只会唱《沂蒙山小调》那首歌，那首歌过时了。”罗梅说。

袁爱琴笑着说：“歌曲没过时之说，只看唱得好不好。咱们唱《沂蒙山小调》这首歌。”

罗梅不好再推辞了，跟着袁爱琴走上舞台。

舞台处在追光灯下，人站在上面看不清楚台下，台下的人却把台上看得一清二楚。舞台是歌舞厅里最显眼的位置。

罗梅是第一次走上舞台，尽管这个舞台很小，可让她感到惊恐万分，六神无主。她站在舞台上两条腿麻木不听使唤了，额头上渗出汗珠，眼睛在看什么连她自己也不知道。她记不住袁爱琴在说什么，脑子没了思维。

此时整个歌舞厅里的人都把目光投向了罗梅。大家来这里就是为了放松情绪，寻找快乐，看新鲜的，如果不是为了调解情绪，谁会来这里。歌舞厅里的人感觉罗梅身上挺有故事，目不转睛地看着她，关注着舞台。

袁爱琴不紧不慢地拿过话筒，看了一眼站在旁边的罗梅，一字一句慢条斯理地说："今天，请我的朋友罗梅小姐为大家唱歌好不好？"

"好！"台下响起一片欢呼声。

罗梅已经没有退路了，逃也逃不掉，躲也躲不开，只能迎难而上，前面就算是刀山火海也要往上冲。

袁爱琴说："罗梅，你想为大家唱一首什么歌呢？"

罗梅颤颤巍巍地说："我为大家唱一首《沂蒙山小调》吧。"

袁爱琴说："欢迎罗梅为大家唱《沂蒙山小调》！"

伴奏音乐响起来了，歌舞厅里被音乐环绕着。

袁爱琴把话筒交给罗梅，匆忙走下舞台。

罗梅虽然爱唱歌，在沂蒙老家练习唱了几年歌，但从来没跟伴奏乐唱过歌。她紧张地听着熟悉的音乐，起唱比音乐慢了半拍，她很快赶上了，可又唱快了。她虽然跟伴奏乐跟得不是很好，但唱得确实不错。

舞台下的人被罗梅吸引着，大家能看出来罗梅不是风海本地人，而是外地来的打工妹。他们认为这个打工妹唱的歌真像那么回事，有点水平。

罗梅唱完歌匆匆跑下舞台，她不知道在唱些什么，也没考虑唱得怎么样，更没去想别人的反应。此时她想逃离别人看她的目光，想从舞台上消失。她跑下舞台时程伟光让服务员送一束花给她，她激动得不得了。她看着王可涛，希望从王可涛的表情上找到成功与失败的答案。

王可涛没想到罗梅会唱得这么好，他眼神里带着鼓励。

程伟光笑着问："你是从沂蒙山来的吗？"

罗梅点头。

程伟光说："沂蒙那地方我去过，太穷了。"

王可涛说："你别看不起沂蒙山，如果没有像沂蒙山这样的革命老区，中国革命能胜利嘛。现在看沂蒙是落后了，战争年代那可是好地方。"

罗梅被程伟光说的话刺伤了自尊心，但王可涛这番话又让她恢复了自信。她认为王可涛说得没错，如果没有像沂蒙山区这样的根据地，革命也许失败了。她为自己是沂蒙人感到自豪、骄傲。

袁爱琴对罗梅说："你有时间可以来歌厅唱歌。"

罗梅不知道袁爱琴说的是真心话，还是客气话。她的目光是疑虑的，是不安的。她不想再提这个话题，这个话题让她激动。她想让激动的心情平静，想离开。

王可涛认为玩的时间不算短了，应该离开了。他跟罗梅朝红月亮歌舞厅外面走去，在歌厅门口遇见李惠云了。

李惠云和几个同事来跳舞，她看见王可涛说："姐夫，你也来了？"

"啊。"王可涛有点紧张。

李惠云敏感地看了一眼罗梅，还有罗梅手里的花，罗梅手里的花耀眼。李惠云意识到了什么，问王可涛说："她是谁？"

"我同事。"王可涛说。

罗梅学着城里女孩的样子对李惠云说："你好。"

李惠云像没听见一样，做出高傲的姿态，没理罗梅。她断定罗梅不是城里人，肯定是个打工妹，因为罗梅说的是乡下话，并且是外地口音。她说："姐夫，我进去了。"

"好。"王可涛说。

李惠云朝歌舞厅里走去。

王可涛有些不高兴。罗梅跟他说了几句话，他都没接话。他认为让李惠云遇见他跟罗梅在一起不是好事，他在路口跟罗梅分开了。

他回到家时李惠平没有回娘家。李惠平包了饺子，在等他回来吃饭。他说："你怎么没回你妈家呢？"

"你不去，我一个人回去干什么。我一个人回去，我妈还以为我跟你闹别扭了呢。再说，你也难得休息，我在家给你改善一下伙食，这个家还靠你挣钱呢。"李惠平说。

王可涛说："我有这么重要吗？"

"你不重要谁重要。"李惠平说。

王可涛面对李惠平的温情有点不知怎么办了。

李惠平说："你愣着干什么，还不过来帮我。"

王可涛给李惠平当下手，李惠平开始炒菜，不一会儿就把菜炒好了。王可涛看着桌上的菜没有食欲，吃不下去。

李惠平问："你跟谁出去的？"

王可涛回答："跟同事。"

李惠平说："看样子你今天是玩滋润了。不然，你不会是这样。"

6

李惠云从红月亮歌舞厅回到宿舍后，眼前浮现出王可涛和罗梅的身影。她猜想着，判断着两个人的关系。她猜测王可涛为什么会和罗梅在一起？为什么只有他们两个人呢？他们是第一次来红月亮歌舞厅吗？姐姐知道这事吗？她反反复复地想着，越想越觉着复杂，越想越是想不通，找不到答案。她想打电话给姐姐，说一说这件事。她拿起手机又放下了，万一王可涛不只是跟罗梅来红月亮歌舞厅，还有其他人呢？她在给姐姐去电话前必须把这事搞清楚，不能产生误会。她拨通了程伟光的手机号码,没等程伟光接,又立刻挂断了。她拨通了袁爱琴的手机,认为袁爱琴应该知道王可涛和罗梅去红月亮歌舞厅的事,问袁爱琴比问程伟光好。

袁爱琴认识李惠云。袁爱琴跟李惠云虽然不是深交,但说话爽快,直截了当。袁爱琴如实地把王可涛和罗梅一大早来红月亮歌舞厅的事告诉给了李惠云。

李惠云听完袁爱琴的话,说了声"谢谢",挂断了电话。她毫不犹豫地给姐姐打了电话。

李惠平听完李惠云的话,不相信地说:"不会吧?"

李惠云说:"姐,这是我看见的。"

李惠平问:"你看见你姐夫跟一个女孩从歌舞厅出来了?"

李惠云说:"没错。"

李惠平回想着。

李惠云说:"那个女孩叫什么梅来着。"

李惠平也想着,她很快想起来了说:"是不是叫罗梅?"

李惠云说:"对,就是叫罗梅。罗梅手里还拿着花呢。"

李惠平沉默着。

李惠云说:"你跟姐夫之间没出现问题吧?"

李惠平说:"出现什么问题?"

李惠云说:"感情裂痕,感情危机。"

李惠平说:"我让你姐夫陪我去看爸妈,他不去,我跟他吵架了,再没什么。"

李惠云说:"你要当心,别让姐夫产生婚外情,产生婚外情可是麻烦事,受到伤害的肯定是你。"

李惠平说:"你想多了,没你说的这么严重。"

李惠云说:"你别不信,如果事情没发生还好办,如果真发生了,再想改变、挽回,就非常困难了。这就跟大兴安岭火灾一样,在火还没烧起来时,可能用很少的水就能扑灭,当火熊熊燃烧起来后,火光遮天蔽日,水多了也难扑灭。你还是防着点吧。"

李惠平说:"你姐夫不是那种男人。"

李惠云说:"在风海已婚男人跟打工妹发生婚外情的事还少嘛。"

李惠平本来不相信会有这种事的,但被李惠云的话说动了。这年头哪个男人不喜欢年轻美貌的女孩。她越想越怕,越想越觉得这件事像真的。她在跟李惠云通过电话后,直接给程伟光去了电话,进行核对。

程伟光对来红月亮歌舞厅的客人记得并不清楚,大家随时来随时走,走了来,来了走,他哪能记得清。不过王可涛来他记得很清,他也记得罗梅,罗梅唱歌的情形加深了程伟光对这件事的记忆。他告诉李惠平王可涛是和罗梅两个人来的。

李惠平放下电话十分不安。她伸手拿起放在桌上的一份《风海半岛都市报》,这张报纸上刊登有打工妹跟已婚男人生孩子的纪实报道。她想到这事,不禁毛骨耸然。她绝对不想让这种事发生在自己身上，破坏自己家庭。可这种事情确实在风海这座美丽的海滨城市常有发生，屡见不鲜，大有蔓延趋势。

风海是座新兴海滨城市，这座新兴海滨城市像步入青春期的男子那么朝气蓬勃，活力四射，市容建设发生着日新月异的变化。2002 年，实现利税十二亿元钱。经济的腾飞，吸引着大批外来打工者。在这座只有四十二万常住人口的城市中，有近十五万外来打工者，而在这些打工者中，比例最大的就数打工妹了。这些打工妹在十八岁到二十三岁之间。她们大部分是在韩国人开的工艺品公司或日本人开的电子公司上班。这些外国公司只招收二十三岁以下的工人，二十三岁以上年龄的不招聘。公司认为工人年龄小，思想不复杂，便于管理。再说，二十三岁往上的打工妹大部分跟男朋友同居或嫁人了。她们在老家一般十八九岁就订婚了，过了二十一二岁，很少有没订婚的，而且订了婚的女孩很少出来打工。风海完全呈现出一个女儿国的特色，这是风海这座城市靓丽的风景。

罗梅是众多打工妹中的一员。如果她的男朋友汪海洋不是在部队服役，她也嫁人了，没准还成为孩子的母亲了呢，那样她可能就不会来风海市打工了。

李惠平知道罗梅一些事，但不了解罗梅。罗梅来她家时跟她说起过这事，也说过想法。她跟罗梅的话不多，罗梅跟王可涛的话很多。过去她没在意，也没往这方面想，现在她在意了，也往这方面想了。她想了很多，她认为罗梅正在威胁她和王可涛的感情，正在破坏她的家庭，她要排除这个潜伏的隐患。她不能把想法告诉王可涛，她要给王可涛和罗梅来个措手不及，让他们防不胜防。她看了看日历，认为现在不行，要等一个星期后才能实施计划。这个星期王可涛上的是晚班，下班时间是在晚上二十四点，下个星期是上早班，早班是中午十二点下班，那样她才能去观察，才能采取行动。她已经想好了，无论罗梅跟王可涛有没有那种事情，她都要教训罗梅，教训罗梅对她没有任何坏处，只有好处，能起到阻止和预防作用。

7

罗梅离开红月亮歌舞厅后感觉生活在幻想中，她回忆起自己唱歌时的情景会心惊肉跳。她心有余悸地想，为什么不好好地发挥呢？从前不是一直想当歌手吗？你看人家毛阿敏，你看人家田震，你看人家李春波，不都是从歌舞厅里走向大舞台的，自己怎么不能呢。歌舞厅也是舞台，也是锻炼唱歌，积累表演经验的场所，也是发展的机会。虽然歌舞厅地方小了点，观众少了些，可没有小舞台，哪能有大舞台呢。如果小舞台唱不好，大舞台更唱不好了，一口吃成胖子是不可能的。她暗暗下决心，下次去红月亮歌舞厅时，一定好好发挥，大模大样地唱。她希望下次，也期待下次，但下次在什么时候，她不知道。

她回到住处时，李婧雨跟小姐妹刚从小吃街吃完饭回来。她对李婧雨说："你请郑有源吃饭了吗？"

“没有。”李婧雨说。

罗梅说：“你请他的饭钱我出。”

“不用。”李婧雨说。

罗梅说：“你是为了我请他吃饭的，应该我付饭钱。”

“你以为我真请郑有源吃饭，只是说一说而已。我真请他，他也不会去。”李婧雨说。

罗梅说：“我看郑有源挺认真的。”

“他是生你的气。你如果跟他去崂山或去海边就没事了。”李婧雨说。

罗梅说：“我不喜欢别人强迫我做事。”

“我不让你去跳舞你不听，何况别人呢。”李婧雨说。

罗梅说：“我不去跳舞，郑有源也不会改姓。”

“你玩得开心吗？”李婧雨说。

罗梅说：“还行。”

“你唱歌了？”李婧雨说。

罗梅说：“唱了。”

“你给我们唱一首歌听听呗。”一个女孩说。

罗梅说：“我只会唱《沂蒙山小调》。”

“这首歌我爱听，你唱吧。”同屋的女孩说。

罗梅看了看她们不好意思唱。

女孩说：“罗梅姐，你唱吧。”

罗梅清了清嗓子，唱起《沂蒙山小调》了：

人人（那个）都说（哎）沂蒙山好，
沂蒙（那个）山上（哎）好风光。
青山（那个）绿水（哎），多好看，
风吹（那个）草低（哎）见牛羊。
高粱（那个）红来稻花（那个）香，
万担（那个）谷子（哎）堆满仓。
咱们的共产党领导好啊……

田寡妇听到屋里这么热闹，不知发生什么事了，缓缓走过来，站在门口往里面看。罗梅看田寡妇来了，不好意思继续唱了。田寡妇说：“你们开演唱会呀？”

一个女孩对田寡妇说：“罗梅姐唱得好不好？”

“好。”田寡妇笑着。

罗梅说：“我不会唱，瞎唱。”

“如果有音乐伴奏就好了。”一个女孩说。

罗梅说："在歌舞厅里唱的效果比这好。"

"我还没去过歌舞厅呢。"一个女孩说。

罗梅说："我也是第一次去。"

"歌舞厅不是什么好地方，最好少去，去多了没好处。"李婧雨说。

一个女孩问："为什么？"

"歌舞厅里什么男人都有，如果被不怀好意的男人盯上了，就大祸临头了。"李婧雨说。

8

罗梅刚走出冷藏厂门口，李惠平从侧面走过来拦住她。李惠平一脸的冷漠，冷漠里有着愤怒。罗梅不知道李惠平为什么事生气，礼貌地说："李姐，你怎么在这儿？"

"我在这儿不行吗？"李惠平带着敌意说。

罗梅感觉到李惠平态度反常，语气蛮横，让她难接受。她尴尬地说："你是在等王哥吗？"

"谁是你李姐？谁是你王哥？你这个臭不要脸的打工妹，到处卖弄风骚，今天我不教训教训你，你就不识相。"李惠平说之间已经挥起手狠狠地打了罗梅一耳光。

罗梅做梦也没想到李惠平会来打她，她没有丝毫心理准备，被李惠平这突如其来的一耳光打蒙了，差点栽倒。她倒退好几步，感觉脸发热，头发蒙，眼冒金星，怔怔地看着李惠平。

李惠平向前紧走了几步，又站在罗梅的面前。

罗梅刚才吃了亏，有了防备，急忙往后退了几步，保持两个人之间的距离，委屈地说："李姐，我没有做对不起你的事呀，你为什么打我？"

"你还没做对不起我的事？如果你再做对不起我的事，我们家就让你给搅散伙了！"李惠平又逼近罗梅。

罗梅往后退。

这时有从冷藏厂里走出来的工人，还有过路的行人朝这边围了过来，大家是来看热闹的。他们当中有认识罗梅的，也有不认识罗梅的。不管认识罗梅的，还是不认识罗梅的，他们都不会上前帮助罗梅逃过这一劫难。这些人当中没有从罗家村来的，虽然有从沂蒙山区来的，但他们认为那不是老乡。只有是同村的人，才能在危难之时出手相助。在外出打工的日子里，他们认为多一事不如少一事，少一事不如没有事，尽可能保全自己。他们不会因为是打工者而同情被别人欺负的打工者。

王可涛推着自行车走出冷藏厂的大门时，看到这一场景，快要被气疯了，他有点不知怎么办才好。他原本不想站出来阻止李惠平。他阻止李惠平，认识他的人会认为这件事跟他有关，跟他有关，意味着他跟罗梅有不正当关系。如果他不出来制止，受害的人是罗梅。此时他希望罗梅能离开，这样事情就解决了，他不用出面了，可罗梅没有走开的想法与意识。他为罗梅着急，也为自己着急。正当他手足无措，犹豫不决时，站在旁边一位看热闹的冷藏厂工人认出了他，他想躲开已经来不及了。

那位工人对王可涛说："王哥，那不是你家嫂子吗？"

王可涛脸红了。他不出面制止李惠平是不行了，硬着头皮走出人群，站在李惠平面前，伸手抓住李惠平刚举起还没有落下去的手。

围观的人群不禁惊住了。刚才是两个女人上演的故事，两个女人打架，事情比较单一，不是很精彩，也不会引起围观者对事情发生原因的想象，可现在场上出现个男人，男人的出现使事情更复杂化了，更精彩了。一男两女搅和在一起肯定有更深的原因，肯定有更复杂的故事情节，大家瞪大眼睛观看事情的发展。

李惠平用命令的口气说："你松开！"

"你要干什么？"王可涛质问。

李惠平反问道："你说我干什么？"

王可涛被李惠平的火气给问愣了。

李惠平说："我要教训教训这个小不要脸的。我说你现在怎么不按时回家呢，原来你的魂被这个小妖精勾引走了。"

"你胡说些什么？"王可涛想制止李惠平。

李惠平说："你单独跟她去歌舞厅我都没说什么，你天天下班还跟这个小骚货眉来眼去的，你以为我是傻子吗？以为我不知道吗？告诉你，我跟踪你们好多天了。看你们两个走在一起男盗女娼的样，我就恶心！"

王可涛被李惠平说得晕头转向，几乎是分不清东南西北了。他怎么也没想到李惠平能跟踪他，怀疑他。李惠平这几天到冷藏厂，就藏在不远处观察王可涛和罗梅走出工厂。罗梅和王可涛从工厂大院走出来时，礼貌地互相说明天见，这一举动被李惠平视为不轨行为。她看在眼里，恨在心上。王可涛不想解释，现在解释也解释不清。

围观的人越来越多，如同在看戏，把他们三个人围在中间。

李惠平转向了罗梅说："你当着大家面说一说你做的不要脸事。"

"我没有！"罗梅说。

李惠平说："你还不承认！你还嘴硬！今天我非撕烂你的嘴不可。"

王可涛抓住李惠平的手，转过脸对罗梅吼道："你还不快跑！"

罗梅这才意识到她必须跑开，她挤出围观的人群，朝马路对面跑去。

李惠平想去追罗梅，但她被王可涛拽住了，她使劲儿挣了几下也没能挣脱掉，眼睛朝罗梅跑的方向看去。

一辆急驶的大卡车被罗梅突然横穿马路的举动给惊住了，司机来个紧急刹车，车轮与地面产生的摩擦声响彻整个天空。人们不约而同地朝大卡车望去，卡车的车轮在地上划出两条几米长的黑线。

罗梅已经穿过了大街。

大卡车的司机从驾驶室里探出头，冲着罗梅骂道："你他妈的找死呀，你他妈的找死，也不能用这种方式呀！"

王可涛看罗梅已经跑到大街的对面，松开了抓着李惠平的手。

罗梅在大街对面朝这边望了望，转身消失在街的转弯处。

一辆白色110巡逻警车停在了人群处，从车上跳下来三位穿制服的巡警。他们走进人群问王可涛是怎么回事，还没等王可涛回答，李惠平抢先回答说是家事。警察不相信地看了看王可涛。王可涛说是家事。警察看没有别的什么事，警告王可涛说："家事你回家说，别在大街上说起来没完没了，好像是在闹事，这样影响社会治安，也阻碍交通。"

王可涛转身去找自行车，发现自行车不见了。

人群向四周散开，人们各忙各的去了。

王可涛走到110警车前，对警察说："我的自行车不见了。"

警察上下打量着王可涛问："在哪儿不见的？"

王可涛向路边一指说："在那儿！"

警察问："你锁上了吗？"

"没有。"王可涛说。

警察用批评的口气说："你也不是小孩子，自行车放在那儿不上锁怎么行呢。你以为这是在你家门口呢，就算在你家门口也要锁上。"

王可涛无奈地看着远处。

三名警察不再理会王可涛，上了110巡逻警车，摁响了喇叭，向前开去。

王可涛伸手拦了一辆出租两轮摩托车，坐上摩托车回家了。

李惠平一个人站在那里还在生气，她向对面的街上望去，寻找罗梅的影子。

罗梅一口气跑过大街，在横穿大街时险些被行驶的大卡车撞上。她顾及不了那么多了，没时间想如果被大卡车撞上后果会是什么样，她认为逃离李惠平追打是目的。此刻在她看来李惠平要比大卡车更可怕，更危险。她一口气跑了很远，直到认为李惠平追不上她才停下来。

罗梅怕李惠平紧追不放，没敢直接往住处跑，如果暴露了住处，就没藏身之处了。她跑进了一条小巷。这条小巷她没走过，不熟悉，四周几乎没有行人。她出了一身汗，感觉头晕眼花，用手扶着墙，弯着腰，喘着粗气。

她在小巷里休息一会儿，感觉没危险了，向两头看了看，缓缓地朝住处走去，她觉着最安全的地方是住处。

她已经工作过十二个小时了，身体需要休息，肚子也饿了，她被饥饿困扰着。她走出小巷，在转弯处卖油条的小店前买了半斤油条。油条不热了，她边走边吃着，当她走到住处时手中的半斤油条已经吃完了，她把装油条的塑料袋往地上一扔，进了屋。

屋里没有人，其他人去上班了。在正常情况下罗梅下班时，能遇到同屋里的女孩子，今天她比平时回来得晚。她感觉非常疲倦，两条腿发软，坐到床上不想动了。

她仰面躺着，回想着刚才发生的惊心动魄的一幕，这是她万万没有想到的。真是天有不测风云。她想不通为什么李惠平对她发这么大火。她想不通李惠平为什么对她咬牙切齿，恨之入骨。她没做对不起李惠平的事，只不过是跟王可涛去红月亮歌舞厅玩了一次，像这种事情并没有什么，李惠平为什么骂她是小骚货呢？为什么骂她是小狐狸精呢？她想不明白。她再也不想去红月亮歌舞厅唱歌了。她真的不想去了。因为去红月亮歌舞厅给她带来了灾难，她想躲过这场灾难。

这十二个小时很快过去了，又到她上班时间了。她有些害怕，不想去上班了，可她又不舍得耽误工时，因为一天下来她能挣好几十块钱呢。她离开沂蒙山老家，孤单一人来风海打工，不就是为了挣钱。可发生了这种事情，让她怎么面对王可涛呢？王可涛又会怎样面对她呢？她还没调整好心态。她走到冷藏厂的大门口时还在犹豫，徘徊了好一会儿，找班长请了假。

班长不知道罗梅在厂门口被李惠平打的事，以为罗梅有事办，爽快地批了一天假。罗梅来到冷藏工作后，这是第一次请假。罗梅是很能干活的工人，班长喜欢能干活的工人。她叮嘱罗梅快点去办事，办完事来上班，如果不耽误工时，年终还有满勤奖金。

罗梅走出冷藏厂。

此时上班的工人已经进厂，下班的工人已经离开工厂。大街上恢复了原有的宁静，路灯暗淡地照在罗梅身上。她忧心忡忡地朝住处走着。

在一个路口，她遇到一个男人，她看不清男人的脸。男人问她接活吗？她没说话，慌忙跑开了，朝夜色中跑去。她知道这是十分危险的时间，深夜里一个女孩单独走在大街上是不安全的，没有哪个安分守己的男人会深更半夜在大街上闲逛。罗梅来风海的时间不算短了，对当地人说的话了解了一些，能听得懂。她知道那男人说的接活是怎么回事。她一想到这句话，身上像起了鸡皮疙瘩，心跳猛地加快了，一阵风似的跑回住处，关上门。

屋里的其他女孩已经在睡梦中了，只有罗梅一个人翻来覆去睡不着。她已经睡充足了，继续睡下去实在是困难事。她翻身时把床板弄得嘎吱嘎吱响，打扰了旁边的女孩。

女孩翻动了一下身子，没睁眼睛，嘟哝了一句说："罗梅姐，你不睡觉，你想干什么？"

罗梅不好意思地躺在那不动了。她看着黑黑的屋顶，胡乱地想着。她能干什么呢？她是在什么时间再次睡着的没人知道。

天亮的时候，屋里的女孩都起了床，像一群小鸟叽叽喳喳地说着什么。

有一个女孩问："罗梅姐，你怎么没去上班呢？"

罗梅说:“我身体不太舒服。”

另一个女孩问:“你是不是感冒了?”

罗梅说:“也可能,不过好像没什么事。”

有女孩说:“你要多注意,现在感冒的人可多了。”

罗梅不说话了,她还躺在被窝里。她看着这些女孩纷纷离开屋,走向屋外,开始新一天工作。她不清楚这些看上去很快乐的女孩,在内心深处是不是有着跟她相同的苦恼和困惑。屋里只有她一个人,她在床上躺到十点多才起来。

街上行人已经很少了。她到小吃街买饭时,卖饭的小商贩把目光投向她,她不知道是看到了她的不安表情,还是希望她走过去买他们的饭。小商贩的眼神让她惊慌,她匆匆买了点吃的,迅速走了。她受伤的心灵还没有得到完全恢复,如果她想医治好伤口,还需要一段时间。

罗梅认为不能不去上班,不上班不行,这不仅仅是挣钱的问题,更重要的是她怕因休息过长,工作岗位被别人顶替了,那样就糟糕了。在风海没有工作的人那么多,找工作不是件容易事。如果丢了这份工作,她怎么办?她绝对不能把工作弄丢了。她去上班了。

工厂还是跟原来一样,工人进车间后开始工作。没有人用异样的眼光看她,也没有人关注她,她似乎是在杞人忧天,自己吓唬自己。让她没想到的是王可涛没来上班。她最怕见到的人就是王可涛,王可涛没来上班罗梅放松多了。她产生了疑问,一时无法判断王可涛没来上班是不是跟她有关。在后来的几天里王可涛仍然没来上班,她听人说王可涛辞职不干了。她知道王可涛辞职确实跟她有关,她心里不好受起来。她干活常走神,跟她在一起工作的男工人用严厉的口气提醒她不要分神。她精神压力很大,高兴不起来,快乐不起来。她想换个工作,可没有别的工作比这个工作挣钱多。她不舍得离开冷藏厂,想坚持干到年底,换个车间或许会好的。

9

罗梅已经不跟郑有源在同一个班干活了,两个人很少打照面。郑有源在院落门口摆弄着手机,看罗梅回来,冲着罗梅笑。郑有源的笑让罗梅不舒服,她不敢正视郑有源,知道郑有源在嘲笑她。她知道郑有源笑里藏刀,暗藏杀机。郑有源是在挑衅,罗梅不想迎战,回避着,匆忙躲进屋里。

李婧雨问:“罗梅姐,你出事了吗?”

罗梅说:“我出什么事?”

李婧雨问:“你真的没有出事吗?”

罗梅不明白地说:“你听到什么风言风语了吗?”

李婧雨说:“大家都知道了。”

罗梅问:“知道什么?”

李婧雨说:“你跟王可涛,还有他老婆之间的事。”

罗梅马上想到这是郑有源干的事。她有预感,料到郑有源会火上浇油,造谣伤害她。可她还是有点撑不住了,她没说话。

李婧雨说:“你的事房东田寡妇也知道了。”

罗梅说:“知道了又能怎么样?我不欠房租就行。”

李婧雨说:“对你很不利。”

罗梅说:“我没做,怕什么,让他们说去吧,就算全世界人都知道了,我也不在乎,我依然是我。”

李婧雨说:“怎么会是这样呢?”

“我倒霉透了。”罗梅咬着牙说。她真是恨死郑有源了。她认为迫在眉睫要做的有两件事,一是换个车间工作,二是换个住处。她现在可以换住处,可换工作还得再认真想一想。

10

田寡妇看罗梅要搬走有点恼火,她喜欢租客搬进来,不喜欢租客搬走。她生气地说:“罗梅,人活着是要脸皮的,如果不要脸,活着还有什么意思。”

罗梅也不客气地说:“要不要脸要看站在哪个角度看。”

田寡妇说:“站在哪个角度看,也不能跟男人乱搞啊。乱搞不成狗了吗?人活得连狗都不如,还活个什么劲儿!”

罗梅故意气田寡妇说:“乱搞也是本事,有的人想乱搞还没男人要呢,只能独守空房,心里痒痒,望月伤心。”

田寡妇说:“罗梅,你说谁?”

罗梅说:“我说你了吗?”

田寡妇说:“我还从来没见过像这样不要脸的打工妹呢。”

罗梅说:“谁不要脸谁知道,反正我没想男人想得睡不着觉。”

田寡妇说:“你快滚吧!你住在这里污染空气。”

“你留我住我都不稀罕住。你以为你这里是什么好地方吗?这里跟猪窝差不多。”罗梅背着行李走了。李婧雨想送罗梅,罗梅没让李婧雨送,罗梅怕被田寡妇看见,影响李婧雨跟田寡妇之间的关系。

罗梅新租的房子离田寡妇家比较远。

房子的女主人常年有病,卧床不起,家里家外的事都由男主人一个人支撑着。男主人腿脚不灵活,人们叫他王瘸子。

王瘸子家有好几间房子,只租出去一部分,另一部分还空着。

罗梅仍然是跟几个外地来风海的打工妹同住在一个屋里。大家谁也不认识她，不了解她，她也不了解人家，交往从头开始，她没有心理压力，很快乐。

她想换了住处就是好，多了陌生感，多了隐私感，如鱼得水。她想那就换个车间吧，换个车间有利于工作。她认为现在换车间不妥当，现在厂里的工人固定，如果换了，会把这个车间的事传到另一个车间去。如果等到来年就不一样了，每年过完春节，是冷藏厂工人大换血的时候，会有很多老工人不干，离开工厂，又会有许多新工人被招进厂。那时谁也不认识谁，工人之间交往从零开始，有利于她。她虽然是这样打算的，但还是受不了别人的风言风语，只好换了车间。

第七章

荣归故里

1

罗遇达在院子里收拾着什么，罗梅走进来。他很长时间没看见罗梅了，停下手里的活问：“你今天没上班？”

“放假了。”罗梅说。

罗遇达这才意识到已经到年终了。

罗梅问：“五爷，你什么时间回罗家村过年？”

“我还得过些日子，咱们走不到一起去，我得到年根才能回去。”罗遇达说。

罗忆莲问：“你哪天回罗家村？”

“厂里已经放假了，我待在这里没事做，这几天就想走。”罗梅说。

罗忆莲问：“想家了吧？”

“我离开家已经一年了，想我娘和我爹了。”罗梅说。

罗忆莲说：“你也该回去了。你一出来就是一年，还不把你爹和你娘想坏了。”

罗梅问：“你们要往回带什么东西吗？”

“不带什么。”罗遇达说。

罗忆莲说：“你回家还不买些东西吗？你自己的东西就够你拿的了。”

“你给你爹你娘多买些东西，让他们高兴高兴。”罗遇达说。

罗梅点下头说：“嗯。”

“你想买什么？”罗遇达问。

罗梅说：“还没想好呢。”

“买你爹你娘喜欢的。”罗遇达说。

罗梅说：“我先回罗家村等你们过年。”

“年在哪过都一样，不一定非要在罗家村过。”罗遇达说。

罗梅听罗遇达这么说，以为罗遇达不打算回罗家村过春节了，便问：“你们不准备回罗家村过年了？”

“还没想这事呢。”罗遇达说。

罗梅觉得罗遇达心情有些沉重，不开心，也不愿意说过年的事。

罗遇达抬头看了看天空，显得无奈，叮嘱地说：“你来风海已经一年了，对这里的生活了解。好也罢，不好也罢，回到村里该说的说，不该说的别说。”

“我知道。”罗梅明白罗遇达的意思。

罗忆莲说：“你来风海一直在上班，也没好好玩一玩，现在放假了，玩一玩再走吧。”

“天气这么冷，不是玩的时候。过了年，春天了，我早点回风海，到时候再玩。”罗梅说。

罗忆莲说：“你越来越会生活了。”

罗梅听罗忆莲夸奖她，心里乐滋滋的。她从罗遇达家回来蒙头大睡了一觉，睡足了，养足精神，上街去买东西。

风海市的大街上随处能见到打工妹、打工仔。这些外来的打工妹、打工仔，在为回家过年做准备。他们在给家人准备过春节的礼品。

这时正是商家卖货最好的时候。打工妹、打工仔平时不舍得吃不舍得穿，把辛辛苦苦挣来的钱攒起来给家里用，只有在回家时才放开手脚买东西，去消费。他们这时才体会到消费者的乐趣。

罗梅一个人走在人群中，有些孤单。她寻找着要买的物品。

罗梅在给爹娘买礼物的同时，也没忘了给婆婆和公公带些礼品，更不能忘了汪海洋。她心想汪海洋从部队复员回来了，让他也来风海打工，两个人一起挣钱。

罗梅是一个人从罗家村来风海打工的，也是一个人从风海回罗家村过春节的。不过她现在的心情跟当时的心情完全不同。她离开罗家村时心情是不安的，焦急的，迷茫的，现在她有荣归故里般的幸福感觉。

2

汪家的人是从邻居罗大嘴那儿得知罗梅从风海回来的消息。罗大嘴说罗梅回来时他在村口放羊呢，他远远地看见罗梅拎着大提包进了村。汪家人得知罗梅回村里了，想去罗家看罗梅。汪家人平日常去罗家。

罗家不隐瞒什么，把罗梅在信里说的变化告诉汪家。罗家认为罗梅不只是罗家人，也是汪家人。

罗家和汪家从罗梅和汪海洋订婚那天起，便开始按亲家关系来往了。罗梅和汪海洋像条纽带把罗、汪两家连接在一起。

罗梅去风海打工后没给汪家写过信，汪家只能从罗家那儿了解罗梅在风海打工的事情。汪家在等待罗梅的消息同时，也在等汪海洋的来信。

汪海洋从部队来信说罗梅给他去信了，他知道罗梅去风海打工的事。他支持罗梅去城市打工的做法。汪海洋表明了态度，汪稼宇和他老婆就没啥可说的了。

罗梅虽然从风海回来了，但汪海洋还没有从部队回来。

汪家盼望汪海洋复员回家。

汪稼宇老婆想去看罗梅，汪稼宇没让。汪稼宇说罗梅回来带了不少礼物，如果有他们的还好，如果没有他们的，去了好像朝她要礼物似的。罗梅如果有心，如果罗家会办事，罗梅会过来的。汪稼宇老婆认为这话有道理，没去罗家。两个人待在屋里等罗梅来。他们坐也不是，站也不是，如坐针毡，心神不宁。

罗梅是在回到罗家村第二天，吃过早饭去汪家的。她看汪稼宇和他老婆还躺在炕上。阳光透过窗户斜照了进来。沂蒙乡下冬天不生炉子，也没有其他取暖设备，屋里阴冷，罗梅走进屋打了个寒战问："爸，妈，你们咋的了？"

"没咋的，人老了，做事力不从心了。"汪稼宇老婆说。

汪稼宇看罗梅怀里抱着东西，知道是罗梅从风海给他们买的礼物，客气地说："你买啥东西，过来看看就行了。"

"也没买啥，给你们二老每人买了一套衣服，也不知合不合身。"罗梅把衣服放在炕上。

汪稼宇和他老婆站起身。

罗梅说："爸、妈，你们穿上试一试，看合不合适。"

汪稼宇看着罗梅愣了一下，汪稼宇老婆也愣住了。他们听这话生硬，不顺耳。

罗梅明白两位老人惊讶的原因。她解释说："爸、妈，城里人都这么叫。城里很少有人叫爹喊娘的，城里人说叫爹喊娘土气。"

"是这样。"汪稼宇点了一下头。他还是觉得不舒服，不习惯。他想可能过些日子习惯了，就不会有这样的感觉了。

汪稼宇老婆反应灵敏，解围地说："咱就跟城里人学，咱这穷山村是土气了，咱这儿哪能跟城里相比。"

汪稼宇认为他老婆是在说傻话，瞪了她一眼。

罗梅打开用塑料袋包着的衣服，让两位老人穿在身上试一试。

汪稼宇和他老婆一边试着新衣服，嘴里一边说着："合适，合适。"

罗梅看着两位老人穿她买的衣服很高兴，有种自豪感。她去风海打工不但挣到了钱，还增长了见识，很满足。汪稼宇让他老婆准备午饭。

罗梅吃过午饭后回的家。

汪稼宇和他老婆在罗梅走后又穿上新衣服，觉着不是很合体，可他们心里是无比的高兴。他们穿上新衣服去乡亲们家串门。

乡亲们看到汪稼宇和他老婆穿的新衣服，开玩笑地说："离过年还有好几天呢，你们怎么穿这么早新衣服呢？"

汪稼宇和他老婆咧着嘴说："这是罗梅给买的。"

乡亲们说："你家算是找了个好媳妇，多有本事，去风海打工，挣大钱了。"

汪稼宇和他老婆满足地笑着。

乡亲们说："从前咱们村里是罗遇达最有本事，现在罗梅比罗遇达有本事多了，咱们罗家村最有本事的人应该是罗梅了。"

汪稼宇和他老婆听乡亲们夸赞罗梅从心里高兴。

乡亲们问："罗梅快过门了吧？"

"这不是在等海洋嘛，等海洋从部队复员回来就办婚事。"汪稼宇老婆说。

乡亲们问："海洋今年复员吧？"

"应该快回来了。"汪稼宇老婆说。

乡亲们说："你们跟罗天地商量过办婚事的事情吗？"

"还没有。"汪稼宇的老婆说。

乡亲们说："这事得提前准备。"

"是得提前准备。"汪稼宇的老婆说。

汪稼宇去找罗天地商量给汪海洋和罗梅办婚礼的事。

罗天地想早点把罗梅的婚事办了。罗梅在罗家三姐妹中是老大，今年夏天罗玉和罗凤也毕业了，如果考不上大学，不读书了，也到订婚的年龄了，如果不把罗梅的婚事办了，姐妹三人结婚的事就挨上了。再说，罗梅是村里的大姑娘，如果不结婚，担心村里有人说闲话。闲话能毁坏人的名声，让人抬不起头。

罗梅对结婚没意见，问题出现在汪海洋身上。

汪海洋原定年底从部队复员，可县里在其他部队当兵的人已经复员回来，却不见汪海洋回来。年三十那天汪稼宇收到汪海洋写的信。汪海洋在信里说他所在的部队在挖一条隧道，要等到隧道竣工后才能复员。

汪家和罗家看着汪海洋的信发愁了，有些无奈，部队的规定谁都没办法改变，只能服从。

3

春节到了，汪家准备请罗家来吃饭，每年请客时不只请罗家人，还请罗遇达和李大仙。李大仙是罗梅跟汪海洋的媒人，罗遇达是罗家村有头有脸的人。汪稼宇对罗梅说："明天请客是你去叫你五爷呢，还是我去叫？"

"五爷就不用叫了吧。"罗梅不想请罗遇达，也不想看见罗遇达。

汪稼宇说："往年都叫他，今年怎么能不叫呢。"

"还能年年叫嘛。"罗梅说。

汪稼宇说："今年得叫，没有你五爷，你去不了风海打工。如果不叫他，他会有想法的，你跟他不好相处。"

"你去叫吧。"罗梅说。

汪稼宇感觉罗梅对罗遇达有意见，试探地问："在风海，你五爷对你不好吗？"

"还行。"罗梅说。

汪稼宇说:“人没有十全十美的,鸡毛蒜皮的小事别计较,看大方向。”

“还叫谁?”罗梅问。

汪稼宇说:“李大仙得叫,他是你跟海洋的媒人。”

“我去叫李大仙。”罗梅说。

汪稼宇说:“我还想叫村长。”

“叫村长干什么?”罗梅不解地问。

汪稼宇说:“海洋快从部队复员了,我想让村长在村委办公室给海洋找个活儿干。”

“海洋回来不在村里干,让海洋跟我去风海打工,打工比村长挣钱还多呢。”罗梅说。

汪稼宇说:“海洋跟你去打工也行。海洋是党员,党的关系得放在村里。村里这几年对我们关照不少,叫村长来叫吃饭能加深感情,以后有事好说话。”

“村长你去叫吧。”罗梅说。

汪稼宇说:“再没谁了吧?”

“再想一想,反正麻烦一回,别落下。”汪稼宇的老婆说。

汪稼宇说:“就这些人了。”

“我明天早点过来做饭。”罗梅说。

汪稼宇说:“做饭用不上你,让你爸、妈早点过来说一说话。”

“你怎么也这么说了。”汪稼宇的老婆说。

汪稼宇说:“罗梅这么叫,咱就这么说。以后不准说爹、娘,只能说爸、妈,咱得跟城市人学。”

“明天我们早点过来。”罗梅笑着说。

汪稼宇说:“我去跟村长说,提前打招呼,让村长不要答应别人家了。”

“我回去了。”罗梅说。

罗梅在路上遇见李大仙了。她说:“李叔,明天我公爹请你吃饭,你早点过去。”

“我早点去跟你爹聊聊天。”李大仙高兴地说。

罗梅说:“你多喝点。”

“你怎么没跟罗遇达一起回来呢?”李大仙说。

罗梅说:“我回来得早,他回来得晚,走不到一起。”

“罗遇达在风海做生意挣钱多吧?”李大仙说。

罗梅说:“不知道。”

“你在风海怎么会不知道罗遇达挣多少钱呢?”李大仙说。

罗梅说:“做生意不像种地,种地收入多少粮食,粮食卖多少钱,能猜测出来。做生意天天进钱,也天天花钱,成本多少,利润多少,外人猜测不出来。”

“是这么回事。”李大仙认为罗梅说得有道理。

罗梅朝家里走去。

罗天地看罗梅回来问："去你五爷家了?"

"没有。"罗梅说。

罗天地说："过年了,去你五爷家坐一坐。"

"明天我公爹请客,也请五爷去,不就见着了嘛。"罗梅说。

罗天地说："这是两回事。"

"我这就去五爷家。"罗梅朝罗遇达家走去。

罗遇达刚回到罗家村两天。他家比往年显得冷清,没有几个人来听他讲风海的新鲜事,村里人把注意力放在罗梅身上。罗梅比罗遇达年轻,比罗遇达更有故事,也比罗遇达随和。

罗梅对罗遇达失去了兴趣和好奇。她认为罗遇达跟村里的其他男人没什么不同,没有特殊之处。她走进屋时罗忆莲在剁肉,走上前说："五娘,我帮你。"

"不用。"罗忆莲说。

罗梅说："昨天想过来了,家里总来人,走不开。"

"过一会儿我准备去跟你娘聊天呢。"罗忆莲说。

罗梅说："明天我公爹请客,你跟五爷一起去热闹热闹。"

"男人喝酒,我去干什么。"罗忆莲说。

罗梅说："去说话呗,我跟我娘也过去。"

"你娘去我就去,你娘不去,我就不去。"罗忆莲说。

门开了,汪稼宇走进来。汪稼宇说："罗梅也在这儿。"

"我来看五爷和五娘了。"罗梅说。

汪稼宇说："你是应该来看你五爷和五娘了,是他们把你带到风海的。"

罗梅没接这个话。

罗忆莲说："我们没帮上罗梅什么忙。"

"有人引路很重要。"汪稼宇说。

罗梅不想提在风海的事,转移了话题问："你不是去村长家了吗?"

"我跟村长说好了。"汪稼宇说。

罗遇达推辞地说："明天我就不去了。"

"缺了你怎么行呢,你得去。"汪稼宇说。

罗遇达说："刚回来有点累了。"

"多喝几杯酒,就不累了。"汪稼宇说。

罗遇达说："我喝不过李大仙。"

"李大仙喝酒就醉,你陪好村长就行。"汪稼宇说。

罗遇达说："转眼一年没跟村长在一起喝酒了。"

"明天好好喝。"汪稼宇说。

第二天罗梅和她娘、罗忆莲帮助汪稼宇老婆做饭。客厅里男人们喝着酒,厨房女人在聊家常。汪家很热闹。

汪稼宇用筷子夹了只大虾给村长说："这是罗梅从风海带回来的。"

"罗梅这孩子有出息，一个人敢去风海打工。"村长吃着虾说。

罗天地说："去打工有啥出息。"

"她是咱们村第一个外出打工的女孩，这就不简单。"村长说。

罗天说："遇达不是在风海嘛，要么罗梅也不能去。"

"遇达，你多带几个年轻人去风海打工呗。"村长说。

罗遇达说："喝酒。"

"杯里酒干了吧。"李大仙提议说。

汪稼宇夹了一块鱼放在村长的碗里说："这是罗梅从风海带回的海鱼。"

"海鱼营养价值高。"村长吃着鱼说。

汪稼宇说："喝完瓶中的白酒，咱们再喝点青岛啤酒。"

"青岛啤酒也是罗梅带回来的？"村长说。

汪稼宇说："是罗梅带回来的。"

"县城也有卖的。"李大仙说。

村长说："县城卖的青岛啤酒不是在青岛生产的。"

"青岛啤酒在全国各地都有生产工厂，只有在青岛生产的才是用崂山泉水制作的。"罗遇达介绍说。

村长说："天地养了个好闺女，稼宇娶了个好儿媳妇。"

汪稼宇跟罗天地笑着。

这时宁子和几个女孩来找罗梅了。自从罗梅回到罗家村后，村里很多比她小的女孩都来找她，想跟她去风海打工，她欣然同意了。那些女孩抱着罗梅一个劲儿地跳啊，蹦啊，高兴得不得了。

村长说："宁子跟我说想跟罗梅去风海打工呢。"

"好，去了罗梅也有个伴。"罗天地说。

村长说："我听宁子说，还有好几个也想去呢。"

"行，人多遇见事相互能照顾一下。"罗天地说。

村长看了一眼罗遇达说："遇达，你是长辈，在外面闯荡多年，多照顾一下孩子们。"

"行。"罗遇达说。

村长说："今天你的话怎么这么少呢？"

"有点累了。"罗遇达说。

村长说："多喝酒，酒解乏。"

"你在风海挣了一年钱，回到罗家村好好休息吧，把杯中酒干了。"李大仙举起酒杯跟罗遇达碰杯。

4

冷藏厂正月初六开工。罗梅是正月初五早晨回风海的。这次她不是一个人走的，罗家村的宁子、赵娟、维娜等十多个女孩跟她一起去风海了。

宁子是村长的侄女，她去风海打工引起全村人的关注。

村长不只是关心宁子，还关心村里这些年轻女孩。他来送这些外出打工的女孩，他来到罗家对罗梅说："你年龄大，有经验，要多关心她们。"

"没事的。"罗梅说。

村长说："城市治安不如咱们乡下好，你们要学会保护自己。"

"村长，你想多了，在风海打工的女孩有那么多，别人没事，我们也不会有事。"罗梅说。

村长不放心地说："罗遇达如果跟你们一起走就好了。"

"五爷初二去县城了，他从县城直接去风海。"罗梅说。

村长说："罗遇达跟我说了。其实他去县城也没什么事，完全可以晚走几天。"

"村长，你放心，我能找到地方。"罗梅说。

罗家门前陆续聚集了好几辆毛驴车，毛驴车是来送罗梅、宁子、赵娟、维娜等一群女孩去县城坐客车的。罗梅率先上了毛驴车，紧接着女孩们全上了毛驴车。

毛驴车组成的车队出了罗家村，浩浩荡荡朝县城缓缓而去，声势浩大，如同劳务输出似的。罗家村的乡亲目送毛驴车队远去。

这是罗家村的大变化，也是观念的转变。

罗梅如同一位高级将领，率领她的部下开赴风海战场一样。她开拓了罗家村人生活的新领域。

王癞子看罗梅领来这么多打工妹，高兴得不得了。他家房子还有空着的，这回好了，有了租客，多了房租收入。他想留住这些人，对罗梅格外热情。

罗梅一反常态地跟王癞子讲起价来。她说："原来每人每月四十元的房租钱贵了，三十五元还行，别人家的房租就是三十五。"

"又不是你一个人住，钱也不是你一个人出，你管那么多干什么？"王癞子不想降价地说。

罗梅说："她们是我同村的姐妹，我不能眼看着她们把钱往外扔，再说三十五你也不亏，过去你要的房价高，现在降一降也没错。"

"我给你降，别人不能降。"王癞子说。

罗梅说："这么做让姐妹们怎么看我，你得全降价。"

"我不降！"王癞子说。

罗梅说："你不降价我们不租了。"

"不住算了。"王癞子说。

罗梅说:“你不想租算了。”

“不是我不想租,是你找麻烦。”王瘸子说。

罗梅说:“也不只你一家往外出租房子,你不租别人家还往租呢。”

“罗梅,你真行,算你有本事,按照你说的每人每月三十五元房租。”王瘸子看罗梅真要领这些人走,哪肯丢掉这笔送到门口的生意,急忙转变态度,做出妥协。

罗梅满意地说:“这就对了,要么房子也是空着。你一下子到哪儿找这么多租客。何况给你的房租不比别人家底呢。”

宁子、赵娟、维娜她们站在旁边看着罗梅跟王瘸子讨价还价,唇枪舌剑,寸步不让,插不上言,好像这事跟她们没有关系,只是罗梅自己的事。她们傻傻地看着,感觉罗梅真了不起,如同英雄。

虽然王瘸子心里恨死了罗梅,可他怕罗梅把这些打工妹领走,为了自身利益,表面上还得笑脸相迎,讨好罗梅。他告诉罗梅说:“有个小伙子来找过你。”

罗梅问:“什么时间?”

“他刚走你就回来了。”王瘸子说。

罗梅想了一下问:“是不是挺白的?个挺高的?”

“就那样吧。”王瘸子说。

罗梅判断出是谁来找她了。她把宁子、赵娟、维娜这些小姐妹安排好后,拿着从家里带来的香油和花生一个人去了刘俊家。

刘俊是罗梅新的工友,虽然两个人在一起干活时间不算长,但合作愉快,没有矛盾。罗梅想在冷藏厂长期干下去,保住这份工作,尽可能跟刘俊搞好关系。罗梅来到刘俊家时,刘俊不在家,刘俊的母亲一个人在家。

刘俊的母亲不认识罗梅,开了门,打量着罗梅问:“你找谁?”

“我找刘俊。”罗梅回答。

刘俊的母亲说:“他不在家。”

罗梅犹豫了。

刘俊的母亲问:“你是?”

罗梅说:“我是跟他一起干活的。”

刘俊的母亲好像知道罗梅,流露出蔑视的神情说:“噢!打工妹。”

“我和刘俊是工友。”罗梅不允许别人用歧视的目光看她,顿时生气了。她这句话证明刘俊也是打工的,没有高人之处。

刘俊的母亲冷冷地说:“刘俊跟他女朋友去同学家了。你是进屋等他呢,还是……”

“我回去了。”罗梅说完转身走了。

宁子看罗梅把香油和花生拎了回来,不解地问:“罗梅姐,你咋拿回来了?”

“没人,锁门。”罗梅说。

宁子说:“罗梅姐,你生气了?”

“没有啊!”罗梅否认着。

宁子说:“你脸色不对啊。”

“是吗,我怎么没觉察到呢。”罗梅走开了。

从这以后罗梅再没去过刘俊家,也没把香油和花生给刘俊。这是她第一次去刘俊家,也是最后一次。她认为她讨好本地人的想法和举动是错误的,在本地人眼里外来打工者永远是打工者,本地人看不起从外地来风海的打工者。她不必献殷勤,只要在工作中没有摩擦就行了,她不想再次发生跟王可涛那样的事情。

罗梅带来的女孩大多数已经在风海找到了工作,只有两个没找到工作。没找到工作的女孩年龄不到十六岁,个子矮,瘦小,没有用工单位聘用。没找到工作的两个女孩在风海住了几天后,带着失落的心情回罗家村了。

罗梅跟同乡小姐妹们在一起什么话都说,不再寂寞,不再孤单,生活充实了很多。日子在忙碌中过得特别快。

第八章 恋人的心事

1

罗梅下班回来，走进院子里愣住了，她看见罗遇达和汪海洋站在院里等她。汪海洋的突然出现让罗梅手足无措，她一点思想准备都没有，既惊又喜，不相信自己的眼睛，如同在梦里不真实，可汪海洋确确实实是站在她面前。

汪海洋跟原来一样英俊，结实。

罗梅跟汪海洋已经有两年多没见面了，朝思暮想，两人相见想拥抱在一起，他们渴望那种情怀，可是罗遇达在场，如果罗遇达不在场，他们肯定会拥抱在一起。他们克制着要崩溃的理智，呆呆地看着对方，好像麻木了。

汪海洋说："你刚下班？"

罗梅点一下头问："你什么时候回来的？"

汪海洋说："回来有一个星期了。"

他们一时找不到亲密的感觉，显得陌生。

罗遇达觉得在场不合适，便说："你们先说着，我回去准备饭。你们过去吃晚饭吧。"

罗梅说："我们不过去吃饭了。"

罗遇达说："晚上让海洋过去住吧。"

罗梅说："不了，我帮他找个地方住。"

罗遇达话到为止，不往深里说。他说的是客气话，怎么理解都不会有错。罗遇达走了，院子里没外人了。

罗梅上前亲了汪海洋一口，释放着女孩的感情。汪海洋抱起罗梅转了几圈，好一阵快乐。这对年轻恋人忘我地看着对方，好久好久，真想融为一体。这时王瘸子的脚步声传来，打破了他们的陶醉。罗梅把汪海洋领进屋里。罗梅看天还早，想出去找个住处，让汪海洋住下。她不想让汪海洋住在罗遇达那里。她先陪汪海洋在一家小饭店吃了饭，然后去租房子。

汪海洋对风海的环境不了解，听从罗梅的安排。

罗梅看了好几家房子都没确定下来。她心想她住的是几个人的大屋，如果汪海洋也住大屋，他们在一起不方便。他们不如租一间小屋，两个人住在一起算了。这样方便不说，还会有隐私感，更能节约钱。

汪海洋听罗梅这么说有点犹豫。他没想过跟罗梅同居的事，没有心理准备。他们虽然订了婚，可还没办理结婚手续呢。这么住在一起，属于非法同居，如果传到家里，让老人知道了会遭到指责的。

罗梅认为办手续只是过程，在风海有好多外地打工情侣都是这么住的。只要男女双方愿意同居，别怀孕，生出孩子来，住在一起是没人管的，何况他们快结婚了呢。

汪海洋认为罗梅的想法合情合理，很实际，也符合他的想法。

罗梅想找个离王瘸子家远一点的房子住，如果离得近，同村的姐妹会随时随地来打扰他们的生活。她找了间每月六十元钱租金的屋子租下来，然后去买了一床被子，当天晚上就跟汪海洋住在了一起。

2

汪海洋完全陶醉在幸福生活中，这种感觉跟做新郎没两样，他体验到了新婚一样的幸福和美好。

罗梅没请假，每天照常上班。正好赶上她上夜班，夜班是晚上六点到清晨六点，白天能抽出时间陪汪海洋逛市场，帮汪海洋熟悉风海市的环境。她跟王海洋在国货商场闲逛时看中一套西服，认为汪海洋穿上这套西服会很好看，很帅气。她想把汪海洋打扮得帅气点，增加他在城市生活的自信心。她让售货员从衣架上取下西服给汪海洋。

王海洋看标价五百多块钱觉得太贵了，没有买的意思，拒绝地说："我没有穿西装习惯，别试了。"

"你没穿过西服，穿一段时间就习惯了。"罗梅说。

汪海洋说："我不适合穿西服。"

"你适合穿军装。可你现在退伍了，不是军人了，军装不能穿了。"罗梅看汪海洋这么固执，生气地说。

售货员问："你当过兵？"

"刚从部队复员回来。"汪海洋说。

售货员问："在哪儿当的兵？"

"四川。"王海洋说。

售货员问："当的什么兵？"

"陆军。"汪海洋说。

售货员说："陆军不如空军和海军好，不过比没当过兵的人经历多。"

“你对部队挺了解的。”汪海洋说。

售货员说：“我对象也是当兵的。他是海军，在北海舰队。”

“海军技术含量高，比陆军待遇好。”汪海洋说。

售货员说：“这是你女朋友？”

“我们订婚好几年了。”汪海洋说。

售货员说：“你女朋友挺漂亮的。”

罗梅略带羞涩地说：“他对我不满意。”

“我看他挺喜欢你的。”售货员说。

罗梅问：“当兵的人都这么固执吗？”

“我家那位也这样，可能跟在部队有关。部队里全是男人，生活单调，人的性格会受到影响。”售货员说。

罗梅问：“你结婚了？”

“孩子都六岁了。”售货员笑着说。

罗梅惊讶地说：“你保养得真好，不像结过婚的人。”

“你们准备结婚吗？”售货员问。

罗梅说：“还没定时间。”

“你眼光不错，这套西服你男朋友穿上肯定好看。”售货员说。

罗梅对汪海洋说：“你听大姐说的，你穿上试一试。”

“我穿西服别扭，试一试那个夹克吧。”汪海洋把目光落在西服对面的衣架上。

售货员处事灵活，反应快，顺着汪海洋说：“这件夹克是今年新款，卖得很好。你穿上应该好看。”

“你看中夹克了？”罗梅说。

汪海洋说：“不知道穿在身上效果怎么样？”

“试一试就知道了。”罗梅说。

售货员从衣架上取下夹克递给汪海洋。汪海洋觉得价钱贵了，也不想买，有点不想试。售货员说：“你穿上看一看。”

“你相中咱买，相不中不买。”罗梅说。

售货员说：“他身材好，穿什么衣服都好看。”

“他会过日子，不想花钱，喜欢穿军装，军装是部队免费发的。”罗梅说。

售货员说：“我对象回来休假时，我不让他穿军装。我看见他穿军装不随大众。现在部队好像有规定，军人在休假期间不让穿军装了。”

“他还没退伍吗？”罗梅问。

售货员说：“他是副团级军官，还在部队呢。”

罗梅看着汪海洋试衣服。

汪海洋穿上夹克确实帅气，英俊。

售货员说：“你对着镜子看一看，穿上新衣服多精神，跟刚才判若两人。”

汪海洋走到试衣镜前看着镜子里的自己。

售货员说:“帅气吧。”

“你再试一试那套西服。”罗梅认为汪海洋穿西服应该比穿夹克好看。

售货员从衣架上取下西服递给汪海洋说:“你女朋友多关心你,试一试吧,看喜欢哪件。”

“他不知好坏。”罗梅笑着说。

汪海洋说:“价钱有点贵了。”

“便宜点吧。”罗梅对售货员说。

售货员说:“你看中夹克了,还是看中西服了?如果看中了,我给你打折。”

“西服多少钱?”罗梅想给汪海洋买西服。

售货员拿起计算器摁着键盘,计算着价钱说:“打六折,二百八十元。”

“二百六吧。”罗梅说。

汪海洋说:“有点贵了,别买了。”

“不买了?”罗梅做出犹豫的表情,想让售货员降低价钱。

售货员说:“二百六就二百六吧,这是最低价钱了,还没卖过这么低价钱的呢。这么好的衣服在市场上买不到。”

“麻烦你把旧衣服装起来。”罗梅去收款台交了钱。

售货员把汪海洋的旧衣服装在袋子里。

罗梅跟汪海洋走出国货商场。

汪海洋没穿过这么贵的衣服,觉得花这么多钱买衣服不值得,有点浪费。他是用沂蒙老家的生活标准看待生活。罗梅在冷藏厂挣到了钱,花起钱来不像开始那么仔细,买东西时如同城市人似的追求品牌和档次。她想把汪海洋打扮成城市男人的形象。

汪海洋有点不适应,部队生活没有改变他的思想观念。他非常传统,守旧。他说:“花二百多块钱买一套衣服,我什么时间才能挣出来。”

“我跟车间主任说一说,你也到冷藏厂干活,一个月能挣一千多块呢。”罗梅说。

汪海洋说:“能挣这么多钱吗?”

“每天干十多个小时呢,辛苦着呢。”罗梅说。

汪海洋说:“辛苦不怕,只要能挣钱就行。”

“你进冷藏厂挣钱应该比我多。”罗梅说。

汪海洋说:“车间主任能同意吗?”

“试一试看吧。”罗梅跟主任没有私交,不知道主任会是什么态度,不过她想努力办成这件事。

罗梅知道车间主任每天提前半个小时去上班。她为了能有时间跟车间主任说这件事,寻找说话机会,提前来到车间。她来到车间时主任还没来。她在院里看着门口,期待车间主任到来。车间主任走进厂里时,她迎上前笑着说:“主任,跟你说件事呗。”

“什么事?”车间主任很少跟罗梅说话,表情严肃。

罗梅说:“我有个老乡想来干活,你看行不?”

“男的还是女的?”车间主任问。

罗梅说:“男的。”

车间主任没表态,朝车间走去。

罗梅边干活边琢磨车间主任的意思。她知道车间里的人介绍人来干活,要么请主任去饭店吃饭,要么给主任送礼品。她认为请主任去饭店吃饭,主任不一定能去,还是送礼品吧。当然送礼品车间主任也不一定能收,但她感觉送礼比吃饭好。

夜班从晚上六点工作到早晨六点。下班铃声响后,罗梅快速离开工厂回到住处。她叫上汪海洋一起去商店买了两箱青岛啤酒,来到离冷藏厂五十米远的转弯处等车间主任。她知道车间主任下班后做总结,比工人离厂晚。车间主任上下班走这条路。

车间主任骑着摩托车在转弯处看罗梅朝他招手,知道罗梅找他有事,不情愿地停住摩托车,掀起头盔的挡风罩,看着罗梅。

罗梅说:“主任,给你两箱啤酒。”

“你这是干什么!”车间主任说。

罗梅说:“工作中你没少关照我,我的一点心意。”

“你是车间工人,我是车间负责人,是我应该做的。”车间主任说。

罗梅说:“哪有应该的事,酒不多,你别嫌弃,收下吧。”

“这好吗?”车间主任犹豫地说。

罗梅说:“两箱啤酒不值钱,没什么不好的。”

“我家里有啤酒。”车间主任说。

罗梅说:“保质期一年呢,我看了生产日期,这个月刚生产出来的,你慢慢喝。”

汪海洋把啤酒放在车间主任的摩托车后车座上,用绳子捆上。

车间主任看了一眼汪海洋对罗梅说:“这就是你老乡吗?”

“是他。”罗梅说。

车间主任说:“小伙子不错吗。”

“这是我们主任。”罗梅对汪海洋说。

汪海洋说:“罗梅说工作中主任关照很多。”

“我们主任在厂里说一不二。”罗梅说。

车间主任说:“明天来厂里上班吧。”

“谢谢主任。”罗梅说。

车间主任说:“不用,把工作干好就行。”

“主任,你放心,活一定干好。”汪海洋说。

车间主任说:“我还有事,先走了,明天班上见。”

“好。”汪海洋说。

罗梅看着车间主任骑摩托车远去，自言自语地说：“这套西服给你买对了，要么主任会看不起你的。”

“干活跟穿衣服没关系。”汪海洋跟罗梅看法不同。

罗梅说：“人是衣服马是鞍，在城市生活，人的外表形象很重要。”

“你进厂时也送礼了吗？”汪海洋问。

罗梅说：“我想送，但没送出去。”

“主任一年收礼也收不少钱吧？”汪海洋说。

罗梅说：“当然了，如果没好处谁还当官。”

“如果不给主任送这两箱啤酒，他会同意我进厂上班吗？”汪海洋说。

罗梅说：“也许会，但不能这么痛快。”

“真好，明天我就能上班了。”汪海洋高兴地说。

罗梅说：“部队办事也送礼吗？”

“我入党是干出来的，没送礼。别人送没送我不清楚。”汪海洋说。

罗梅说：“如果别人问咱们是什么关系，你说是老乡，别说是对象。”

“为什么这么说？”汪海洋不明白罗梅的意思。

罗梅说：“如果说是对象，万一我干不好会影响你，如果你干不好也会牵连我。厂里工人多，什么地方来的人都有，工作中难免会出现矛盾，防止出现对咱们不利的事。冷藏厂工资高，咱们得保证一个人能长期干下去。”

3

汪海洋进冷藏上班了。他身体素质好，在部队锻炼过，干活又快又好，一个月下来挣了近两千块钱。罗梅每月能挣一千多块钱。他们两个人加起来每月能挣三千多元钱，这在二十世纪九十年代中期不是个小数目，属于高收入。他们想吃点什么就买点什么，生活过得有滋有味，逍遥自在。可让汪海洋受不了的是罗梅跟厂里男工人的说话方式，不拘小节地接触。

那天工作中休息时罗梅坐在板凳上，汪海洋坐在离罗梅几米远的台阶上。一名男工人走到罗梅身前挨着罗梅坐下。罗梅看了一眼男工人没说话。

男工人侧过脸问罗梅说：“晚上有事吗？”

“没有。”罗梅说。

男工人说：“晚上陪陪我呗。”

“让你对象陪你吧。”罗梅说。

男工人说：“我对象回老家了，我一个人睡觉有点寂寞，你陪我睡觉就不寂寞了。”

“你去路边店找三陪女。”罗梅说。

男工人说:“三陪女不卫生,我怕得艾滋病。”

“我也怕。”罗梅说。

男工人说:“你是处女吗?”

“这跟你没关系。”罗梅脸红地说。

男工人说:“跟男人有关系。”

“你不要脸。”罗梅说。

男工人说:“如果你要脸就一辈子别结婚,别生孩子。”

“那是我的事。”罗梅说。

男工人说:“我给你钱。”

“你把钱给别的女人吧。”罗梅说。

男工人说:“我没看上别的女人,只看上你了。”

“我不要你的钱。”罗梅说。

男工人说:“一晚上一百怎么样?”

“你觉得一百块钱很多吗?”罗梅说。

男工人说:“差不多是我一天的汗水钱了。”

“汗水有味,难闻,我不要。”罗梅说。

男工人说:“五百怎么样?”

“你的钱也许能打动别的女人,但我没兴趣。”罗梅说。

男工人说:“你如果是处女,睡一夜一千也行,如果不是,最多二百块钱。”

“你经常做这种事吗?”罗梅说。

男工人说:“我没那么多钱,只是偶尔感受一下新鲜。”

“我可以把你的想法告诉你对象。”罗梅说。

男工人说:“她可以去找别的男人。”

“你真够大度的。”罗梅嘲讽地说。

男工人说:“男人跟女不就那么回事嘛,没必要太保守。”

罗梅把脸转过去,不跟男工人说了。

刘俊走过来说:“你们说什么呢,说得这么热乎。”

“我说罗梅身材好,面相也好,在冷藏干活可惜了。”男工人说。

刘俊说:“不在冷藏厂干去哪儿干?”

“当三陪小姐比这挣钱。”男工人说。

刘俊说:“如果罗梅当三陪小姐,我就包她。”

“我先说的,得我先包,你只能排在第二位。”男工人说。

罗梅说:“你们只能做梦吧。”

男工人还想说什么,罗梅站起身看了一眼旁边的汪海洋。汪海洋把男工人说的话全听见了,他在看男工人。男工人发现汪海洋目光中带着愤怒,但没想那么多。男工人开玩笑地说:“你这位女老乡不开事,是不是让你包下了?”

“我包你妈了。”汪海洋实在是压不住火了。

男工人没想到汪海洋能说出这种话，反驳地说：“你怎么骂人呢？”

“你是人吗？”汪海洋说。

男工人说：“我得罪你了吗？”

“你当然得罪我了。”汪海洋说。

男工人说：“我话都没跟你说几句，怎么得罪你了呢？”

“你最好闭嘴，当哑巴，别说话。”汪海洋警告地说。

男工人本想发怒，看汪海洋比自己身材健壮，打不过汪海洋，没敢发火。

刘俊插话说：“吵什么，有话好好说。”

“你也不是什么好人。”汪海洋说。

刘俊是风海本地人，身材虽然没汪海洋健壮，但差不了多少，反驳地说：“你疯了，谁都骂。”

“骂你怎么了，你是什么东西！”汪海洋火气冲天。

刘俊说：“你他妈的一个打工的，哪来这么大脾气，欠揍了是不是？”

“就你……”汪海洋心想两个你也不是对手。

这时工作的电铃响了，工人往车间里走去。

4

下班时天空阴沉沉的，飘着毛毛细雨，这种天气影响人的心情。汪海洋打开雨伞，雨伞把他跟罗梅遮住。他对罗梅说：“你以后跟那些男人别什么话都说。”

“怎么了？”罗梅问。

汪海洋说：“他们不是正经人。”

“冷藏厂的工人文化都不高，有文化的人能干这种又脏又累的活吗？你不要跟这些人计较，得学会跟他们相处。”罗梅说。

汪海洋说：“那也不能说下流话呀。”

“说话又不是真的，别当真不就行了。”罗梅说。

汪海洋说：“我看不习惯。”

“你看不习惯的事多了，你能改变吗？改变不了就得学会适应。如果不适应，除非不在这里干。”罗梅说。

汪海洋说：“他们说的话听起来肉麻。”

“你吃醋了？”罗梅说。

汪海洋说：“如果你再这样，别说我不给你面子，让你下不来台。”

“你少管我的事。”罗梅说。

汪海洋说：“我不是管你，我是在提醒你。”

“我有思考的能力，用不着你提醒。”罗梅说。

汪海洋说:“你怎么变得这么不要脸?”

“我就不要脸了,你能怎么着吧。”罗梅说。

汪海洋看说服不了罗梅更生气,把雨伞递给罗梅,转身走了。他没回住处,而是去罗遇达家了。

罗遇达和罗忆莲在忙着什么。罗忆莲问:“你没上班吗?”

“刚下班。”汪海洋说。

罗忆莲问:“罗梅呢?”

汪海洋没回答。

罗忆莲拿来一条毛巾递给汪海洋,汪海洋接过毛巾擦着脸上的雨水。罗忆莲找出罗遇达的衣服说:“你五爷的衣服,你换上。”

“衣服没湿透,不用换。”汪海洋说。

汪海洋把罗遇达和罗忆莲当成长辈看,说起话来直来直去,不加掩饰。他带着怨气地说:“五爷、五娘,罗梅太不像话了,她当着我的面跟厂里别的男工人眉来眼去的,我说她,她还不听。”

“不会吧,罗梅这孩子挺守规矩的。”罗遇达眨了眨眼睛说。

汪海洋说:“咋不会,这是我看见的。”

“你看见啥了?”罗遇达问。

汪海洋说:“我看见她跟厂里别的男工人打闹了呗!五爷、五娘,罗梅这么做让我的脸往哪放,让我咋在厂里干活。”

“你别往心里去,装作没看见。”罗遇达说。

汪海洋说:“我看见了,装成没看见,这怎么可能呢。”

“城里年轻人思想开放,都这样。你年轻,就学城里人呗。”罗遇达说。

汪海洋说:“城里人是城里人,罗梅不是乡下人嘛。我不学,也学不会。我看不惯那种卖弄风骚的样子。”

“海洋,咱们现在住在城市里,是在城市生活,罗梅有这种变化也正常。”罗遇达说。

汪海洋说:“我看不正常。”

“你们这些年轻人可真是的,风一阵雨一阵,变化无常。”罗遇达说。

罗忆莲接过话说:“海洋,你别小心眼了,罗梅已经跟你住在一起了,还会有啥别的想法吗?如果有别的想法,她能跟你住在一起吗?她是女儿身,跟你住在一起不是开玩笑的事。你要往开了看,不然,对你、对她都不好。”

汪海洋被罗忆莲的话说中了,沉默无语。

罗遇达反驳地说:“你说得不对。别说海洋跟罗梅住在一起了,还没正式结婚,就算正式结了婚,离婚的现象不也随处可见。城里人把这种事叫外遇。”

汪海洋听罗遇达这么说愣住了。他知道外遇的事,可他不相信罗梅有外遇。

罗遇达说:“城市人认为有外遇叫本事。”

“这么说罗梅有外遇了？我看不能。她不会变得这么快。”罗忆莲说。

罗遇达不耐烦地说：“你一个老太婆会看啥，什么事让你一看就看走眼了。人想学好不容易，想学坏很快。”

罗忆莲看罗遇达懊恼了，没接话，不吱声了。

汪海洋被罗遇达和罗忆莲这一反一正两种不同立场的话弄得没了主意。他认为罗梅跟刘俊还没达到外遇的程度，但不排除有这种趋势。

到天黑时雨还在哗哗啦啦地下个不停，没停下来的迹象。汪海洋不能住在罗遇达这里，罗遇达和罗忆莲也没有留他住下的意思。他穿着罗遇达的雨衣走了。

罗梅得知汪海洋去罗遇达家没好气地说：“你回来干什么？怎么不住在五爷家呢？”

汪海洋本以为事情过去了，不提就没事，没想到罗梅旧话重提。他心烦地说：“你还有没有完了？”

罗梅丝毫不让步地说：“没完！”

汪海洋没接话。

罗梅问：“你跟五爷说咱们吵架的事了？”

汪海洋满不在乎地说：“咋了？”

罗梅说：“还能咋的，你真是个没心没肺的人，以后你继续跟五爷说吧。”

汪海洋感觉人格受到了污辱，有点受不了，警告地说：“你说话干净点。”

罗梅说：“对你就得这样。”

汪海洋做出不理罗梅的姿态说：“不怕烂嘴，你就说吧。”

罗梅的气消了一些，屋外的雨声变小了。汪海洋误解她，不理解她。汪海洋的态度让罗梅伤心，难受。

汪海洋不喜欢罗梅跟别的男人眉来眼去，打情骂俏，认为罗梅这么做不尊重他，对不起他。他是男人，男人对自己的女人是自私的，他认为只有自己能拥有这份情感，不能跟别人分享。

他们两个人各自想着心事。

过了好一会儿，罗梅用缓和的语气说：“你以后少往五爷那跑。”

汪海洋认为去罗遇达家没有错，不情愿地说：“我往他那跑怎么了？”

罗梅说：“你以为罗遇达是你亲爷爷呢。”

汪海洋说：“不是我亲爷，是你亲爷行了吧。”

罗梅说：“你以为五爷是什么好人吗？他坏着呢。你说的话用不了多久就会传到罗家村里，让你爸你妈和我爸我妈知道，你这不是想把事情闹大了嘛。”

汪海洋说：“如果你怕丢人，就收敛点，纸包不住火。”

罗梅说：“你让我收敛什么？我不收敛，你到处去说吧！你跟全世界的人说我是破鞋，才算你有本事呢。如果你不说，你就不姓汪！你就不叫汪海洋。”

汪海洋没发现罗梅脾气这么刚烈，算是领教到了厉害。他不说话了，如果说下去会引起无休止的争吵。

罗梅突然趴在床上大哭起来。她一边哭一边嘟哝地说:“我为了啥?我还不是为了多挣点钱,我还不是为了咱们能生活得好点。”

汪海洋不想听见罗梅的哭泣,哭声让他心里难受。他哄罗梅说:“你想挣钱没有错,但没必要向人家低三下四呀!”

罗梅说:“你说得轻松,你以为工作随处都是吗?你知道我找到这个工作有多难吗?咱们是打工的,咱们是外地人,咱们就要讨好本地人,不讨好人家,人家会刁难你,会让你干不下去。没有工作到哪儿挣钱?你不知道咱们的饭碗在人家手里攥着吗?”

汪海洋不服气地说:“不让干咱就不干,咱回沂蒙老家去。你爸,我爸,你爷,我爷,他们都没出来打工,不也生活得很幸福吗!不也有人活到八九十岁吗!人的幸福不能看有多少钱,主要看快乐不快乐,快乐才是幸福的。”

罗梅说:“要回你回,反正我是不回去。我也种不了地。那种一穷二白的日子我过不了,也不想过。一辈子才多长,总在贫穷中生活还不如死了。何况咱们在风海能挣到钱,为什么要回去!”

汪海洋说:“在风海打工我没意见,只要你跟那些男工人说话别黏糊糊的就行。”

罗梅说:“你还在责备我,你小心眼。”

汪海洋说:“不是我小心眼,你应该考虑我的感受。”

罗梅说:“行,我以后跟男工人少说话,尽可能不说话。”

汪海洋说:“你也不必这样,只要把握好分寸就行。”

罗梅说:“我照你的心意做。”

汪海洋说:“如果你这样,我就听你的。”

罗梅破涕为笑地说:“你真听我的?”

汪海洋说:“你不哭就听你的,如果你再哭,就不听。”

罗梅用手一抹眼泪说:“你要相信我,我没有乱来,我知道该怎么做。”

汪海洋和罗梅吵过架后,很快和好如初了。但汪海洋没有减少对刘俊的憎恨和讨厌,他见到刘俊就咬牙瞪眼。

5

刘俊爱开玩笑,不拘小节,工作期间休息时,有意跟罗梅坐在一起。他从兜里拿出几块喜糖递给罗梅说:“昨天去参加同学的婚礼了。”

“你也快结婚了吧。”罗梅接过糖说。

刘俊说:“咱俩结婚吧。”

“我配不上你们城里人,你得找城里女人结婚。”罗梅说。

刘俊说:“城里女人不纯洁,乡下女人纯洁。”

“你怎么知道?”罗梅扒掉糖纸,往嘴里放一块糖。

汪海洋从旁边走过来,一巴掌打掉罗梅手里的糖,糖落在地上。他这个举动让罗梅和刘俊大吃一惊。

罗梅大声地质问:“你干什么?”

“把嘴里的糖吐出来,恶心。”汪海洋说。

刘俊不知道汪海洋是罗梅的男朋友,他冲上前朝汪海洋前胸就是一拳头,恶狠狠地说:“你找死呀!”

“你才找死呢。”汪海洋认为能打过刘俊,毫不示弱,挥拳迎了上去。

这时车间里一群当地工人朝汪海洋围拢过来,准备对汪海洋发动猛攻。

罗梅见势不妙,忙上前说:“你们别打了,这是上班时间。”

“如果不看你跟罗梅是老乡的面子上,早撵你走了。”刘俊说。

汪海洋说:“冷藏厂不是你家开的,你也是干活的,狂什么。”

“今天就让你滚蛋。”刘俊说。

汪海洋说:“你说了不算。”

“我跟罗梅说话关你什么事。”刘俊说。

汪海洋说:“你调戏我对象,你不是找揍!”

“罗梅是你对象?”刘俊不相信地说。

汪海洋说:“当然了。”

刘俊转过脸朝罗梅看去。

罗梅瞪了汪海洋一眼,转身跑了。

车间主任走过来说:“你们住手,谁再动手就回家去,别在厂里干了。”

刘俊和几个围着汪海洋的工人退到一边去。

汪海洋去追罗梅了。

罗梅愤恨着从冷藏厂里跑出来。她知道汪海洋打乱了她的计划,汪海洋使她没脸面再回冷藏厂干活了。她不理汪海洋,无论汪海洋说什么,她都不想听,只顾向前走着。汪海洋追上她,拦住她。她往左走不行,往右走也不行,就转过头往回走。她不想再多看汪海洋一眼,这是发自心里的恨。

汪海洋质问:“我做错什么啦,让你这么生气?让你这么讨厌我?”

“你没做错!你什么也没做错!我自己愿意生气,行了吧!”罗梅吼着。

汪海洋说:“刘俊想占你便宜,我在保护你。”

“我愿意让他占,你管得着吗?”罗梅说。

汪海洋没想到罗梅会说出这种伤感情的话。他火大地说:“你还要脸吗?你还要不要人格了?”

“我不要脸了!我不要人格了!脸面值多少钱?人格值多少钱?你的人格能当钱花吗?你的脸面能当饭吃吗?饿你三天三夜,你就不嘴硬了。”罗梅说。

汪海洋说:“罗梅,你变了。”

“我是变了,我变得更现实了,我变得更脚踏实地了。”罗梅承认着。她认为这种观念上的转变没有错。如果一个乡村女孩面对大城市的诱惑无动于衷,那才是天大的错误。每个人都有梦想,向往美好生活。在风海市大街上,满街都是打工妹、打工仔,这些打工妹、打工仔背井离乡,不就是为了想多挣些钱,想改变自己的生活处境吗?不就是想生活得更好一点吗?她也有这种想法,她有什么错?

汪海洋说:“罗梅,过去你不是这样的。”

“过去是过去,现在是现在。过去我还没有来风海呢,过去我不知道城市的生活会如此五彩缤纷。现在我知道了,我就要去追求,就要去实现我的人生之梦。”罗梅说。

汪海洋说:“有梦想是好事,可不能胡来呀!不能不自重呀!”

“我胡来,你不胡来。我不自重,你自重。你去找不胡来的女人吧,你去找跟一样自重的女人吧。”罗梅说。

汪海洋说:“你冷静点。”

“我冷静不了。”罗梅说。

汪海洋说:“你还讲理吗?”

“我不讲理。”罗梅说。

汪海说:“你怎么这样呢?”

“我就这样。”罗梅说。

汪海洋看罗梅怒气冲天的态势无可奈何。

“汪海洋,告诉你,我在追求城市生活,你能实现我的要求吗?如果你实现不了,就少管我,我自己去实现。”罗梅下最后的通牒。

汪海洋无法实现罗梅这个要求,声明似的说:“如果是正当的,我支持你;如果是不正当的,我反对。你跟我订婚了,你就是我的女人了,我有权力管你。”

“你管得了我吗!”罗梅不服气地说。

汪海洋看着犟劲实足的罗梅无计可施。

罗梅接着说:“我爸、我妈都管不了我,你能管得了我?真是个天大笑话。我是我,你是你,虽然咱们有婚约,可你跟我是两个独立的人。你要记住,咱们并没有结婚。”

“有婚约就跟结婚一样。”汪海洋理直气壮地说。

罗梅不同意这个观点,反驳地问:“谁说的?”

“人们都这么说。”汪海洋说。

罗梅说:“你是指罗家村吧?可我要提醒你,现在咱们是在风海市,不是在罗家村。风海跟罗家村不一样,风海是什么都要证件的地方,像暂住证、身份证、下岗证、上岗证,你懂吗?你有结婚证吗?如果没有,你就没权利干涉我的生活。”

“你有这种想法就别想嫁人,你要想嫁人就不能我行我素。”汪海洋说。

罗梅一时间没有反应过来汪海洋话中的意思，直盯盯地看着汪海洋。

汪海洋还以为是他说的话把罗梅震慑住了，接下来的语气更生硬了，"结婚是两个人的事，不是一个人的事。如果你还这样不要脸，就嫁不出去。"

"汪海洋，你闭嘴！你说话干净点。你以为我非嫁给你不可吗？你以为世界上的男人都死光了，就你一个男人了吗？你以为你是美男子呀！全世界的女人都想嫁给你！你是什么？你算什么？你也不拿镜子好好照照自己。你别以为自己是高中毕业生，又当了几年挖山洞的破兵就了不起，就目中无人。我告诉你，那些一钱不值。现在有好多大学生毕业都在车间干活呢。"罗梅丝毫不相让。平时她从没说过如此激烈的话，但说起来一套一套的。她能发挥得这么好，连她自己也没想到。

汪海洋说："你看不上我就走。"

"应该走的是你。"罗梅说。

汪海洋说："罗梅，你不要逼我。"

"我没逼你，这是事实。"罗梅说完转身回到屋子里，把门关得很响。

房东听见声音急忙跑出来，非常不满意地说："你们干什么？不想住了是不是？"

汪海洋看了一眼房东，没理房东，转身走了。他在街上没目的地走着。因为正是上班时间，街上行人很少。他走了一会儿觉得没意思，就去罗遇达家。他判断这个时间罗遇达和罗忆莲会在家。

罗遇达看汪海洋来了问："你没去上班吗？"

"没去。"汪海洋回答。

罗遇达是个细心男人，发现汪海洋脸色不对劲儿，试探着问："你又跟罗梅吵架了？"

汪海洋叹息了一声。

罗忆莲担心地说："你们还没结婚就这样经常吵吵闹闹，这可不行。今后日子还长着呢。"

"五娘，这事不怪我，怪罗梅。"汪海洋说。

罗忆莲问："罗梅怎么了？"

"她在厂里不敢承认我是她对象。"汪海洋说。

罗忆莲不相信地说："还有这事？"

"如果你不相信，你去问罗梅。"汪海洋说。

罗忆莲说："罗梅挺精明的，不会做出这种傻事吧？"

"罗梅不但不敢承认我是他对象，她还当着我的面跟别的男工人打闹，吃人家给的糖果……五爷、五娘，你们说让我脸面往哪儿放。"汪海洋像是在诉苦。

罗遇达理解地说："要真是这样，就是罗梅不对了。她太不像话了，咱们罗家村祖祖辈辈多少年来，还没有一个女孩不守妇道呢。"

汪海洋叹息着。

罗遇达劝慰地说："你别生气，让你五娘说一说罗梅。"

"我真得说一说罗梅，不然，她就走下坡路了。她爹和她娘不在她什么身边，我这当长辈的不能眼看着她不走正道呀。"罗忆莲说。

汪海洋到天黑才回去。他回去时罗梅不在屋里，怕罗梅想不开，做出什么傻事来，急忙去找罗梅。

罗梅在宁子、赵娟、维娜的屋里，她看汪海洋走进屋，把脸侧过去，没理汪海洋。

大家一看就知道两个人是吵架了。

宁子开玩笑地说："海洋哥，你也太没处息了吧，罗梅姐刚进屋，你就追上门来了。"

汪海洋勉强露出一丝笑容说："你还没到时候呢，到时候也有人追你。"

宁子说："我可没罗梅姐这么幸福。"

汪海洋看屋里人多，不方便说别的话，坐了一会儿走了。

6

罗梅在宁子她们这里住了三天，到第四天时王瘸子来找她了。

王瘸子说房子是按人租的，水电费是按人收的，罗梅在这里已经住了三天，应该走了，如果不走，继续住下去得交房租和水电费。

罗梅没有住下去的想法，王瘸子不来撵她，她也准备回去。

汪海洋这几天没上班。他去冷藏厂了，车间主任说不请假脱离工作岗位厂里就除名，他被冷藏厂辞退了。他虽然觉得这份工作丢得可惜，但没有办法弥补，只能听之任之，另外找工作。他看罗梅回来没多说什么。

虽然罗梅的气是消了，可冷藏厂的工作也不想干了。她说："这回让你如愿以偿了，该满意了吧？我找不到工作，你挣钱养我吧。"

"我当然得养你了。"汪海洋说。

罗梅轻视地看了汪海洋一眼问："咋养？"

"反正不会饿着你。"汪海洋说。

罗梅说："每天吃馒头和咸菜吗？"

"日子不会过得那么艰难。"汪海洋说。

罗梅说："你出去找活干吧，总不能两个人都待着，坐吃山空吧。"

"我当然要找活干了。我有力气，不相信找不到活干。我在部队好几年挖山洞，还怕干活。在风海，还能有比挖山洞更苦的活吗？"汪海洋自信地说。

罗梅藐视地哼了一声。汪海洋上前要吻罗梅，被罗梅用手挡住了。罗梅没心情，往旁边移了一步问："这两天你又去五爷那儿了？"

汪海洋明白罗梅要问什么，没回答。汪海洋的目光告诉罗梅是这样。

罗梅又发火地说："你是怎么回事？老大不小了，怎么一点记性都不长呢。你没事总跟五爷说什么？你以为他是你亲爷爷呢？他不过是八竿子扒不到的一个旁杈子老乡，根本没有亲戚关系。你跟他说这些事有啥好处？他能给你解决什么问题？他是能给你找活干，还是能给你钱花？”

“没好处，还有啥坏处吗？”汪海洋不服气地反驳着。

罗梅说：“没坏处，你继续去说。你别忘了把你穿什么裤衩告诉他，你别忘了把我跟你睡觉的事也跟他说一说。”

“你还有没有完了？”汪海洋生气地说。

罗梅不肯罢休地说：“没完！你想怎么办吧？”

“过去我怎么没发现你是这种人呢。”汪海洋说。

罗梅说：“现在发现也不迟，你如果后悔来得及。”

“你消消气吧，别说用不着的话了。你说，晚上吃点什么？”汪海洋这些天没心情吃饭，每顿饭都是对付着填饱肚子。他食欲上来了，急着吃饭，想放松一下心情。

罗梅这几天住在宁子她们那有心事，不开心，也想吃顿舒心饭，可懒得做，提议说：“咱们出去吃吧？”

“我赞成。”汪海洋说。

他们锁上门，来到街上，走进一家小饭店。这个小饭店他们经常来，服务员认识他们。服务员把菜单递给他们，让他们点菜。罗梅点了两个炒菜，要了一斤水饺，还给汪海洋要了两斤崂山扎啤(散装崂山啤酒)。汪海洋给罗梅要了一瓶可口可乐饮料。两个人津津有味地吃起来。他们这场战争算是画上了句号。

吃过饭，他们走在大街上，罗梅感慨万千。她认为在城市里生活才是幸福的。她不愿过在沂蒙老家的日子，想起那种日子从心里打怵。如果再让她回沂蒙山老家过种地的日子，比让她坐监狱还难受。她已经离开沂蒙老家了，就想长久离开。她决定在城市里实现自己的人生价值和梦想，她的愿望是成为风海市人。她说：“咱们努力挣钱，挣到了钱，在风海买房子，安家落户。”

“风海好是好，可不如生活在沂蒙老家踏实，有着漂泊不定的感受。”汪海洋认为自己不属于城市人，也没想长期留在风海生活。他认为罗梅的想法有点傻乎乎的，不现实。他们在风海这座城市里生活，除了打工之外，还能做什么呢？他虽然跟罗梅想得不一样，可没完全说出来，发表看法。他怕话说多了影响罗梅的心情，打破罗梅的美梦，那样罗梅刚平静下来的情绪会再次暴怒起来，能把刚恢复的融洽气氛破坏掉。

罗梅说得兴致盎然。他们在经过一个售楼处时，罗梅要到里面看一看，了解买楼房需要多少钱。汪海洋不想进去。他说：“不买，去看什么？”

“我了解了解楼市的行情还不行吗？”罗梅不喜欢汪海洋这种生活态度。她认为事情得提前做准备。

汪海洋说：“看了不买不是白浪费时间嘛。”

“你的时间那么金贵吗？你现在有事做吗？”罗梅质问地说。

汪海洋说:“我这不是在陪你散步嘛。”

“如果你去上班挣钱,我不用你陪。”罗梅说。

汪海洋说:“你怎么张口钱闭嘴钱,好像钻进钱眼里了。”

“没钱你能生活下去吗?有钱不就可以在风海买楼房了。”罗梅说。

汪海洋拗不过罗梅,跟着罗梅走进售楼处。

售楼小姐满脸微笑地迎上来问:“小姐,你买房呀?”

罗梅听到有人叫她小姐,有点惊慌。她在风海生活这么久了,还是第一次有人称呼她小姐呢。她感觉身价高了很多,有面子,也有尊严。她努力让自己镇静,尽可能用标准普通话说:“看一下。”

售楼小姐把他们领到房屋模型前,向他们介绍起房屋的价钱和户型及周围购物、交通出行情况。售楼小姐介绍说:“住在这个小区生活方便。”

“多少钱一套?”罗梅问。

售楼小姐问:“你想买多大面积的?”

“不用太大。”罗梅对楼房不了解,说得含含糊糊。

售楼小姐说:“有套一的,也有套二和套三的。套三的面积大,是三室一厅。套一的面积小,是一室一厅。楼层不同,价钱也不同,高一层一平方米多五十块钱。”

罗梅不懂套一有多大,也不知道套二是几个屋,更不知道三厅四厅是怎么回事。售楼小姐经过职业培训过,说话语速不快也不慢,耐心讲解着。罗梅不插言,静静地听着。她在售楼小姐停顿时问:“带户口的最低多少钱?”

售楼小姐想了一下说:“最少也得十二万吧。”

“十二万是套几的房子?”罗梅问。

售楼小姐说:“套二的,政府有规定,买套二和套三的给落户。”

“什么时间都有吗?”罗梅问。

售楼小姐说:“楼价涨得快,不一定。现在套二的没几套了,只有套一和套三的,并且落户政策也在变,不一定以后还有给落户的楼。”

“最少十二万。”罗梅不自主地重复说。

售楼小姐说:“十二万块钱的没几套了,位置和楼层不算好。”

罗梅心想不用在意位置好不好,只要在风海能有自己的房子就行。她记住了十二万块钱这个数字,她要为这个目标去努力。

他们从售楼处出来,沿着大街继续向前走。

汪海洋说:“买不起吧?别说是十二万了,就算是一万二,咱到哪里弄。”

“你买不起不等于别人买不起。你向街两边瞅一瞅,看哪个楼房没卖出去。”罗梅生气地说。

汪海洋说:“我买不起,你能买起行了吧。”

“别忘了你是男人,你说这话不脸红吗?”罗梅说。

汪海洋说:“咱们老家的男人有几个能在风海买起房子的。”

“那些不是男人，男人应该让自己的女人生活得好。”罗梅说。

汪海洋说：“我家不是给咱们盖房子了吗？”

“我不住。”罗梅说。

汪海洋说：“你想在风海买房子？”

“想。”罗梅说。

汪海洋说：“我买不起。”

“我自己买。”罗梅说。

汪海洋说：“你买套楼房让我瞧瞧。”

“你看我能不能买上楼。”罗梅不服气地说。

汪海洋朝四周环视了一下说：“反正风海大街上没有牛，你就吹吧。”

“从明天开始你出去找活干，一天也不能闲着。”罗梅用命令的口气说。

汪海洋说：“我天天干活在风海也买不起楼房。”

“你还有脸说呢，如果不是你瞎搅和，咱们在冷藏厂干几年，房子肯定能买上。”罗梅责备地说。

汪海洋说：“怎么怨我呢。”

“你成事不足，败事有余。”罗梅说。

汪海洋没说话，也不看罗梅，只是往前走。从前他没跟罗梅在一起生活，接触少，没有遇到这些问题，没有不同看法。他认为罗梅这些想法是到风海打工后产生的。

罗梅又说了好多话，看汪海洋不接话，就不说了。过了一会儿，她靠在汪海洋的肩膀上说：“海洋，你别怪我唠叨，我还不是为了咱们将来能过上好日子。”

“我也想过好日子。”汪海洋说。

罗梅说：“咱们不能继续待下去了，这样待下去会坐吃山空的，咱们得去找工作，这是最要紧的事。”

“我去找活干。”汪海洋说。

第九章
分 歧

1

罗梅进宝利达渔具有限责任公司上班的第二天，遇到了公司老板结婚大喜的事。公司老板是个瘸子，脖子上挂着金项链，手上戴着金手镯，能看出富有，但其貌不扬。他娶了美貌如花的年轻女孩。女孩比老板小很多岁，看上去如同父女，不像夫妻。罗梅听公司里的老工人讲，这是公司老板第三次结婚。

公司老板跟前两个老婆离婚了，把孩子判给了前两个老婆。老板有钱，拿结婚当游戏，拿女人当玩物。这是老板寻找快乐生活的一种方式。他娶的第三个老婆叫杨月林。杨月林来自河泽农村。她家里穷，十六岁离开家外出打工，为生活奔波，先后去深圳、广州、上海打过工。可能她在打工的日子里遭受到许多磨难，感到挣钱不容易，对钱看得很重，中意有钱男人。她看中老板有钱，主动跟老板套近乎。老板来者不拒，接纳她了。

老板给公司里每一位员工发了喜糖。

罗梅拿着喜糖想到了自己。她年底回老家肯定要结婚。她想起老家那么穷就心寒，她不想跟老家人那样办婚事，想跟宝利达渔具有限责任公司老板这样办婚事。她知道这只是想象，是无法实现。她家和汪海洋家没那么多钱，她不可能把自己的婚事办成这么气派，这么风光，这么隆重。她克制不住这种诱惑，总去想象，浮想联翩。

宝利达渔具有限责任公司是专门给日本人加工鱼竿的私营公司。

罗梅的工作是每天拿着油漆桶和刷子往鱼竿上刷油漆。油漆味极浓，刺得鼻子生疼。虽然活不是很累，可挺不好干，工人们不愿意干这活。

有位中年女工问罗梅说："你生过孩子吗？"

"我还没结婚呢。"罗梅脸色羞红地说。

中年女工说："没结婚你怎么能干这活呢？"

"我文化不高，又没技术，没找到别的工作。"罗梅说。

中年女工说："油漆有毒，对身体有害。女人在没生孩子之前最好别干这活，这活对胎儿影响很大。现在都是一个孩子,万一生出的小孩有毛病,后悔都来不及。"

罗梅明白中年女工是为她好,告诉她刷油漆后果的严重性。她知道油漆有毒,可没办法,不干这个就没活干。她原本是不在意的,可中年女工的话如同警报声似的提醒着她。她为了生活,为了挣钱,可以不在意自己的健康,但不能影响生孩子。她是女人,肯定要嫁人生孩子的。她想跟人商量这活干还是不干。

公司几乎每天都让工人加班,时常会加班到晚上九十点钟。罗梅没有加班,回到了住处,一个人在屋里待了会儿,去找罗遇达了。

罗遇达明天送罗忆莲回沂蒙老家,他在准备回沂蒙老家的东西。罗忆莲在床上躺着。她生病了,在风海市医院和青岛大学附属医院检查后,确诊为风湿性关节炎,无法治愈,只能慢慢养。罗忆莲想回老家养病。

罗忆莲说:"如果你不来,过一会儿我就去你那儿了。"

"我今天没加班,如果加班现在回不来。"罗梅说。

罗忆莲说:"活挺多的?"

"闲不着。"罗梅说。

罗忆莲说:"活多好,干活才能挣钱。如果没活干,就没钱挣了。"

"五娘,制造鱼竿怎么这么挣钱呢?"罗梅想不明白外国人买这么多鱼竿干什么。

罗忆莲说:"外国人跟咱们生活不一样,想法也不同。"

"你找我有事吗?"罗梅问。

罗忆莲说:"我这不回老家了嘛,问你想跟你娘说什么?"

"你告诉我娘我在风海挺好的,让她放心,别惦念我。"罗梅说。

罗忆莲说:"哪有娘不惦念孩子的。"

"五娘,你什么时间回风海?"罗梅问。

罗忆莲说:"看什么时间病能好吧,如果病不好就不来了。"

"你的病能治好。"罗梅说。

罗忆莲说:"青岛大学附属医院的专家说了,这种病不好治。"

"你怎么不在风海养病呢,你在这儿养病能陪着五爷。如果你回老家了,你惦念五爷,五爷惦念你,两地生活也不是长办法。"罗梅说。

罗忆莲说:"风海离海近,海风大,空气潮湿,不适合我养病,容易加重病情。咱们老家空气干燥,适合养病。"

"你回老家安心养病吧。"罗梅说。

罗忆莲说:"我也不想回去,可待在这里看你五爷忙着,我干着急。"

"身体没了,什么都没了,还是养病重要。"罗梅说。

罗忆莲说:"我不在风海,你五爷一个人在这儿,你常过来看一看。"

"有时间我就过来。"罗梅说。

罗忆莲说:"海洋还那么忙吗?"

“忙。”罗梅说。

罗忆莲说：“海洋和你都能干，以后日子能过好。”

“以后的事谁也说不准，还是把眼前过好吧。”罗梅说。

罗遇达说：“昨天宁子和赵娟她们来看你五娘了。她们说有好多天没看见你和海洋了。”

“是有好多天了。”罗梅说。

罗遇达说：“宁子她们都涨工资了。”

“她们是高中生，比我文化高，挣钱也比我多。”罗梅说。

罗遇达说：“挣钱多少不关文化的事，得看运气好不好。”

“我运气不好。本来在冷藏厂挣钱挺多的，海洋来了，出了那么多事。”罗梅怀念在冷藏厂工作的日子。

罗遇达说：“海洋现在挣钱不少吧？”

“装卸工，得出多大的力气呀。”罗梅对汪海洋这份工作不满意。

罗遇达说：“不行就另外找工作呗。”

“不好找。”罗梅说。

罗遇达说：“不要着急，没准哪天就有适合的工作了。”

“天上不会掉馅饼。”罗梅不相信会有好工作等着汪海洋。

罗遇达说：“这两年在风海开公司、建厂的企业多，工作越来越好找，工资也越来越高。”

“找好工作得有文化和技术。”罗梅说。

罗遇达说：“海洋高中毕业，当过兵，还是党员，找个差不多点的工作应该没问题。”

“五爷这么看中海洋。”罗梅笑了。

罗忆莲说：“海洋这孩子不错，你别总跟他吵架，吵架会伤害感情的。女人能嫁给踏实男人是福分，如果嫁给像你们公司老板那种男人一辈子多难受。”

“我们老板娶的这个小老婆是主动嫁的。”罗梅说。

罗忆莲说：“两个人差那么多岁数不是好事。”

“老板有钱，不愁吃不愁穿，想吃什么买什么，想穿什么买什么，只不过是离过婚，年龄有点差距，也没什么不好的。”罗梅说。

罗忆莲说：“你怎么这么想呢？”

“我想错了吗？”罗梅认为没有错。

罗忆莲说：“如果有老板想娶你，你也同意吗？”

“关键是没有老板想娶我。”罗梅笑着。宝利达渔具有限责任公司老板娶第三个老婆的事情对罗梅触动非常大，她开始思考嫁给什么样的男人了。

2

汪海洋妈是第一个来罗遇达家的。虽然她嘴上关心罗忆莲的病情,心里却想知道汪海洋在风海的事。

罗遇达说:“你放心,罗梅会嫁给海洋的。”

“罗梅跟海洋订婚好几年了,我们两家也没矛盾,我不担心这个。”汪海洋妈说。

罗遇达说:“订婚不等于结婚。在咱们乡下订了婚,就算有了婚姻关系,可在城市订婚不算数,只有结了婚,领了结婚证才算数。”

“海洋和罗梅从风海回来就让他们去领结婚证。”汪海洋妈说。

罗遇达说:“应该领结婚证。”

“海洋住在哪儿?”汪海洋妈问。

罗遇达说:“他跟罗梅住在一起了。”

“他们到结婚年龄了,已经订了婚,住在一起就住在一起吧。”汪海洋妈说。

罗遇达说:“住在一起对海洋好,这样罗梅就不会看上别的男人了。”

“罗梅本分,不是那种女孩子。”汪海洋妈说。

罗遇达说:“城市诱惑多,生活压力大,人会变的。有些进城打工的女孩子不想干活,专门跟有钱男人睡觉。”

“还有这种事呢。”汪海洋妈说。

罗遇达说:“生活环境能改变人,比如在咱们罗家村不种地就没生活出路,在城市没工作,自己不做生意,也没生活出路。”

“他俩吵架不?”汪海洋妈问。

罗遇达说:“吵了几次,吵得挺厉害。”

“为什么事吵架?”汪海洋妈问。

罗遇达说:“海洋说罗梅在厂里跟别的男工人眉来眼去的……好像海洋为这种事还跟人打架了,被厂里开除了。”

“海洋没吃亏吧?”汪海洋妈担心起来。

罗遇达说:“没有。”

“海洋干什么活呢?”汪海洋妈问。

罗遇达说:“装卸工。”

“那活累,不能让海洋干。”汪海洋妈说。

罗遇达说:“罗梅让他干的,我能怎么说。”

“罗梅怎么能让海洋干装卸工呢。”汪海洋妈不高兴地说。

罗遇达说:“想多赚钱呗。”

“罗梅干什么活呢?”汪海洋妈问。

罗遇达说:“在渔具厂上班。”

“你什么时间回风海,我跟你去。”汪海洋妈决定去风海看汪海洋。

罗遇达说:“我明早走。”

“明天早晨我来找你。”汪海洋妈说。

汪稼宇看老婆回来脸色不高兴,情绪低落,不解地问:“怎么了?”

“你知道海洋在风海干什么活吗?”汪海洋妈说。

汪稼宇说:“我哪知道。”

“他在干装卸工。”汪海洋妈说。

汪稼宇说:“他怎么会干这种活呢。”

“海洋的三叔不就是干装卸工累死的。”汪海洋妈说。

汪稼宇的三弟当年在县城车站给人扛麻袋,累吐血了,不到三十,还没结婚就死了。那时生活艰苦,穷得吃不上饭,被逼无奈才干装卸工的活。现在虽然生活不富裕,但能吃饱穿暖,没必要干装卸工这种活。

汪海洋妈说:“不能让海洋干了。”

“跟罗遇达说别让海洋干了。”汪稼宇说。

汪海洋妈说:“罗遇达不能说,说了海洋也不能听,就算海洋听了,罗梅也不会听。罗遇达说是罗梅让海洋干装卸工的。”

“那怎么办?”汪稼宇说。

汪海洋妈说:“咱们明天跟罗遇达去风海,如果海洋非得干,就让他回家来。”

“咱们去好吗?”汪稼宇说。

汪海洋妈说:“去看儿子怎么不好。如果海洋累坏了怎么办?”

“海洋当过兵,有社会经验,这种活能不能干应该心里有数。”汪稼宇说。

汪海洋妈说:“他能有什么数,如果有数不就回家来了,还能在风海干装卸工。”

“如果去风海得跟罗家说一声,看罗家有话跟罗梅说没有。”汪稼宇说。

汪海洋妈急不可耐地说:“我这就去罗家。”

“去了好好说,别嗓门那么大,跟吵架似的。”汪稼宇看着老婆朝罗家走去。

汪海洋妈来到罗家时,罗梅娘在院子里喂鸡呢,一群鸡围着罗梅娘转。汪海洋妈说:“这些鸡长得真好。”

“过年时罗梅和海洋回来就能吃了。”罗梅娘放下手里的鸡食盆,陪着汪海洋妈往屋里走。

汪海洋妈说:“我明天去风海,你有啥话要跟罗梅说没?”

“如果罗梅有做不对的事你尽管说她。”罗梅娘说。

汪海洋妈说:“我怎么可以说罗梅呢。”

“你是长辈不说,罗梅跟海洋已经订婚好几年了,你怎么不能说她。”罗梅娘说。

汪海洋妈说:“有你这么开明的亲家,什么事都好办。”

“听说罗遇达和罗忆莲回来了。”罗梅娘说。

汪海洋妈说:“罗忆莲病了,遇达送她回来养病。”

“风海有大医院，怎么不在那治病呢？”罗梅娘说。

汪海洋妈说：“风海离海近，空气潮湿，不如咱们这儿空气干燥，忆莲的病怕潮湿。”

“忆莲的病严重吗？”罗梅娘问。

汪海洋妈说：“如果轻了能从风海回来嘛。”

“我抽时间过去看一看。”罗梅娘说。

3

罗遇达领着汪稼宇两口子来到风海，下了客车直接去找罗梅和汪海洋。罗梅和汪海洋没在屋里，门锁着。罗遇达说：“他们去上班了。”

“海洋什么时间下班？”汪海洋妈问。

罗遇达说：“不清楚。”

“要到吃晚饭时间了，应该快下班了。”汪海洋妈说。

罗遇达不想等下去说：“要么你们去我那儿等？”

“你回去忙吧，我们在这儿等吧。”汪海洋妈说。

罗遇达说：“城市治安不好，我昨天回老家了，别发生什么事。我先回去看一眼，过一会儿再来。”

“你不用过来，让海洋领我们去你那里。”汪海洋妈说。

汪稼宇看罗遇达走远了，跟汪海洋妈走进院落里。院子不大，静静的。王海洋妈四处看了看，走到汪海洋和罗梅住的房屋窗前，踮起脚往屋里看，屋里光线暗看不清。

房东听见院里有声音，走出屋，站在屋门口，用警觉的眼光看着汪海洋妈问：“你们找谁？”

“我是汪海洋的妈。”汪海洋妈自我介绍说。

房东问：“刚从老家来吗？”

“刚到这里。”汪海洋妈说。

房东说：“你们进我屋里等吧。”

“在院里等就行。”汪海洋妈说。

房东转身进屋了。

汪海洋妈说：“有点瞧不起咱们。”

“你跟小偷似的往屋里张望，能让人瞧得起嘛。”汪稼宇反对汪海洋妈的这种做法。

汪海洋妈说：“我看我儿子住的屋不行嘛。”

“过一会儿海洋回来了，进屋看还晚了。”汪稼宇说。

汪海洋妈说：“我不是着急嘛。”

“你少说点话吧。”汪稼宇说。

汪海洋妈说：“哪条法律规定不让说话了。”

汪稼宇感觉老婆有点不讲理，不想说了，朝院外走去。他刚走到院门外，看罗梅走过来了。罗梅没想到汪海洋爸妈能来风海，愣了一下。汪稼宇说：“你下班了？”

“我回来吃饭，晚上还得加班。”罗梅说。

汪海洋妈走上前说：“活挺多的？”

“有一批鱼竿后天要发往日本，为了赶工，可能要加班到很晚。”罗梅说。

汪海洋妈问：“日本人买鱼竿干什么？”

“我怎么知道。”罗梅说。

汪海洋妈问：“工资高吗？”

“还行。”罗梅说。

汪海洋妈在罗梅打开门时闻到潮湿味。她环视着屋里，墙角放着一堆脏衣服，桌子上的碗没洗，又脏又乱。她说：“我做饭，吃完饭你去加班。”

“过一会儿我去请假，今晚不加班了，陪着你们。”罗梅说。

汪海洋妈说：“如果不加班，吃过饭再去请假吧。”

“这样不行，公司里得安排别人干活。”罗梅说。

汪海洋妈说：“打工比种地辛苦。”

“打工不容易。”汪稼宇说。

罗梅问：“你们咋来风海了？”

“你五爷回罗家村了，我们不放心你和海洋，跟着过来看一看。”汪海洋妈说。

罗梅猜到罗遇达把她跟汪海洋吵架的事告诉家里人了，汪海洋爸妈放心不下才来风海的，不然汪海洋爸妈不会这么急着来风海。

汪海洋妈说：“如果海洋欺负你，你跟娘说，娘管他。”

罗梅说：“海洋对我挺好的。”

汪海洋妈看了一眼汪稼宇。

汪稼宇说：“如果海洋做了对不起你的事，你告诉我，我管他。”

罗梅心里犯嘀咕，觉得汪海洋爸、妈的神情不对劲，不情愿地说：“没有。”

汪稼宇看着汪海洋妈。

汪海洋妈问：“海洋对你真好吗？”

“这还能是假的，如果是假的我也不知道，只有去问他了。”罗梅说。

汪海洋妈的态度来了个一百八十度大转弯，严厉地说：“这就是你不对了，海洋对你好，你咋能做对不起他的事呢？你咋能做让他抬不起头的事呢？”

“我做什么让海洋抬不起头了？”罗梅不明白汪海洋妈为什么这么说。

汪海洋妈说：“你跟厂里男工人眉来眼去的，有这事吧？”

“你们听谁说的？如果是五爷说的，把他找来当面说个清楚。”罗梅生气了，如果不是克制着准会喊起来。虽然罗梅控制着声音,可声音还是很大,引起房东注意,房东站在门口偷听。

汪稼宇听见院里有声音,把门开了一条缝隙,向外看了一眼,看见房东正若无其事地看着远处。他对汪海洋妈说:“别说了,外面有人听,让外人听见笑话。”

“有人听怕什么,我没做见不得人的事,谁想听谁听,到电视上说我都不怕。”罗梅满不在乎地说。

汪稼宇说:“罗梅,有话好好说,别吵,吵架让外人笑话。”

“我去找五爷。”罗梅说。

汪稼宇上前阻拦说:“别去找你五爷。”

“五爷跟你们说什么了?”罗梅问。

汪稼宇说:“你五爷也没说什么。”

“他什么也没说,你们能说这种话!”罗梅不相信地说。

汪稼宇说:“你五爷什么也没说。”

“罗遇达不是我五爷,我没有五爷。”罗梅说。

汪海洋妈不明白罗梅为什么对罗遇达有这么大意见,如果没有罗遇达,罗梅是不可能来风海打工的,罗梅这不是恩将仇报。

汪稼宇感觉罗梅跟罗遇达关系处得不好。

罗梅说:“罗遇达才不是人呢,简直坏透了。我刚来风海时,他装成不认识我,当天晚上就让我出去租房子住了。”

“不会吧,你五爷不是那种人。”汪海洋妈说。

罗梅说:“我还说谎吗?罗遇达才会装人呢。我来风海之前没想到他会这样,这是我看到的,也是亲身体会到的。”

“你不会是误会你五爷了吧?”汪海洋妈说。

罗梅说:“我没冤枉罗遇达。”

“海洋快下班了吧?”汪海洋妈转移了话题。

罗梅说:“如果活多回来晚,活少能早点回来。”

汪海洋下班回来了,一脸煤灰,看不出皮肤的颜色,只有两只眼睛在闪动。他看爸、妈来了,高兴得不得了,干活的劳累全都消失了,兴奋地说:“这几天我在梦里梦见你们了。”

“我怎么没听你说做梦的事呢。”罗梅说。

汪海洋笑着说:“我做梦还得向你汇报嘛。”

“不是汇报,是交流。你梦见爸妈,我也高兴。”罗梅说。

汪海洋妈看见儿子这副辛苦样子,心疼地问:“你干的是什么活,咋这么脏?”

“我去洗一洗。”汪海洋没回答,转身去洗脸了。

罗遇达来了,对汪稼宇两口子说:“到我那儿吃饭吧,晚上正好住在那里。”

“在这儿吃,我去做饭。”汪海洋妈说。

汪稼宇认为应该先在儿子这里,他看着汪海洋。

汪海洋洗了脸,换了衣服,恢复了英俊的模样。他想爸妈来风海第一顿饭怎么能去罗遇达家吃呢,可做饭麻烦,还得去买菜,不如去街上的小饭店吃。他说:“咱们上街去吃风海小吃吧?”

“我赞成。”汪稼宇说。

罗梅刚才跟汪海洋妈话语之间产生了分歧,心情不好,不想跟他们去吃饭,便说:“晚上我加班,你们去吃吧。”

“刚才你不是说请假吗?”汪海洋妈说。

罗梅说:“海洋没回来我请假陪你们,他回来了,他陪你们就行。”

“这些日子你天天加班,今天就别加班了。”汪海洋说。

罗梅转身往外走说:“我去加班了。”

“给我点钱。”汪海洋在罗梅走出院落后追出来说。

罗梅问:“你要钱干什么?”

“没有钱能吃饭嘛。”汪海洋说。

罗梅说:“你爸妈来风海能不带钱嘛。”

“我能花他们的钱嘛。”汪海洋说。

罗梅说:“你花他们钱不行吗。”

“你这人怎么回事?”汪海洋着急地说。

罗梅从内衣兜里掏出两张一百元的钞票说:“都把它花掉好了。”

“再给一百。”汪海洋说。

罗梅说:“你们四个人两百块钱还不够吗?”

“万一不够呢?”汪海洋说。

罗梅又拿出一百块钱递给汪海洋,转身去加班了。

汪海洋他们几个人来到街上,走进一家海鲜馆。汪家三口人对风海菜不了解,让罗遇达点菜。罗遇达点过菜后讲解起菜的味道、做法及对身体的好处,表现很内行的样子。

汪海洋爸妈刚才跟罗梅说话不投机,心神不安,没心思吃饭。罗梅对罗遇达有意见,罗梅是他们的儿媳妇,他们对罗梅说的话半信半疑,慢慢思量起罗遇达这个人。他们看不出罗遇达有什么不好之处。罗家村人知道罗遇达小气,这不是大毛病。汪海洋爸妈没吃过海鲜,学着罗遇达的样子吃着。

汪海洋问:“爸妈,你们怎么来风海了?”

“想你了,来看你。”汪海洋妈说。

汪海洋不相信地说:“不会吧。”

“怎么不会。”汪海洋妈说。

汪海洋说:“我在部队待了好几年,你们也没去部队看我。”

“你在四川当兵,路太远了。如果你在青岛当兵,我们就来看你。”汪海洋妈说。

汪海洋说:“你们多住几天,我抽时间陪你们去青岛崂山玩,去海边转一转。”

“风海离青岛远吗?”汪海洋妈问。

汪海洋说:“不远,坐公交车一个小时吧。”

“跟咱们村到县城时间差不多。”汪海洋妈说。

汪海洋说:“咱们县城跟青岛不能比,济南也没青岛好。”

“济南是省城。”汪海洋妈说。

汪海洋说:“青岛比省城好。”

“好坏咱不说了,你在风海只是打工的,还是说一说你跟罗梅的事吧,你跟罗梅怎么样了?”汪海洋妈说。

汪海洋说:“什么怎么样?”

“你别装糊涂。”汪海洋妈说。

汪海洋猜测可能罗遇达跟爸妈说什么了,不然,爸妈不会这么问。他心烦地说:“还行。”

“还行是什么意思?”汪海洋妈问。

汪海洋不想说下去,把目光转向罗遇达。

罗遇达用筷子夹了一下菜放进嘴里,又喝了口啤酒,对汪海洋说:“你爸妈是专门为你跟罗梅的事来风海的。你有什么话跟你爸妈直说好了,让他们给你拿主意。”

“我感觉罗梅不像在家时那么听话了。”汪海洋妈说。

汪海洋说:“她有点变了。”

“她还跟你一心不?”汪海洋妈问。

汪海洋说:“你别小题大做,还没到那个地步。”

“你的衣服她怎么不给你洗呢?”汪海洋妈问。

汪海洋说:“她的活挺累,也没时间。我干的活脏,衣服穿上就脏了,就算一天一洗,也洗不过来,并且还得多交水费。”

“用水还花钱?”汪海洋妈活了大半辈子,还是第一次听说用水要花钱的。

汪海洋说:“当然要花钱了,不花钱谁能白给你用。”

“这也花钱,那也花钱,你一个月才能挣多少钱?如果不行回家算了,在家虽然挣不到这么多钱,可没这么操心,没这么累。”汪海洋妈说。

汪稼宇说:“你说来风海看一看罗梅就回家,你来了就不回去了,也不给家里写信。你娘想你想得睡不着觉。”

“我这不是好好的嘛。我在部队一待就是好几年,你们不也放心。”汪海洋说。

汪海洋妈说:“你在风海能跟在部队一样嘛。部队是正规单位,现在你是社会闲散人员。你在部队出了事有人管,你在风海出了事谁管你?”

“这法制社会,能出什么事。”汪海洋认为父母的担心是多余的。

汪海洋妈说:“你跟罗梅感情好吗?”

“感情方面的事怎么衡量呢。”汪海洋没直接回答。

罗遇达拎起一只虾,一边用手扒着皮一边说:“海洋,你照实跟你爸妈说。你捂着不好,如果事情闹大了,不好收拾。”

汪海洋静静地看了一眼罗遇达没说话。

罗遇达说:“你爸妈还能给你出坏主意吗。”

“我自己的事我知道怎么做。”汪海洋说。

汪海洋妈着急地问:“罗梅还跟别的男人眉来眼去吗?”

汪海洋像被电了一下,觉着难为情,不自主地看了一眼罗遇达,然后把目光投向了窗外。

罗遇达放下筷子,站起来,朝屋外走去,像是上厕所。他是故意走开的,想给汪家人留下说话空间,主要是逃避付吃饭钱。他从饭店出来,没去厕所,而是背着手在街上转悠。

汪海洋妈看罗遇达不在场,无所顾忌地对海洋说:“你不能让罗梅跟别的男人眉来眼去,如果她长期跟别的男人眉来眼去,打情骂俏会变心的。”

“我为这事跟罗梅吵过。”汪海洋的心情乱成一团。

汪海洋妈说:“你回罗家村吧,我看风海也没啥好的,不就是楼多人多嘛。咱们祖祖辈辈生活在罗家村不是也很好。你五爷和五娘来风海是挣到了点钱,可你五娘的身体也坏了。身体没了,钱挣得再多有啥用。人是最主要的,如果人没了,其他都不存在了。你下班回来满身是煤灰,我看钱挣得也不会太多。要是吃苦出力挣不到钱,不如闲着,也少受罪。”

“罗梅不会同意回罗家村的。”汪海洋说。

汪海洋妈说:“她不同意也不行。你在部队当兵时,她出来打工没人管她,你回来了,她就要听你的。你跟她是有婚约的,你是她男人,如果她不听你的,你就管她。”

“怎么管?我拿绳子把她捆回去吗?”汪海洋不赞成地说。

汪海洋妈说:“可以呀!”

“这么做是违法的。”汪海洋说。

汪海洋妈责备地说:“你怎么这么没出息,罗梅是你媳妇,你管她也违法吗?”

“妈,这事你别操心了,我不小了,会处理好的。”汪海洋说。

汪海洋妈问:“你们住在一起多久了?”

汪海洋没回答。

汪海洋妈说:“别怀孕了。”

汪海洋还是没说话。

汪稼宇看汪海洋不高兴,认为继续说下去没意义,看着桌子上的菜说:“你们赶紧吃,再不吃都凉了。”

“你除了知道吃还知道什么。”汪海洋妈对汪稼宇的态度不满,她希望汪稼宇说一说汪海洋。

汪海洋说："妈，你说这菜怎么样？"

"不怎么样，不如家里自己种的菜好吃。"汪海洋妈说。她确实没吃出个什么滋味来，这跟一方水土养一方人有关。

他们吃完饭罗遇达也没回来，汪海洋结了账。他们从饭店里走出来看见罗遇达蹲在对面的台阶上朝这面看，罗遇达站起身迎着汪海洋他们走来。汪海洋说："五爷，你吃好了吗？"

"吃好了。"罗遇达说。

汪稼宇说："晚上我们在你那儿住吧？"

"我这不在等你们嘛。"罗遇达说。

汪稼宇对汪海洋说："你干一天活了，早点休息吧。"

"我送你们过去。"汪海洋说。

汪稼宇说："你五爷陪着，你别去了。"

"给五爷添麻烦了。"汪海洋说。

罗遇达说："不是外人，用不着客气。"

"爸妈明早过来吃早饭吧。"汪海洋说。

4

汪海洋一觉醒来看罗梅没回来，感觉不对，看了一眼时间，已经是二十三点二十了，认为罗梅不应该加班到这么晚，担心罗梅会出事，穿上衣服，快步朝宝利达渔具责任有限公司走去。

这是一条偏僻小街，不太宽，没有路灯，一个人走着有些害怕。他在路上没遇见行人，也没遇见罗梅。

罗梅加班到二十二点三十分，其他工人下班离开后，她没走。她不想回去，不想看见汪海洋妈爸，再说那么小的屋里住四个大人显得过于拥挤，她想在厂里待一晚上。

宝利达渔具责任有限公司是个小公司，又在小北歌村旁边，没有保安，晚上只有一个六十多岁的老头看门。看门老头看罗梅下班后没走，不解地问："你怎么不回去睡觉呢？"

"天太黑，我害怕，不敢走。"罗梅说。

看门老头说："以往晚上加班你不是都回去吗？"

"今晚比以往黑。"罗梅说。

看门老头仰脸看着夜空，夜空上只有星光，没有月亮，周围黑黑的，伸手不见五指，为难地说："公司晚上只有我一个人值班，离不开人，不能送你。"

"我在公司凑合一夜算了。"罗梅单纯地说。

看门老头说:“这好吗?”

“没什么不好的,我在车间待着就行。”罗梅说。

看门老头不想让罗梅待在车间里,打工妹离职频繁,说不干就不干了,他对打工妹不放心,万一出点什么问题会影响自己,可除了车间之外没有别的地方能让罗梅过夜。传达室里能待,可罗梅是个女的,他跟罗梅待在一起不合适。他不情愿地说:“车间里没床,你怎么睡呢?”

“睡在地上呗。”罗梅说。

看门老头说:“入冬了,天开始凉了,地上不能睡。”

“你去忙吧,我坐也能坐到天亮。”罗梅不想跟看门老头说下去。

看门老头听见值班室的电话响了,朝传达室跑去。

罗梅在车间里转了转,找了几把椅子,把椅子并排放在一起,自己躺在上面。椅子有点凉,她找来几件工作服垫在身下暖和多了。虽然罗梅很累,可是她睡不着。她起身把车间门反锁上,防止看门老头进来。

看门老头以往在加班工人离开公司后,检查一遍公司大院,看没有不安全事情,回到传达室,关上灯就睡觉了。

今晚他从车间回到传达室,电话已经挂断,没接起来。他坐在椅子上,面对玻璃窗,看着屋外,没有一丝倦意,他想着车间里的罗梅。罗梅成为公司里的安全隐患,他在琢磨着怎么办时,听见有人敲大门,他伸头朝外看问:“谁?”

“大叔,你看见罗梅了吗?”汪海洋在院门外问。

看门老头问:“你是她什么人?”

“我是他对象。”汪海洋说。

看门老头走出传达室,冲着汪海洋说:“你等一会儿。”

“罗梅在公司里吗?”汪海洋看公司大院里漆黑一团,怀疑罗梅是否在公司里。

看门老头走到车间门口说:“罗梅,你对象来接你了。”

“你说什么?”罗梅从椅子上下来,看着门外。

看门老头说:“你对象来接你了。”

“他在哪儿?”罗梅不相信地问。

看门老头说:“在大门外等着呢。”

罗梅往大门外看,距离远,夜色黑,没灯,根本看不见。她担心看门老头欺骗她,让她开门,对她动邪念头。

看门老头看罗梅没反应,呼唤地说:“罗梅。”

罗梅在考虑是否开门,如果开了门,看门老头……她还在想。

看门老头说:“罗梅,你怎么了?”

“我腿抽筋了,不能动了,你让我对象进来背我吧。”罗梅想出了主意。

看门老头生气地说:“怎么会这样,抽筋过一会儿就好了,你开门。”

“我有抽筋的毛病,如果没人背,十有八九好不了的。”罗梅发现看门老头不愿意去叫汪海洋，怀疑汪海洋是否来接她了，更不敢开门。

看门老头不情愿地转身去叫汪海洋，他打开公司大院的侧门，让汪海洋进了公司大院。

汪海洋问："罗梅在哪儿？"

"你往前走就看见了。"看门老头没跟汪海洋进去，站在大院门口等着。

汪海洋快步走着，看见前面有一排平房，轻声喊："罗梅。"

"我在这儿呢。"罗梅打开车间门走出来。

汪海洋问："只有你一个人？"

"还能有谁？"罗梅说。

汪海洋说："你一个人待在这里不怕看门老头打你主意吗？"

"怕又能怎么办。"罗梅说。

看门老头喊："你们快点出来，磨蹭什么，有话回家去说。"

汪海洋转身就走。

罗梅说："你把车间门关上。"

汪海洋把车间门关上，跟罗梅朝大院门口走去。汪海洋走到看门老头面前客气地说："大叔，谢谢你。"

"车间门关上了吗？"看门老头问。

汪海洋说："关上了。"

"以后晚上早点来接罗梅，你来这么晚，多麻烦。"看门老头说。

汪海洋说："以后我早点来。"

看门老头关上小铁门，转身回传达室了。

汪海洋对罗梅说："看门老头生气了。"

"咱们这么一折腾，影响他休息，能不生气。"罗梅说。

汪海洋说："你怎么不回去呢？"

"你爸妈不是来了。"罗梅说。

汪海洋说："他们去五爷那儿住了。"

"你让去的？"罗梅语气生硬地问。

汪海洋说："五爷让去的。"

"你们汪家跟罗遇达关系那么好吗？谁来都往他那跑。"罗梅说。

汪海洋问："怎么了？"

"没怎么。"罗梅说。

汪海洋说："有事你就说，不要话总说一半让我猜，我猜不出来。"

"你知道你妈来问我什么吗？"罗梅说。

汪海洋问："我妈说什么了？"

"如果罗遇达没说咱们吵架的事，你爸妈根本不会来风海。"罗梅说。

汪海洋说："我爸妈是来看咱们的。"

“有什么好看的。”罗梅说。

汪海洋说:“我从部队复员第二天就来风海找你了,我没在家待,他们想我了。”

“你在部队当兵那么多年,你爸妈去部队看过你几次。”罗梅说。

5

汪稼宇和老婆跟着罗遇达走进一个独门小院。院子里生长着杂草,左侧放着一辆三轮车,堆放些杂物,从院门到房屋门之间六七米远的距离铺着红砖地面。他们走进屋里,屋里没收拾,乱七八糟的,充满难闻气味。虽然房子破,但挺宽敞。

罗遇达说:“只有一张床,咱们三个睡行不?”

“都这么个年纪了,没那么多说法。”汪稼宇说。

罗遇达说:“你睡中间。”

“有水吗? 喝点水。”汪稼宇说。

罗遇达说:“我烧开水,咱们喝点茶。”

“不用喝茶。”汪稼宇说。

罗遇达说:“我平时也喝茶。茶不是我买的,是别人给的。”

“有人给你茶不错。”汪稼宇说。

罗遇达说:“相互的。”

“生意现在好做吗?”汪稼宇说。

罗遇达说:“今年不好做,前几年还行。”

“你只是卖饭?”汪稼宇问。

罗遇达说:“人离不开吃饭,卖饭赔不上。”

“利润大吗?”汪稼宇问。

罗遇达说:“一份五块钱的饭能赚五毛钱,一份三块钱的饭能赚三毛钱。”

“百分之十的利润也不错。”汪稼宇说。

罗遇达说:“现在卖饭的人多了,也不好干。”

“这就不错了,你在沂蒙老家种一年地才能挣多点钱。”汪稼宇说。

罗遇达说:“做生意比种地辛苦。”

“挣的钱够养老了吧。”汪稼宇说。

罗遇达说:“我不能跟你比,你老了没钱海洋能养你,我无儿无女,没指望,没钱不行。”

“你是五保户,咱们县里有敬老院,你可以去敬老院。”汪稼宇说。

罗遇达说:“我才不去敬老院呢,住在敬老院不自由,还不如死了呢。”

“听说敬老院条件挺好的。”汪稼宇说。

罗遇达说:“好也不去。我来风海做生意就是为了给养老做准备,不然我才不吃这个辛苦呢。”

“干几年别干了，这么个年龄，还干什么。”汪稼宇说。

罗遇达说：“也干不动了。”

“水开了。”汪稼宇说。

罗遇达只顾说话，忘了烧水的事。他起身倒开水，沏茶，把茶杯递给汪稼宇说：“你喝这茶怎么样？”

“有香味，应该不错。”汪稼宇用鼻子闻了闻说。

罗遇达说：“韩欧美电子有限责任公司保安给的。”

“保安还给你茶呢，你人缘不错。”汪稼宇说。

罗遇达说：“保安平时吃我的饭我不收钱，他们偶尔会给我点东西。这茶也不是保安买的，是打工妹、打工仔给的。”

“公司好吗？”汪海洋妈问。

罗遇达说：“外国人开的公司能不好嘛。”

“你让海洋和罗梅去这个公司干活呗。”汪海洋妈说。

罗遇达说：“罗梅以前在韩欧美电子有限责任公司干过，后来去饭店当服务员了。”

“罗梅瞎折腾，饭店里的服务员根本不能干。咱们县城有一个饭店的服务员被老板搞大肚子了，老板给点钱就了事了。”汪海洋妈说。

罗遇达说：“罗梅在饭店没干多长时间。”

“她为什么不在饭店干了？”汪海妈问。

罗遇达说：“罗梅没说。”

“罗梅跟在家时不一样了。”汪海洋妈说。

罗遇达说：“你刚来就看出来了。”

“人活到这个年龄啥事看不出来。”汪海洋妈说。

罗遇达说：“夜长梦多，让罗梅跟海洋早点结婚吧。”

“我想让海洋回罗家村，村办公室给他找个活。”汪海洋妈说。

罗遇达说：“海洋能同意吗？”

“应该会同意。”汪海洋妈说。

罗遇达说：“罗梅能同意吗？”

“如果海洋同意回罗家村，罗梅不应该反对。”汪海洋妈说。

罗遇达喝了口茶，又给汪稼宇倒满茶杯说：“你跟村长说好了，让海洋在村办公室上班。”

“海洋当过兵，又是党员，村长想让他当治安主任。”汪稼宇说。

罗遇达说：“你跟海洋说了吗？”

“还没呢。”汪稼宇说。

罗遇达说：“明天跟海洋商量商量，看他的想法。”

“如果在风海有好工作也行，可装卸工的活不能干。”汪稼宇说。

他们没有困意，聊聊这，说说那，不知不觉说了大半夜话才睡着。他们三个人同住在一间屋里，睡在一张床上，没脱衣服。

6

罗梅在吃饭，看汪稼宇两口子走进屋说："爸妈，你们吃饭了吗？"

"没有。"汪海洋妈说。

罗梅说："过会儿海洋回来你们一起吃吧。"

"海洋呢？"汪海洋妈问。

罗梅说："他去请假了。"

"他活挺多的？"汪海洋妈问。

罗梅说："多。"

"我们来时走错路了，要不早就过来了。"汪海洋妈说。天刚放亮，她就醒了。她叫醒汪稼宇来汪海洋这里，担心去晚了，汪海洋和罗梅上班走了。

罗梅说："我刚来风海时也经常走错路。"

"在老家闭着眼睛都能知道哪儿是哪儿，在这里睁着眼睛也找不到地方。"汪海洋妈说。

罗梅说："待得时间长，熟悉环境就好了。"

汪海洋妈看了一下墙角那堆脏衣服，走过去，弯腰抱起脏衣服，走出屋外，扔到院子里的地上，准备洗。

罗梅说："妈，你歇着，我抽时间洗吧。"

"我闲着没事，洗衣服累不着。"汪海洋妈说。

罗梅说："这段时间活多，没来得及洗。"

"你们上班比在家种地还忙。"汪海洋妈说。

她是农村女人，洗衣服也是农村人的习惯。她坐在小板凳上，撸起衣袖，盆子放在地上，无所顾忌地用水。她摆弄水的声音，敲打着房东女人的心。

房东女人看她用水心疼，几次想提醒她节约用水，可话到嘴边，又咽了回去。

汪海洋妈闻到罗梅的衣服上散发着浓浓的油漆味，心里一惊，朝汪稼宇使了个眼色，汪稼宇走过去，汪海洋妈小声说："你闻一闻，是不是油漆味？"

"是。"汪稼宇把衣服放到鼻子前闻了闻，断定是油漆味。

汪海洋妈说："她还没生孩子呢，怎么能接触油漆呢？这样下去不行。"

汪稼宇朝屋里看着。

汪海洋妈站起身，走进屋里。罗梅对着镜子照着，打扮着，准备上班去。汪海洋妈走到罗梅身边闻了闻，罗梅不知道汪海洋妈想干什么，用疑惑的眼神看着汪海洋妈。汪海洋妈问："你干什么活呢？"

"刷鱼竿。"罗梅说。

汪海洋妈问:“用油漆刷吗?”

“当然啦。”罗梅笑了。

汪海洋妈说:“你怎么能干这种活呢?”

“怎么啦?”罗梅问。

汪海洋妈说:“女人不能干刷油漆活,起码你现在不能干。如果知道你来风海是干这种活,说什么也不能让你来。”

罗梅没说话。

汪海洋妈说:“你爸妈也不知道你干这种活吧?”

罗梅心里乱七八糟的。

汪海洋妈说:“你还没生孩子呢,如果生出个傻孩子,后悔都来不及。”

“没这么严重吧。”罗梅说。

汪海洋妈说:“油漆有毒,你知道不?油漆对身体有害,你知道不?咱们村里的罗傻子你知道吧,罗傻子他妈年轻时在镇上干过刷油漆的活,结果生出了痴呆儿。”

罗梅傻眼了。她虽然跟汪海洋还没正式结婚,可跟汪海洋说起过生小孩的事,结婚后肯定是要生孩子的,这是无法回避的问题。她知道罗傻子,但不知道罗傻子他妈年轻时干过刷油漆的工作。罗傻子冬天里不穿鞋,光着脚满村跑。罗傻子把他家人愁坏了。罗梅绝不想让这种悲哀的事情发生在自己身上。

汪海洋妈责备地说:“你也太不像话了,为了挣这么点钱,连后辈的健康也不管了吗?如果生出个像罗傻子那样的孩子咋办?”

“你别怪我,要怪也得怪你儿子,如果不是他,我才不会去刷油漆呢。你以为我愿意干这种活呀,你以为我不知道这活不好干吗?我知道不好干,可是没办法,我是被逼上梁山的。”罗梅反驳地说。

汪海洋妈不相信汪海洋逼迫罗梅干这种活。她说:“是海洋让你刷油漆的?”

“我原来在冷藏厂干得好好的,挣钱多。我把海洋也弄进去了,他去了,就给搅散了。现在别的活找不到,总不能不吃不喝过日子吧?吃喝是要花钱的,不干活哪来的钱?”罗梅提起这件事情绪激动,想发火。

汪海洋妈认为责任不在汪海洋,在罗梅。她听罗遇达说起过汪海洋在冷藏干活的事。因为罗梅跟厂里其他男工人打情骂俏,眉来眼去,汪海洋才跟人打架的。昨天她已经问过罗梅这事了,如果再提起来就不好了。她为汪海洋辩解地说:“虽然你跟海洋离开冷藏厂了,可海洋也没让你干刷油漆的活呀!”

“我不干这活就没活干。”罗梅控制不住心中的怒火了,几乎是吼起来。

汪海洋妈问:“你干多久了?”

“有几个月了。”罗梅说。

汪洋妈说:“这活不能继续干了,你马上把活辞了。”

“现在不能辞。”罗梅说。

汪海洋妈问:“为什么?”

“公司还押着我三个月的工资呢,如果现在辞了工作,公司有可能用这个借口,不给我这三个月工资。”罗梅说。

汪海洋妈说:“你跟老板好好解释一下。”

“私营老板心黑着呢,别说是不干了,就算干,都不一定能要回工资来。如果要不回来工资,我这三个月的油漆活不是白干了。”罗梅说。

汪海洋妈说:“公司不给工资是不对的,没人管吗?”

“谁管?”罗梅。

汪海洋妈说:“没人管就没人管吧,不给咱不要了。这是涉及传宗接代的大事,不能因为这么一点工资,就不顾下一辈人的身体健康。”

罗梅的心情极为复杂,头好像要炸开了。她怕要不回来工资,又怕将来生出个傻孩子。她沉默了,任凭汪海洋爸妈说什么,都不吱一声。她认为这个错误是由汪海洋引起的,她得找汪海洋算账。可她还得去上班,站起身往外走。

汪海洋妈问:“你去哪儿?”

“去上班。”罗梅说。

7

汪海洋请假回来时,罗梅上班走了。汪海洋妈已经把衣服洗完晾上了,院子里的铁丝上挂满了汪海洋和罗梅的衣服,衣服还往下滴着水。汪海洋说:“爸妈,我陪你们去青岛玩吧。”

“去青岛是要花钱的。”汪海洋妈说。

汪海洋说:“花不了多少钱。”

“如果花钱多就不去了。”汪海洋妈说。

汪海洋说:“花钱不多,咱们三个人来回也就二三十块钱公交车票钱。”

“还真不多。”汪海洋妈说。

汪稼宇说:“别去青岛了?”

“你们已经来风海了,这么近,怎么不去青岛玩一玩呢。”汪海洋说。

汪稼宇说:“罗梅下班之前咱们能回来吗?”

“咱们晚点回来没事。”汪海洋说。

汪稼宇说:“罗梅知道咱们去青岛玩,她没去,不会不高兴吧?”

“我跟罗梅去青岛好多次了,栈桥、五四广场、崂山我们全去过,她不会这么想。”汪海洋说。

汪稼宇说:“如果去,咱们走吧,早点去早点回来。”

“我锁上门,咱们走。”汪海洋关上门,上了锁。

汪海洋妈往院落外走着说:“你不能让罗梅继续刷油漆了。”

“行。”汪海洋答应说。

汪海洋妈说:“如果找不到其他工作,你们回罗家村也行。你爸跟村长说好了,让你当村治安主任。”

“我跟罗梅商量商量。”汪海洋说。

汪海洋妈说:“这件事你得认真点,不能稀里糊涂的。”

“我知道。”汪海洋说。

2002年,风海开往青岛的公交车只有374和306路公交车。306路离汪海洋住的近点,可是得转车,374路不用转车。他们走到风海批发市场,汪海洋坐到青岛市政府站下车,直接去了五四广场。

汪海洋妈下了车,想上厕所。汪海洋四处看了看,走到离海边不远处,找到了公厕。汪海洋拿出几毛钱递给他妈,汪海洋妈说:“你给我零钱干什么?”

“上厕所用。”汪海洋说。

汪海洋妈说:“上厕所还花钱?”

“不花钱,谁让你上。”汪海洋说。

汪海洋妈说:“你们用水花钱,上厕所也花钱,你挣那么点钱,还不如回沂蒙老家了。”

“还是老家不好,老家好能有这么多人进城打工。”汪海洋说。

汪海洋妈去厕所了。

汪稼宇说:“你不用全听你妈的,你想回罗家村就回,不想回就不回,可是罗梅不能再继续干刷油漆的活了。”

“村长同意让我当治安主任了?”汪海洋说。

汪稼宇说:“同意了。”

“咱们村穷,没发展。”汪海洋说。

汪稼宇说:“这件事你自己拿主意,我不勉强你。”

“罗梅如果同意,我就回去。”汪海洋说。

汪海洋妈从厕所出来说:“你们这儿花钱太多。”

“挣钱不就是花的嘛。”汪海洋说。

汪海洋妈说:“能挣到钱行,挣不到钱怎么活?”

“城市里那么多人,你看哪个人饿着了,不全都活得好好的。”汪海洋说。

汪海洋妈说:“我没觉得青岛有什么好的,更不用说风海了。”

“你在沂蒙老家能看见大海吗?能吃到海鲜吗?”汪海洋说。

汪海洋妈说:“你跟大海生活呀?海鲜没有家里种的菜好吃。”

“妈,看来你只能生活在乡下了。”汪海洋说。

汪海洋妈说:“明天我就回沂蒙老家。”

“好不容易出来一次,多住几天再走吧。”汪海洋说。

汪海洋妈说:“有地方住吗?”

“我找地方。”汪海洋说。

汪海洋妈说:“不住,明天走。”

他们走到了海边,手扶护栏看着大海,正是中午阳光充足的时候,阳光洒在海面上折射过来的光刺得眼睁不开。

8

罗梅锁上屋门准备去加班,在大院门口遇见从青岛回来的汪海洋和他爸妈。罗梅说:“你们自己做饭吃吧,我去加班了。”

“今天还加班吗?”汪海洋说。

罗梅说:“明天把这批鱼竿发出就不加了。”

汪海洋和他爸妈往院子里走。他开了锁,然后转身去追罗梅,罗梅站住看着汪海洋没说话。汪海洋说:“你别去加班了。”

“为什么?”罗梅问。

汪海洋说:“你不是不想让我爸妈住在五爷那儿吗?我也不想让他们住在五爷那里,可是咱们屋小,住不开,你得找地方住。”

“我去宁子那住吧。”罗梅说。

汪海洋也是这么想的。他说:“你加班回来太晚,宁子他们休息了。你得提前跟宁子他们打个招呼。”

“我去请假,然后去宁子他们那儿。”罗梅说。

汪海洋朝罗梅额头上亲一口,做出献殷勤的表情。

罗梅问:“你们去哪儿玩了?”

“我们去青岛了。”汪海洋说。

罗梅问:“你妈没跟你说不让我干刷油漆的活吗?”

“说了。”汪海洋说。

罗梅问:“你怎么说的?”

“明天我爸妈回沂蒙老家后,咱们再商量这件事。”汪海洋说。

罗梅说:“你去陪你爸妈吧,我去请假。”

汪海洋转身去食杂店买菜。他为了节省时间,买了火腿肠、油炸花生,还有凉粉,又买了菜,买了一捆崂山啤酒和两斤手抓饼,回到住处。

汪海洋妈说:“你买这些干什么,炒点菜省钱。”

“花钱省事,省钱费事。”汪海洋说。

汪海洋妈说:“用不用把你五爷叫来?”

“不叫了。”汪海洋说。

汪海洋妈说:“晚上我们去住,不叫好吗?”

“晚上你们不用去五爷那儿住了,你跟我爸睡在床上,我睡在地上。”汪海洋说。

汪海洋妈说:“罗梅睡在哪儿?”

“她去宁子那儿住了。”汪海洋说。

汪海洋妈问:“宁子、赵娟、维娜的工作好吗?”

“还行。”汪海洋说。

汪稼宇说:“吃饭,饿了。”

汪海洋用筷子挑开一瓶啤酒盖,把酒瓶递给汪稼宇,自己也挑开一瓶啤酒,父子俩喝着酒。汪海洋妈吃着手抓饼。汪海洋喝了一口啤酒说:“妈,你少喝点吧。”

“跟马尿似的,我喝不惯。”汪海洋妈说。

汪稼宇说:“马尿如果这么值钱还好了呢。”

“没有马了,马尿比啤酒值钱。”汪海洋妈说。

汪稼宇说:“你还挺会比喻,真就没马了。”

“你多喝点,明天就回家了。”汪海洋妈说。

汪稼宇说:“你想占儿子的便宜。”

“你喜欢喝青岛崂山啤酒,咱们老家不是没有嘛。”汪海洋妈说。

汪海洋说:“我回家时带几箱。”

“你别带,那么沉,把你累坏了。”汪海洋妈说。

汪海洋说:“你们多住些日子呗。”

“你这儿吃住都不方便,处处花钱,我们还是回家吧。”汪海洋妈说。

汪海洋说:“你们来一趟风海只为了看我一眼就回去,不是白来了嘛。”

“这趟没白来,收获不小。如果不来,还不知道罗梅干刷油漆的活呢,罗梅如果继续刷油漆会出大问题的。”汪海洋妈说。

汪海洋说:“没这么严重。”

“你别不当回事,坚决不能让罗梅干刷油漆的活了。如果你还允许罗梅干这活,你会后悔的。”汪海洋妈说。

汪海洋说:“我向你保证,罗梅肯定不干这活了。”

汪稼宇不觉中把三瓶啤酒喝下去,汪海洋也喝好了,这时宁子、赵娟、维娜来了。汪稼宇说:“你们全来了。”

“罗梅姐说你们来风海了,我们过来看一看。”宁子说。

汪海洋妈说:“你们的工作怎么样?”

“挺好的。”宁子说。

汪海洋妈说:“你们帮助罗梅找个好点的活,不能让她继续刷油漆了。”

宁子转过脸看着罗梅。

罗梅说:“明天你们还要坐车呢,早点休息吧。”

“明天我们上班,不来送你们了。”赵娟说。

汪海洋妈说:“赵娟比在家时白了,也胖了。”

“白了好,可别胖了,胖了难看。”赵娟说。

汪海洋妈说:“你挺好看的,电影里的演员有的还没你好看呢。”

“我可以去当演员了。”赵娟笑着说。

宁子说:“你是在做梦吧。”

“做什么梦,我如果能去演电影,电影真就没人看了。我只能干活,还是好好干活,多挣点钱吧。”赵娟说。

宁子说:“你有自知之明。”

“我清醒着呢。”赵娟说。

宁子看了一眼罗梅,发现罗梅一直不高兴,不想多说:“咱们走吧,罗梅姐好像困了。”

罗梅听宁子这么说,打了一个哈欠,伸个懒腰,做出困意十足的样子。

汪海洋知道罗梅有想法,生怕罗梅说出不高兴的话来,接过话茬说:“明天你们上班,早点回去休息吧。”

“海洋哥,我们回去了。”宁子说。

汪海洋说:“罗梅住在你们那儿,你们挤一挤吧。”

“没事。”赵娟说。

汪海洋和他爸妈把宁子、赵娟、维娜送出大院,看着她们走远了才回屋。

赵娟说:“罗梅姐,你怎么不高兴呢?”

“我挺高兴的。”罗梅说。

赵娟说:“宁子,你说罗梅姐高兴不?”

“老婆婆来了,又不是妈来了,有什么可高兴的。”宁子说。

赵娟说:“你婆婆来你也这样吗?”

“我不让她来,她儿子不在风海,她来干什么。”宁子说。

赵娟说:“她儿子不在风海,可儿媳妇在风海,来看儿媳妇。”

“我不用她看。”宁子说。

罗梅说:“像赵娟这样没婆婆倒是挺好。”

“没婆婆有没婆婆的坏处,有婆婆有婆婆的好处。”赵娟对象的妈病故多年,她感受不到有婆婆的心情。

罗梅没想到她把汪海洋爸妈来风海的事说出来,宁子、赵娟、维娜她们会过来,会多了这么多话题。

9

风海长途汽车站是近年新建的,虽然发往全国客地的车次多,但客流量不大。汪海洋爸妈买完回沂蒙老家的车票,在候车厅等车。他认为罗梅应该来,不然他在爸妈面前会丢面子,他四处张望着寻找罗梅。

罗梅小跑着过来了,喘着粗气说:“我还以为赶不上了呢。”

“你怎么刚来呢?”汪海洋说。

罗梅说:“我去公司请假,车间主任不在,等车间主任了。”

“刷油漆的活不能继续干了。”汪海洋妈说。

罗梅说:“不干了。”

“宁子、赵娟、维娜都能找到工作,你比她们来风海早,更能找到工作。”汪海洋妈说。

汪稼宇说:“找工作跟来早晚关系不大,得看机会,还要看个人能力。”

“这事你们别操心了,我们知道怎么做。”汪海洋说。

检票口处开来一辆大客车,开始检票了,汪海洋爸妈走进检票口。

汪海洋目送爸妈过了检票口,转身跟罗梅往大厅外走。

罗梅说:“你爸妈不让我在宝利达渔具有限责任公司干了,你是怎么想的?”

“我也不想让你干了,这活对身体不好。”汪海洋说。

罗梅说:“我如果现在辞职,可能一时半会儿找不到工作。”

“我养活你。”汪海洋说。

罗梅说:“你的活你爸妈不也不让干了。”

“我干到年底再辞职。”汪海洋说。

罗梅说:“我明天去辞职。”

第十章 辞职风波

罗梅去辞职时，公司老板立刻批准了，但没给她工资。她质问老板为什么不给她工资。老板说按照公司管理规定，干到年底才发全额工资。罗梅说她干了活，公司就应该付工钱。老板说他的公司他说了算。罗梅说："国家法律规定干活就应该付工钱。"

"国家法律规定给钱，你去找国家要吧，别找我要。"老板看不起打工妹，没当回事，说着不讲理的话。

罗梅不服气地说："如果你不给我工资，我去告你。"

"你去告我好，告我算你有本事。"老板听罗梅这么说，不但没生气，反倒笑了。

罗梅说："你不给我工资，我肯定告你。"

"你去告吧，你想去哪告去哪儿告。"老板觉得好笑，更觉着新鲜，不以为然，轻视地笑着。他不给打工妹工资的事情多了，来找他要工资的打工妹也有，一般是吵吵闹闹，不了了之，只有罗梅说出了要去告他的话。老板认为罗梅不会把他怎么样。

罗梅说："你别得意，到时候你别哭。"

"我好多年没哭了，你如果能让我哭，我非常感谢你。"老板说完不理罗梅。

罗梅下决心一定要把宝利达渔具有限责任公司扣下的三个月工资要回来，不能让自己的汗水白流。她去找了法院。

法院负责立案的工作人员问罗梅有什么证据，罗梅拿不出来。法院负责立案的工作人员说如果没有证据，得先找劳动局，如果劳动局做出了裁定，法院才能立案，受理这个案子。

罗梅从法院出来，直接去了劳动局。

劳动局刚成立了劳动监察大队，是专门负责处理劳动纠纷的部门。劳动局劳动监察大队的工作人员听罗梅把事情说完，认为宝利达渔具有限责任公司存在严重非法用工行为，违反了劳动法，派工作人员跟罗梅到宝利达渔具有限责任公司调查取证。

宝利达渔具有限责任公司的老板做梦也没想到罗梅会把劳动局的人找来，公司没做任何准备,被劳动监察大队的执法人员查出了很多违法问题。公司聘用工人没有在劳动局备案,没签订用工合同,属于非法用工。因为刷油漆是容易产生职业病的工种,公司没给工人采取劳动保护措施,给工人身体健康造成很大伤害。宝利达渔具有限责任公司在用工和劳动保护方面都不符合劳动法要求,劳动局执法工作人员当场下发了处罚和整改通知。

罗梅用法律手段要回了公司欠她的工资,增加了她在风海市生活的自信心。从前她总把自己当成外地人,比本地人低一等,现在她不这样认为了,她相信法律是公正的,能保护她。

汪海洋对罗梅去找劳动局解决这次劳动纠纷有些担心,害怕宝利达渔具有限责任公司进行报复。老板是当地人,让劳动局罚了那么多钱,肯定憋气,不会罢休。

罗梅数着要回来的工资,一连数了好几遍,才抬起头责备地说:"亏你还是当过兵的人呢,你胆子也太小了吧?要是打仗,在战场上你准是逃兵。老板欠我的工钱,又不是我欠他的,我要我的工资有什么不对?这是我用汗水换来的钱,我应得的。我不怕,你怕什么?"

汪海洋知道罗梅不听他的,不再多说什么了。

罗梅在屋里待着没意思,感觉无聊,想去找同乡姐妹玩,她让汪海洋陪她去。汪海洋干了一天活很累,不想动,可又不想让罗梅扫兴,答应着。他先去了厕所。罗梅从院里出来,看见宝利达渔具有限责任公司的司机和业务员朝她走来,她心里紧张,但没有躲避。

宝利达渔具有限责任公司的业务员和司机飞快冲向罗梅,在罗梅还没有防备时,狠狠地朝罗梅脸上抽了几耳光。

罗梅尖叫着往院里跑。

汪海洋在厕所里听见罗梅的尖叫声,预感出了事,提着裤子从厕所里冲出来,挡住了宝利达渔具有限责任公司的业务员和司机。他们撕打成一团。罗梅看两个人打汪海洋,吓得站在旁边打哆嗦。汪海洋大声喊:"快打110报警。"

罗梅听到这句话才意识到应该做什么,转身飞快地朝公用电话亭跑去。

风海镇派出所离小北歌村近,警车三分钟内赶到了事发现场,可是宝利达渔具有限责任公司的业务员和司机已经跑得无影无踪。警车开来,引起众人关注,左邻右舍的人都来观看。警察问罗梅是怎么回事。

罗梅一五一十地说了事情经过。

警察看罗梅没受伤,做了记录,走了。

房东在警察走后对罗梅说:"你们另外找住处吧,我这里不敢让你们住了。万一你们弄出个人命来,我家就成了命案现场。"

罗梅说:"不会的。"

房东说:"我说是万一。"

罗梅说:"这事不怪我。"

房东说:“我不管怨谁,反正不能在我家发生打架的事。”

罗梅知道房东是好意,至少是没有恶意。她住在这里是不安全的,万一宝利达渔具有限责任公司的老板心血来潮,再来找她麻烦呢。老板有钱,心又狠,什么事都能做出来。她和汪海洋人单力孤,还是躲闪着,防备着好。

罗梅跟房东结了账,搬走了。

汪海洋肩上扛着行李,手里拎着大布包,罗梅拉着一个褪了颜色的旅行箱,两个人走着。他们边走边找新的住处。他们不想住在附近,有意离这里远一点,让宝利达渔具有限责任公司的人找不到他们。

风海是座县级城市,市区由许多村庄组成。因建市时间短,村庄还没拆迁完,在高楼之间有许多平房。

他们穿过一片高楼来到田家园,在田家园租到了房子。田家园离市中心远了点,房租价钱比小北歌村便宜。

汪海洋不满地说:“你这人就是犟,我不让你跟人家对着干,你不听,结果让人家撵得到处跑,跟丧家狗似的。”

“你分不分好坏呀！我为了什么？我还不是为了把工钱要回来,要回钱是我自己花吗?”罗梅生气地说。

他们两个人争执起来。

罗梅认为她的做法没有错,她是在保护自己的合法权利。她如果不去找劳动局,肯定要不回来工资。宝利达渔具有限责任公司欠打工妹的工资那么多,除了她,哪个打工妹要回来了。钱太诱人了。钱容易让人产生非法之想,轻视法律。她算了算手里的钱,有些兴奋,她已经存了三千多元钱。不过她没去年挣钱多,去年挣的钱都让她花了,没存下。当时她没决定要长久留在风海生活,更没有在风海市买房子的打算,没长远打算,就没存钱的想法。现在想来她怎么会那么傻呢？怎么会往家里买那么多东西呢？虽然时间只相隔一年,她发现今年的想法跟去年的想法是截然不同的。要是放到现在,打死她也不会往家里买那些东西。她想三千元离十二万还有很远的距离,但她相信能实现这个目标,她要为实现这个目标努力下去。

罗梅的精神不是很好,干什么都没心情,没出去找工作。她恢复了几天后才去找工作。她发现找到工作的可能性很小,因为马上到年终了,各单位都不招聘人,把招聘工人的事放在春节后。

她在等汪海洋放假一起回沂蒙老家过春节。

冬季天气寒冷。他们在老家时也是穿这些衣服过冬,在老家住的房子还不如风海的好,可没觉着有这么冷。这是怎么了？可能风海离海边近,海风凉,空气潮湿的原因。

早晨他们连脸都不愿意洗,更别说起床了。

他们的早饭主要是油条和小米粥,吃油条省事。当然罗梅不会起床去买油条,但她叮嘱汪海洋去买。汪海洋有时懒得起来，罗梅提醒汪海洋说到上班时间了，汪海洋在罗梅的催促下懒懒地从被窝里爬出来，匆忙地穿上衣服，脸也不洗，去买油条和小米粥。罗梅坐在床上，身上围着被子，背靠着墙，吃着油条，喝着小米粥，汪海洋在地上来回走动着。汪海洋吃过饭，就去上班了。

罗梅常常是在被窝里躺到九十点钟才起来，草草地洗过脸，就去逛超市。超市里中央空调热，比在家暖和。她回到家就钻被窝，用这种方式来度过漫长的冬季。

第十一章

意 外

1

罗梅和汪海洋找罗遇达商量回沂蒙老家过春节的事。

罗遇达一改往年的习惯，不打算回老家过春节了。虽然罗忆莲在家里养病，他还是不打算回去。他对回罗家村过春节有点胆怯，心虚。他心里明白再回老家，村里人不会像从前那样尊敬他了。汪稼宇和他老婆来风海后，罗遇达知道他再也无法在罗家村人面前扮演圣人的形象，他那种高贵的形象到此为止。他不想丢面子，放不下架子，又无法挽回这种局面，只能暂时回避，让自己慢慢适应和接受。他说：“我这里生意忙，不回去过年了，你们回去告诉你五娘，让她到风海来过年。”

“让五娘一个人来风海能行吗？”罗梅担心地说。

罗遇达说：“她来过，知道路。”

罗梅和汪海洋只是做个样子，根本不想跟罗遇达搭伴回老家。他们没想到罗遇达不回罗家村过年了。

罗遇达在罗梅和汪海洋回沂蒙老家过年的第三天停工了，不做生意。打工的人陆续离开风海，回老家过年了，买饭的人少，挣钱不多。冬季天黑得早，亮得晚，他一个人起早贪黑地干活很累，累得烦心了，毕竟上了岁数，力不从心。他决定休息，调整调整心态。在家家户户都忙的时候，罗遇达却成了闲人。

罗遇达整天出去转悠。他不穿做生意时的破衣服，穿上那套他认为很体面的衣服。他换了衣服跟换了个人似的，走起路来昂首阔步，说起话来底气十足，很精神。

有几个常买罗遇达饭的打工仔，在路上遇见罗遇达看了又看，仍不能相信是罗遇达，走过去后不停地回过头猜测说：“这个人就是那个卖饭的老头吧？”

另一个说：“不像。”

而旁边那个说：“就是他。”

另一个说：“看不出来，这个老头打扮起来还挺有派头的呢。”

有一次快黑天时，罗遇达在外面游荡累了往住处走。他经过一家洗头房门前，情不自禁地朝招牌上扫了一眼，洗头房上的招牌很醒目。洗头房的门开了，从里面走出一位妙龄女子。妙龄女子走上前挡住了罗遇达的路，罗遇达止住步，看着妙龄女子。

妙龄女子说："大爷，快过年了，进来给您洗洗头吧。"

罗遇达看着眼前这个花枝招展的女子，迟疑了一下问："洗一次头要多少钱？"

妙龄女子甜甜地说："价钱不一样，洗大头一个价钱，洗小头是另一个价钱。不知您是想洗哪个头？您进来看一看，站在外面挺冷的。"

罗遇达还是第一次听到有洗大头和洗小头两种说法呢，觉着好奇。他好久没有理发了，年前是应该理一次发的，他不自在地用手摸着头上不多的头发。

妙龄女子说："大爷，您尽管放心，洗不好不要钱，不满意也不要钱。"

罗遇达怕妙龄女子多收钱，重复地说："咱们可是说好了，洗不好是不收钱的。"

妙龄女子认真地说："洗不好我怎么会收您的钱呢，洗不好您给我钱我都不收，我是最讲诚信的人。进屋吧，外面太冷了。"

罗遇达跟在妙龄女子的身后走进洗头房。

妙龄女子在罗遇达走进屋里时悄悄把门反锁上了。

罗遇达没注意到妙龄女子的这个动作。他进屋感到了温暖，环视屋里，屋里整洁舒适，比他住的屋子强多了，一台电暖风在旁边朝他身上吹着热气。屋里除了他跟这个妙龄女子，再无他人，罗遇达有点紧张，有点心潮澎湃。

妙龄女子脱下单薄的外衣，只穿着内衣。她穿的内衣是件乳房半露着的紧身小衣服，肉皮的颜色清楚可见。她有意识地晃动了一下身子，两只乳房在罗遇达眼前闪动。她自言自语地说："屋里真热，衣服穿不住了。"

"外面是冬天，屋里是夏天。"罗遇达不知道怎么了，说出这么一句话。

妙龄女子笑着说："看不出来，您说的话还很有诗意呢。"

"我年轻时写过诗，不过没发表。那时报纸少，不像现在这么多，如果放在现在，也许能发表。"罗遇达说。

妙龄女子说："您没赶上好时候，要是放在现在，说不上您就成诗人了。"

"年轻时我有当诗人的梦想。"罗遇达说。

妙龄女子说："这个想法好。"

"可我离诗人的距离太远了。"罗遇达觉得自己跟诗人相比差得太远了。

妙龄女子说："有当诗人的理想就不简单。"

"理想成了空想。"罗遇达羞愧地说。

妙龄女子问："您的诗还留着吗？"

"早让我烧火了。"罗遇达说。

妙龄女子说："现在是烧煤气，哪有烧纸的。"

"让我扔了。"罗遇达认为说烧火会暴露他农村人的身份，他不想让妙龄女子看出他是农村人，他要装成城里人，急忙改了口。

妙龄女子惋惜地说:“您怎么不留着呢,您要是留着,我可以帮您发表。我有位朋友在青岛报社工作,他就是编诗的,他培养出了好多诗人呢。”

“我写的那些诗过时了,放到现在不行了,毕竟过去几十年了,时代不同了。”罗遇达说。

妙龄女子持反对意见地说:“这您说得就不对了,诗是不分年代的。我虽然不会写诗,可听在青岛报社工作的朋友说,诗存放的年代越长越值钱。他说李白一首没被发表的诗稿值上千万呢。上千万,那得是多少钱啊!”

“我怎么能跟李白相比呢。”罗遇达说。

妙龄女子坚持自己的观点说:“您怎么就不能跟李白相比呢?李白是人,您也是人,李白写诗,您也写诗。李白也不是天生就会写诗的,也是后来学的。李白活着的时候,并不知道他的诗能值那么多钱。听说李白是穷死的。您幸亏没继续写诗。”

“你说得有道理。”罗遇达说。

妙龄女子说:“您要是早认识我就好了。”

罗遇达心里想我写诗的时候你还没出生呢,我去哪儿认识你。他已经被妙龄女子说动心了,后悔没能坚持继续写诗,如果坚持写下来说不定真能成为诗人,名扬千古呢。他对妙龄女子大有相见恨晚的感觉。

妙龄女子问:“您热不热?”

“有点热。”罗遇达身上已经出汗了。

妙龄女子说:“您把外衣脱了吧。”

“不用,不用。”罗遇达慌了神。他是不能脱下外衣的,虽然他外衣好,干净,可里面内衣破得不成样子。他的内衣好久没洗了,身上也脏。

妙龄女子说:“没事,这是在屋里,又不是在外面,脱了不要紧。”

“我不是很热。”罗遇达说。

妙龄女子说:“您还说不热呢,您看汗水都流下来了。”

罗遇达用手抹着额头上的汗。妙龄女子动手帮罗遇达解衣服的扣子。罗遇达心跳速度加快,脸红了,不知所措。

妙龄女子把罗遇达的外衣脱下来,闻到一股刺鼻的臭味,一捂鼻子,正话反说:“您还很讲究卫生呢。”

罗遇达感觉口渴得要命,没说话。

妙龄女子问:“您喝不喝水?”

“不喝。”罗遇达有点语无伦次了。实际上他想说喝点也行,一惊慌,说错了。

妙龄女子说:“您出汗了,喝点水好。您别客气,我给您倒一杯崂山矿泉水。”

“白开水就行。”罗遇达不好意思地说。

妙龄女子把一杯矿泉水放在罗遇达面前说:“我这里只有崂山矿泉水,没有白开水。”

罗遇达伸出粗糙的手拿起水杯，一仰脖，把一杯水喝下去了，好像是在完成一种使命。他把水杯还给妙龄女子，感到口腔里一阵凉爽。他觉得很幸福，这种幸福是从没有过的。他活了大半辈子，还是第一次产生这种感觉。他不敢正视妙龄女子，用眼睛余光看见妙龄女子在笑。这种笑他没见到过。他看见妙龄女子的笑比喝了蜜还甜。他不说话，妙龄女子也不说话，他就这样沉醉过去了。

妙龄女子把罗遇达坐的转椅推到屋子的里间。从外间通向里间隔着一扇拉门，妙龄女子拉门时没声音。里间是个卧室，妙龄女子把转椅推到床边，非常吃力地把罗遇达搬到床上。她嘴里说了一句："老东西，还死沉呢。"

罗遇达一无所知，任凭妙龄女子摆布。

妙龄女子脱下罗遇达的衣服，又脱下自己的衣服，跟罗遇达躺在了一起。

罗遇达很快醒过来了，他睁开眼睛看自己躺在妙龄女子身边，差点被吓晕过去。他起身找衣服，衣服不在身边，他四处看着，没找到，不知道在哪里。他忙掉转头，跟妙龄女子来个面对面。

妙龄女子说："你睡了我。"接着哭泣起来。妙龄女子已经把"您"改为"你"了。这种称呼上的改变，意味着态度上发生的变化和事情发展的走向。

罗遇达不明白发生了什么事情，眼睁得好大，眼珠好像要从眼眶里冒出来。妙龄女子的哭声带着恐惧，要把罗遇达的心哭碎了，也让罗欲达害怕。

妙龄女子说："没想到你这么大岁数了还有邪念。"

"怎么会这样呢?"罗遇达说。

妙龄女子说："你自己做的事你问谁!"

罗遇达挪了一下身子，想离妙龄女子稍微远一点，可屋子就这么大，床就这么小，能挪到哪里去呢。他往旁边一挪，妙龄女子就往前凑一下。他紧张地往后一缩，手碰到了妙龄女子的手，好像触电了一样，迅速缩回来，警告地说："你别往前来。"

"你睡了我，你睡了我。"妙龄女子故意掀起遮盖在身上的被子说。

罗遇达说："怎么会这样呢?"

"你别装糊涂，你强行脱下我的衣服，你不记得了？你们这些臭男人，才不是东西呢。你做过的事，还不敢承认，你还是男人吗?"妙龄女子说。

罗遇达想不起脱妙龄女子身上衣服的事，可现在他确实是跟妙龄女子躺在同一张床上，妙龄女子确实是一丝不挂，赤身裸体。他紧张得连一点男人对女人的占有欲都没了，额头上渗出了黄豆般大的汗珠。

妙龄女子伸手拿过放在床旁边的一块卫生纸，伸到被子里，往下身擦了一下，又拿了出来，把带血迹的卫生纸举到罗遇达眼前说："你看，你把我弄出血来了。"

罗遇达知道这是怎么回事了。当年他跟罗忆莲结婚时，罗忆莲下身让他弄出血了。这对女人也好，对男人也罢，都是刻骨铭心的记忆。直到现在，他对结婚那个夜晚还记忆犹新。

妙龄女子把卫生纸往地上抛去,质问:“你让我以后怎么嫁人?”

“我没有碰你。”罗遇达好像明白了妙龄女子的用意,神情稳定了。

妙龄女子说:“你自己做的事,你不承认,你想赖账吗?”

“我没碰你!”罗遇达的思维渐渐清晰了。

妙龄女子质问:“我身上的衣服呢?”

罗遇达哑口无言。

妙龄女子质问:“你身上的衣服呢?”

罗遇达不自主地低下头,看一眼自己的身体,他一丝不挂,粗糙的皮肤已经感觉到了被子的柔软。

妙龄女子问:“你说怎么办吧?”

罗遇达不做回答。他想从床上下来,想找衣服,可卧室里没有他的衣服。他想下地,可一丝不挂,怎么下地?他除了跟罗忆莲睡觉时光着身子,还没有跟任何女人在一起睡过觉,更别说是光着身子在地上走来走去了。他不想让别的女人看他赤身裸体的样子,他知道自己的身体不好看。他幻想过跟别的女人在一起睡觉,当来真的时,又没了胆量。

妙龄女子追问:“你说?”

“你让我说什么?”罗遇达说。

妙龄女子不耐烦地说:“你说说什么?你别装糊涂,你要是跟我装糊涂,我就报警了。”

罗遇达一听妙龄女子要报警,又慌了,他往后退了一下。他没有可退的地方了,只是身体在床上晃动了一下,实际上还是在原来的位置。

妙龄女子把被子往怀里拉,但没拉动,罗遇达的手在死死拉着被子。两个人东一个西一个,分别捞着被子的两头,被子被抻起来,悬空了。他们已经感觉到身上没了遮盖的东西,空气在被子和身体之间流动,感觉到身体的温度在下降。罗遇达的心在颤动,很紧张。妙龄女子再次用双手使劲儿拉了一下被子,被子被抻得更紧了。罗遇达不想让被子悬空,被子悬空的感觉让他想到了更可怕的事。他不得不放松,身体朝妙龄女子移了过去。妙龄女子看出罗遇达害怕的心态,再次使劲儿拉了一下被子,被子朝妙龄女子那边移过一大截。妙龄女子已经把罗遇达逼到了悬崖边上,罗遇达没有后退的余地了。

罗遇达没意志坚持下去了,不想再坚持了,他好像要垮掉了,妥协地说:“我给你钱。”

“谁要你的钱!”妙龄女子拒绝地说。

罗遇达问:“你要什么?”

“我要你还我的处女身。”妙龄女子说。

罗遇达回答不上来。他知道女人的处女膜是一次性的,坏了就没有了,不过好像是可以修补,但具体能不能补,补后的效果怎么样,他不清楚。

妙龄女子没羞耻地说:“多少钱也不能让我再成为处女了。我不是处女,怎么嫁人?会有哪个男人愿意娶不是处女的女人当老婆?”

“你想赖上我?”罗遇达说。

妙龄女子说:“是我赖你,还是你无理狡辩?你现在不还躺在我的床上吗?这是铁的证据。你不是说我赖你嘛,我这就报警,让警察来处理。你也不用跟我说了,去跟警察说吧。”

此刻就算罗遇达全身是嘴恐怕也说不清。他看妙龄女子细长的手指在手机上不停地摁,忙说:“你先别报警,好商量,好商量。”

妙龄女子缓和了态度说:“你不是说给我钱吗?你给多少?”

罗遇达想了想说:“十块吧。”

妙龄女子仰头冷笑地说:“我的天呐!你在买布娃娃呢,还是买人体性用具呢?十元钱只够买两盒避孕套,还买不了好质量的。你要是再这样跟我耍赖,我不跟你啰嗦了,我干脆报警算了。”

罗遇达看妙龄女子又开始摁手机,急忙问:“你想要多少?”

妙龄女子说:“看你这小气鬼样,我也不多要,你给两千吧。”

罗遇达的头嗡了一下,好像大了很多,眼睛花了。他说:“我没那么多钱。”

妙龄女子问:“你有多少?”

罗遇达回答:“我身上就十元钱。”

妙龄女子坚决地说:“这绝对不行,还不够脱衣服钱呢。你不是没钱嘛,我也不要了,我打电话报警,让警察来把你抓走算了。”

罗遇达看妙龄女子又拿起手机,认为这种紧张气氛是手机造成的,想把妙龄女子手中的手机抢下来,才一欠身,身上的被子掉下来了,他赤裸的身子露出了大半截。他又躺下了,用手捞住被子,嘴里连声说:“你先别报警,咱们再商量。”

妙龄女子停住摁手机的手,看了一眼手机,抬头说:“你没钱,我跟你说什么?有什么可商量的。”

罗遇达说:“我给你借。”

妙龄女子问:“你给我多少?”

罗遇达咬了咬牙说:“一千,这总该行了吧?”

妙龄女子想了一下说:“好吧,遇到你这样的穷光蛋,算是我倒霉。”

罗遇达嘴上说是给妙龄女子一千元钱,可他身上只有十元钱。他走进这家洗头店时,满以为连十元钱也花不了呢,往次他理一次发只花三元五元钱。这回可好,比往次多花了一百倍,发还没理成,还难让妙龄女子满意。他为难地看着妙龄女子。

妙龄女子用脚蹬了一下罗遇达的胯部说:“快拿钱。”

罗遇达紧张得一缩下身,防止妙龄女子再次踢他,用颤抖的声音说:“我身上没带那么多钱,得回去拿。”

妙龄女子严厉地说:“你想要我,没门。你跑到天涯海角我也能找到你。”

罗遇达解释说:“我真的没带那么多钱。”

妙龄女子说:“我跟着你去拿钱。”

罗遇达知道不能继续躺在妙龄女子的床上了,这是很危险的定时炸弹,如果来人遇上,事情会更麻烦,更糟糕。他一翻身,把被子裹在身上,什么也不顾地从里间屋跑出来,来到外间屋四处找衣服。

妙龄女子躺在床上笑,急忙从身下拿起衣服穿好,追了出来。罗遇达在椅子上找到了衣服,匆忙往身上穿。他穿上衣服就要往外走,妙龄女子喊:“干什么去?”

“去给你拿钱。”罗遇达说。

妙龄女子说:“我跟你去。”

“你跟我去?”罗遇达说。

妙龄女子说:“我不跟你去,你能把钱送来嘛。”

“我保证把钱给你送来。”罗遇达不想让妙龄女子跟他去住处。

妙龄女子说:“信不着你。”

“我是讲诚信的人。”罗遇达说。

妙龄女子说:“让诚信见鬼去吧,只有小孩会相信这种话。”

罗遇达站在那里看着妙龄女子。

妙龄女子把店门锁上,跟罗遇达一起从屋里出来。她警告地说:“你别想跑,你如果敢跑,我就报警,说你强奸我了,事情会更严重。”

“我不跑,我往哪跑呀!”罗遇达有气无力地说。

妙龄女子一招手,一辆红色出租车停在了身边,妙龄女子拉开车门钻进车里,然后对罗遇达说:“上来吧。”

罗遇达知道他是跑不掉了,顺从地上了车。

出租车司机问:“去哪里?”

妙龄女子转过头看罗遇达。

罗遇达说:“小北歌。”

出租车飞快地在大街上行驶了几分钟就到小北歌村,罗遇达和妙龄女子一同下了车。妙龄女子付了出租车费,出租车开走了。

妙龄女子说:“出租车费应该你付。”

“我身上只有十块钱,不够付车费的。”罗遇达说。

妙龄女子在脱罗遇达衣服时翻看了罗遇达的衣兜,兜里确实只有十块钱。如果钱多她就不跟罗遇达来了,她跟罗遇达来拿钱风险大。她说:“你还算比较诚实。”

“不诚实怎么做人。”罗遇达说。

妙龄女子跟着罗遇达走进小巷,走到罗遇达住的院子门前。妙龄女子没进去,她怕进去遭到罗遇达的暗算。她看了一眼手机上的时间说:“你三分钟必须出来,不出来我打电话报警。"

"三分钟时间短了,如果五分钟我不出来你再报警。"罗遇达心想万一三分钟出不来,钱给妙龄女子了,警察把他抓走,就人财两空了。

罗遇达走进院里。妙龄女子站在院落门口等罗遇达。罗遇达进去后很快出来了,他拿着一叠钱说:"正好是一千元钱,你数一数。"

"怎么全是十块钱一张的。"妙龄女子接过钱数了一遍,正好是一百张。

罗遇达说:"咱们两清了。"

"你怕什么?我还能吃了你。"妙龄女子说。

罗遇达说:"你别来找我了。"

"你住在这儿,我记住了,想你的时候我来找你,你去找我也行。"妙龄女子说完走了。

罗遇达悬着的心放下来。他有些后怕,如果真被抓到公安局里就丢脸面了。他怕妙龄女子再来找他,在屋里想了一会儿,决定搬走。他不能继续住在这里了,要远离是非之地,除了搬走之外,他想不出更好办法。他去租房子了。

快过春节了,许多在风海打工的外地人回家过春节,有些人把屋子退了,这时空房子多,容易租到房子。

罗遇达租到了房子,马上搬家。房东看他搬家匆忙,没把余下的房租退给他,他也没打算要。他想百八十元的房租跟给妙龄女子的一千元相比太微不足道了。

罗遇达搬了家后,心想这回妙龄女子找不到他了,长出了口气,有了安全感。他又一想,如果罗忆莲来找他不也找不到了吗?

2

妙龄女子回到洗头房时,房门开了,她知道是赵强来了。

赵强坐在转椅上来回转动着身子,眼睛看着刚从外面进来的妙龄女子问:"你去哪儿了?"

妙龄女子说:"我还能去哪儿,去挣钱了呗!"

赵强的目光盯着妙龄女子的脸。

妙龄女子从包里掏出一沓钱,一张一张数着。她数得很慢,很有节奏。

赵强问:"出去一趟挣回多少钱?"

妙龄女子叹息了一声说:"不多,一千。"

赵强说:"一次一千你也干?太少了吧?"

妙龄女子说:"过年了,大款们都回家抱老婆去了,钱不好挣。可我天天还要花钱,有一千总比没有要好过的多。人不能总想着赚大钱,在没有机会赚大钱的时候,小钱也得赚,不然小钱也赚不着。我不想花老本,我不能像你那样荒废时光。"

赵强轻轻点着头说:"你说得有道理,值得我学习。"

妙龄女子的目光在赵强脸上扫了一眼，看赵强一副无精打采的神态，就知道赵强饭店里的生意不怎么样。她说："你总这样惨淡经营不行，你得想办法改变经营方式。"

赵强说："你不帮我，我的生意怎么会好呢。"

妙龄女子说："你别指望我去帮你，我不可能帮你。如果我帮了你，就害了我自己。你们这些臭男人，都是一个德性，没好东西。"

赵强说："你不能一打击，就打击一大片。"

妙龄女子说："我说得没错。"

赵强说："别忘了，你最终是要嫁给男人做老婆的。"

妙龄女子说："那可不一定。"

赵强说："你别嘴硬，你肯定会嫁人的，只是时间上的问题。你睁开双眼好好看一看，满世界的女人，有几个没嫁人的？"

妙龄女子说："我嫁人，也不会嫁像你这种男人。"

赵强说："只要你嫁人，就有可能嫁给跟我一样的男人。我是男人的代表，也是杰出的男人，这一代男人都像我这样。"

妙龄女子沉不住气地说："都像你这样厚颜无耻？都像你这样好吃懒做？都像你这样放荡？我跟你说，像你这种男人根本不叫男人。"

赵强问："不叫男人叫什么？"

妙龄女子没有回答。

赵强说："总不能叫两性人吧？"

妙龄女子讨厌赵强这副样子，把脸转了过去，不想理赵强。

赵强站起身，走到妙龄女子面前说："你是说我厚颜无耻吗？你是说我放荡吗？我再放荡一回，我让你脱得一丝不挂在屋里跳舞。"

妙龄女子躲开了，没顺从赵强。她拒绝了，说："咱们两个人只是寂寞时的伙伴，不会有别的，你不要想入非非，实际上你也不会对我想入非非。"

赵强心里也这样想。他跟这种放荡女人玩一玩还行，如果让他娶放荡女人当老婆是不可能的。他认为男人拈花惹草不是大毛病，如果女人这样，就是罪大恶极，不可宽恕了。

妙龄女子突然咯咯地笑起来。她笑声很甜，把赵强给笑蒙了。

赵强问："你笑什么？"

妙龄女子说："那个老头被我给骗了。"

赵强问："你又采取处女手段？这种办法还没过时？"

妙龄女子说："那个老头太笨了，他也不想一想，我的处女膜能给他吗？别说他是个干干巴巴的老头了，就算他是英俊小伙子也不行，因为我没有处女膜了。"

赵强问："你的处女膜给谁了？"

妙龄女子看了一眼赵强，没回答。她不是羞于开口，而是不想提起往事。她在兴头上是随便说的，没有往更深层说的想法。赵强这句话引起她的伤感，不禁让她回想起第一次跟男人发生性关系的往事来。那是她永生难忘的疼，也是永远无法治愈的伤疤。

赵强说："怎么不说话了？想不起来了，还是不想说？这有什么，女人的处女膜是要奉献给男人的，这是天经地义的事，不违背伦理道德。"

妙龄女子生气地说："你回家去问你妈，问你妈把处女膜给你爸了吗？"

赵强看出来妙龄女子是在报复他，故意让他难堪，他没因为妙龄女子说的话生气，安然处之地说："我妈的处女膜肯定是给我爸了，这不会有错，也毫无疑问。他们那一代人思想守旧，不像现在的人，提倡性解放。我真羡慕那一代男人，他们娶的女人都是处女，而现在的男人就不行了。这是男人的悲哀，也是男人的不幸。"

妙龄女子本来很生气，想报复赵强，没想到赵强不但没生气，没被她的话激怒，还说出这些话。妙龄女子没有生气的理由了。

赵强说："做女人真好。"

妙龄女子问："做男人很坏吗？"

赵强说："做男人很累。"

妙龄女子说："做坏男人是很累，谁让你们有非分之想了。今天如果这个老头不产生邪恶念头，不来洗头房，我怎么会折腾他呢。"

赵强下着结论说："肯定又是个外地老头。"

妙龄女子说："你别看他是外地老头，却有意思，口才也不错。他跟其他外地老头不同，他年轻时还写过诗呢。"

赵强说："诗谁都会写，就看写的水平了。"

妙龄女子得意地微笑着说："今天晚上老头肯定要做噩梦了。"

赵强说："不是噩梦，而是春梦。"

妙龄女子说："老头没白来一趟，看到了我的裸体，也算他有眼福。"

赵强问："他摸你了吗？"

妙龄女子说："我让他摸他都不敢。当时他手抖得不行了，神情紧张得要命，如果有心脏病肯定会被吓死。"

赵强走到妙龄女子的身前，伸手去解妙龄女子的衣服，色眯眯地说："是吗？你吓一吓我呗。"

"我没心情。"妙龄女子说着躲开了，她走到窗前，看着窗外的夜色。

赵强知道不能强求，坐到了椅子上，表现出悠闲自得的样子。

妙龄女子说："你这样下去不是办法，得想办法赚钱才行。"

赵强说："你说得对，得想办法赚钱。你知道那个老头住在哪儿吗？"

妙龄女子用异样的眼神看着赵强问："干什么？你想再敲诈他？"

赵强说："要一千也是要，要两千也是要，何不多要点呢？把这个老头榨干算了。"

妙龄女子说:“这不好吧?”

赵强说:“怎么不好,跟他还讲究人道主义精神吗? 如果讲究就别骗他,要是骗就骗到底。”

妙龄女子拿不定主意地说:“这样好吗?”

赵强说:“怎么不好? 这绝对没错,如果要到钱了,给你大半。”

妙龄女子领着赵强来找罗遇达时,罗遇达已经人走屋空了,妙龄女子没想到罗遇达搬家的速度如此之快。

3

罗忆莲无儿无女的,一个人在家养病这么久了,连个说话的人也没有,特别寂寞,非常空虚,想念罗遇达。春节一天比一天近了,她盼着罗遇达回家过春节。

她刚睡醒,听见院落外有脚步声,坐起身,从窗户向外看去,看见罗梅走进院里。她知道罗梅是回家过春节的。她原以为罗遇达能跟罗梅一起回来,现在看来罗遇达没回来。罗梅带来了罗遇达的消息。

罗梅拉开房门,走进屋,看着坐在炕上的罗忆莲说:“五娘。”

“你什么时间回来的?”罗忆莲高兴地问。

罗梅说:“昨天上午回来的。”

“昨天就回来了。”罗忆莲有点失落,心想罗梅昨天回来了,今天才来她家,有被怠慢的感受。

罗梅问:“你怎么没精神呢?”

“刚才睡了一觉。”罗忆莲说。

罗梅说:“白天你也睡觉?”

“不睡觉干什么。”罗忆莲说。

罗梅说:“白天睡了,你晚上还能睡着吗?”

“有时能,有时不能。”罗忆莲说。

罗梅说:“白天你尽量别睡觉,这样晚上睡得香。如果白天睡足了,晚上就睡不着了。”

“我没事做,躺在炕上不知不觉就睡着了。”罗忆莲说。

罗梅问:“病好点了吗?”

“比在风海好多了。”罗忆莲说。

罗梅说:“风海空气潮湿,咱这儿干燥,还是在家养病好。”

“宁子、赵娟、维娜回来了吗?”罗忆莲问。

罗梅说:“她们回来比我早。”

“你是跟海洋一起回来的?”罗忆莲问。

罗梅说:“我们俩一起回来的。”

“你不在鱼竿公司上班了吧?”罗忆莲问。

罗梅说:“不在了。”

“海洋妈从风海回来说你在鱼竿公司刷油漆,你娘很生气。”罗忆莲说。

罗梅说:“刷油漆不是为了多挣钱嘛。”

“挣钱也不干刷油漆的活,油漆有毒。”罗忆莲说。

罗梅说:“五爷让你去风海过春节。”

“他不回家过春节了?”罗忆莲说。

罗梅说:“五爷说他忙,不回来过春节了,让你去风海。”

“过春节工厂、公司都放假了,打工妹、打工仔都回家了,生意也不做了,有什么忙的。”罗忆莲不满意地说。

罗梅知道罗遇达不是忙,而是不想回老家过春节。她在这件事上没表态。

罗忆莲说:“眼看着过春节了,还让我去风海,这不是瞎折腾嘛。”

“五娘,家里还有点活,我回去了,咱们有时间再聊。”罗梅不想多说下去,起身走了。

罗忆莲穿上鞋,从炕上下来,送罗梅出了院落说:“你跟海洋有好几年没在一起过春节了,今年好好过个团圆春节吧。”

“五娘,你回屋吧。”罗梅说。

罗忆莲回到屋里闷闷不乐,她不愿意到外地过春节,在外地过春节没意思,更没心情,可她一个人在家也没有过春节的气氛。她找了几件衣服装在背包里,去风海找罗遇达了。

风海市的大街上张灯结彩,家家户户都在准备迎接新年。罗忆莲来到原来住的地方,房东说罗遇达搬走了。她问搬到哪里了,房东一摇头,不再理她了。她去哪里找罗遇达呀,茫然了。天气寒冷,空气潮湿得如同浸了水。她在街上没有目的地走了好长时间,也想不出办法。她不想马上返回罗家村,如果回去路费就白花了。天黑时她在街边一家小旅馆住下,准备第二天继续找罗遇达。

旅馆小,房屋简陋,没有取暖设备,被褥薄,不保暖,夜里把罗忆莲冻醒了,不停地打哆嗦。早晨起床,她哈欠不断,头发热,流鼻涕,看东西恍惚,感冒了。她自言自语地说:“这个老不死的,死到哪里去了。”

“你说谁呢?”旅馆老板站在她背后问。

罗忆莲没留意旅馆老板站在旁边,转过身,解释说:“没说你,说我家老头呢。”

“你还住吗?”旅馆老板问。

罗忆莲说:“不住了。”

“外面起风了,你穿的衣服少了,多穿点。”旅馆老板看罗忆莲有些可怜,但他很快打消了同情的念头,在风海每天都有外地人在为生活奔波,可怜人不只罗忆莲一个。如果见到一个可怜一个,谁能可怜过来。

一个住店的走到旅馆老板跟前说:“这个老太太咳嗽了一夜,烦死了。”

“人老了，毛病多，别计较。”旅馆老板说。

住店的说：“已经到春节了，老太太不回家，家里人能放心吗？”

“她好像是在找人，人老了，不容易。”旅馆老板看着罗忆莲远去的背影说。

罗忆莲想去问一问平时跟自己在一起卖小吃的其他人，可走遍大街小巷，也没找到一个，那些人回老家过春节去了。她开始恨罗遇达了，过春节不回家，非要让她到风海来，这不是折腾人。再说眼看着过春节了，搬什么家呀！她又在街上转了半天，仍没找到罗遇达。她不想找下去了，决定返回罗家村。如果不回罗家村，在风海找不到罗遇达，春节期间客车停运了，在春节她就成为流浪人了。她刚走到车站时，眼睛一亮，突然看见一个熟悉身影，那不正是罗遇达嘛。罗遇达也看见她了，朝她快步走来。顿时一股委屈的泪水夺眶而出，她哽咽地说：“你死到哪去了？”

“我来接你了。”罗遇达说。

罗忆莲问：“你到哪儿接我了？”

“这几天我天天来车站接你。”罗遇达说。

罗忆莲说：“我下车时怎么没看见你呢？”

“昨天吧，昨天我肚子不好，去厕所次数多，我从厕所出来时，从沂蒙老家开来的客车已经没人了。”罗遇达说。

罗忆莲朝厕所方向看去，风海客车站厕所在客车站北面，离车站有二十多米远。她说：“你去厕所去得也太巧了。”

“我也不知道你昨天来，如果知道，我拉在裤子里也不去厕所。”罗遇达说。

罗忆莲问：“你怎么搬家了？”

“春节时空房子多，房租便宜，换个好点的房子住得舒服。”罗遇达说。

罗忆莲说：“风海比咱老家冷。”

“这里潮湿。”罗遇达说。

罗忆莲说：“宁子、赵娟、维娜回老家过春节时跟你打招呼了吗？”

“罗梅和海洋跟我说了。”罗遇达说。

罗忆莲说：“还是罗梅这孩子知情知理。”

“我让罗梅给你捎的话，让你来风海的。”罗遇达跟罗忆莲朝住处走去。

从风海市长途公共汽车站到罗遇达的住处是一条笔直大街，街上车辆穿梭，行人来往奔忙，人们手里拿着东西。

罗遇达把罗忆莲领到新租的房子，感觉良好地说：“这个房子怎么样？”

“比原来的好。”罗忆莲说。

罗遇达说：“不好我能租嘛。”

“看把你得意的，一个月多少钱？”罗忆莲问。

罗遇达说：“跟原来房子同样价钱。”

“你给我弄点吃的，从昨天下了车，我还没吃东西呢。”罗忆莲的肚子咕噜咕噜叫个不停。

这些天罗遇达没买菜,屋里没吃的东西,他转身出去了,买回来两大方便袋吃的食品。他身上的钱花完了,到银行取了五百元钱留着过年用。

罗忆莲感冒了,身上发热,热得挺厉害。罗遇达让她去医院看病,她不肯去,她说:“去医院要花很多钱。”

“命比钱重要。钱没了可以再挣,命没了花钱买不来,花多少钱都去医院。”罗遇达认为去医院给罗忆莲看病不会多过给妙龄女子的钱。

罗忆莲在没嫁给罗遇达之前,对钱不是很看重,花钱随意。她嫁给罗遇达后花钱的观念发生了改变,罗遇达改变了罗忆莲对钱的认识。几十年过去了,罗忆莲养成了小气的习惯。罗遇达再想把罗忆莲改变过来,不是容易的事情。罗忆莲没听罗遇达的,死活不肯去医院。罗遇达火了,拉着罗忆莲往医院走。罗忆莲跟罗遇达在一起生活了大半辈子,还是第一次看见一向小气,不舍得花钱的罗遇达做出这个举动,让罗忆莲不解。她对罗遇达这个反常现象身感意外。无论罗遇达怎么说,罗忆莲还是不肯去医院,她到附近卫生所买了药。罗遇达妥协了,给罗忆莲熬了姜汤。罗忆莲感触地说:“我跟你在一起生活大半辈子了,还是第一次看见你这么大手大脚花钱呢。”

“挣钱不就是花的,总挣不花,还用挣。”罗遇达说。

罗忆莲说:“从前你可不是这么想的。”

“从前是从前,现在是现在,现在跟过去不同了。过去我不会生活,现在我会了。你想一想,咱们就两个人,无儿无女的,留那么多钱有啥用,活着不花,死了就花不着了。”罗遇达说。

罗忆莲说:“如果不是我听见的,我不相信这是你说的话。”

“我变了吗?”罗遇达变了。他的转变是从遇到妙龄女子后开始的,如果他不遇到妙龄女子,也许这辈子都不会改变守财奴的生活观念。

罗忆莲心里热热的,很开心。她用少有的幸福眼神看着罗遇达,沉醉在幸福中。

春节就这样来了。

第十二章
逃婚

1

汪稼宇和他老婆商量着给汪海洋办婚事。

汪海洋对婚事没有意见。虽然他跟罗梅在一起生活不是特别愉快，但也说不出什么不好。他是罗家村里的男人，还能娶什么样的女人呢。罗家村是贫穷的地方，贫穷意味没有选择幸福的资格和权力，他没有过多选择对象的机会。

罗梅不想结婚。她从前是准备跟汪海洋结婚的，现在她不这么想了，改变了主意。她的这种转变是从跟汪海洋同居后开始的。

汪海洋到风海打工后跟罗梅住在一起，过起了同居生活。

罗梅跟汪海洋同居后发现，要是让她一生委身于汪海洋还真下不了决心。她想到一旦跟汪海洋结了婚，必须遵守村里的老规矩，在家里生孩子。她生了孩子后，孩子小，离不开妈妈，不能到风海打工挣钱了。这就断送了她成为城里人的梦想。她不能断送自己的梦想，她还年轻，还有许多事情要做。她不能在这穷乡僻壤的沂蒙老家生活一辈子。她必须离开罗家村，离开沂蒙山，到城市生活。不管在城市打工有多苦，有多累，她都要去城市生活。那么，她现在就不能跟汪海洋结婚。

罗梅知道这个想法是错误的，是违背农村人思想道德标准的，不会得到任何人支持，所以她不能说出来，只能藏在心里。她用紧张而惆怅的眼神观望着婚事的进展情况，她在寻找实现梦想的出路和光明。

罗天地和罗梅娘想让罗梅早点结婚。罗梅眼看就二十二了，村里只有她一个大姑娘没结婚了，罗梅再不结婚就成了老姑娘，会有人说闲话的。罗梅结婚了，罗天地就少了一份心事。罗家同意办婚事，在为办婚事做准备。

罗梅没有理由推迟婚期，可她真想推迟婚期。她多少次在梦中醒来告诫自己不能结婚，可她又不得不面对现实。如果她毁约了会得到众叛亲离的后果。她想要是不嫁给汪海洋，还能嫁给比汪海洋更好的男人吗？她心里是矛盾的。她用试探的口气跟汪海洋说过几次，想推迟一年结婚，可汪海洋不同意。

汪海洋态度非常明确，也非常坚决，他说如果再去风海打工，也得结了婚再去，这是他最大的让步。

罗梅面对婚事忧心忡忡。

汪家原打算请罗遇达来做主婚人,可罗遇达没回来,只好另请他人。

罗家已经为罗梅准备好了嫁妆。罗梅在城市打了两年工,虽然挣的钱不算多,但在罗家村里还是数的上。所以罗家给罗梅准备的嫁妆,相对比村里其他出嫁女孩多了些。

春节前后正是农闲时节,罗家村里平时没什么可玩的,生活单调,把办婚事当成热闹来看。

随着罗梅和汪海洋婚期的临近,他们两个人的心情也各不相同,反差越来越大,正向两极迅猛发展。汪海洋高兴,快乐、忙碌,罗梅却心烦意乱、魂不守舍。她没感到幸福,反而感觉婚礼像一片阴云遮住了幸福的天空。假若她走进了这个婚姻,就不会幸福。她对这个婚姻产生了恐慌。她想了好几天,左掂量,右掂量,还是认为不能跟汪海洋结婚。她认为结了婚,就断送了人生的希望,无法实现梦想,她不能轻易断送了美好前程。她想离开。她紧张得要命。她的这个心事只有两个妹妹知道,两个妹妹帮不上忙。夜里罗梅躺在炕上翻来覆去睡不着,一筹莫展。

罗梅娘问:“你怎么了?”

罗梅说:“没怎么。”

罗梅娘问:“你怎么不睡呢?”

罗梅说:“可能在城里睡床睡习惯了,回来睡炕不习惯。”

罗梅娘说:“你从小在家里长大,去城市才几天,回家就不习惯了。”

罗梅想象着城市生活。

早晨罗凤刷牙时看罗梅坐在门前的石头上发呆,走过去问:“姐,你在想啥呢?”

“没想啥。”罗梅说。

罗凤说:“你骗不了我,我知道你在想什么。”

“你帮姐出个主意,你说姐该怎么办?”罗梅说。

罗凤说:“风海真那么好吗?”

“等你不上学了,你去看一看就知道了。不说别的,人家的厕所都比咱们住的房子好。”罗梅仿佛又回到了风海。

罗凤问:“你到底对汪海洋有没有感情?”

“怎么说呢……”罗梅没法说。她说有吧,有时也让她心烦,说没有吧,她还跟汪海洋同居了。

罗凤说:“你可真是的,你对汪海洋有没有感情都不知道吗?有就是有,没有就是没有。”

“说没有就没有,说有就有。”罗梅说。

罗凤说:“你这是说的什么话。你要是对他有感情,就跟他结婚。你要是对他没感情,就不跟他结婚。”

“不结婚怎么办?”罗梅说。

罗凤说:“你可以去风海呀! 你可以逃婚呀!”

“逃婚。”罗梅重复了一句。她觉着这句话挺有分量。她先是一惊,接下来眼睛一亮,像是看到了希望,她想也许这是最好办法。反正她下决心不能在沂蒙老家生活一辈子,要去城市生活。她决定去风海了。她知道家人不同意,只能悄悄走了。

她怎么才能走掉呢? 随着办婚事的日子临近,她心急如焚。

2

汪海洋和罗梅,还有汪海洋的表弟黑子赶着毛驴车到镇上买糖果烟酒,准备婚宴时用。天灰蒙蒙的,还有时续时断的冷风,有下雪的迹象。罗梅认为这是逃走的最好机会。他们走进一家商店时,罗梅说去上厕所。汪海洋和黑子在商店里等她。罗梅从商店里走出来,看见开往县城的客车停在不远处,以百米冲刺的速度飞奔过去。她刚上车,车就开走了。

车上的人不是很多,她回过头,透过车窗向外看去,车窗上全是霜,她看到的只是模糊的世界,同她此时的心情一样。

汪海洋和黑子不见罗梅回来,等着急了,他们走出商店找罗梅,他们找遍了附近所有厕所也没找到罗梅。天黑时他们赶着毛驴车回家了。

汪家和罗家都不明白这是怎么回事,于是找来李大仙,让李大仙帮着分析。

李大仙捏着下巴想了想说:“罗梅是不是不想结婚呢?”

“他李叔,你可不能乱说。现在罗梅不见了,你怎么能下这种结论呢?”罗梅娘反驳着说。

汪海洋妈认为李大仙说的话有些道理,她对罗梅有些不满意,顺着李大仙的话题说:“他李叔,你的意思是说罗梅为了不结婚跑了?”

“罗梅可能是去风海了。”李大仙说。

罗梅娘恼怒地说:“罗梅要是没回风海怎么办呢? 她从来没跟我说过不同意结婚,如果不同意,她会跟我说的。她更没说过去风海。海洋,她跟你说过吗?”

汪海洋没说话。

汪海洋妈说:“如果罗梅不想结婚,她不会告诉别人。她知道逃婚是大逆不道,要受到指责的,不会有人支持她。”

“你这么说有证据吗?”罗梅娘问。

汪海洋妈说:“如果有证据,咱们就不用坐在这儿说了。”

“没有证据不能瞎说。”罗梅娘说。

汪海洋妈说:“怎么是瞎说呢。”

“海洋,你说你娘说得对吗?”罗梅娘把目光转向了汪海洋。

汪海洋说:“先别争这个,先把人找到再说,人找不到说啥都没用。”

“海洋说得对，咱们得先找人。”罗梅娘赞成地说。

汪海洋妈说：“怎么找？”

“咱们去派出所报案吧。”汪海洋说。

汪稼宇说：“派出所能管这种事？”

“应该能管。”汪海洋说。

汪稼宇说：“这是家事，又不是刑事案件。”

“警察不是只管打架斗殴，杀人放火的事，这种事也管。”汪海洋说。

罗天地说：“海洋说得对，咱们应该去派出所报案。派出所不管，咱们再想不管的办法。如果派出所管不更好。”

“天地，要么你跟海洋去风海找罗梅，如果找不到，再报案也行。海洋对风海的环境熟悉，正好遇达也在那儿，如果罗梅回风海了，遇达肯定知道。”李大仙说。

汪海洋说：“先到派出所报案，报完案再去风海。我怕罗梅被人贩子拐骗了。”

“罗梅是大人，人贩子怎么能骗走她呢。”李大仙说。

罗天地说：“人贩子把咱们这儿的女人骗走的可是不少。”

“那些女人不是人贩子骗走的，而是自己愿意跟人贩子走的。人贩子花言巧语说带她们去好地方，她们想过富裕生活，信以为真才走的。人贩子既没绑架她们，也没给她们喝迷魂药，如果自己不走，人贩子也骗不走。”李大仙说着自己的看法。

罗天地说：“你怎么帮人贩子说话呢。”

“我是公正地说。”李大仙说。

汪稼宇说：“你跟人贩子是同伙。”

“如果我有人贩子的本事就好了，就不用打光棍了，我也骗个媳妇回来，生个儿女，传宗接代。”李大仙说。

汪稼宇说：“开玩笑，别当真。”

“现在咱们共同目的是找到罗梅。”李大仙说。

汪稼宇说：“天地、海洋，咱们三个人一起去镇上。你们两个直接去风海。我去派出所报案，在镇上和县城找罗梅。家里有消息通知你们，你们在风海有消息通知家里，这样两边一起行动，不会误事。”

“这个主意好。”李大仙称赞说。

3

镇派出所值班室里只有两名警察值班，其他警察放假回家过年了。警察听汪稼宇把事情说完，想了片刻，问：“你知道罗梅在哪家商店上的厕所吗？”

汪稼宇说：“当时我没来，不知道。”

警察问：“你知道罗梅跟谁来镇上的吗？”

汪稼宇说：“她跟我儿子一起来的。”

警察问:“你儿子在哪儿?让他来一趟吧。”

汪稼宇说:“他不在家,去风海了。”

警察用警觉的目光看着汪稼宇问:“你儿子去风海干什么?”

汪稼宇说:“去找罗梅了。”

警察问:“你们怎么知道罗梅去风海了?罗梅跟风海什么人有联系?”

汪稼宇说:“罗梅在风海打过两年工,我们猜测跟她有联系的人肯定不少,可她具体跟谁有联系不清楚。”

警察问:“罗梅跟谁去风海打工的?”

汪稼宇说:“跟罗遇达。”

警察问:“罗遇达是干什么的?”

汪稼宇说:“罗遇达是我们村农民。他把地让别人种了,自己去风海做生意了。”

警察问:“罗遇达跟罗梅是什么关系?”

汪稼宇解释说:“罗梅叫罗遇达五爷。”

警察说:“这么说罗梅的五爷在风海做生意,罗梅去风海打工是她五爷让的。”

汪稼宇说:“罗梅跟罗遇达没有亲戚关系,只是同村同族的。听我儿子说罗梅跟五爷的关系不太好。她不可能在婚期来到时偷着去风海找五爷。”

警察问:“你儿子没说罗梅跟罗遇达关系不好的原因吗?”

汪稼宇说:“没说。”

警察问:“你感觉是什么原因?”

汪稼宇说:“可能是罗梅看不惯罗遇达的处事方式吧。罗遇达小气,愿意占小便宜。”

警察问:“罗梅近来有什么反常行为?”

汪稼宇想了一下说:“没发现有不对地方。”

警察问:“罗梅跟你儿子的感情怎么样?”

汪稼宇说:“挺好的,不然能准备办婚事嘛。”

警察说:“这么说罗梅跟你儿子的感情没有问题了。”

“应该是没问题。”汪稼宇点了一下头。

警察不问了,停了片刻,做出结论说:“现在有两种可能,一种是罗梅去风海了,另一种她是被人贩子拐骗走了。在这两种可能出现的情况中,被人贩子拐骗走的可能性大。因为罗梅要跟你儿子结婚了,没发生感情问题,没产生矛盾,不可能在婚期到来时,不跟任何人打招呼,无缘无故一个人私自去风海。再说,她从风海回来不久,过春节了,没必要现在回风海,更何况她是在来镇上买结婚用品时失踪的。”

汪稼宇说:“这么说罗梅是被人骗走了?”

警察说:“不能完全下这种结论,但这种可能性非常大。当然咱们只是推测,没证据。”

汪稼宇问:“那怎么办?”

警察说:“你别急,咱们先查找一下,找不到再采取别的措施。如果你知道她在哪家商店上的厕所,调查起来会顺利得多。”

汪稼宇想起来了说:“黑子能知道,那天他也来了。”

警察问:“黑子是谁?”

汪稼宇说:“黑子是我外甥。”

警察问:“黑子在哪儿?”

汪稼宇说:“在罗家村呢。”

警察问:“你怎么来的?”

汪稼宇说:“赶毛驴车来的。”

“走,咱们去找黑子。”警察让汪稼宇坐上警车。

汪稼宇上了警车,扭过头看着拴在树干上的毛驴车,有点不放心,担心被贼偷走了。

警察说:“你放心,毛驴车在这丢不了,如果在派出所门前丢了,真是胆大妄为,无法无天了。”

警察开着警车朝罗家村驶去。

罗家村的人们原本对罗梅就议论纷纷,说三道四,警察来了,更是好奇了,如同发生了命案。罗梅在结婚前突然失踪的消息成为爆炸性新闻在罗家村传开了。人们猜测罗梅有可能是被人拐骗走了,要么是跟人私奔了。

警察找来宁子、赵娟、维娜等几个女孩了解罗梅在风海打工时的情况。宁子、赵娟、维娜她们把罗梅在风海的情况如实反映给了警察。警察了解完这些情况后,认为罗梅失踪跟在风海的社会关系联系不大。警察找到了黑子,详细询问了那天跟罗梅去镇上的事情。

黑子回想着,讲述着。他坐上警车来到镇上,领着警察来到罗梅上厕所的商店。

虽然商店老板记得黑子他们三个人来买东西的事情,但罗梅来商店时是正常的,没有异常表情,提供不出找人的线索。

警察搜查了商店附近的所有厕所,也没找到罗梅,然后又对附近的住户进行了排查,依然没发现一丝线索。镇派出所把这件事上报了县公安局。

县公安局在全县下发了寻人启事。

罗梅的突然失踪轰动了整个县城。

第十三章

好马也吃回头草

1

罗梅怀着忐忑不安的心情回到了风海。她知道家人不会原谅她，她知道家人会来风海找她，她不能让家人找到她，她不能让罗家村的人知道她住在哪里。她回到在风海的住处后像惊弓之鸟，坐立不安。她不能继续住在这里了，得换个新住处，躲起来，去找房东退房。

房东看见罗梅愣了一下，心想马上过年了，不在家过年回到风海干什么呢？房东像是在看一团迷雾，很费解。房东对打工妹向来是不理不睬的，看着罗梅背着行李离开，关上院门回屋了。

罗梅在风海生活这么长时间，在租房方面积累了经验，哪里有房子出租，哪里的房子租金便宜，她一清二楚，她顺利租到了房子。

她放下行李，到街上买了些馒头、饼干、火烧等能存放时间稍微长些的食品，准备留着过年吃。到了年中，街上就没有卖食品的小商贩了。

一个人的日子是寂寞无聊的，她在屋里待烦闷了，到街上走动。虽然街上冷风习习，但能帮她消磨时光。

那天她在街上游荡，远远地看见罗天地和汪海洋，慌忙躲开。她猜测他们俩是来找她的。她想象不出家人在她逃婚后的愤怒情景，只是感觉这个年过得特别孤独和无助。她在考虑年后怎么生活，怎么才能在风海继续生活下去。她已经没有退路了，必须在风海生活下去。从她逃离沂蒙老家那天起她就成为众叛亲离的人，不能回罗家村了。

她在罗家村人眼里是个坏女人，是个劣迹斑斑的女人。

罗梅躲开了罗天地和汪海洋的追找，她还要继续躲藏下去。她为了不暴露目标，不走漏风声，不被家人发现，毅然断绝了与同乡小姐妹的所有联系。她知道她们会把她的情况传回罗家村去的。

罗梅心理压力特别大。

她在四处找工作，但没找到。她想进外资企业里工作，外资企业工资高，待遇好，工作环境舒适，但她已经超过外资企业要求的年龄了。她不想进私营企业里工作，她担心干了活要不出工资。她不能再吃在宝利达渔具有限责任公司工作的亏了。那时她有找老板要工资的勇气，现在她没有了。她找不到工作，思想负担沉重，吃不下饭，睡不着觉，人开始瘦了。她的存款快要花完了，眼看着积蓄在减少，心像刀割一样难受。她恨汪海洋，这是发自内心深处的恨，要不是汪海洋来风海扰乱了她的生活，要不是汪海洋影响了她在冷藏厂的工作，她在风海生活得很快乐。她现在最少应该有一万多元存款。现在她不但生活没了规律，没了工作，更别说存款了。她这点积蓄很快会消费完。她没有进钱渠道，为了节省支出，只能维持最低生活标准。开始她是以十元钱来计算花掉的钱，现在她已经以一元钱来计算了。她想要是再找不到工作，想不出挣钱的办法，用不上多久就要用角或分来计算了。她好像看到了饥饿的影子正慢慢包抄过来，那是什么滋味，她是能想到的。她不能再节约了，她已经每天只吃两顿饭，并且吃得不是很饱，更别说吃的东西有多好了。她见到街上卖吃的小商贩会产生强烈的食欲，有意占有那些食品，想一口把那些食品全部吞掉，让那些食品变成维持生命的激素，产生能量，可她没那种口福。

她走路时的步子不像原来那样有节奏了，每抬起一次脚都非常吃力。她的肚子还在咕咕地叫着，如同翻江倒海一般。她已经被饥饿这条狼追上了，形影不离，逼得她走投无路，胆战心寒。她想摆脱掉，可饥饿紧追不舍。她想不出快速赚钱的好方法。现在就算是她找到了工作，也等不到发工资的日子了。她的房租到期，房东是不会允许她拖欠租金的。她必须找一份立竿见影的工作，干了活最好当天能拿到报酬。如果她再找不到挣钱的办法，再不付房租，有可能被房东扫地出门，有可能流落街头。可那种立竿见影的工作在哪儿呢？她想只有在餐馆里才能找到。大部分餐馆是管员工吃饭的，就算当时拿不到工资，也不会被饿着。她找到了在餐馆里当服务员的工作。老板说管吃管住。她没有马上搬到餐馆来住。她拖欠房东的租金，要等发工资后才能付上。她不结算清房屋租金，房东是不允许她搬走的。房东像看犯人一样看着她，生怕她私下逃掉。她不愿意看见房东怪怪的眼神，尽量回避着。她盼着发工资的日子，只要付了房租，就不用鬼鬼祟祟地躲着房东了。她在餐馆里吃饭得到了口福，委屈的肚子得到了满足。她吃的饭很多，简直让老板和其他员工目瞪口呆。她很幸福，可这种幸福日子没长远存留下来。老板很快辞退她了，起因是她把一盆洗菜水洒在顾客身上。其实老板是对她怀有戒心，只不过是借题发挥罢了。老板经常在罗梅不注意时偷偷观察她，老板发现她总是盯着盘子里的食物发呆，好像要偷吃东西似的。她失去了工作，就失去了填饱肚子的唯一来源。不过还好，她趁老板和其他员工不注意时，从餐馆里偷出来十几个馒头和面饼，这些食品足够让她吃上几天的了。她把偷来的馒头和面饼藏在床下的塑料袋中，时不时拿出来看一眼，怕它们不翼而飞。她计算着能吃多少日子。天气不算热，能存放住，如果天气热，存放不住。她对仅有的一点食品都精打细算，危机感笼罩着她。

房东看她的眼神跟过去迥然不同了,这是鄙视的目光。过去房东不用这种目光看她。她心想只不过才拖欠房东两个月的房屋租金,两个月还多吗?人对钱的占有欲真是太强了。她看重钱,别人同样看重钱。钱是世界上最好的东西。她再次对自己说:我得去挣钱!

她不止一次这样对自己说,说过多少次已经记不清了,说是好说,可到哪儿才能挣到钱呢?她不知道,非常迷茫。她在街上没目标地走着,不自主地来到了赵强开的黄海饭店门前。她犹豫了一下,仰头看了看饭店门上的招牌,走进去了。

赵强好像已经不记得被罗梅拒绝的事,伸手捞过身旁的电暖风说:"今天挺冷的,快暖和暖和。"

罗梅没客气,坐在椅子上,往电暖风前凑了凑。她把两只白嫩无血色的手伸到电暖风前,暖流通遍全身。

赵强往罗梅身前挪了挪,转过头冲着店员小宋说:"真没眼色,还不快给罗梅小姐倒杯水。"

小宋开玩笑地说:"你怎么改口了,这不是表姐嘛。"

"哪来这么多废话。"赵强斥责地说。

罗梅流露出惊慌的神色,手足无措。她听到"小姐"两个字,有点不自然。她心想,为什么不能这样称呼她呢?小姐这个称呼已经不是什么新鲜词了,很平常。同为女人,别人能用这样的称呼,她为什么不能用呢?她是应该用的。论相貌,她不比风海本地女孩差。她听人家小姐长小姐短地叫,心里痒痒。小姐这个称呼一直跟她无缘,这是少有的几次。李婧雨她们称她不是小姐,而是大姐或姐。大姐、姐与小姐有着本质的区别。赵强叫她小姐,她像是被电了一下。

小宋端着两杯开水走过来,把水分别放在赵强和罗梅面前的桌子上走开了。

赵强伸出有力的大手握住罗梅这双娇嫩的小手,显得漫不经心。

如果说罗梅刚才是触电了,现在她完全是通电了。她想抽回手,可没抽动。她扪心自问:城里男人也许都这样,自己是不是过于保守了?她不敢正视赵强,在用余光看赵强,她看不出赵强有什么非分之想。

她还不了解男人,还不懂跟男人做游戏的规则。

赵强表情没有丝毫变化,像什么也没发生似的,过了好一会儿体贴入微地说:"你的手这回热了,刚才真凉。"

罗梅感受到了温暖,知道有电暖风真好。在这个冬季里,她还是第一次感觉到温暖,她更加渴望过这种日子。她的手出汗了,不自主地说:"风海的春天和冬天一样冷。"

赵强笑着问:"你是在家过的春节吗?"

罗梅点了一下头,没说出实情。她认为没有说实情的必要,这是她第一次说谎,有了第一次,就会有第二次,第三次……这是她思想的转折点。

赵强问:"从你家到风海需要坐多长时间车?"

罗梅说:“这不一定,路好走,能快些。路不好走,就慢点。坐轿车一个时间,坐客车是另一个时间。”

赵强问:“坐轿车几个小时?”

罗梅感觉轿车离自己那么遥远,那么不现实,扫兴地说:“我还没坐轿车回过家呢。”

赵强说:“以后你可以坐轿车回家。一辆轿车没多少钱,买不起好的,还买不起不好的。”

罗梅说:“不好的我也买不起。”

赵强说:“你在工厂里做工肯定是买不起。不只是你买不起,别人在工厂里当工人也买不起。在工厂一个月才能挣多少钱?忙活一辈子,累得要死,也仅够吃饭的。”

罗梅说:“不做工还能干什么?”

赵强说:“买轿车的人很少有在工厂里当工人的。你在韩欧美电子有限责任公司干过,知道公司里的工资标准。韩欧美电子有限责任公司算是好公司了,不好的公司还挣不到这么多钱呢。”

罗梅说:“我没本事,只能当工人。”

赵强说:“本事是逼出来的。”

罗梅没有心思听赵强长篇大论,直截了当地问:“你这里聘用服务员吗?”

赵强问:“谁来?”

罗梅说:“我来。”

赵强问:“你是开玩笑吧?”

罗梅说:“我是认真的。”

赵强说:“来吧。”

罗梅问:“一个月多少钱?”

赵强说:“按劳取酬,多劳多得,没标准。”

罗梅没有选择的余地了,她是不能等到把那些干巴馒头吃完再来工作的。她体验过挨饿的滋味,她不想再挨饿,挨饿会让她产生绝望,她不能绝望,她还年轻,还想过好日子,还有对生活的憧憬。她要实现成为风海人的梦想,她想留在风海,想有车有房子。她不比别人缺少什么,别人有的她想有,别人没有的她也想有。她不像原来那样拒绝当服务员,她想只要能挣到钱就行。此刻她想留下来工作,感觉赵强说话语速太慢。

赵强留她吃了饭,她感觉到了快乐,幸福的笑容呈现在她忧郁的脸上,让人很容易产生怜悯之情。她没说没有工作,也没流露出急着找工作的想法,更没说欠房东的租金。凡是对她不利的实情,她都没说,她必须把自己伪装起来。她必须做出来这里工作行,不来工作也无所谓的样子。虽然她心里着急,急着得到这份工作,可这种想法只能放在心里,她只能在心里默默承受苦难与痛苦。她知道雪中送炭的人没有，雪上加霜的人随处可见。她吃饭时没敢吃饱，怕吃得太多引起赵强的注意，她不能让赵强看出她饥饿时的狼狈相。她吃了七成饱，停下来，做出酒足饭饱的样子，放下了筷子，把椅子往旁边移了移，离开桌子，离开食物的诱惑。这是折磨人的，强烈的食欲感像拖车似的让着她不时朝桌子上看。

赵强不紧不慢地放下筷子，用餐巾纸擦着嘴角问："你准备什么时间来上班？"

罗梅说："你是老板，要听你的。你让我什么时间来，我就什么时间来。"

赵强笑着说："你把阶级立场分得很清楚。"

罗梅说："我说得不对吗？"

赵强说："千真万确。如果你这么想应该能干好，能赚到钱。"

罗梅问："我什么时间来工作比较合适？"

赵强把目光移向别处，没马上做出回答。他好像没把这件事放在心上，做出模棱两可的样子。他是有经验的，对这种事不能操持过急，过急会适得其反。他把目光移回到罗梅脸上，看着罗梅期待的眼神，猜测罗梅的想法。

此刻罗梅和赵强像两块磁铁一样，只有调整好位置，才能吸到一起，调整不好位置，会相互排斥，分道扬镳。

罗梅怕失去这个工作，如果失去了，会再次陷入贫困境地。她不能放弃这次改变生活的机会，不能眼看着到手的工作跑掉。她没资格考虑工资是多还是少，只要能吃饱饭就可以了。她说："你要是急着用人，我可以马上来上班。"

"饭店里当然急着用人了，可用的人要能进入角色才行，如果进入不了角色，不如不用了。"赵强说出了想法。他在提醒罗梅来的职责，应该怎么做。

罗梅明白赵强话里的意思。她说："我只要来了，就会很快进入角色的，也能按照客人的要求做，这方面你尽管放心。"

"只要你做的能让客人满意，报酬肯定少不了。我不是小气人，有钱大家赚吗。"赵强爽快地表明了态度。

罗梅想改变艰难的生活处境，她太需要钱了，对报酬看得很重。

赵强对罗梅态度上的反差感到意外。从前他请罗梅来干这种工作，罗梅都不来，现在罗梅自愿来干，这让他想不通。他好像也想到了什么，突然对罗梅有点失去了兴致。他不相信女孩会轻易主动干这种事。他先后招聘过几个女孩，但都跑掉了，罗梅也是跑掉中的一个，可罗梅又回来了。她是唯一一个回来的。他想罗梅为什么回来呢？罗梅明白工作的性质，但没拒绝，而是无条件接受了。赵强拿不定主意，想了解罗梅的生活情况，便问："你还住在田寡妇家吗？"

"早就不在那儿住了。"罗梅说。

赵强问："不在那儿住，你住在哪儿？"

"换了几个地方。"罗梅说。

赵强问："为什么经常换地方呢？"

"哪儿的房租便宜就住在哪儿。"罗梅说。

赵强说:“你搬进饭店住,我不收你房租。”

“好呀。”罗梅说。

赵强认为罗梅来饭店,能给饭店带来不错的生意,同意罗梅马上来工作了。

罗梅高兴得差点跳起来。赵强让罗梅把身份证拿来做抵押,罗梅没任何反驳的意思,马上跑回住处取来身份证。赵强接过罗梅的身份证看了一眼,把身份证扔到自己的衣服兜里。罗梅明白赵强这么做是为什么,她没有吃惊,更没有多问。当天晚上她就住在饭店里了。

平时赵强晚上是住在饭店里的,这天他没住,回家住了,他在试探罗梅的胆量。从前罗梅没进城打工时胆子小,不敢走夜路,在风海打工的日子里,经历的事多,胆子大起来了,什么地方都敢住。她感到了温暖,好像住进了自己买的新房子一样安心。她住在饭店里要比住在租的小屋里幸福,舒服。她失眠了,久久不能入睡。她幻想能有属于自己的房子,能有像样而温暖的家。她想着想着就想起了汪海洋。汪海洋能给她这样的家吗?能给她这样舒适温暖的生活吗?能让她成为风海人吗?她一连问了十多个这样的问题,最终只有一个答案:不能。绝对不能。她知道汪海洋除了能把她从美丽的风海带回沂蒙贫困的老家外,什么也不能给她。汪海洋不能给她幸福生活,只能给她贫穷。她不能回沂蒙山,她已经走出来了就不能回去。她要改变自己的生活质量,改变命运。

2

第二天早晨赵强来到饭店时,服务员小宋和厨师贾师傅还没来上班。罗梅穿上衣服,还没洗脸刷牙。赵强在大厅走了一圈,在罗梅面前站住问:“晚上你一个人住在饭店里害怕吗?”

“害怕什么,又没有狼,又没有虎的。”罗梅说。

赵强说:“如果遇到抢劫的呢?”

“钱你拿走了,有什么好抢的。屋里的东西能值多点钱。”罗梅说。

赵强说:“如果不是抢钱,而强奸你呢?”

“不会发生这种事。”罗梅说。

赵强仔细看了看屋里的物品,没发现丢失东西。赵强没给罗梅安排活干,罗梅没事做闲着,主动找活干。她招呼客人,打扫卫生,向客人介绍菜的名字,介绍菜的营养价值,对身体的好处,极力让客人满意。

那天晚上赵强喝了酒,没回家。罗梅没有拒绝赵强的要求,像只温顺的羔羊投入赵强的怀抱。

罗梅知道这件事早晚都要来临,虽然有心理准备,还是紧张。她毕竟是第一次跟陌生男人上床,两个人没感情基础,完全是商业性的交易,用肉体做交易显然是违背良心的。她努力让自己适应,想跟汪海洋睡觉跟赵强睡觉没什么两样,安慰自己往开处想。她想都是一回事,也是一种感觉,这样一想,她放松了,也适应了。汪海洋除了跟她睡觉之外,什么都没给她。赵强给她工资,给她住处,给她饭吃呢!赵强给她这么多,她应该回报,尽可能让赵强开心满足。

罗梅已经把真正的爱情当成不正当的感情对待了,开始用另一种思维来看待人生,对待生活。她好像是面对一个变色的世界。

世界在她眼里是畸形的。

在这个世界里她是无助的,她面对的是个危机四伏的社会。在风海这座城市里,没人帮助她,她一个人孤军奋战。她已经四面楚歌了,只有背水一战。她没有其他的反抗能力和防身武器,只有用女人这一天生的特殊资源和优势,来改变眼前的生活处境。她是第一次利用这种优势来征服男人,改变生活。

罗梅相信能有收获。她相信所有的男人都喜欢跟女人做爱,这是人性的本能。男人是世界的统治者,女人可以通过征服男人来统治世界。一时间她野心勃勃,目空一切,露出胜利者的容颜。

赵强没料到罗梅这个从沂蒙山区来的打工妹,在床上是风情万种的女人,反而他显得很笨拙,他很快调整了心态,进入角色。他看罗梅不是处女,心里不痛快。虽然他心里不舒服,但不能把罗梅不是处女的事情直接说出来,那样会打消罗梅的积极性。他不能往罗梅身上浇凉水,要鼓励罗梅往前冲。一夜过后他给罗梅两千元钱。他知道罗梅不值两千元钱,他是想用这两千元钱打开罗梅这扇封闭的思想之门,想给罗梅一个甜头,让罗梅知道用这种方式挣钱比较容易。他最终的目的是想让罗梅继续干,把这种行为发扬光大,为他的黄海饭店效力。

现在的罗梅已经不是从前的罗梅了。从前的罗梅可能是处女,现在的罗梅不是处女,这是得到验证的。

女人是不是处女对男人来说很重要,这是不可改变的传统观念。处女膜值万金,花万金也未必能买得到。因为这是唯一能验证女人有没有过性生活的物件。这个物件是原生的,具有自然风貌,一旦损坏不可再生。

男人都有破坏女人处女膜的嗜好,这是男人共同的生理本性。这种破坏能给男人带来快感,能体现出雄性的威猛,也是生命的享受。按照法律规定,在正常情况下,每个男人一生中只有一次破坏女人处女膜的机会。因为法律规定一个男人只能跟一个女人结婚,不得重婚。男人的这种欲望是受到约束和限制的。如果男人有第二次或第三次……破坏女人处女膜的机会,都是非正常的或者是违法及犯罪的,男人是要为这一欲望付出代价的。男人在付出金钱后,想重新体验破坏处女膜时的快乐。

男人喜欢在女人身体上兴风作浪胡作非为。

赵强下的是个诱饵,他相信能钓上一条大鱼。

罗梅拿到两千元钱显得异常兴奋,她没想到只是一夜工夫,就挣到了比在冷藏厂辛辛苦苦干一个月活还多的钱。从前她只知道冷藏厂的钱好挣,没想到还有比那更好挣的钱。她把这笔钱放在内衣兜里,用手捂着,生怕被人抢走。她埋怨自己笨死了,跟汪海洋在一起住了大半年,汪海洋不但没给她钱,反而还管她,还花她的钱,还使她丢了工作。她这是图的什么?她如果不跟汪海洋住在一起,而是跟别的男人住在一起,这大半年说不上能赚多少钱呢?可能她已经买上房子了。就算买不上房子,也会过上衣食无忧的舒适日子,绝对不会陷入贫困的沼泽中,走到挨饿的地步,她越想越后悔。为了弥补遗憾,她很快又投入另外一个男人的怀抱。

这是个完全让她陌生的男人,在这之前他们连面都没见过。罗梅陪男人吃过饭,喝过酒,就上了男人的轿车。

罗梅来到男人家时才知道男人的家比黄海饭店还豪华。男人承诺如果罗梅能让他满意,可以把这个房子送给罗梅。罗梅让男人得到满足后,男人却说罗梅不值钱,没有让他满意。男人说罗梅不是第一次跟男人睡觉了。男人要的是第一次做爱的女人,男人要的是处女,男人要的是在做完爱后,能从女人胯下流出血来的那种女人。男人对罗梅在性交时做的成熟与未成熟之间的动作反感,说罗梅是个下三烂女人。

罗梅听到男人说这话,吃惊不小,她是第一次听到这种话。她没想到在做爱方面会有这么多知识。她很失望,但她很快恢复过来。她清楚不可能和所有男人都是第一次,每个女人只有一个处女膜,给男人的处女膜也只有一回,做过第一次爱,就不会再有处女膜了。这就好比一面镜子,被打破了,就算恢复好了,还会留有痕迹,这个痕迹是永存的,无法消失。她把第一次奉献给了汪海洋,把处女膜献给了汪海洋,这让她少挣多少钱?她虽然没有嫁给汪海洋,但对汪海洋也算够意思了。汪海洋又给了她什么呢?汪海洋不过是成为破坏她处女膜的刽子手,别的什么也没有给她。她离开汪海洋一点悔恨的意思也没有,她庆幸早点离开汪海洋了,不然要少挣多少钱。汪海洋差点毁掉了她的幸福生活。汪海洋与这个男人没法比,这个男人给了她三千元钱。她接过这三千元钱,手在颤抖,有点不敢接。她认为自己不值这个价钱,她自责为这个男人做得不够好,不到位。她是以做服务来收取报酬的,人家给她多少钱,她就要给人家做到什么标准的服务。她还在犹豫,男人不耐烦地向她挥了挥手,让她离开。

没几天时间罗梅就赚了五千元钱。这钱来得太容易了,跟在大街上捡的没什么区别。因为钱来得过于容易,反而让她感到不安。她认为这种生意不用天天有,每个星期有一两次就可以了,一年下来能挣十几万。这还是开始,她对业务不熟练,要是熟练了或许会赚到更多钱。她没事的时候琢磨着怎么对付男人,怎么能让客人更舒服更满意,男人满意了才愿意给她钱。

老客人赞赏她进步快,新客人被她弄得神魂颠倒。她从开始两三个星期接一次客,到每星期接两三次客进步很大。她对这个工作很满意,觉着报酬丰厚。她有时想做一下回报,但她看出来赵强对这种回报不感兴趣。赵强从那次碰过她后再没碰过她。她知道赵强对她是满意的。在来找她的客人不断增多的同时,饭店里的生意也好于过去。她打算不要赵强的工资,又下不了决心,她认为应该拿工资。可没过多久赵强不给她发工资了。赵强不给她发工资,也没像过去那样伤害她,而是细心婉转地向她解释,说她是在用饭店的招牌来赚钱。她认为赵强是在利用她来赚更多钱。她刚来饭店时,饭店门前冷落,经营艰难,到了入不敷出的地步,现在饭店里的生意红红火火,证明她发挥了作用。他们是相互依靠的,不能说谁占谁的便宜,应该谁也不给谁钱才对。说来说去不还是赵强说得正确吗?可她想不通,觉着有点憋气,她认为赵强在欺负她。她想给赵强点颜色看,她相信现在的她是有这个能力的,不再是刚到黄海饭店来工作的她了。自从她付完房东的房租后就搬到饭店来住了,她觉着住在饭店里,就像小鸟被关在笼子里,失去了自由的天空一样。她早有搬出去的想法了,借这个机会可以搬出去。赵强也没有留她。这回她没有去租那些小平房,而是去找房屋中介所,通过房屋中介租了楼房。

这是个套二楼房,屋里有电话。从前她不知道套二楼房有多少平方米,她住进去后知道了。她一个人住觉着空荡荡的,她想要是有属于自己的房子就好了。她现在只有几万元钱,离买房子钱还差很大距离。她是不可能贷款买房子的,因为没有人给她做担保,再说贷款的压力也过大。她租房子没那么大压力。过去她租的是每月几十元钱的房子,这回是每月三百元。虽然房租比原来贵很多,可收入跟过去迥然不同了。她运气好的时候一次就能赚到几千元,运气不好的时候也不下百元,没感觉到租房子有经济压力。她住在楼房里,心情好了没几天就显得伤情了。

她没有朋友,想找个说话的人都找不到。她每天除了独守空房外,就是上街。她远离了人群,也好像远离了生活,像是生活在真空里一样。她心头时常会涌起思乡之情,可她又能跟谁诉说?

她想找罗遇达和罗忆莲。她逃婚离开家后没去过罗遇达那里,更没去过同乡打工姐妹那里,她不知道他们会什么样的目光看她。她没有勇气见他们,她不想让他们了解她的情况。

她孤独,她寂寞,她无助。

在这孤独与无助中,她把目光盯在挣钱上,现在她的目的就是挣钱。有个老板来找她,她把几张房租收据递给了这个老板,老板帮她把房租报销了。这样每月她又能省出三百元钱来。

罗梅钻到钱眼儿里了,把赚钱作为生活唯一目的。她变着方法,绞尽脑汁,从客人身上弄钱。有时客人来的时候,她说还没吃饭呢,客人或者带她去饭店吃饭,或者打电话让饭店把饭送来。有时她对客人说衣服旧了,不够穿,客人毫无二话,带她去买新衣服。她只花别人的钱,自己的钱一分不舍得花,基本上是挣一分钱存一分钱。她用女人的身体换取丰衣足食的优越生活,她在拼命积攒钱。

她想做女人真好。

她想做女人挣钱真容易。

她想女人的身体是挣钱的最好资源和工具,她要利用好这个工具和资源。

罗梅发誓要赚很多钱,她要实现梦想,她要买房子,买轿车,她要……

可她很快发现这些客人对她不像开始那样感兴趣了,客人给她的钱不像原来那么多了,她对客人也不像过去那样有激情了。这就好比农民对待一片看不到希望的土地,懒得去开垦,她开始焦虑了。

傍晚的时候她坐在马路边上,看着穿着形形色色服装的打工妹、打工仔从身边走过,若有所思地回想着当初她来风海的情景。她真想找回那种激情,可她找不到了,时光已经逝去,无法挽回。她觉着自己像个上了年岁的老太太,缺少年轻人的活力和动感。她不想接客了,可她又不舍得花掉已经到手的钱,更不舍得放弃赚钱的机会。她没有别的挣钱方式,不知怎么办才好。

这天一位客人刚进她的房里,门外就传来阵阵敲门声。她开了门,门口站着三名治安员。

三个治安员用质问的口气询问罗梅和这位男人是什么关系,在屋里干什么。

罗梅慌了手脚,说不出话来。幸亏这个男人在应付这方面有经验,安然处之地把话题接了过去。治安员不相信地看了看,没有证据,说了些不入耳的话离开了。治安员一走,男人便对罗梅大发雷霆。罗梅知道客人最反感遇到这种事情。她面对摔门而去的客人,坐在那里发呆。

接下来的几天,治安员又来过罗梅的屋里几次,治安员说有人举报她在这里做不合法生意。她否认,可底气不足。她感到不安全,不能住在这里了,搬到另外一个小区里。这回没人给她付房租了。她找了个小点的房子。

这个房子位置不如原来的好,不过要比原来的安全,因为周围没人认识她,她需要陌生的环境,可来找她的客人很少。她的电话号码没变,可电话总是老老实实摆在那里一声不响。她时不时拿起听筒,然后放下,很无奈。

她已经好久没见到那些客人了,那些客人好像树上的鸟儿受到惊吓,飞走了,再也不回来了。她这个捕鸟人心急火燎,丧失了希望。没了客人,她就失去了收入。她天天计算着钱。好多天过去了,她存折上没增加一分钱,这种停滞不前的日子对她来说是可怕的。她每花掉一分钱,心情都会难受。她常常问自己是不是从现在起就没有客人了,再也不会有人给她钱了。她在焦虑中病倒了。

她的房门关着,她一连几天没起床,也没有电话打来。她浑身无力,面色苍老,好像已经走到了生命的尽头。

那天她和往日一样坐在窗前发呆,目光空洞地看着楼外,一辆豪华小汽车跃入她眼帘。她想拥有属于自己的房子和轿车,她在为这个目标不遗余力地努力。她存折上的钱离买房子的数目不太远了,接近了目标,如果照原来赚钱的速度,再有几个月就可以买房子圆梦了。人有旦夕祸福,月有阴晴圆缺。她人生之梦的大厦在建到中途时停止了。她门前冷落,没了客人,只能望楼兴叹。

敲门声把她的注意力拉了回来,她扭转过头,看着关闭的门愣了好一会儿才开门。她不相信还有哪位客人来找她。她好像远离了生活,被遗忘在角落里。她走到门口，从窥视孔向外看去。

门口站着一位中年男人，男人腋下夹着一个公文包。男人时不时向四周看，好像是在确认自己是否找对了。

罗梅想不起在哪里见过这个男人，更想不起来他们之间有什么联系。她犹豫之间打开了门，表情冷漠地站在门口，镇静地问："你找谁？"

男人说："找你。"

罗梅看了一眼男人，不知为什么她对这个男人没兴趣。她不像从前那样满脸笑容地迎接来客。她闪开挡着门的身体让男人进屋，然后关上门。

男人在屋里走了一圈，四处看了看，自我介绍起来。正如罗梅想的一样，这个男人是陌生的，他们之间是第一次接触，从这时起他们才算认识。罗梅听着男人说，他是经过朋友介绍知道罗梅的。他的那个朋友是罗梅的客人。他给罗梅的印象不好也不坏，跟其他男人没有两样，所以罗梅对这个男人也没好感。不过她从心里还是感谢那个人，因为她需要客人来找她，她需要增加存折上的数目。她努力调整心态，她心态不好，会把客人弄走。她的表情是皮笑肉不笑，不用说别人看了不舒服，自己也觉得不自然。男人好像对屋中的一切熟视无睹，单刀直入说明来意，他要包罗梅一个月，让罗梅开个价钱。

罗梅要了一万元，她本想多要一些，怕客人不同意。她好久没客人了，心里没底。她提出的这个价钱是有根据的，这正好是她买房子的差额。她拿到这笔钱就可以去房地产公司买房子了，到那时她该是多么幸福啊！

男人没有跟罗梅讨价还价，拉开腋下的公文包，抽出一沓钱递给罗梅。

罗梅迟疑了一下，接过男人手中的钱，好像接下一份合同书。她开始认真仔细检查这份合同上的条款是否属实，看里面有没有欺骗和做假。她数了一下钱，正好是三千。她抬头看着男人，眼神带着疑问。

男人告诉她这是第一个星期的报酬，他会分四次把钱付给她，他要求罗梅做得好。

罗梅知道男人在提醒她服务的质量。她是第一次遇到这样的客人。不过，她已经积累了一定经验，知道怎么做，做到什么程度。她收下钱就接受了这笔生意，开始履行自己的义务。

罗梅让男人先下楼，她随后就来。男人知道罗梅要打扮一下，女人通常都是这样，所以一个人先出来了。

罗梅坐在那里愣了一会儿，随后对着镜子开始化妆。镜子把她的面容折射过来，看到自力不从心的样子，心想怎么会这样呢？她听到楼下汽车的喇叭声，知道男人等得不耐烦了，急忙把钱放到床下的盒子里，锁上房门，匆匆下楼。

男人开的豪华轿车停在罗梅住的楼下。罗梅坐过好多车，但这辆车的名字叫不上来。她走到车前，男人打开了车门，她一弯腰上了车。男人开动了车，车驶出了楼区，来到了宽阔笔直的正阳大街上。

男人把车开得很慢说:“你知道我为什么包你吗?”

罗梅听这话太刺耳,男人把话说得太直接,让罗梅失去了自尊,她有点受不了。她不喜欢用这种完全商品化的口气来谈这种事。她没回答男人,也没想回答。她看着前方,耳朵竖起来,她相信男人会接着话题说下去。男人说出来,比她问要好很多。

男人是位老奸巨猾的情场老手。他说:“我让你去为我的一位客户服务,不允许你朝他要钱,也不允许你朝他要任何东西,你的报酬全由我来付,但你要让他心满意足才行。”

罗梅知道男人是想把她作为礼品送给另外一个男人。

男人说:“你要努力去做,做到最佳最好。如果事情顺利,我会多给你一些报酬,如果不顺利报酬就会打折扣。”

罗梅说:“我会尽力去做,但事情顺利与不顺利我不管,我也管不着,反正我的报酬不能少了一万,要是少了这个数,你另找别人吧。”

男人没接罗梅的话茬,继续开着车,沉默了好一会儿说:“你别慌,不就一万元钱嘛,不会少的。只要你尽力,我可以向你保证钱一分也不会少。”

罗梅不相信承诺,有点心神不安。

男人拿出一张名片递给罗梅。

罗梅看了一下:马苏德。这三个字刻在了她的心里,如同她经历过别的男人一样,把这个男人的名字存在了她的生命中。

第十四章 交易

1

马苏德是建材商人，他在风海市经营着三家建材商店。他看准了一笔生意，生意很有赚头，可他一直没拿下来。他找过风海市主管经济型住宅小区工程装修的经理李修文几次，想让李修文从他的建材商店进货。李修文嘴上答应好好的，就是不见行动。另外几家建材商店也把目光死死盯在李修文身上，并且李修文已经开始从他们那儿进货了。马苏德急得如同火烧了眉毛。他钱送了，客也请了，不见成效。他从小说里知道求政府官员办事时，请吃饭不成就送钱，送钱不行就送女人。他想到了送女人。他在商场上拼打多年，送过无数次礼，送过好多回钱，请客户在五星级饭店吃饭就跟在家吃饭一样随便，可是没送过女人。他是第一次这么做，他没有把握，也没有底，决心试一试。他不能鲁莽行动。他没想到能这么容易找到为自己做事的女人，他没想到跟罗梅的协议会达成得如此顺利。他用商人的目光来审视这件事。他要用指挥官的智慧来指挥罗梅，罗梅现在是他的雇佣兵，他不能把没经过训练的新兵投放到战场上。虽然罗梅不怕这种战争，会临危不惧，但失败的可能性很大。他必须对罗梅进行训练，武装后，再投放到战场上。他要让罗梅知道怎么面对这场战争，如何取胜。

接下来的几天马苏德一直跟罗梅在一起，形影不离。他领罗梅去了崂山、小青岛、啤酒城等好玩的地方，出入各种社交场所，教罗梅如何跟政府官员打交道。

罗梅这才知道自己在礼节方面是那么欠缺和无知，才知道过去跟她在一起的男人是多么不上档次。她过去跟那些男人在一起只是开心地玩，玩过了，就结束了，没有意义。马苏德让她大开眼界。她要步入上流社交圈，这是另一种人生，别样的生活。她感谢马苏德对她的培养和启发。

马苏德除了培养罗梅在礼节方面的知识外，还在精心培养他们之间的感情，不然罗梅要是发生立场转变，投靠李修文，他就赔了夫人又折兵。当他觉得跟罗梅有了一定感情基础后，才邀请李修文吃饭。

李修文接到马苏德的电话，明白马苏德为什么请他，半推半就地说："马总，你的心意我领了,饭不用吃了。咱们吃过那么多次,我又胖了十多斤,肚子受不了。”

“我给你找个减肥的方法,你可以试一试。”马苏德说。

李修文说:“没有什么好办法,如果有,早减了。”

“我这个办法女人不能用,只能男人用。”马苏德说。

李修文说:“还有这种减肥办法呢?”

“当然有了。”马苏德说。

李修文说:“如果为了生意上的事,你别费心思了。咱们谁跟谁呀,要是能帮忙我肯定帮,主要是机会不成熟,有机会才行。我也有难处,希望你理解。”

“我理解。”马苏德知道李修文还在跟他打官腔,做游戏,绕弯子。打官腔是危险信号,弄不好下次连官腔都不打了,直接拒绝。他必须抓住机会挽回局面,把不利变成有利。

李修文说:“你理解就行,饭不吃了。”

“吃饭是小事,我知道李经理的饭局排到明年都排不完。今天请你是我表妹的意思,我表妹想认识李经理。不知道李经理是否能在百忙中,抽出点时间了却我表妹的心愿。”马苏德神秘地说。

李修文听出来马苏德话中有话,在暗示什么。他态度有了转变,不像刚才那样生硬,极为有兴致地说:“难得你们兄妹这片心意,我只好遵命了。”

“晚上六点碧海酒楼见怎么样?”马苏德说。

李修文说:“可以。”

“就这么定了。”马苏德说。

碧海酒楼虽然店面不是很大,却很出名,档次比较高,风海市的有钱男人和女人都知道这里,也是这里的常客。马苏德在碧海酒楼订了房间,然后把精力放在包装罗梅上。

罗梅是马苏德的希望,马苏德对罗梅的培养也煞费苦心。罗梅穿上了有生以来最好的衣服,当然衣服是马苏德给买的。三千元一套的衣服,八百元一盒的化妆品。她被打扮得风情万种,很有情调。她清楚在这些日子里马苏德给她花了多少钱,她除了用女人的身体做回报外,没有其他方式可以回报。她认为她的回报太没价值,太微不足道了,她尽力帮马苏德把这笔生意办成。

李修文比约定时间晚来了半个小时。他通常对有求于他的宴会都是这样赴宴,这样能体现出他的身份。他跟往日一样满面春风,笑容可掬,见到职位比他小的人只是点头,很少说话。他几乎没有看马苏德,眼睛直接盯在了罗梅身上。他看罗梅时眼神释放着贪婪的光芒。

罗梅明白男人这种眼神意味着什么,她习惯了,就不胆怯了,她迎着这种光芒微笑。

李修文走上前跟罗梅握手,侧过脸对马苏德说:“马总真是守口如瓶啊!你有这么好的表妹连我都不知道。”

“怕你见笑。”马苏德说。

李修文说：“这是说哪里话，说这话就外道了，咱们谁跟谁呀。”

“我知道李经理很忙，不想打扰，可我表妹听说李经理对我很关照，非要认识你。我拗不过她，只好请李经理在百忙中赏个脸。”马苏德说。

李修文说：“我是很忙，但这点时间还是能抽出来的。不是有一句名言嘛，时间就像海绵里的水，挤就有，不挤就没有。”

“今后李经理可要多挤出点时间呀。”罗梅说。

李修文说：“当然，你随叫，我随到，这总行了吧。”

服务员上菜了。

马苏德的手机响了，他拿着手机看了一眼显示屏，走出屋。过了一会儿他回来说：“李总，真对不起，我有个急事，得马上去处理，不能陪你了，让表妹陪你吧。”

“马总不必客气，都是自己人，别外道了，你有事尽管去忙。”李修文说。

马苏德对罗梅说：“表妹，你晚上得陪好李经理。”

罗梅没想到马苏德也称她为表妹，看来她跟“表妹”这两个字有缘分。她脸色羞红，没说话。

马苏德来到外面，回头看了一眼碧海酒楼，轻松地说了句：“我终于找到解药了。”然后开车离开了。

李修文不是第一次接受这种礼物，懂得办这种事的方式和程序，知道马苏德是故意躲开的。他面对罗梅放得开，显得随意从容。

罗梅饿了，看着满桌的美食想吃下去。她在经历过前几次没饭吃的日子后，见到好吃的就想吃，吃不了就想拿走。这回她只是在心里想。她不能只顾吃饭，更不可能去拿，要见机行事。她在填饱肚子后，看着桌上的美味被服务员端走，心里的感受如同要到手的钞票被别人抢走一样焦急。她要做的事情是陪好李修文，不是盯着好吃的食物。马苏德不止一次叮嘱她，只要她能让李修文满意，她要什么有什么。她从马苏德那儿已经对李修文的人品、兴趣、爱好等生活习惯有了大致了解，所以应付起来得心应手。她要达到让李修文从马苏德建材商店进货的目的，这样她才会得到报酬。她不再回味那些美食，把所有的热情和笑容献给了李修文。

李修文和罗梅从碧海酒楼出来，晚风习习，华灯绽放。风海的夜景是那么迷人。

李修文问：“你去哪儿？”

罗梅说：“我回家。”

李修文说：“这么好的时光回家多没意思。”

罗梅说：“夜深了，你也累了。”

李修文说：“我不累，夜生活才开始。”

罗梅说：“李经理精力旺盛。”

李修文说：“去我那儿吧？”

罗梅问:“去你家?”

李修文说:“总不能去我办公室吧。”

罗梅说:“我去李经理的办公室,会给李经理丢面子吗?”

李修文说:“我是说到办公室不方便。”

罗梅上了李修文的车。李修文的轿车比马苏德的好,不是奔驰,也不是宝马。马苏德有两部轿车,一辆奔驰,一辆宝马。罗梅认识宝马和奔驰的车型,她不认识李修文的车型,这辆轿车比奔驰和宝马高级。

李修文开着车在夜色中行驶。

天已经黑了,罗梅看不清方向,只能看见街两边的路灯和楼房往车后跑。李修文把车停在了高档住宅小区里,拥着罗梅朝楼房里走去。

这是一套很大的楼房,要比罗梅住的楼房大很多。按照罗梅对房子的认识,这套房子有一百多平方米。屋子装修得很上档次,这样的房子最少值几十万。她知道像李修文这种大老板是能买得起这种高档房子的。在她看来马苏德已经很有钱了,可马苏德还得求李修文办事,在生意方面要求关照,这足以证明李修文的经济实力和社会地位。她现在是一手托两家,如果她做好了,任何一方都不会亏待她。

2

马苏德接到李修文的电话时笑逐颜开,有点受宠若惊,拿听筒的手在颤抖。李修文是第一次主动给他打这种友好电话。李修文说如果产品质量没问题,可以用马苏德的货。马苏德承诺说质量肯定没问题,他知道李修文连听都没听。李修文说完挂断了电话。马苏德看了一眼听筒,余兴未消地放下了。

他在屋里来回走着,心潮澎湃,兴奋不已,过了好一会儿他意识到自己现在该做什么。他手里的货是不够的,必须马上准备足够的货源。李修文用不上几天就会把他商店里的货用得一光二净,他会赚得十万二十万……这是多么诱人的数字啊!他想到能赚这么多钱,控制不住情绪,激动得想喊出来。

他冷静下来时放弃了马上进货的想法。他不能太冲动,不能轻易相信李修文的话。他不知道李修文是否能兑现承诺,要是说而不做怎么办?李修文过去也这么说过,但没有做。如果李修文只说不做,他进了那么多货,会影响资金周转。商场如战场,他不能不防,要做有把握的事。他要从罗梅那里得到可靠信息。

他把罗梅当成礼物送给李修文后,就跟罗梅失去了联系,罗梅从他的视野里消失了。他想给罗梅打电话,又怕李修文在罗梅那里,怕引起李修文的多疑。他认为给罗梅打电话不方便,要是罗梅能给他打电话就好了,可罗梅一个电话也没给他打过。

他决定去找罗梅。

他没有像原来那样无所顾忌大摇大摆地把车开到罗梅的楼下,而是把车停在马路边上，走着过去。他来到罗梅的房门前，敲了敲门，屋里没有反应，他用手机拨通了罗梅屋里的电话。电话铃嘟嘟响的声音从屋里传出来，他在门外听得一清二楚。他确认罗梅不在屋里才离开，怀里像揣着兔子蹦上跳下地不安。

他来找罗梅好几次，但没找到。那天他要离开时罗梅的房门突然开了，他回过头，罗梅站在门口。他向屋里望了望，确认没其他人，才走进去。

罗梅关上门，一头栽在床上，一副疲倦、慵懒的样子没说话。罗梅对他的热情荡然无存，不像原来那样对他了。

马苏德问："你怎么啦？"

罗梅毫不隐瞒地说："昨晚李修文折腾我到半夜，快把我弄散架了，我这可是为了你。"

马苏德反感这句话，不想听。他好像是看见一个很脏的人，恶心，想呕吐。他强露笑容地问："他对你怎么样？"

罗梅说："好啊！"

马苏德听到这么简单的话很失望。虽然他心烦，可必须耐着性子听下去。他在寻找能激发两个人兴趣的话题，可绞尽脑汁也没找到。他走上前想给罗梅一点爱的温存，却没有丝毫动力。他站在那里，好像谁在背后拿枪逼着他来完成一项任务似的。

罗梅不耐烦地说："你要说什么直说好了。"

马苏德问："生意什么时候开始做？"

罗梅说："李经理不是告诉你了嘛。"

马苏德说："他没说准确时间。"

罗梅说："你怀疑李修文的诚意。"

"他不可靠。生意做成了，我会重谢你的。"马苏德怕罗梅不跟他说实话，做出了承诺。

罗梅毫不含糊地问："你怎么谢我？不会用你的身体来谢我吧？"

马苏德听出来罗梅是在讽刺他。他发现罗梅变了，不像开始那样顺着他了，罗梅分明没把他放在眼里。这也难怪，罗梅现在跟李修文在一起，当然不会在意他了。他不介意罗梅对他的态度，只怕失掉这笔生意，只要不失去生意，让他怎么着都行。他说："你说怎么谢？"

"你喊我妈。"罗梅说出这句话后把自己逗乐了，脸上的倦意全没了，笑了起来。

马苏德不但没生气，反倒开心起来，他看罗梅开心自己也轻松了。他说："别说是叫妈了，就是叫奶奶都行。"

罗梅当然坚持让马苏德叫。马苏德脸不红心不跳地给罗梅当了一回儿子和孙子，他当过儿子和孙子后，还想上床当回情人，但被罗梅拒绝了。罗梅推开马苏德说："咱们利润分成，一家一半，你看怎么样？"

"这……"马苏德没想到罗梅会提出这么高的要求。

罗梅冷冷地问："你不同意？"

"你看能不能调整一下分成比例？"马苏德没想到罗梅的胃口会这么大，不想接受。

罗梅说："不能。"

"就这个条件？"马苏德问。

罗梅说："就这个条件。"

"行，这没问题。"马苏德看罗梅没有退让的意思，只好接受了这个不公正协议。

罗梅没想到马苏德会答应得这么痛快，她用疑惑的眼神看着马苏德。马苏德认为这笔生意能赚多少钱罗梅不会知道，他可以骗过罗梅。他的想法很快被罗梅揭穿了，罗梅提醒着说："你骗不了我，我对这笔生意能赚多少钱一清二楚。"

"你这是说的什么话，你把我看成什么人了，我是诚信的商人，我没骗过任何合作伙伴，更不会骗你，有钱大家赚。"马苏德否认罗梅的猜测，辩解地说。

罗梅说："这笔生意你能赚十五万，下一笔不算。"

"不准确吧。"马苏德目瞪口呆，不明白罗梅怎么会知道的这么清楚。

罗梅得意地说："我不是瞎猜测，而是有根据的。"

"什么根据？"马苏德问。

罗梅说："李修文给你算过了。"

马苏德知道是李修文给罗梅出的主意。马苏德恨李修文，也理解这种做法。人活在世上是相互利用，他原本就是想利用罗梅帮助赚钱，没有罗梅是做不成这笔生意的，所以赚到钱理应分给罗梅一部分。他问："你有把握做成这笔生意吗？"

"当然有。"罗梅胸有成竹地说。

马苏德说："咱们成交。"

"你等着听消息吧。"罗梅说。

马苏德说："李修文付了款，我就打到你的银行卡上。"

"我的手机有时接不起电话，想去买个新的，什么牌子好？"罗梅拿起桌上的手机看了看。

马苏德说："我的手机是上周买的，你先用吧。"

罗梅看着马苏德把手机卡从手机里取下来，把手机递给她。她看了一眼手机感觉不错，是最流行的高档手机。她看了一眼充电器插孔说："跟我的充电器配不上。"

"明天我送你一部新的。"马苏德拿回手机，把手机卡装上。

罗梅说："比这部更好的。"

"只要生意做成了，别说一部手机，十部都可以。"马苏德说。

罗梅说："我会努力让李修文从你那进货。"

"合作愉快。"马苏德说。他不用再考虑这件事了，腰板硬起来。他不用向罗梅低三下四，也不用讨好罗梅。罗梅拿走了一半利润，还有比这个回报更诱人的吗？

他没兴趣说下去,转身走了。

从前罗梅把马苏德看成很大的老板,这种看法在她认识李修文后不存在了。天外有天,人外有人。人的目光在向前看,她跟李修文在一起不但长了见识,开了眼界,还学会了利用男人来赚钱。李修文告诉她跟马苏德利润对半分成,她有点不好意思,怕得罪马苏德。她听李修文说对半分成能赚到很多钱,动了心,不再犹豫了。她想马苏德不也是在利用她吗?马苏德是把她当成商品送给李修文的,她能帮马苏德赚钱,为什么不能给自己赚钱呢?如果她不用这种方式赚钱,不还得用自己的身体赚钱吗?何况她是有机会利用这两个男人来赚钱的,她不能错过这次赚大钱的机会。她认为自己成熟了很多,老练很多。这是她最大收获,也是最大进步。

她比马苏德还着急做成这笔生意。她买房子的钱已经够了。她不但要准备十二万买房子钱,还要把装修房屋的钱准备好。她必须把房子装好后搬进去住。她去装修公司打听过了,普通装修费在二万至五万元之间。只要她能促成李修文跟马苏德合作,就能从中获得这笔装修钱,就可以买楼房了,住进属于自己的房子,过上城市人的生活。她要为实现这个目标努力。

马苏德和李修文的第一笔生意在罗梅的促使下成交了。

李修文拉走材料后,马苏德迟迟不见货款到账。马苏德去找李修文结账时,李修文才把货款付给马苏德。李修文特意叮嘱了一句:“这里有罗梅一部分呢。”

“当然了。”马苏德说。

李修文不想刺激马苏德,语气缓和地说:“你这个表妹真不错。”

“你减肥见成效了吧?”马苏德说。

李修文说:“好像体重没增加。”

“减肥需要过程,不是立竿见影的事。”马苏德说。

李修文说:“只要不继续胖就行。”

“男人最好的减肥药品是女人。”马苏德说。

李修文说:“没想到你对男人跟女人的关系研究得这么透彻,跟谁学的?”

“人活着就得琢磨,琢磨出来的。”马苏德说。

李修文说:“聪明,无师自通。”

“表妹有生育能力,这方面李总可以试一试。”马苏德说。

李修文说:“我有两个儿子,不想往这方面费心思了。”

“我一会儿就把钱打到表妹的银行卡上。”马苏德说。

李修文说:“你们两个人谁多点谁少点无所谓呗。”

“你忙着吧。我一会儿去青岛办点事。”马苏德走了。

3

罗梅在马苏德拿到货款当天去找马苏德要钱了，马苏德把属于罗梅的部分给了罗梅。然后罗梅直接去了银行，她从银行里取了钱去房地产公司买房子。

罗梅来售楼处看过很多次房，售楼小姐认识她。第一次售楼小姐很热情，第二次售楼小姐态度也行，第三次售楼小姐态度也能说过去，可随着她来看房的次数增多而不买，这些售楼小姐就不热情了，甚至做出极为不耐烦的样子。售楼小姐的表情分明是在说她买不起。

罗梅经常来看房子，看完不买，让售楼小姐很失望。罗梅走进售楼处时，售楼小姐没理会她，没有售楼小姐接待她。售楼小姐用不屑一顾的眼神看她。

罗梅大为恼怒，高声问："你们卖楼吗？"

一号售楼小姐说："不卖楼我们在这里干什么！"

罗梅质问："你们这样能卖出去吗？"

一号售楼小姐说："你没看见那几座楼住满了吗？"

罗梅批评地说："有你们这样卖东西的吗？顾客来了也不打招呼。"

一号售楼小姐说："你能买得起吗？买不起就别瞎看，谁有时间陪你看着玩。"

罗梅说："你这是说的什么话，我什么时间让你陪我玩了，你的时间是时间，我的时间就不是时间了？告诉你，我的时间比你的时间更珍贵。"

二号售楼小姐说："你们嗓门低点，别那么大声音，跟演戏似的。"

罗梅说："买你们东西，还得看你们白眼吗？"

二号售楼小姐说："你想楼吗？"

罗梅说："不买楼我来干什么，如果买菜就去菜市场了。"

二号售楼小姐说："你要是真想买，就痛快点。"

罗梅说："我怎么不痛快了？你以为买楼跟买菜那么简单吗？买菜最多千八百块钱，买楼最少得十几万，能一样吗？"

二号售楼小姐理解地说："是不简单，那也不能看起来没完没了呀。"

罗梅说："你就说想不想卖吧？"

三号售楼小姐说："你要真心想买，我愿意为你服务。"

罗梅冷冷地看了一眼一号售楼小姐，瞪了一眼二号售楼小姐，没理会三号售楼小姐，她对这三位售楼小姐没好印象。她像检阅队伍一样缓缓地从二号、三号、四号、五号售楼小姐面前走过，走到六号售楼小姐面前停住了。她对六号售楼小姐的感觉不错。她问："你能领我去看房子吗？"

"好的。"六号售楼小姐笑容可掬地说。

罗梅不打算买落户口的房子，她知道落户口的房子大，位置不好，房间格局设计过时。她想花十几万买房子不是小事，买就买个满意的，买到手的房子不能说换就换。

罗梅提前看过房子,对房子了解,不用再细看,节省了时间。她把装钱的提包往桌前一放,售楼人员开始忙起来。

售楼小姐极为吃惊,很少见到一个女人拿这么多钱独自来买房子,罗梅确实是一个人来的,并且就站在她们面前。售楼小姐心想一个小女人身上带这么多钱,不怕在路上被人抢了吗?吃惊过后是笑脸相迎,开始办理手续。

罗梅再一次体会到有钱的好处,钱能改变人的地位和品位,钱能买回自尊和信心,钱能让自卑的人高贵起来。

办理买房手续如同到银行取钱一样顺利,几个小时后罗梅拿到了属于她的房门钥匙,房产证需要到房产局办,有个时间过程。她在售楼小姐的陪同下再次来到屋里,售楼小姐向她做了介绍。她已经听过好多遍了,不想再听了,她只是看着。售楼小姐完成了使命,悄然离开。

房子里没任何东西,空荡荡的。她累了,想坐下休息,没有地方能坐。她在屋里待了一会儿去找装修公司。她想尽快退掉租住的房子,住进属于自己的房子里,她要体验有房子的好心情和感受。

房屋装修公司告诉她,装修这种房屋一般标准要三万元左右。虽然她有心理准备,钱也有,可她接受不了这种消费标准。她想买房子才花十几万,装修就要几万,如果装修几个房子,不就又可以买一个房子了吗?她跟房屋装修公司进行了一番激烈的讨价还价,价格还是降不下来,生气地离开了。

罗梅舍不得花掉这笔装修费。

她包里只有一百多元钱和房门钥匙,她拿不定主意是装修还是不装修。她想找人商量,帮她出主意,脑海里出现许多熟人的名字与面孔。罗遇达和罗忆莲不行,李婧雨不行,她的那些同乡打工姐妹更不行,她认为她们不够档次。她更不能跟她们说买房子的事,如果说房子是她买的,她们肯定不相信,就算相信了,也会打破砂锅问到底,问她从哪弄到这么多钱。她怎么回答呢?她能回答上来吗?她一个从沂蒙山区来风海的打工妹,靠什么在这么短时间里挣这么多钱?她没法解释,会非常尴尬。

在风海市外地打工妹能买上楼房的只有万分之一,万分之一是特殊情况。打工妹要有超常本领,高收入才行,她有什么本领呢?

罗梅觉得房子买得有点见不得人,惴惴不安。

李修文出差去广州了。

罗梅没应酬,闲下来一个人待着寂寞,给马苏德打电话。马苏德开车来接她,他们去青岛崂山区一家豪华夜总会玩了。她把装修房子犹豫不定的想法跟马苏德说了。

马苏德说房子都买了怎么能不装修,不装修怎么住。马苏德说只要罗梅能把李修文捞住,生意长期做下去,别说装修一个房子,就算装修十个房子也能。

罗梅认为马苏德说得有道理。她是时来运转了,不然钱也不会挣得这么容易。她认识马苏德和李修文这么短时间就挣了这么多钱,今后说不上会遇到哪个更有钱的男人呢。她想男人为女人花钱不心疼吗?何况她不是跟他们白头到老的女人,她也不是给他们生儿育女的女人,她算是他们什么女人?她想不明白。她想男人和女人之间的吸引是人的本性,谁也改变不了。这就好比人世间只存在男女两种性别,没有第三种一样。她想要是有第三种性别就好了,如果真是那样的话,世界不就乱套了吗?她越想越糊涂,越想越想不通。她从这时起更加注意生活在周围的男人了。她知道有本事的男人是个聚宝盆,有取之不绝,用之不尽的钱财,能让她要什么有什么。她不解地问马苏德:"你说李修文怎么会那么有钱呢?"

"我穷吗?"马苏德说。

罗梅说:"你不穷,可没他钱多。你还得求他办事,关照生意。"

"李修文有权,权能生钱。"马苏德说。

罗梅如同在云里雾里看不清听不懂。在房屋装修上,她采纳了马苏德的建议,决定对房屋进行装修。

她现在对住的要求跟从前大不相同了。从前她没有要求,好坏都行。她刚来风海时只要有个栖身的地方就很满足了,可她当时连这点小小的要求也成了非分之想,得不到满足。她来风海的第一个夜晚,因找不到住处,居然能在夜空下睡了一夜,现在看来是不可想象的事情。

李修文出差没回来,马苏德又不怎么来找罗梅,罗梅有充足的时间摆弄新房。她去了好多家装修公司,最后跟一家承诺能在短时间内装修好房子,要价又相对比较低的装修公司达成了协议。她跟装修公司达成协议的第二天,装修公司派来工人开工了。

装修公司派了五六个血气方刚的小伙子,加班加点地工作。装修工人看只有罗梅一个人在现场,又是操着沂蒙乡下口音的小女人,干起活来不像开始那么认真了。罗梅看出来工人干活不认真,提醒他们仔细干活,少出毛病。虽然工人们答应着,可干起活来还是不认真,不仔细。有一次罗梅指出了问题,让装修工人返修,工人不但不听,还强词夺理,双方吵了起来。她一生气,打电话给马苏德,让马苏德找人来教训装修工人。

马苏德原本不想管这件事,因为有求于罗梅,怕罗梅生气,影响生意上的事。他找了十多个男人,开着好几辆轿车来了。这些男人膀大腰圆,健壮如牛,不分青红皂白地对装修工人就是一顿拳打脚踢,打得装修工人头破血流,连声求饶。装修公司的老板急匆匆赶来时,面对如此场面被震慑住了。

装修公司老板赔礼道歉地说:"质量不合格的我们返工,一定保证质量。"

"你们仔细干活能发生这种事吗?"罗梅说。

马苏德说:"你们可以报警,如果报警,你们将会在风海消失。"

"这是内部事情,报什么警。"装修公司老板知道警察不管这种事,找警察解决对他没好处。

马苏德说："你是江湖人，应该懂规矩。"

"当然了。"装修公司老板说。

罗梅看装修公司老板这副狼狈相想笑。装修工人见到她规规矩矩的，她不用看着工人干活，省心了。

装修过的屋子跟原来大不一样，她看房子漂亮，心里特别高兴。屋子的美观给她全新感受，她才知道人们买到房子后为什么要迫不及待地装修了。这种心情很甜蜜，也熬费精力。

房子装修好，她搬进去了。

她幸福地在屋子里躺了好几天。当新鲜感过去后，仍然没见李修文来找她。她想李修文已经去广州两个月了，这不是个短日子。李修文走时告诉她只去半个月，可两个月过去了，她还没有李修文的任何消息，这让她慌乱。她不能再沉醉在买房子的幸福中了，这种幸福已经来了，也在渐渐消失。她意识到必须去赚钱。她的钱不但花完了，还欠马苏德为她垫付的装修费。她想去找李修文，想从李修文那弄一笔钱。

李修文告诉过罗梅，不让罗梅去办公室找他，这段时间也不让罗梅打他的手机和办公室电话，只让罗梅等他。

罗梅想问马苏德有没有李修文的消息，又打消了这个想法。罗梅不想让马苏德知道她跟李修文断了联系，马苏德知道了会怀疑她跟李修文关系不好，容易为难她。她想跟李修文保持单独联系。她认为李修文比马苏德更有实力，她要把精力用在最有实力的男人身上，她不能让马苏德插在她和李修文中间。她不能再浪费精力和时间了，她的这种意识一天强于一天。她实在等不及了，忍不住打了李修文的手机。手机响了好一会儿，传来一个男人的声音。罗梅听出来不是李修文的声音，以为拨错号码了，问："这是李总的手号码吗?"

"哪个李总?"男人问。

罗梅说："李修文。"

"是。"男人回答。

罗梅问："李总在吗?"

"你是谁?"男人问。

罗梅想了一下说："我是他朋友。"

"朋友?"男人思考着。

罗梅觉得对方问的话多了，反感地说："你让李总接电话。"

"他有事不能接电话。"男人说。

罗梅说："什么事连电话也不能接?"

"你急着找他?"男人问。

罗梅认为男人问的是废话，不耐烦地说："不找他我打电话干什么。"

“你到他办公室来吧。”男人说。

罗梅不明白李修文为什么不接电话,这是什么意思呢？难道说他不喜欢她了,还是他这次去广州又遇到了比自己更情投意合的小姐了？她知道像李修文这种有钱男人,走到哪里都会有小姐围着。她认为李修文不应该忘了她,可又一想,男人都是花心,也没法说。李修文已经有老婆孩子了,不还跟她上床。除了她之外,谁敢说李修文没有其他女人。她想李修文可能是把她忘了,不然李修文回到风海后应该打电话。李修文连电话也不给她打,说明没把她放在心上。李修文为什么让她去办公室呢？她没有经历过这种情况,要是经历过就好了。她恨自己经历的太少,太无知。她拿不定主意是去,还是不去。她想如果不去找李修文,李修文是不会来找她的,若是这样,两个人就断了联系,她的整个发财计划就落空了。她需要李修文的帮助。她可以没有李修文,但不能没有李修文的钱。她在屋里来回走动了一会儿,决定去找李修文。

罗梅穿上李修文最喜欢看的衣服,在镜子前照了照,把脸涂得恰到好处出了门。她来到楼下,一招手,一辆出租车停在面前。她已经养成出门坐车的习惯。

司机问:“去哪里?”

“房产局。”罗梅说。谁能想到她是个从沂蒙山区来的打工妹呢。她过着比风海本地女子优越的生活。

车在风海市正阳大道上飞快行驶着。

罗梅把车窗的玻璃摇下,看着街两边的美丽景色,若有所思,感受着美好生活。她不明白此时怎么会有这种心情,这是极为奇怪的事。现在她是不应该有这种心情的。她还不知道李修文这两个月的变化呢。在日新月异的时代里,两个月要发生多少事情啊！她回过神时,心开始突突跳个不停。

4

李修文没在办公室里等罗梅,在李修文的办公室里是另外一个让罗梅完全陌生的男人在等她。陌生男人看罗梅的目光极为特别。

罗梅在经历这么多事情后,她能适应各种目光,不在乎地看着陌生男人。男人在罗梅走进屋里后目光就没离开罗梅的脸,似乎想从罗梅的表情里得到什么。罗梅平静地问:“李总呢?”

“他出去了,有事可以跟我说。”陌生男人镇定地说。

罗梅又心慌又生气,李修文不可能不知道她来,他分明是不想见她,在躲着她。她想发火,但没有发火的资格。她问:“李总什么时候能回来?”

“说不准。”陌生男人说。

罗梅大模大样地往椅子上一坐说:“我在这里等他。”

“你找他是公事还是私事?”陌生男人问。

罗梅看了一眼陌生男人,心想这是李修文的办公室,李修文是总经理,这个人最多是副总经理或是办公室主任什么的,她没把陌生男人放在眼里,傲气地说:“当然是私事了,公事我还用到这里找他嘛。”

“这是办公室,公事你不来这里找他,私事来这里找他,这是什么意思?我不明白?”陌生男人不解地说。

罗梅说:“不明白就不明白吧,你也不必要知道。”

“我想知道。”陌生男人说。

罗梅傲慢地说:“公事在办公室之外说,私事在办公室里说。这叫特事特办。”

陌生男人拿起电话说:“小王,你过来一下。”

不一会儿一男一女两名穿检察官制服的人走进来。

陌生男人对进来的检察官说:“这位小姐是来找李总办私事的,你们带她去。”

罗梅慌张地看着陌生男人,又惊恐地看着两名检察官说:“我没犯法,你们想干什么?”

陌生男人没理罗梅。

两名检察官把罗梅带走了。罗梅无论怎么解释,检察官也不理会,也不说话,表情严肃得似乎有些冷漠。检察官把她带到检察院。

罗梅从小就对戴大盖帽的人好奇。现在戴大盖帽的人越来越多了,走在大街上随处能看见戴各种大盖帽的人,她分辨不出那些戴大盖帽的人是管什么的,但她能认出检察官的大盖帽,她知道检察官是干什么的。她走进检察院时两条腿不听使唤了,整个身体如同瘫痪了。她坐在椅子上说:“你们肯定是搞错了。”

“我们不会错抓好人,也不会放过坏人。如果案件跟你没关系,你不用怕。”站在旁边的女检察官说。

罗梅努力让情绪平静下来,她开始琢磨检察官要问什么,应该怎么回答。

三名检察官并排坐在罗梅对面办公桌后的椅子上。坐在中间位置的检察官说:“李修文犯错误了,我们找你来是想了解一下他的情况,请你配合我们工作,如实反映问题。”

“李总犯什么错误了?”罗梅问。

检察官说:“他违反国家法律,已经查出贪污两百多万。”

罗梅没想到李修文能贪赃两百多万,两百多万不是小数目,她想都不敢想。她花李修文的钱是李修文主动给她的,她不知道李修文是花国家的钱。如果说错,应该错在李修文。她紧张的情绪得到了缓解,尽可能平静回答问题。检察官问她什么,她答什么。她知道就是知道,不知道就是不知道。她知道的说,不知道的做了解释。

检察官问:“你跟李修文是怎么认识的?”

“马苏德介绍的。”罗梅说。

检察官问:“就是那个开建材商店的马苏德吗?”

“是他。”罗梅说。

检察官问：“你知道马苏德现在住在什么地方吗？”

“我有好几天没见到他了。”罗梅说。

检察官说：“你领我们去找他吧。”

“不知道他是不是还住在那里。”罗梅说。

检察官说：“咱们去看一看。”

罗梅不想带检察官去找马苏德，可不去不行，好像是她的任务，她必须去完成。她领着检察官来到马苏德经常跟她约会的住处。

马苏德刚要离开，被检察官堵在了门口，退回屋里。这是他私人活动的房子，他老婆也不知道这个地方。他质问罗梅说：“你真够可以的，把检察官领来了。”

“我们让她来的。”检察官说。

马苏德说：“这个婊子。”

“你不能骂人。”检察官说。

马苏德说：“她不是人。”

“你不能污辱人。”检察官袒护着罗梅。

罗梅知道马苏德愤怒了，她不敢正视马苏德。她问检察官说：“我可以走了吧？”

“你先回去，有事再找你。你不能出远门，要随叫随到。”检察官说。

罗梅说：“我去青岛可以吗？”

“最好当天回来。”检察官说。

罗梅说：“如果当天回不来呢？”

“打电话跟我们联系。”检察官说。

罗梅说：“我如果出门打电话告诉你们。”

“配合我们工作是你的义务。”检察官说。

罗梅看了一眼马苏德，马苏德用仇恨的目光瞪着她，她觉得马苏德的目光凶恶，避开了。检察院的警车拉着马苏德走了，罗梅不自主地朝警车开走的方向望去。

罗梅回到住处，身上没力气，躺在床上，回想着刚刚发生过的事情，如同做了一场噩梦，被吓得魂飞魄散。她认为这个屋子不安全，不想待在屋里，说不上什么时间检察官还会来找她。她不想再去检察院了，检察院让她恐惧。她想出去躲一躲。她能去哪里呢？她想回老家去，可是回得去吗？从她逃婚出来后再没跟家里人联系过。如果她回家，检察官追到沂蒙老家更丢脸面了。她想来想去认为还是待在屋里吧，等检察官随时随地来找她。虽然她花了李修文的钱，钱是李修文给的，也有经过马苏德转来的，不是她偷来的。李修文和马苏德犯罪了，可她没犯罪。她如果真违法了，真犯罪了，跑也跑不掉。

检察官又来找过罗梅几次，核实马苏德说的问题真实性。那些事她不知道，马苏德从来不跟她说。检察官对她的态度比原来好多了,可她的精神却不如从前了。她守在房子里六神无主,想出去做点事,又不知干什么,更不知道自己能干什么。

5

罗梅没钱了。她有些后悔,认为买房子是多余的,要是不买房子,她手里还会有那么多钱。没房子时她想有房子,有了房子又怎么样呢?房子不能当饭吃吧。她几乎没有吃饭的钱了,急需找到挣钱的工作。

有几个男人来找她,被她拒绝了。自从李修文和马苏德被检察院抓起来后,她就怕做这种事了。她没看见马苏德从检察院出来。她算了一下日子,心想马苏德可能出不来了。马苏德的问题不会小,如果没问题,检察院就把马苏德放了。罗梅相信马苏德跟李修文犯罪是有关联的。她告诫自己别去想这些事,可她还去想,想得心烦意乱。她决心出去找工作,她想或许干活能阻止胡思乱想的意念。

她去一家私人鞋厂应聘。老板说第一个月当学徒工,三百元工资。第二个月开始干计件活,工资跟干活多少挂钩。她问老板计件一个月能挣多少钱。

老板说没标准,干多多挣,干少少挣,干多少挣多少,每个工人的情况不同,挣到的工资也不一样。

罗梅知道老板说的话不可靠,但她还是决定干,她心里清楚好工作不可能马上找到。

工厂没有在工商部门注册登记,这是家只有十几个工人干活的黑工厂。工人全部是从外地来风海的打工者,他们身体不够健壮,看上去好像营养不良。

罗梅在工人中有着鹤立鸡群的感觉。这些工人吃惊地看着她,认为她来干这种活不适合。她也是从穷乡僻壤走出来的打工者,怎么不适合呢?当初她来风海时连这种活都找不到。她想可能是穿的衣服吧,她穿的衣服上档次,品质好,跟干活的身份不符合。她不习惯穿那种只有打工者才穿的衣服,她想忘掉过去,想更都市化,融入城市生活。她已经把旧衣服送给了素不相识的打工妹。现在她除了这些好衣服外,旧衣服一件也没有。她不在意穿这种衣服干活,也用不着过分爱惜。她强迫自己工作下去,她又不是什么金枝玉叶,相信能干下去的。

她干了三天就干不下去了,她闻不了刺鼻的胶味,闻到胶味恶心,想呕吐。当她了解到胶有毒时更不想干了。这三天的活她算是白干了,老板一分钱没给她,还弄得她精疲力竭,她对找工作失去了信心。

她在街上徘徊着。

第十五章 出轨

1

罗天地除了委托罗遇达之外，还委托宁子、赵娟、维娜她们找罗梅。只要罗遇达和这些罗家村在风海打工的女孩见到罗梅，都会马上转告罗梅的家人和汪海洋的家人。

宁子、赵娟、维娜这些女孩原本是不去罗遇达那里的，现在为了寻找罗梅经常去罗遇达那里。这些女孩是跟罗梅来风海打工的，找罗梅的心情比罗遇达急切多了。

罗遇达和宁子、赵娟、维娜她们说起这件事就叹息，谁也没见过罗梅。罗梅好像是大街上的一滴水，在阳光照射下蒸发了。她们对找到罗梅已经失去了信心，不抱希望了。她们不相信罗梅还会在风海，如果罗梅在风海，肯定会出来，不会音信皆无，绝对不会一次也见不到。

罗遇达这几天没做生意，他一个人干没劲头，放宽了心思，不愿意那么劳累了。他这么一把年龄了，还拼命干什么。人活一辈子为了什么，不就是为了吃穿，他该享受一下生活了，如果再不享受，哪天两眼一闭，驾鹤西去，化成一股烟上天，什么也享受不到。

他停下来时有些无聊，想这想那的，不自主地回想起春节前发生的那次艳遇，回想起来萌生了后悔念头。当时他惊慌失措，连妙龄女子的皮肤也没仔细看一眼。要是放在现在，他肯定会仔仔细细地看，也许能鼓足勇气爬上妙龄女子的身上。反正他已经上了妙龄女子的床，妙龄女子赤裸着身体，一丝不挂，发生两性关系跟不发生两性关系结果是相同的，何况妙龄女子还要走了他一千块钱呢。他想起给妙龄女子的一千块钱很窝火，钱花得不值。他想起这件艳遇的事情就激动，阴茎勃起。他不知道妙龄女子后来去没去找过他，他想应该去的，像这种女人找到了生意，看见了挣钱机会，不会轻易放过。他认为妙龄女子要价过高，开口就是两千，要是少点还行，他不相信有哪个男人会花两千元钱来做一次这种事。他心中的标准是一百或者是五十。他给妙龄女子出的价钱是十块钱，十块是不可能的。妙龄女子长得那么漂亮，怎么可能只值十元块钱呢，他又怎么能开口给人家十块钱呢，这不是大笑话吗。他不讲理,妙龄女子也不讲理,不讲理的男人和女人谈皮肉生意是谈不成的。他虽然上了年龄,可身体很好,需要性生活,渴望拥有性生活。

罗忆莲春节过后没多长时间就离开风海回沂蒙老家养病了,罗遇达不想让罗忆莲回去。罗忆莲说在风海不能干活,看着他干活帮不上心里着急。罗遇达说晚上可以陪他睡觉。罗忆莲说已经这么个年龄了,怎么还总想这事呢。罗忆莲身体不好,精力不振,对性生活有点排斥。主要是风海空气潮湿,不利于罗忆莲治病,罗忆莲不得不回沂蒙老家。

罗忆莲走了,罗遇达一个人生活在风海有些孤单。他是男人,男人怕孤单怕寂寞,男人寂寞时会产生想入非非的心事。

街边那个女子朝罗遇达招了几下手,示意让他走过去有事说。罗遇达怕再次上当,没走过去,远远地看着那个女子。他回想起春节前那个妙龄女子,还有那张床。那张软绵绵的床,很舒适。他记不清他身上的衣服是怎么被脱掉的,他想起来又怕又激动。他向前走着,不时地转过头看着街边那个女子。

罗遇达来到风海水产品批发市场上看看这,看看那,东张西望着,实际上什么也不想买。这是全国最大的水产品批发市场,有许多东西可以买。罗遇达想如果跟女人上床能像在市场上买东西可以讨价还价就好了,那样会便宜很多。他走在街上,心里想着男欢女爱的事。他想应该是可以讨价还价的,这些女子不可能像商场里的物品明码标价,统一价格,就算是统一价格的物品,在两个不同的商场里,还卖不同的价格呢。想到这儿,他想试一试,看是否可以跟这些女子讨价还价,最低多少钱能搞到手。他怀着好奇心,想去问,又打消了这个念头。如果他去问,让女子给缠上了,脱不了身怎么办?正当他为这事发愁时,路边一个小广告给了他启发。他站在一棵大树下,仰着脖子看着贴在树干上的广告。广告上说:本洗头房以最低的价格为广大男性顾客服务。上面还有联系手机号码。他向四周看了看,见没有人,伸手揭下小广告。他把小广告折叠好,揣到衣服兜里,像得了宝贝一样喜悦。他回到住处迫不及待地打开,放在床上看着。

夜里他闭上眼睛是洗头房,睁开眼睛还是洗头房,他失眠了。他好像又上了妙龄女子的床上一样,不过这种感觉跟上次绝对不同,上次他没有心理准备,事情发生突然,给他带来的是恐慌和紧张,现在他是在幻想中。他可以随心所欲地去想,没有任何外界压力打扰。他的阴茎挺了起来,像根小黄瓜,把裤子支起来。他解开腰带,用手去摸阴茎,自我安慰,处在兴奋中。到天亮时,他感到了疲倦,不想起床。他在思考用什么方式打电话安全,更隐蔽,说这种调情话是不能张扬的。他没有手机,又不可能到公用电话亭打这种电话。公用电话有旁人在场,说话不方便,谈这种事只能在没有外人的时候说。他认为用 IC 卡电话机通话最安全,公路边有好多 IC 卡电话机,全天 24 小时可以用,他可以选择在没人时去打。他还没用过 IC 卡电话机,不知道多少价钱,也不知道怎么使用。他想肯定不会太贵,也不会太麻烦,太贵、太麻烦,打工妹、打工仔们是不会用的。大街上有成群结队的打工妹、打工仔在用 IC 卡电话机打电话。

他在街边小商店买了一张三十元面值的电话卡。他拿着电话卡不会用,他让一个正在打电话的男青年教他。他仔细看着,一遍下来,没弄明白,男青年又教了他几遍,他才知道怎么用。周围有很多人,说话不方便,他没马上打电话。

晚上十点,街上没人了,只有路灯发着微弱的光。他鬼鬼祟祟地来到街上,找了一个比较偏僻的IC卡电话机,开始摁上面的号码。他虽然是第一次使用IC卡电话机,但他已经把电话卡上面的号码背得滚瓜烂熟了,操作顺利。他怎么也打不出去,语音提示密码输入不正确,让他重新输入密码。

他急得出了一头汗还是没打出去,他断定可能是卡号有问题,打算去找卖给他IC电话卡的商店老板问个明白。夜深人静,小商店已经关门了,只有等到明天了。他憋了一肚子气,觉也没睡踏实。

罗遇达第二天早晨来找卖给他IC电话卡的商店老板。商店老板刚打开店门罗遇达就来了。罗遇达质问地说:"你卖给我的电话卡怎么不好用呢?"

"不会吧。"商店老板不相信地说。

罗遇达说:"要么你试一试。"

"卡里没钱,还是打不出去?"商店老板问。

罗遇达说:"提示密码不正确。"

"你给别人看过密码吗?"商店老板问。

罗遇达说:"有个小青年看过。"

"你的卡号被那个小青年盗走了。"商店老板像医生查出病人的病因似的说。

罗遇达恍然大悟,心疼地说:"我这三十块钱不是白扔了。"

"卡的密码不能给陌生人看。"商店老板说。

罗遇达心想第一张卡算是交学费了,又买了一张。这次他没把卡的密码给任何人看,拿着IC电话卡回到住处,反复地看,如同看裸体女人那么专注。他盼着黑天,感觉这一天过得特别漫长,如同过了一年。

入夜后,他看四周没人了,拨通了电话。电话那头是个细语柔声的女子,女子说出来的话跟蜜一样甜,罗遇达高兴得不得了。女子非常有耐心地说着罗遇达平生从没听到过的情话,罗遇达被女子说得激动不已,恨不得马上见到电话里的女子,想把女子搂在怀里,在床上滚动。罗遇达直截了当地问:"最低多少钱?"

女子嗲声嗲气地说:"爷,钱好商量,到时你看着给,不开心不要钱。"

罗遇达上过当,吃过亏,听过这种话,不相信女子的承诺,这种承诺一钱不值。他认真地问:"你说最低多少钱吧?"

女子用温柔的语气说:"你看多少钱合适呢?"

罗遇达不知道多少钱双方能达成协议,心里没数,想让对方先开个价,然后他再往下降。他说:"你说吧!"

女子说:"爷,你看着给,保证不让你白花钱,保证让你开心。"

罗遇达看女子把话绕了一个大弯,还是不肯说,想了一下,沉了沉气说:"五十吧?"

女子不相信地问："你说多少？"

罗遇达说："五十吧，如果你同意咱们成交。"

女子火冒三丈地骂道："流氓！无耻！五十，你连老娘的一根汗毛也摸不着。五十，你只能玩你妈去！"

罗遇达被电话里的女子劈头盖脸地骂蒙了。他拿着话筒还没反应过来是怎么回事，女子已经挂断电话了，话筒里传来嘟嘟的声音。罗遇达缓过神来啪的一声把话筒狠狠地放在话机上，骂了句："挨操的！"

罗遇达心想自己这不是骂了句废话嘛，那女子可不是想挨操嘛，如果不是这样，她怎么会在半夜三更跟男人谈这种两性的事呢。罗遇达发狠地说："别让我操你，如果让我操，我就弄死你。"

罗遇达心想用IC卡打电话确实挺好，没人听，可以信口开河，想说什么说什么，无遮无拦。时代是进步了，他的思想观念也应该改变了。

罗遇达跟女子通过电话后，长了见识，总结了经验。他幸亏没相信女子的话，他如果去了肯定逃不掉，说不上又被弄走多少钱呢，像这种女人沾边就要赖。

他回到屋里时已经半夜了，很冲动，很兴奋，没有困意。他想要是罗忆莲在就好了，可以在罗忆莲身上兴风作浪。现在屋里除了他再无第二个人，更别说女人了，他无处发泄，只能用手来解决性冲动，他知道这叫手淫。他得到了快感，得到了满足，觉得舒服。

接下来的几天他都是这样，他感觉手淫能解决性冲动。他不明白那些强奸犯为什么不这样做呢？如果这样就不用坐牢了。可没过多少日子，他对这种方式感到厌恶了。他认为这是男人无能的表现，有本事的男人都是妻妾成群。如果男人都用手淫来达到性满足，男人还娶女人干什么？男人娶女人就有娶女人的用途。他又开始想女人了，想得那么强烈，想入非非。他又开始去打电话了。

他刚说没几句电话就断了，情绪一落千丈，扫兴而归。上一次打电话，他没记花了多少钱，不知道卡上还有多少余额。

这次他买回两张IC电话卡。他对IC电话卡的了解在不断增深，使用方法也非常熟练，没想到这件事让他增长了知识。他寂寞时去打电话，跟那些女人谈价钱，说那些肉麻的调情话。那天对方说一次只收一百元，便宜的价格让他动了心。一百元虽然离他说的五十元还有距离，但这个距离是没法再拉近了。

罗遇达决定赴约。他按照电话里女人提供的地址来到了那家美容店，美容店里有两个小姐。他进去看看这个，看看那个，哪一个都漂亮如花，让男人心动，他不知选择哪个。两个小姐说着带东北音的普通话，不用问就知道是两个东北妹。他看不是风海本地人，胆子壮起来。他坐下不说话，向里间屋看，仔细听着里间屋的动静，看是不是有别的男人在里间屋，屋里没任何动静，他才放下心。

两个东北小姐也就二十多岁，浓妆艳抹，相互看了一眼，对罗遇达不感兴趣。她们没想到罗遇达这么老、这么丑，又老又丑让小姐们难接受。但她们准备为罗遇达服务，她们需要罗遇达的钱。不过她们已经改变了主意，让罗遇达多付一百元钱,少了不行。

罗遇达吼了起来,指责小姐说:"你们不讲信用,说好了的事还变?"

两位小姐像两只惊叫的鸡,异口同声地说:"谁能想到你是这副样子,你这么老,又这么脏,一百元钱谁干。如果不是在电话里答应你了,两百元钱也没人接待你。"

罗遇达质问:"电话里你为什么让我来?"

小姐说:"你的声音要比你真人有吸引力。"

罗遇达被小姐说得哑口无言。他是老了,女孩怎么会喜欢他这个老头呢。女人喜欢帅哥,男人喜欢靓妹,这是路人皆知的事情。他没有再争论下去,争论是没有用的,在这种局面下,双方是很难达成协议的,就算达成协议了,也不会得到快乐,他已经没心情了。他离开后不死心,不相信找不到小姐,走进另外一家美容店。

那两个东北小姐看罗遇达趾高气扬地走进另外一家美容店,怒火顿生,用手机拨通了110报警电话。

警察在美容店里抓到罗遇达时,罗遇达刚脱下内裤,躺到床上。罗遇达看警察来了,全身抖动不停,吓得站不起来了。两名警察一边一个抓着罗遇达的胳膊,命令地说:"下来!"

罗遇达说:"你们松开,我穿上裤子。"

警察说:"裤子不用穿了。"

罗遇达说:"那怎么行。"

警察说:"现在你知道丢人了?知道丢人你还来干这事?你都多大年龄了?家里面是不是已经有孙子了?"

罗遇达没跟警察争辩,只顾穿衣服。

警察押着罗遇达上了警车。

两位东北小姐坐在远处的美容店门里面,透过玻璃,观察着事态的发展。她们看罗遇达被押上警车,心里顿生一丝快意,幸灾乐祸地说:"让老不死的再讲价,让他去派出所跟警察讲吧。"

罗遇达被关起来了。他在拘留所里待了一个星期才被放出来。他原本可以不被关这么多天,只要交上三千元的罚款就能出来,但他守财如命,宁肯被关起来也不拿钱。警察被他气得火冒三丈,如果不是法律规定,警察还想多关押罗遇达几天。

罗遇达从拘留所里走出来的时候正是中午,阳光特别充足,强烈的阳光刺得他不敢睁眼睛。他站在拘留所门前看着四周,好像在确定方向。他意外看见罗梅了。

罗梅也看见罗遇达了。两个人站在相距不远的地方静静看着。这是意外的相遇,也是在特殊的地方。他们没马上开口说话,好像不知怎么说,应该说什么。这种镇静超出了他们的预料。

罗遇达比罗梅沉着些,朝罗梅走过来问:"你咋来这里了?"

罗梅说:"我来办暂住证。"

罗遇达知道罗梅在说谎，暂住证不是在拘留所办，而是在派出所办。他没揭穿罗梅的谎言，此刻谎言好像是一种善意。

罗梅问："五爷，你来这里干什么？"

罗遇达说："我来看一位朋友。这个朋友不守规矩，跟同行打架，被警察关起来了。"。

罗梅知道罗遇达是在说谎。罗遇达的光头上还没长起头发呢，只有被拘留的男人才会被剃成光头。

罗遇达问："你爹找到你了吗？"

罗梅冷静地说："没有。"

罗遇达问："你去哪里？"

罗梅说："你去哪儿？"

罗遇达说："我回住处。"

罗梅把目光移向别处，不想跟罗遇达说下去了。她跟罗遇达说话有心理压力，生怕露出破绽。

罗遇达问："你住在哪里？"

罗梅说："我已经不在那儿住了。"

罗遇达说："如果你没别的事跟我来吧。"

罗梅这些日子太孤独了，想放松一下，跟罗遇达走了。

罗遇达见到罗梅好像做成一件伟大的事情，忘记了不快和忧愁，有点兴奋地问："你为什么逃婚？海洋不好吗？"

罗梅直来直去地说："不是汪海洋不好，而是老家那地方不好。我不想在那儿生活一辈子，我要在风海生活。结了婚，他们会让我在家生孩子，我就没有来风海打工的机会了。"

罗遇达明白罗梅的想法，也理解罗梅。他没想到罗梅说起生孩子的话题面不改色，完全是一副成熟女人的形象。他说："你逃出来把家里人急坏了，都在找你。"

罗梅不动声色地说："他们想把我抓回去。我如果让他们找到，还逃出来干什么？"

罗遇达觉着罗梅说的话有道理，但带着火药味，敌意十足。他看了一眼罗梅，没接这个话茬，等罗梅说下去。

罗梅停顿一下说："这辈子我是不想回罗家村生活了，那地方跟我没缘，也无关。"

罗遇达听罗梅说这种深仇大恨，划清界限的话不解。他说："你爹、你娘是为了你好。他们让你嫁人不是坏事。男大当婚，女大当嫁，这是自然规律，谁都无法违背。咱们村里跟你同龄的女孩子都结婚了，只有你还没结婚。他们是怕耽误你的婚姻。"

罗梅说："他们不理解我。"

罗遇达叹息了一声。

罗梅比原来沉稳多了,心也苍老许多。她已经走到这个地步,只能走下去了。她问:“你的生意怎么样?”

罗遇达说:“不如从前了,生意难做。”

罗梅看罗遇达一脸愁容,不住地皱眉头,心想日子怎么这么不好过呢?她对罗遇达产生了同情,她说不上来为什么会这样。她是不喜欢罗遇达的,对罗遇达的看法是特别的,这么长时间没见面,感觉跟罗遇达亲近多了。

罗遇达问:“你在哪里上班?”

罗梅说:“在一家公司。”

罗遇达从罗梅的穿着上相信罗梅说的话是真的,不然罗梅不会穿这么好。罗遇达问:“你们公司要不要看门的?如果要,你给我说一说,我去看门。”

罗梅说:“看门一个月才挣三百元钱,太少了,能够吃饭吗?”

罗遇达说:“三百也行,要少操多少心呀。”

罗梅说:“有机会我给你说一说。”

罗梅走进罗遇达住的屋里,闻到一股刺鼻的异味,看到脏乱不堪的摆设想吐。她在干净屋里住久了,不适应这里。她说:“屋里太闷,还是外面好。”

罗遇达说:“外面空气是流动的。”

他们从屋里走出来,站在院子里。

罗遇达是个精明人,已经感觉到了罗梅的变化,他不明白罗梅的变化为什么会这样大。

罗梅说:“五爷,我求你一个事,你看行不?”

罗遇达说:“你说。”

罗梅说:“你别对罗家村的人说见到过我行吗?”

罗遇达说:“你为什么怕见到他们呢?你不回去,也不必像做贼似的躲着他们,你可以跟他们解释。你总躲着不是办法。”

罗梅重复地说:“你别把见到我的事告诉他们好不好?”

罗遇达为难地说:“我答应过你爹,帮他找你。我见到你了,不告诉他好吗?”

罗梅说:“五爷,我求你了!”

罗遇达点着头说:“好吧。”

罗梅说:“咱们出去吃点饭吧。”

罗遇达说:“家里有吃的,不用出去吃。”

罗梅说:“出去吃省事。我好久没见五爷了,请五爷吃顿饭也是应该。”

罗遇达来了精神。他们来到街边一家小饭店,罗梅要了四道菜和两瓶啤酒,罗遇达吃得津津有味。

吃过饭,罗梅感觉累,离开了。罗遇达要送她,罗梅没让。罗遇达跟着走了一会儿,罗梅上了一辆两轮摩托车。摩托车加了油门,从排气筒里喷出一股烟,载着罗梅消失在人流中。

罗遇达呆呆地站在那里,猜测罗梅还会不会来找他。

2

罗梅回到住处一头扑在床上，像散了架似的，四肢无力。她才二十几岁好像已经步入了人生的秋天，失去了青春的朝气和活力。她对生活不抱幻想，只能苦苦追求。世界真是太小了，随时可能遇到熟悉的人。她今天在拘留所遇见罗遇达是出乎意料的。她是在跟男人谈性交易时被警察抓住关进拘留所的，警察证据不充分，关押不长时间就把她放了。她不相信罗遇达说的话，罗遇达分明是在说谎。罗遇达去拘留所干什么呢？罗遇达不是女人，而是男人。男人被关押在拘留所里是做什么违法事呢？难道说罗遇达是跟来找自己的那些男人一样，跟女人混在一起，干了性交易的事？虽然罗遇达年轻时跟罗忆莲有过一段风流事，可后来结了婚，不算违背情理，符合法律规定。罗遇达没有这种坏名声，没有人说罗遇达干过这种事。她想罗遇达不会干这种事，年龄这么大，没有精力，更没钱。罗梅猜测罗遇达可能在卖盒饭时，犯了什么规定被抓进拘留所的。

罗梅判断着罗遇达的人品。罗遇达给她带来了熟悉的乡音，她好久没听到这种乡音了，听起来是那么亲近，那么温心。她改变了对罗遇达的看法，想忘掉不快乐的事情。她在风海的生活是孤独，寂寞，无奈的。她没有因为在风海市买了属于自己的房子，而改变外来妹的生活。她还有着外乡人的感觉，这是永远改变不了的事实。虽然她穿着华丽的衣服，把自己精心包装起来，可在风海本地人眼里，她还是地地道道的打工妹。她讨厌别人叫她打工妹，这么称呼她，好像在污蔑她似的。她想找回那种失去的乡音，找回熟悉的生活。

人是群居动物，不是单独生存的。人与人是相互依赖的，是需要沟通的。如果一个人远离了人群，就在走向死亡，走向毁灭。

罗梅渴望与罗家村人交往，又怕被家人抓回去，更怕被罗家村人发现她做那种违背妇道的事情，她心里矛盾。

她怕罗遇达把见到她的事告诉罗家村的人。如果罗家村的人对她了如指掌，她再也跑不掉了。她有了自己的房子，不想过颠沛流离的生活。如果熟人问她从哪里弄钱买的房子，她该怎么回答呢？她大脑混乱，没有头绪。

她已经没有钱了，再次陷入贫困的沼泽，为赚不到钱急躁、发愁。她请罗遇达吃饭是迫不得已，她不想让罗遇达把见到她的事说出去。她坐出租摩托车离开是为了逃避，不想让罗遇达看到她去的方向和地方。她做的每件事都是为了保护自己。她正想着什么，听到外面有敲门声。她想不起来还有谁会来找她，她已经好久没接客了。李修文和马苏德被检察院抓走后，小区的治安员紧紧盯上她，她被监视起来，不自由，接生意不方便。她出去接了几个生意，没得到钱，白让男人睡了。她对干这一行失去了信心，开始讨厌这些男人了。她很难再从男人兜里掏出钱来。她只有付出，没有回报。她听到敲门声，懒得去开。过了好一会儿，她才拖着两条沉重的腿，摇晃着朝门口走去。她从窥视孔向外看，门外站着几个女人，她不认识这几个女人。

女人们好像等得不耐烦了，开始用拳头砸门，用脚踢门。罗梅以为这几个女人走错了地方，影响她休息，打开防盗门怒斥门外的女人，门外的女人蜂拥般闯进屋里。

罗梅被挤到了一边，还没等她反应过来是怎么回事时，脸上已经接连挨了狠狠几个响亮的耳光，她被打蒙了。

女人们在挥手打罗梅的同时，嘴里还在骂："小婊子，小挨操的！"

罗梅被这突如其来的袭击打得晕头转向，连说话的机会都没有。她感觉脸上热热的，鼻子开始流血，人倒在地上。

女人们停住了挥舞的拳头，把罗梅围在地中间，凶恶地骂着不堪入耳的话。罗梅认出带头打她的女人了，这个女人是马苏德的老婆。罗梅没见过马苏德老婆，但在马苏德手机上看过照片。罗梅躺在地上任她们宰割。

马苏德的老婆是来找罗梅报仇的。她质问罗梅说："谁让你勾引我男人了？"

罗梅没回答，听之任之。

马苏德老婆骂："就你长那东西了？你的东西好看啊！"

罗梅侧过脸去，她不想看这几个女人，也不想让她们看见她的悲伤和可怜相。

马苏德的老婆说："你要是不改，有你好看的，到时候别说我心狠。"

罗梅看不说话不行了，理论地说："不是我找你男人的，是你男人来找我的。"

马苏德的老婆说："你还嘴硬？"

罗梅坚持地说："就是他来找我的。"

马苏德的老婆说："你不卖骚，他就来找你了？他怎么不找别的女人呢？"

罗梅说："马苏德是来找我帮他做生意的。"

马苏德的老婆说："你一个沂蒙来的打工妹，在风海脚还没站稳，咋能帮他做生意，你有什么本事帮他做生意。"

罗梅说："你不相信可以去问马苏德。"

马苏德的老婆说："你会做床上生意？你劈开腿，我看一看你卖臊的部位长毛没，有什么不同之处。"

罗梅说："你应该管好马苏德，别让他来纠缠我。"

马苏德的老婆说："我打死你这个臭不要脸的！"

罗梅说："你打我算什么本事，有本事管你男人去。"

马苏德的老婆蹲下身子，朝罗梅的脸上打了一耳光说："你还嘴硬？"

罗梅毫不畏惧地说："我说的是事实。"

马苏德的老婆又打了罗梅一耳光说："你还犟不犟嘴了？"

罗梅说："你别欺负我，你欺负我算什么本事！"

马苏德的老婆又狠狠打了罗梅一耳光说："你还嘴硬不了？"

罗梅说："我再告诉你一遍，不是我去找马苏德的，是马苏德来找我帮忙的。"

马苏德的老婆说："你还嘴硬，我把你的嘴撕下来算了。"

旁边的女人看罗梅不服软，继续打下去会出事的，不想把事情扩大，挡住了马苏德的老婆说：“算了，别跟这个小婊子一样了。婊子的嘴都硬，你把她的嘴打烂了，她也改不了。”

马苏德的老婆说：“小骚货，小卖骚的，烂裤裆的。”

罗梅说：“你对我这样不公平。你男人做生意做不下去了，他来找我帮忙。我帮他赚了钱，他挣的钱不是你花吗？你应该感谢我。”

马苏德的老婆矢口否认地说：“你放屁！我男人做生意是靠本事赚钱，他怎么会找你这个打工妹帮忙呢？你一个打工妹有何本事？就你是女人？就你长那东西了？”

罗梅说：“你不信？”

马苏德的老婆说：“我当然不信了。”

罗梅说：“你回家问马苏德去。”

马苏德的老婆说：“他还在检察院关着呢。”

罗梅说：“你去检察院找他问。”

马苏德的老婆说：“你这个小婊子，真是天不怕地不怕了，你的脸皮比床板还厚。”

罗梅说：“我说的是事实。”

马苏德的老婆没想到罗梅的嘴会这么硬。她说：“你把腿劈开，让我看一看你被多少个男人操过！”

罗梅不说话了，她知道跟眼前的女人是说不清道不明的，把目光移到别处。

旁边的女人对马苏德老婆说：“咱们走吧，如果她不改，咱们再来教训她。”

马苏德的老婆说：“遇到这种不要脸的女人，真是一点没办法也没有。”

罗梅在马苏德的老婆离开后，在地上躺了一会儿，恢复点体力，吃力地从地上爬起来。她把门反锁好，回到床上。她觉得全身痛。她怕这些女人再来找麻烦，想躲开。她能躲到哪里去呢？她在惊恐中过着每一天。让她没想到的是从那天后，那几个女人没来找她，她悬着的心放下来了。很长时间以后，那几个女人又来了。罗梅听到有人敲门，从窥视窗向外看，看到是马苏德的老婆后没开门，在屋里一动不动。

马苏德的老婆用手砸门，防盗门被砸得山响。马苏德的老婆砸了一会儿门，仍没有人开门，把耳朵贴在门上，听屋里的声音。屋里没任何声音，她断定屋里没人，骂骂咧咧地离开。

罗梅靠防盗门躲过了几次劫难。马苏德的老婆没有因为找不到罗梅而停止，她时不时来一次，不肯善罢甘休。罗梅心想躲过初一，躲不过十五，这样下去说不上几句就被马苏德的老婆抓住了。她认为躲在屋里不是长久之计，无奈之下去找罗遇达商量。

3

罗遇达怎么也没想到罗梅能买得起楼房,并且还进行装修。他听罗梅说这件事好像是在听天方夜谭。他等罗梅把事情说完,知道人家是抓住罗梅的短处和把柄了。他认为本地人欺生,不达目的是不会罢休的。他说:“你干脆把房子卖掉,换个地方,再买一个算了。如果你不卖掉,这件事就没个完。她们会三天两头去找你的麻烦,你能跟她们扯明白吗? 咱们外地人是惹不起当地人的。”

罗梅不想卖房,没了主意。

罗遇达说:“把房子卖了吧。”

罗梅说:“我好不容易买了房,又卖掉,心里接受不了。”

罗遇达说:“你不换个住处,那些人如同定时炸弹似的跟着你,你能住安心吗?”

罗梅说:“我怎么能遇见这么不讲理的人。”

罗遇达说:“世界上啥人没有。”

罗梅犹豫地说:“为了躲避这几个不讲理的女人,我就把房卖了?”

罗遇达说:“不只是这几个女,也许还会有别的麻烦。我不知道你的事,你自己心里应该清楚。”

罗梅被罗遇达这句话说中了。她眼前出现了许多男人的面孔,这些男人是她不想见到的,也怕见到的,她想躲开。她说:“房子好卖吗?”

罗遇达说:“好卖。”

罗梅问:“还能卖回原价吗?”

罗遇达说:“这就难说了。”

罗梅问:“难道说没有其他办法了吗?”

罗遇达说:“要么就报警,让警察处理这件事。”

罗梅不想跟警察打交道,她对警察有着天生的恐惧。房子虽然是她买的,可钱挣得不光明,感觉见不得人。她说:“不能报警。”

罗遇达说:“如果不报警,不想让警察处理,只有重新买房子了,这是唯一的办法。”

罗梅按照罗遇达出的主意做了。罗遇达陪着她卖房子。她卖掉房子后,没有马上买新房子,新房子与旧房子的差价很大,她钱不够,她又租房子住了。她受到马苏德的老婆惊吓后,常在夜里做噩梦,睡不着。她去看医生,医生说她患了神经衰弱症。

罗遇达关心罗梅,他在罗梅面前做的每件事都表现出长者的风范,他说出的话尽量带着长辈的慈祥与关爱,他成为罗梅的精神支柱。他让罗梅搬到他这里住。

罗梅犹豫了一阵子没搬过来。她在担惊受怕的日子里常在罗遇达这里过夜,很少回她租的小屋。她认为罗遇达是长辈,她是晚辈,留在这里过夜没什么不好。

罗遇达在隔壁给罗梅搭了一张床。罗梅想回去就回去,不想回去就留下来,来去自由。

开始罗梅隔几日留下来一次,后来干脆不走了。她睡在罗遇达这里要比睡在自己租的屋里踏实,她在罗遇达这里找到了安全感。可从她住在这里后,罗遇达却睡不着觉了。

罗遇达在夜里回想起艳遇的事,还想起了年轻时跟罗忆莲逃婚的风流韵事。他翻来覆去地睡不着,不自主地想到了睡在隔壁的罗梅。他细听隔壁的动静,辨别罗梅是不是睡着了。他想到罗梅那些钱,他琢磨罗梅那些钱是怎么来的。他认为罗梅是用跟男人睡觉方式挣的钱,不然罗梅不会有那么多钱,十几万不是小数目。他一辈子也赚不到这么多钱,他从没想过自己能赚到这么多钱。他想要是能把罗梅的钱变成自己的就好了,想到这,有点冲动,极力克制着。他不能这么冲动,这可是犯法的事。但不让他冲动也是不可能的事,除了钱在吸引他外,还因罗梅是年轻女人。年轻女人像一块香喷喷的肉,时刻诱惑着男人。在夜深人静时他跟年轻女人睡在同一间屋里,相互能听到呼吸声,哪个男人不动心,不心急火燎呢?

罗遇达有了想法,不自主地试探起罗梅来。

罗梅经历过那么多男人,明白罗遇达的暗示。她装成看不出来的样子,不拒绝,也不主动,这样一来,给罗遇达留下了无限的想象空间和遐想。

罗遇达得寸进尺,得尺进丈,步步为营,紧紧相逼。终于在那个雷电交加的夜晚,他和罗梅赤裸裸地躺在了一张床上。

他们忘记了是同族,忘记了年龄差距,忘掉了辈分……两个孤独的打工者只想着男欢女爱之事,他们如饥似渴地占有着对方的肉体。

他们是那么贪婪,那么投入,好像是一种安慰,一种寄托,像是旅途中的驿站。

罗遇达焕发着青春一样的激情,罗梅反倒像老太婆,失去了活力和动感。

他们寻找着快乐和逍遥,这种逍遥和快乐是他们很久没有过的。他们经历过这种生活,对这种事情不陌生,是轻车熟路的。快乐过后还要回到现实生活中,他们要面对吃饭、赚钱等问题。出去赚钱很艰难,他们缺少出去赚钱的动力。

罗遇达不想去卖盒饭了,卖盒饭赚的钱仅够吃饭,还吃不到好饭。他把主意打在罗梅身上,罗梅卖房子那一大笔钱诱惑着他。罗梅把那笔钱存在银行了,她从不拿出来用在生活上。

从前罗梅还想出去找工作,可她跟罗遇达睡在一起后就不想出去工作了,她想让罗遇达赚钱养活她。她看罗遇达不出去做生意就说:“你不做生意,咱们吃什么?你存了很多钱吗?”

罗遇达知道罗梅在催促他出去赚钱。他说:“把你的钱拿出来花点吧。”

罗梅说:“你别打我的主意,如果你打这个主意就打错算盘了。我的钱是不能动的,我还要再积攒些钱去买房子呢。”

罗遇达说:“你还想买房子?”

罗梅说:“我总不能一辈子跟你住在一起吧?”

罗遇达说:“你跟我住一辈子也行。”

罗梅本想说你都这么老了，还能活多久，可我还有多少日子要过呢，可她没说出来。

罗遇达说："钱多了没用，不花就贬值了，花了再赚才对。你原来不是没钱，现在不是有钱了嘛。"

罗梅说："你真会说。你怎么不去挣呢？"

罗遇达说："我老了，你年轻，年轻挣钱机会多。"

罗梅说："我的这些钱不能动。"

罗遇达说："你说你……"

罗梅翻了脸说："我怎么了？"

罗遇达说："你小气。"

罗梅说："我小气怎么了？"

罗遇达拗不过罗梅，为了生活只能去卖盒饭。

罗梅没再跟罗遇达睡在一张床上，她也没走，她又回到隔壁的床上去睡了。

罗梅一个人在屋里待着没事，心情好时帮罗遇达干些活，心情不好时上街买流行杂志看，或者躺在床上想心事。她怎么能落到跟罗遇达睡在一起的地步呢？这是她不敢想象的事。罗遇达可是她的五爷呀！罗遇达可是罗家村的圣人呀！她怎么没感觉罗遇达有过人之处呢？她开始讨厌罗遇达了。

罗遇达赚钱养活罗梅，心里不平衡，想不通。他赚钱赚得辛苦，不容易。他这么大年龄了，干起活来力不从心。他还能干多久？他跟罗梅睡觉是两相情愿的事，不能说谁占谁的便宜。他不跟罗梅睡觉也行，他家里还有罗忆莲呢？何况罗梅是个不干净的女人。他这样一想，认为不欠罗梅的，理直气壮起来。那天他卖盒饭回来看罗梅躺在床上看杂志，生气地说："你整天待着，让我养你可不行！"

罗梅冷笑着说："我说让你养我了吗？你养得起我吗？你能把自己养好就行了。"

罗遇达说："我凭什么养你？你走吧！"

罗梅说："五爷，你别翻脸不认人，我想走就走，我不想走，你也赶不走。"

罗遇达说："你别赖在我这里。"

罗梅说："你想白睡我吗？"

罗遇达说："你以为你是干净身子吗？你跟多少个男人睡过你清楚。"

罗梅说："别人睡给钱了，只有你没给。"

罗遇达说："你住我这里，吃我这里，还想要钱，可能吗？我不朝你要钱就不错了。"

罗梅骂了句："老不死的，你以为我稀罕你呀！"

罗遇达说："你骂我。"

罗梅骂完起身走了。她说出这种话时，连自己也感到吃惊。她怎么能骂罗遇达呢？罗家村的人谁敢骂罗遇达？她骂了罗家村的圣人，破了例。

罗遇达看着罗梅远去心里有点憋气。

罗梅在街上走着,心里悲愤。她能去哪里呢?她想回家又怕回家,她没脸回家了。她想起汪海洋了,不知道汪海洋是不是还在找她,是不是还在等她回去结婚。她心里矛盾,大脑混乱,找不到头绪。

房东见到罗梅大吃一惊。罗梅好多天没回来了,房东以为她偷偷搬走了呢。又到交房租的期限了,她身上钱不够付房租的。她的钱存在银行里不舍得取,她想再挣点钱。她找了几天工作没找到,只能到银行取钱了。

4

罗遇达产生强烈性欲,想找女人释放身体的能量,思念起罗忆莲了。他锁上房门,拎着一个布包回沂蒙老家去看罗忆莲。他刚进家门,跟罗忆莲没说几句话呢,罗天地就来了。

罗天地在村口远远看见罗遇达,就跟过来了。他来得有点急了,不是时候。罗遇达想跟罗忆莲亲热亲热,他这个心情被罗天地打扰了,心里不高兴。罗天地急着想知道罗梅的消息,少了客套,开门见山地问:“她五爷,你见过罗梅没有?”

“见过,是在大街上,离着很远,没等我走近她,她已经走开了。我后来再没见到她。”罗遇达说。

罗天地问:“罗梅在风海干什么呢?”

罗遇达说:“不知道。”

罗天地问:“罗梅生活得好吗?”

罗遇达说:“应该不错吧!她挺有钱的,跟过去不一样了。”

罗天地问:“她从哪里弄的钱?”

罗遇达说:“不知道。”

罗天地用疑惑的眼神看着罗遇达,他对罗遇达的话产生了怀疑。他说:“你没见过罗梅怎么会知道她有钱呢?”

罗遇达愣了一下说:“猜的。”

罗天地不相信地问:“你是不是看见过罗梅?”

罗遇达说:“我不是说过了嘛,离挺远的。”

罗天地问:“你能断定是罗梅吗?”

罗遇达思索着说:“你要是让我打保证,我可不敢,万一不是罗梅呢。”

罗天地准备再次去风海寻找罗梅,他下决心找不到罗梅绝不罢休。他问:“你什么时间回风海,我跟你去找罗梅。”

罗遇达不打算跟罗天地一起回风海,也不希望罗天地找到罗梅。他说:“我刚回来,得过些日子才能回风海。你要是着急你先去,你去过风海,对风海熟悉。”

第十六章
割舍不断的亲情

1

汪海洋跟罗天地从风海寻找罗梅回到罗家村,他爸妈一脸不高兴。汪海洋问:“警察找到线索了吗?”

“县公安局在全县发了寻人启事,到现在没一点线索。”汪稼宇说。

汪海洋感触地说:“怎么会发生这种事呢。”

“你在风海也没听到罗梅的消息吧?”汪海洋妈说。

汪海洋说:“没有。”

“我感觉罗梅是私自跑了,不然不会一点儿消息也没有。如果是被人害死了,警察应该能找到尸体。既然她没被害死,又是在去厕所时没的,应该是自己走的。”汪海洋妈推测地说。

汪海洋对这种看法持反对意见,他不希望罗梅是自己走的,嘲讽地说:“你真会分析,公安局应该聘请你当顾问。”

“你别嘲笑我,就是这么回事。”汪海洋妈说。

汪海洋说:“她是怎么离开的呢?走着还是坐车?走着去县城不可能吧?坐车?坐什么车呢?”

“你们去镇上买东西那天是几点?当时有去县城的客车吗?”汪稼宇从汪海洋的话里得到了启发,想到了什么。

汪海洋说:“九点多钟吧。”

“当时镇上开往县城的客车应该没走。客车司机不知道看见没看见罗梅。”汪稼宇说。

汪海洋说:“你去派出所报警,警察没去问镇上开往县城的客车司机吗?”

“警察没问。”汪稼宇说。

汪海洋说:“如果罗梅是坐镇里开往县城的客车走的,客车司机和售票员应该能看到罗梅。”

“可他们不认认识罗梅呀?”汪海洋妈说。

汪海洋说："如果乘客多，司机和售票员不会有印象，如果乘客少应该会有印象。事情过去时间不长，应该不会忘了。"

"咱们去镇上找客车司机和售票员问一问吧。"汪海洋妈说。

汪海洋看了一眼时间说："明天去吧。"

"你是从县城坐客车回来的吧，明天早晨咱们去时间来不及，如果不去，我有心事，晚上睡不着觉。"汪海洋妈说。

汪海洋说："我去镇里找客车司机和售票员问一问。"

"我跟你一起去。"汪海洋妈说。

汪海洋说："你去干什么？"

"你一个人去我不放心。"汪海洋妈说。

汪海洋说："我一个大小伙子，还当过兵，有什么不放心的。"

"你一个人去也是去，我跟着去也是去，还是咱俩一起去吧。"汪海洋妈说。

汪海洋说："不必要。"

"我想跟你去。"汪海洋妈说。

汪海洋说："走吧。"

"我也跟你们一起去。"汪稼宇说。

汪海洋说："爸，你就别去了。"

"你怎么去？"汪稼宇问。

汪海洋说："骑自行车。"

"你回来时天就黑了，咱这是山路，忽上忽下的，转弯处多，看不清路，骑自行车能行嘛。"汪稼宇说。

汪海洋说："赶毛驴车去。"

"你赶毛驴车次数少，没经验，咱家毛驴不听你的，还是我赶吧。"汪稼宇说。

汪海洋认为爸说的话有道理。他没赶过几次毛驴车，赶了几次，只是从庄稼地里到家里这么近的路，没出过村，也没去过镇上。

汪稼宇赶着毛驴车，一家三口坐在毛驴车上去了镇里，天快黑时他们来到镇上。汪海洋想直接去找客车司机和售票员。他妈说："咱们先去派出所，看警察能不能跟着去。如果警察能跟着去，事情会更好办。"

"妈说的话有道理。"汪海洋赞扬地说。

汪海洋妈说："我来还有点用吧。"

"我原来没发现你考虑事情这么周全。"汪海洋说。

汪海洋妈说："咱们家什么事我没拿主意。"

"主要还是我爸做主。"汪海洋说。

汪稼宇说："你妈的功劳多，我得听你妈的。"

这是座小镇，镇上住家不算多，面积不大。派出所在街边转弯处。汪稼宇把毛驴的缰绳拴在电线杆上，走进了派出所。刚到下班时间，警察正往办公室外走。汪稼宇认出来报警时的那名警察,迎面走过去说:“我想请您帮个忙。”

“你是那天来报警的吧?”警察也认出了汪稼宇。

汪稼宇说:“那天我是来报警了。”

“你要找的罗梅还没有线索,有线索会通知你的。”警察以为汪稼宇是来了解案情的。

汪稼宇说:“我想让你帮我去问问镇里开往县城的客车司机,那天他看没看见罗梅坐车去县城。”

“可以。”警察答应说。

汪稼宇说:“麻烦你了。”

“不麻烦。客车司机跟我是邻居。”警察说。

汪稼宇说:“太好了。”

“那天你来报警时客车去县城了,咱们也没问司机。”警察说。

汪稼宇说:“我儿子去风海也没找到罗梅。”

“小伙子长得帅气呀。”警察看了一眼汪海洋说。

汪海洋妈说:“他当兵今年刚复员。”

“入党了吗?”警察问。

汪海洋妈说:“入了。”

“好苗子。”警察说。

汪海洋妈说:“眼看着要结婚了,却不知媳妇去哪儿了,你说烦心不。”

“这件事是有点怪。”警察说。

汪海洋妈说:“如果死,应该有尸体呀,咱们找来找去什么也没见到。”

“你别着急,会有结果的。”警察说。

警察骑着电动车。汪稼宇他们上了毛驴车。警察在前面引路,汪稼宇用鞭子不停地抽打毛驴,让毛驴跑得快点跟上警察的电动车。

客车司机是位中年男人,一米七几的个子,胖胖的。他看警察领着几个陌生人走进屋,知道有事情,开玩笑地说:“我没犯法吧?”

“你看见一个人没有。”警察说。

客车司机说:“我一车一车地拉客,天天看人,什么人没看过。你要找哪个人?”

警察转过脸看着汪稼宇,让汪稼宇说。

汪海洋还没等汪稼宇说话呢,抢先说:“罗梅。”

“我不认识这个人,长得什么样?”客车司机没听说过罗梅这个名字。

汪海洋说:“一米六五的个儿,瓜子脸,穿着红羽绒服。”

“她是哪天坐的车?”客车司机问。

汪海洋说:“1 月 16 日。”

“这不过去一个星期了,我天天拉客,对这个人没印象。”客车司机没想起来。

汪海洋转脸对警察说:“要不咱们去问一问售票员吧,司机师傅忙着开车,对乘客不留意,售票员能对乘客留意点。”

“售票员是他媳妇。”警察笑着说。

汪海洋说:“夫妻两个人跑运输。”

“混口饭吃吧。”客车司机谦虚地说。

警察问客车司机说:“你媳妇呢?”

“今天孩子过生日,去买菜了。”客车司机说。

警察说:“你给她打电话,让她快点回来。天快黑了,他们还得回罗家村呢。”

“快回来了。”客车司机拿起手机,看着时间,拨通了电话。

门开了,手机响着。客车司机的媳妇拎着些菜、肉走进屋,她看屋里这么多人笑着说:“你们是来给我儿子过生日吗”

“你提前说一声,我们全家来。”警察说。

客车司机的媳妇说:“你这个大忙人怎么有时间过来了?”

“他们找你。”警察说。

客车司机的媳妇看着汪海洋他们说:“什么事?”

“1月16日你看见一个一米六五个子,瓜子脸,穿红羽绒服,二十多岁的姑娘坐车没有?”汪海洋妈说。

客车司的机媳妇回想着:“1月16日,这不过去一个星期了。”

“麻烦你好好想一想。”汪海洋妈说。

客车司机的媳妇说:“那天好像有这么个人。这些天乘客少,她上车晚,快开车时才上车的。”

“你能肯定那天她坐车去县城了吗?”汪海洋妈说。

客车司机的媳妇说:“应该是你们说的那个姑娘,但我不能保证。”

“她是一个人上的车吗?”汪海洋妈问。

客车司机的媳妇说:“是一个人。”

“这么说你们要找的罗梅是自己离家出走的,不存在别的意外。”警察判断地说。

客车司机的媳妇问:“她怎么了?”

“快结婚时,这个人突然没了。”警察说。

客车司机的媳妇说:“这件事我听说了,乘客们在车上议论过这件事。”

“耽误你们做饭了,我们走了。”警察说。

汪海洋他们跟着警察一起从客车司机家出来。

汪稼宇对警察说:“谢谢你。”

“你们回家路上注意安全,如果有需要我帮助的,可以到派出所找我。”警察说。

天黑了,星星出来了,没有月亮,也没有风,静静的。汪稼宇赶着毛驴车往家走。在经过商店门前时他买了一瓶沂蒙白酒,还有二斤猪肉,准备回家喝酒解心愁。

2

汪海洋妈说:“罗梅是逃婚了。”

“咱们对她不错呀,她为什么逃婚呢?”汪稼宇说。

汪海洋妈说:“海洋,你说罗梅为什么逃婚?”

汪海洋不说话。

汪海洋妈说:“罗梅在风海打工打得心野了,眼高了,看不上咱们了。”

“海洋配罗梅配得上。当初如果不是罗天地让李大仙上门提亲,我还没想到这门亲事呢。”汪稼宇说。

汪海洋妈说:“当初是当初,现在是现在。现在罗梅不同意了。”

“你可别下断言。”汪稼宇说。

汪海洋妈说:“罗梅逃婚是真的吧,这不把咱家搁在这了嘛。”

“海洋,你是怎么想的?”汪稼宇说。

汪海洋没想到罗梅能逃婚,他太相信罗梅了,没发现罗梅有逃婚的想法。

汪海洋妈说:“海洋,你别不说话,你得表个态。”

“让我说什么?”汪海洋说。

汪海洋妈说:“咱们把罗家的婚退了吧。”

“为什么退婚?”汪稼宇说。

汪海洋妈说:“罗梅不回来,见不到人影,不退婚怎么办?海洋也不能一直这么等下去,海洋还得找对象结婚呢。”

“海洋,你的意思呢?”汪稼宇说。

汪海洋说:“你们想怎么办就怎么办吧。”

“我回去就找李大仙。”汪海洋妈说。她回到家,做好了饭,吃了没几口,走出家门,踏着夜色去找李大仙。

李大仙家屋里没亮灯,汪海洋妈走到门口看门没锁,不知道李大仙在屋里没有,大声问:“屋里有人吗?”

屋里静静的,没有人回答。

汪海洋妈停了片刻,提高了声音又问:“有人在屋里吗?”

“在屋里呢。”李大仙说。

汪海洋妈没有马上进去。李大仙是个光棍,这么晚了她进去不知是否合适。

李大仙拉亮了灯,灯光从玻璃窗射出来,门口有微弱亮光。李大仙看屋外人没进来,不解地问:“谁呀?怎么不进屋呢?”

“你没睡觉吧?”汪海洋妈问。

李大仙说:“睡醒了,没脱衣服,进来吧。”

汪海洋妈心想跟老光棍办事晚上不能来,可是她已经走到门口,搭上话了,只能进去。

李大仙说:“这么晚来有事吧?”

“如果不找你说一说,我晚上睡不着觉。”汪海洋妈说。

李大仙说:“我有这么重要吗?啥事非要跟我说呀。”

“你把海洋跟罗梅的婚约解除了吧,罗梅这个媳妇我们家不娶了。”汪海洋妈说。

李大仙脸上的倦意全没了,不解地说:“罗梅是死是活还不知道呢,你们家为什么急着解除婚约呢?”

“我们全家三口一起去镇里了,警察领着我们去找镇上通往县城的客车司机和售票员了。售票员说看见罗梅那天一个人坐车去县城了。她一个人不声不响地走,这不是逃婚了吗?”汪海洋妈说。

李大仙说:“售票员说看见罗梅坐车去县城了?”

“售票员是当着警察面说的,你不信可以去派出所问警察。”汪海洋妈说。

李大仙说:“咱们从小在一起长大,住在同村几十年了,怎么会不相信呢,只是感觉意外,不明白罗梅这么做的用意。”

“罗梅肯定是逃婚了。”汪海洋妈下着结论。

李大仙说:“没想到罗梅能逃婚。她为什么逃婚呢?海洋是多好的小伙子,你们家对罗梅也不错呀。”

“人心不一样,想法不同,逃婚就逃婚吧,谁让咱家达不到她的要求呢。”汪海洋妈说。

李大仙说:“知人知面不知心,人变得太快了。”

“你说我们家对罗梅怎么样?”汪海洋妈说。

李大仙说:“好。”

“你去跟罗家说吧,我不想再见罗家人了。”汪海洋妈说。

李大仙说:“在同一个村住着,怎么会不见面呢。”

“看见罗家人,我心里就堵得慌。”汪海洋妈说。

李大仙愤慨地说:“我当这么多年媒人,做成了那么多媒,还是第一次出现这种事。我非得好好说一说罗天地,他养的是什么姑娘,没道德。”

“尽快解除婚约吧,我还得给海洋找对象呢。”汪海洋妈说。

李大仙说:“明天我让罗家给你们回话。”

“越快越好。”汪海洋妈说。

李大仙在汪海洋妈走后去罗天地家了。

罗天地脱衣服躺在炕上还没入睡,听见敲门声,穿上衣服起来了。他趿拉着鞋走出屋开门,看是李大仙,便问:“这么晚来有事吗?”

“有。”李大仙说。

罗天地问:“啥事?”

“大事。”李大仙说。

罗天地问:“啥大事?”

“罗梅有消息了。”李大仙说。

罗梅娘来了精神，从炕上爬起来。她没穿内衣，光着身子，用被子裹着上身，盘坐在炕上，插话问：“罗梅咋样了？”

“她自己坐车走的。”李大仙说。他的眼睛在罗梅娘裹被子时看到了两只如同酱油瓶似的乳房。他是光棍，没有自己的女人，难得有机会看见女人的乳房。他看见罗梅娘两只乳房受到了刺激，胯骨下的生殖器迅速硬起来。

罗梅娘问：“你听谁说的？”

“镇里开往县城的客车司机和售票员看见罗梅坐车走的。”李大仙说。

罗梅娘问：“谁去找的客车司机和售票员？”

“警察领着汪稼宇一家三口去找的。”李大仙说。

罗天地和罗梅娘沉默了，他们意识到事情对罗家不利。

李大仙说：“这算什么事呢？”

“汪家找你了？”罗梅娘问。

李大仙说：“汪家要求解除婚约。”

“按照汪家说的办吧。”罗梅娘说。

李大仙说：“彩礼钱呢？”

“是汪家的，我们一分不少退给汪家。”罗梅娘说。

李大仙说：“好好的事，让罗梅搞成这样。罗梅是怎么想的呢？”

“孩子大了不由娘。她逃婚的想法我一点也没看出来，我如果看出来了，说什么也不会让她走。”罗梅娘叹息地说。

3

汪海洋在新房里待了好几天没出屋，也没吃东西，反反复复想着跟罗梅之间的事，琢磨着罗梅逃婚的原因。也许罗梅没看上他，讨厌跟他在一起生活。他不明白罗梅没看上他为什么还跟他同居，并且同居了那么长时间。如果他不用避孕套，采取防止怀孕的措施，罗梅有可能怀孕生孩子了。对于女人，特别是乡下女人，她们在思想观念上是很在意同居生孩子这种事的。他知道罗梅是处女。罗梅把处女的身体给了他，怎么还不愿意嫁给他呢？罗梅答应跟他结婚了，为什么还逃婚呢？他想不通，想不明白，觉得憋气。

汪稼宇说：“你是大男人，男人应该能承受生活压力的，怎么能轻易让女人打倒呢。”

汪海洋说：“这是打架吗？”

汪稼宇说：“你当过兵，又是党员，也算是见过世面的人，不应该为了这么点小事想不开。”

汪海洋说：“我不是想不开，是想不通。”

汪稼宇说：“想不通跟想不开有区别吗？不都是不开心，思想消极，生活态度不积极吗?”

汪海洋说:“你没摊上这事,如果放在你身上,你就不这么说了。”

汪稼宇说:“如果放在我身上,我不会像你这样足不出户,整天待在屋里生闷气。我会想办法改变局面,找喜欢自己的女人,让女人喜欢我。”

汪海洋妈说:“有什么想不通的,女人不是很多,不娶罗梅也打不了光棍。”

汪海洋说:“我谁也不娶。”

汪海洋妈说:“那不行,你打光棍,汪家就绝后了。”

汪海洋说:“以后你们别跟我说结婚的事。”

汪海洋妈说:“你必须结婚。你跟罗梅解除了婚约,你不结婚让罗家笑话,你早结婚给罗家看一看。”

汪海洋说:“结婚是在置气吗?”

汪海洋妈说:“不是置气,是让罗梅后悔。罗梅很难找到像你这么好的小伙子。”

汪海洋说:“你高看你儿子了,我没那么好。”

汪海洋妈说:“我没高看你,你应该对自己有信心。”

汪海洋说:“我饿了,吃饭去吧。”

汪海洋妈说:“这就对了。”

汪海洋跟着爸妈从新房子出来,往后院走,后面是老屋。汪海洋爸妈住在老屋里,汪海洋从部队复员回来一个人住在新房里。

汪海洋心想是应该让罗梅后悔了,让罗梅为逃婚的事付出代价,也想给罗家人看一看,不然罗梅和罗家人不识好歹。他决心不娶罗梅了,也不会再为罗梅的事奔走了。他得尽快找个女人生活。

4

于晓晓在商店里玩着手机,看汪海洋走进来了,笑着问:“买什么?”

“不想买东西,随便走一走,就走到你这里来了。”汪海洋说。

于晓晓说:“你精神不太好,有心事吧。”

“你挺会观察人的表情。”汪海洋说。

于晓晓说:“你在部队也这样不开心吗?”

“部队生活充实,哪有这些烦心事。”汪海洋说。

于晓晓知道汪海洋为什么烦心。村里人都知道罗梅逃婚的事,也知道汪海洋跟罗梅解除了婚约,但汪海洋跟罗梅之间具体发生了什么只是猜测,不清楚。她问:“找到罗梅了吗?”

“不找了。”汪海洋说。

于晓晓问:“为什么?”

“她没看上我,走了。”汪海洋说。

于晓晓说:“怎么会呢?”

“我没本事。”汪海洋说。

于晓晓说:“你是村里公认的好小伙子,罗梅怎么会看不上你呢。如果她没看上你,她眼光短浅了。”

“我哪儿好?”汪海洋玩世不恭地说。

于晓晓说:“哪儿都好。”

“我娶你,你愿意吗?”汪海洋说。

于晓晓说:“开什么玩笑。”

“我没开玩笑,认真的,只是有点不坚定。”汪海洋说。

于晓晓说:“我有三岁的儿子,是个寡妇。”

“你不是寡妇,我也没机会娶你。关于孩子嘛,也没什么,进门就当爹,省事。”汪海洋不在意地说。

于晓晓说:“你爸妈不会同意。”

“我娶媳妇,又不是他们娶媳妇,他们管不着我。”汪海洋说。

于晓晓说:“咱们先别结婚,在一起生活一段时间看一看适合不,如果适合再结婚,如果不适合当朋友交往。”

“试婚?”汪海洋说。

于晓晓微笑地点下头。

汪海洋说:“这个主意好。”

“这样彼此都不会被伤害。”于晓晓说。

汪海洋说:“你住我那儿,还是我住你这儿?”

“看你的意思。”于晓晓说。

汪海洋说:“你公婆不会反对吧?”

“他们让我改嫁。如果我嫁给你,他们会高兴,他们对你的评价好。”于晓晓说。

汪海洋说:“你住我那儿吧。我来你这儿住,怕别人说我占你的便宜。”

“寡妇门前是非多,为了减少是非,我去你那儿住。”于晓晓说。

汪海洋说:“你什么时间搬过去?”

“今晚就可以。”于晓晓说。

汪海洋说:“我等你。”

“我儿子可以去吗?”于晓晓说。

汪海洋说:“当然可以。但现在最好别让他去,过些日子,等咱们生活稳定了再让他去。他太小,别伤害到他的感情。”

“你考虑得周全。”于晓晓说。

汪海洋说:“你的手机不错。”

“送给你了。”于晓晓说。

汪海洋说:“是见面礼,还是定情信物?”

“一点心情。”于晓晓说。

汪海洋说："村长前几天刚买了手机。咱们村里好像没有几个人用手机。"

"咱们村穷，用手机的少，在外地手机开始普及了。"于晓晓说。

汪海洋说："你做生意没手机不行。没人找我，我用不上手机。"

"你拿着吧，我找你方便。"于晓晓说。

汪海洋说："你把手机给我了，你用什么？"

"我一会儿去镇里进货再买一个。我买的会比这个好，你别介意。"于晓晓说。

汪海洋说："怎么会呢。"

"你会用吧？"于晓晓把手机递给汪海洋说。

汪海洋说："你教我。"

"手机卡不能给你，里面有我用的电话号码。"于晓晓说。

汪海洋说："没卡怎么用？"

"你没事跟我一起去镇上进货吧，顺便给你买个手机卡。"于晓晓说。

汪海洋说："我帮你开车。"

"你会开车？"于晓晓说。

汪海洋说："在部队学的。"

5

汪海洋妈在院落里晾晒玉米呢，村长来了，她停下手里的活，看着村长没说话，她不知道村长为什么事来的。

村长走到玉米堆前，弯腰拿起几个米棒玉说："成熟得挺好。"

"新品种，第一年种，能比去年产量高。"汪海洋妈说。

村长问："稼宇呢？"

"去地里了。"汪海洋妈说。

村长问："海洋呢？"

"可能是在前院吧。"汪海洋妈在汪海洋跟罗梅解除婚约后，看汪海洋心情不好，很少去前院叫汪海洋下地干活。

村长说："海洋跟于晓晓的事是你们大人的意思，还是他们两个的意思？"

"海洋跟于晓晓什么事？"汪海洋妈问。

村长说："你跟我还装糊涂呀。"

"我真不知道是什么事。"汪海洋妈说。

村长说："海洋不是已经跟于晓晓住在一起了吗？这件事在村里传开了，你怎么会不知道呢？"

"有这事吗？"汪海洋妈说。

村长说："如果你们大人都同意或海洋是认真的，应该是好事。我担心海洋不是认真的，如果住在一起后再分开，影响就不好了。我还考虑给海洋在村办公室里安排个活干呢，想培养他。他是党员，得注意群众影响。"

“海洋不可能娶于晓晓。海洋是个小伙子，于晓晓是个寡妇不说，还有个三岁的儿子，他们俩根本不相配。”汪海洋妈立马反对地说。

村长说：“村里许多人都这么认为。你们大人要把事情弄好了，在同一个村住着，低头不见抬头见的，尽可能别弄出矛盾来。”

“是这么个理。”汪海洋妈说。

村长说：“你们好好考虑考虑吧。”

“海洋是让罗梅给刺激的，要不海洋不会这样做，罗梅把我们家海洋折腾坏了。”汪海洋妈说。

村长说：“海洋跟罗梅是一个事，海洋跟于晓晓是另一个事，海洋跟罗梅的事全村人都明白是怎么回事，可海洋跟于晓晓呢？”

“你不来说我真不知道，还被蒙在鼓里呢，谢谢你。”汪海洋妈说。

村长走了。

汪海洋妈没了精神，坐在院里的木头上思量着村长说的话。她眼前一会儿是于晓晓，一会儿是汪海洋。她看见过几次于晓晓从汪海洋屋里出来，可没往这种事情上想。她怎么也不会想到汪海洋会跟于晓晓住在一起。她对于晓晓印象不坏，村里人对于晓晓评价也高。可于晓晓是寡妇，还有个三岁的孩子，从这两方面看绝对是配不上汪海洋的。汪海洋妈怕刺激汪海洋，不想跟汪海洋说这件事，决定去找于晓晓说一说。

于晓晓是从外村嫁到罗家村的，她跟汪海洋同岁，人长得漂亮、聪明，也知情达理。于晓晓在读初中时跟同班的男同学恋爱了。她的这个丈夫是罗家村的。她丈夫初中没毕业就去黑龙江双鸭山市当了煤矿工人。她丈夫的叔叔早年为了生计，去黑龙江双鸭山市当工人了。煤矿工人的生活比沂蒙老家生活好，所以当时沂蒙有好多人为了生活去东北。他们有的在大兴安岭当伐树工人，有的去北大荒农场，还有的去鹤岗、鸡西、双鸭山等煤城当煤矿工人。于晓晓初中毕业也去了双鸭山市。她是在双鸭山结的婚，婚后他们有了一个儿子。她把儿子送回沂蒙老家让婆婆照看着，她在商店当售货员。日子本来过得挺好，可在一次事故中于晓晓的丈夫死了。煤矿给了一笔抚恤金，抚恤金有于晓晓的，也有儿子的，还有婆婆和公公的。后来她回到罗家村的婆婆家。

于晓晓在村里开了商店。商店是村里人最集中的地方，消息灵通，村里的大事小情这里都是第一时间知道。汪海洋在部队当过兵，于晓晓去东北生活过，两个人有在外面独立生活的经历，生活方式上受到外界环境影响大，思想比村里人开放，在一起有共同话题。在同居之前他们彼此有了好感，有了感情基础，不然，不会像看电影似的那么快同居。

汪海洋妈走进于晓晓的商店时，于晓晓在看《沂蒙晚报》呢。她每次去镇上都会买些报纸回来看，这是她跟村里别的年轻女人不同之处，别的女人会把钱用在买油盐酱醋上，不会用在买报纸上。汪海洋妈说：“看报呢。”

“买回来好几天了，一直没时间看。”于晓晓收起报纸说。

汪海洋妈说:“还是有文化好,能看报,懂道理,像我一个字不识,啥道理不懂。”

“你挺开明的。”于晓晓说。

汪海洋妈说:“开明啥呀,罗梅都不愿意嫁给海洋。”

“这不是你的问题,是罗梅思想有问题。”于晓晓说。

汪海洋妈看着于晓晓善意的表情,很难开口,深深叹息了一声。

于晓晓说:“姨,你坐。”

“晓晓,生意好不?”汪海洋妈说。

于晓晓说:“在咱这里能好到哪儿去,就这么回事吧,算是有个事做,比闲着好。”

“你一个人领着孩子过日子不是长办法,如果遇到合适的再找一个。”汪海洋妈说。

于晓晓说:“人是多,合适的人却少。”

“你跟海洋是怎么回事？村长找我了,我才知道。”汪海洋妈说。

于晓晓说:“村长为这件事找你了？这是个人的私事,村长找你干什么?”

“村长是好意,担心你们处理不好,引起风言风语。”汪海洋妈说。

于晓晓说:“你别担心,我跟海洋已经分开了。”

“什么时间分开的?”汪海洋妈蒙了。她想现在的年轻人是怎么了,罗梅在结婚时逃婚了,于晓晓跟汪海洋才住在一起几天也分开了。年轻人把男女之间睡觉的事看得过于轻率了吧。这种生活观念是不道德的,也不负责任。

于晓晓说:“今天分开的。”

“是你想分开的,还是海洋想分开的?”汪海洋妈说。

于晓晓说:“我提出来的。”

“为什么？海洋有毛病吗?”汪海洋妈觉得可能汪海洋有毛病,要不寡妇怎么也不跟他了呢。

于晓晓说:“海洋挺好的,可他夜里总做梦,还说梦话。”

“他说梦话你就接受不了了?”汪海洋妈认为做梦和说梦话是正常事,不算是坏毛病。

于晓晓说:“海洋说的梦话跟梦没关系,跟感情有关系。”

“他说什么梦话了?”汪海洋妈问。

于晓晓说:“海洋夜里总喊罗梅的名字,声音那么大,吓得我不能睡觉,你说我能跟他在一起生活吗?”

“海洋夜里喊罗梅的名字?”汪海洋妈说。

于晓晓说:“他心里还想着罗梅呢。”

6

罗天地牵挂着罗梅,准备再次去风海寻找罗梅,罗玉和罗凤也要跟着去。她们两个高中毕业后没考上大学回村了，她们想去风海打工。罗天地坚决反对地说：“打什么工，你姐打工打的人都打没了。你们在家待着，我能养活你们。”

“爸，你别发火，这不跟你商量嘛。”罗凤说。

罗天地说：“打工的事没商量。”

“以后打工是必然的，你不让我们外出打工想法是错误的。”罗凤说。

罗天地说：“找到你姐再说吧。”

“我们去风海打工也能帮助你找我姐呀。”罗凤说。

罗天地说：“如果你们也出事呢？”

“不会的。”罗凤说。

罗玉说：“罗家村去风海打工的女孩有好几个呢，别人都没出事，只有我姐出事了。我姐不是因为打工，而是因为让她嫁给汪海洋才离家出走的。”

“让她嫁给汪海洋有错吗？”罗天地说。

罗玉说：“我姐有自己的想法。”

“有想法可以说出来，也不能逃婚呢。她这一逃婚，原本有理的事，也变成没理了。”罗天地说。

罗玉说：“她不想结婚，你们能同意吗？”

“她和汪海洋订婚，是她自己同意的，如果她不同意订婚，不可能让她结婚。”罗天地说。

罗玉说：“订婚不等于结婚。”

“不结婚，订婚干什么？”罗天地说。

罗玉说：“因为你和我娘这么想，所以我姐逃婚了。”

“你姐逃婚，你提前就知道吧？”罗天地说。

罗玉说：“她走了才知道。”

“你们没给你姐出好主意。”罗天地说。

罗凤说：“这跟我和罗玉有什么关系。”

“你姐跟罗家有关系。村里人现在怎么看咱家？你们俩将来不找婆家了？家风不好没人愿意娶。”罗天地说。

罗凤说：“剩到家里陪你和我娘更好。”

“我和你娘不用你们陪，我现在就想把你们嫁出去。”罗天地说。

罗凤说：“我们不是你们生的吗？”

“女人到了结婚年龄就得嫁人。女人不嫁人，不生孩子，就不正常。”罗天地说。

罗梅娘看罗天地发了火，给罗凤和罗玉递了个眼色，不让她们再跟罗天地理论了。

罗天地带上够吃好几天的馒头，还带上那个年轻时当兵用过的军用水壶。虽然水壶旧了，上面的绿漆已经掉了，但不漏水。他像当年在部队训练时似的去风海了。

风海这座本来让罗天地十分陌生的城市，现在却让他那么熟悉，他多少次在梦里梦到了风海。这次他去风海如同军人面对战争一样严峻，做好了打持久战的心理准备，下决心一定要找到罗梅。

罗天地来到风海那天正赶上下雨。他走出车站，站在公共汽车站牌下面避雨。因为雨下半天多了，出行人少，没有等公共汽车的，他一个人站在那四处张望着，辨别着方向，考虑去的地方。

老天爷还是开恩的，雨渐渐停了。虽然天空不怎么晴，但不影响在街上行走。罗天地去商场寻找罗梅，他从这个商场到那个商场，去了几家商场也没看见罗梅。街上的行人稀稀拉拉的，他走在街上显得孤单。天快黑的时候他决定到罗家村在风海打工的女孩子那里问一问，看是不是有罗梅的线索。

宁子、赵娟、维娜这些女孩看见罗天地来了惊喜万分，格外亲近。她们有的拿水果，有的给罗天地倒水。她们的热情，让罗天地感动。

罗天地更伤感了，他想如果罗梅能像宁子、赵娟、维娜这些女孩有多好啊！这些女孩都是罗梅带到风海来打工的。

宁子她们说罗梅还在风海，她们有几次在大街上遇到过罗梅，还没走近，罗梅坐车离开了。罗天地心想只要罗梅在风海就一定能找到。天黑了，他得离开，找住处。宁子、赵娟、维娜她们问罗天地去哪里。罗天地说去五爷那里。宁子、赵娟、维娜她们知道罗遇达回罗家村了，便说："五爷回罗家村还没回来呢。"

罗天地说："我去找旅馆住。"

宁子说："你知道哪儿的旅馆便宜吗？"

罗天说："我和海洋上次来时住的就是便宜旅馆。"

宁子说："我们有罗梅姐的消息就往家打电话。"

罗天地说："我家还没装电话呢。"

宁子说："我们往村办公室打，要不往于晓晓的商店打。"

罗天地说："有电话是方便。"

宁子说："我再回家就给我娘买手机。我有手机，如果我娘也有，就可以通电话了。"

罗天地说："这个想法好。"

宁子说："罗叔，你应该买部手机，这样更利于找罗梅姐。"

罗天地说："手机多少钱？"

宁子说："好手机一部上千上万的都有。你用不着买那么好的，能通话就行，买三五百块钱的就可以。"

罗天地说："我考虑考虑。"

宁子找纸和笔写上自己的手机号，递给罗天地说："这是我的手机号，有事给我打电话。"

罗天地接过宁子递的纸，揣进衣兜里走了。他带的钱是极为有限的，不可能去住旅馆。他必须节约用钱，延长钱的使用时间。他在风海多停留一天，寻找罗梅就多一天的希望。他背着破旧的旅行包，茫然地在街上走着。他来到中国银行大楼下面,四处看了看,认为这里能遮雨挡风,选择在这个地方过夜了。

雨后的风海空气更潮湿,天气显得格外冷,他几乎没睡着,他怕睡着了,被冻感冒。他感觉这个夜晚难熬。

7

罗梅这几天心情反常,早晨天刚放亮就起来去风海市政府广场溜达。这是她一天里心情最好的时候,她觉得这时情绪平稳,没有焦躁感。她无意中看了一眼中国银行大楼,看见在楼下东北角落处躺着一个人。她心里一阵难受,好像这个人跟她有关系似的。如果这个人跟她没关系,中国银行这座大楼跟她有关系。她刚来风海的第一个夜晚没地方住,就是在个地方度过的。有了那个难忘夜晚的经历,她每次经过这里时,总会往这边看一眼,如同条件反射似的。

不知道为什么,她朝大楼走来,想看一看这是个什么样的人。她快走到这个人跟前时,停住了,已经预感到是谁,她急忙走开了。

她偷偷观察了两天,经过激烈的思想斗争,思想发生着巨大变化,决定面对罗天地。

罗天地在街上找了好几天也没找到罗梅。这如同大海捞针,希望渺茫。他的信心再次受挫,但想继续找下去。他很少去宁子、赵娟、维娜她们那里,去了会伤感,也会给这些孩子增加麻烦。他每天晚上睡在中国银行大楼下面的角落里,清晨从这里出发去找罗梅。

他还没醒,感觉有人走到身边,睁开眼睛时,吃了一惊,不相信地看着罗梅发傻。

罗梅没说话,无法表达此刻的心情。她知道罗天地为什么来风海,知道他为什么睡在这里,她知道……她强忍泪水,把目光移到了别处。

罗天地站起身,没有愤怒,没有责怪,愤怒和责怪好像从没在他脑海里出现过似的。他激动不已地说:“罗梅,真的是你,我还以为是做梦呢。”

“爸,走,我去给你找个旅馆。”罗梅控制着激动的心情,不让眼泪流下来。

罗天地从家里带来的钱不多了,到了弹尽粮绝的地步,如果再有一天找不到罗梅,他准备回沂蒙老家。他留出来的钱刚好是回家坐车的车票钱。他说:“我不用住旅馆,这地方空气挺好。”

“你跟我走吧。”罗梅声音哽咽地说。

罗天地知道罗梅的性格,这么长时间没见罗梅,不了解情况,不想跟罗梅发生争执,万一两人话不投机,罗梅再走了怎么办,他认为顺着罗梅好。他把铺在身下的塑料布卷起来,放在随身的包里,跟着罗梅走了。

罗梅领着罗天地走进街边的小饭店吃饭。小饭店刚开门营业,他们是第一个用餐客人。罗天地真是饿了,狼吞虎咽地吃着,肚子填饱后来了精神。罗梅在附近找了一家便宜旅馆安排罗天地住下后想离开,罗天地要跟罗梅走,罗梅没让。罗梅说:“爸,等你休息好了,我来找你。”

“我不累。”罗天地说。

罗梅说:“你在旅馆待着,等我来找你。”

“你什么时间来?”罗天地担心罗梅走了不来。

罗梅从旅馆里出来后去了银行。她从银行里取出了一万元钱,揣着这笔钱回到了租住的小屋里,她不想让罗天地来她租住的小屋里,如果罗天地非要来怎么办呢?她想着对策。过了一天她来到旅馆时,罗天地正站在旅馆门口焦急地张望着。

罗天地在旅馆里安稳地睡了一觉后,疲劳消失,体力得到了恢复。他看罗梅来了问:“你住的地方离这远吗?”

“不太远。”罗梅说。

罗天地说:“你领我去看一看吧?”

“你是来找我的,又不是来租房子的。”罗梅说。

罗天地说:“看一眼你住的地方,我心里踏实,回家也好跟你娘说。”

“房子可以随便租,今天住在这儿,或许明天住在那,不固定。房子好坏跟我现在生活得好与不好关系不大。”罗梅说。

罗天地认为罗梅说的在理,心想看了又能怎么样呢?罗梅不让看就不看了,他不能强迫罗梅做事,怕罗梅躲起来。他想只要罗梅高兴,事情就好办。他想选择罗梅最开心的时候,劝罗梅回家。他不说多余的话。

罗梅领着罗天地去了风海国货超市。

国货风海超市是风海目前最大最好的超市。

罗天地是第二次来风海。他在风海是第一次进大超市。他一般是在商场、超市门口寻找罗梅,不进超市里面。他跟在罗梅身后往超市里面走。他看顾客买东西自己随便挑选,随意拿放,没有售货员,吃惊地说:“没人看着,不会被偷光了吗?”

“有电子监控器,如果有人偷,监控器会自动报警。”罗梅说。

罗天地说:“真够先进的,节省人工钱。”

“风海比咱们老家发展快多了。”罗梅说。

罗天地说:“咱们老家人多地少,产量低,太穷了。”

“穷富不在人多人少,在于科技的含量,有没有工厂、公司,只依靠种地永远也富不了。风海人更多,种地人更少,可这儿多富。”罗梅说。

罗天地说:“你说得对。你出来打工增长了知识,没白出来。”

“嗨!”罗梅叹息了一声。

罗天地说:“我知道打工不容易,你跟我回家吧。”

“你穿上这套衣服看合适不?”罗梅看上了一套,认为罗天地穿上能好看。

罗天地看了一眼价钱,推脱地说:“太贵了,我有衣服穿,不用买。”

“让你试你就试。”罗梅说。

罗天地看罗梅态度强硬起来,穿上衣服。

售货员说:“真好看。”

“便宜点吧。”罗梅说。

售货员说：“原价一千二的，我给你打五折，六百吧。”

“五百我就买下了。”罗梅说。

售货员说：“六百已经是五折了，不能再少了。”

“五百五，如果卖就卖，不卖就算了。”罗梅显得不耐烦地说。

售货员说：“给你吧。”

“你把旧衣服给装起来吧。”罗梅对售货员说，她去收款台付钱。

售货员把罗天地的旧衣服装在袋里，把衣服袋递给罗天地说：“你闺女吗？”

“嗯。”罗天地接过装衣服的袋子。

售货员说：“挺孝顺的。”

“脾气有点不好。”罗天地说。

售货员说：“孝顺就行。脾气好，不孝顺，也不行。”

罗天地低头看着身上的衣服，穿上这套衣服如同变了个人似的，好像比原来年轻好几岁。他活了大半辈子，第一次穿这么贵的衣服。他不明白一套衣服怎么会值一千多块钱，他在家种地一年收入才一千多块钱，这套衣服是他家全年的生活费了。

罗梅看着罗天地说：“你穿上这套衣服真挺合身。”

“就是太贵了，咱穿不起。”罗天地说。

罗梅说：“这不算贵，还有比这贵的呢。”

“你打工赚钱不容易，不想让你花钱。”罗天地说。

罗梅说：“给你买，你就穿。”

“买这么贵的衣服，还不如买部手机呢。宁子说五六百块钱就能买部手机。”罗天地说。

罗梅说：“你想买手机？”

“有手机可以跟你通电话。你娘想你想得睡不着觉，如果你娘能听到你的声音也会高兴的。”罗天地说。

罗梅给娘、罗凤、罗玉每人买了一套衣服，拿了三部手机给罗天地。

罗天地吃惊地看着手机，没想到罗梅能给他三部手机，没敢接，不解地说：“你怎么有这么多手机？”

“不是偷的，你和我娘用一部，另外两部给罗凤和罗玉。这是旧手机，不是新的，通话效果还行。”罗梅说。这三部手机是罗梅用过的，她觉得手机功能过时了，就换了部新的。

罗天地说：“罗凤和罗玉用不上手机。”

“现在手机不是什么新鲜东西了。罗凤和罗玉毕业了，交往的人多了，事情也多，有手机方便。”罗梅说。

罗天地说：“你哪天跟我回家？”

“我现在不能回去。”罗梅说。

罗天地知道跟罗梅来硬的不行,只能顺着说,想用亲情感化罗梅。罗梅这些天确实做了当女儿应该做的事情,温暖了罗天地的心。罗天地能想到罗梅在外面的不如意。他说:"你跟我回家,家里人不会责怪你的。你跟海洋也都是过去的事情了,咱不再提了。你娘,还有你妹妹都等你回家呢。"

"我现在不想回去,如果你硬逼我回去,我会非常难受的。"罗梅抬头看了一眼天空,惆怅地说。

罗天地问:"你准备什么时间回去?"

"我想回去时就回去。"罗梅说。

罗天地说:"你一个女孩子这样在城市生活下去不是办法,你也该成家了,再不成家就耽误了,年龄不饶人,错过成家的年龄后悔都来不及。"

"你不用为我的事担心,我知道怎么做。"罗梅说。

罗天地说:"如果你妹妹来找你,怎么才能找到你?"

"打我的手机。"罗梅把她的手机号留给罗天地。

罗天地说:"罗凤和罗玉想来风海打工,我没让来。你说让她们来好,还是不来好?"

"这要看她们自己了。她们想来就来,不想来也不要勉强。哪里的钱都不是那么容易赚的,都要付出劳动和努力才行。不过风海赚钱的机会要比老家多一些,赚钱没有机会是不行的。"罗梅说。

罗天地说:"罗凤和罗玉来风海,你们姐三个在一起是个伴,相互能照顾,我和你娘也放心。"

"爸,这些钱你拿着回家用。"罗梅拿出一沓钱递给罗天地。

罗天地说:"家里挺好的,不用你的钱。"

"我给你,你就拿着。"罗梅说。

罗天地说:"我给你存起来,留着你出嫁时用。"

"汪海洋现在怎么样?"罗梅想了解汪海洋的事。

罗天地不隐瞒地说:"他跟于晓晓在一起住了几天,好像分开了。"

"就是那个寡妇吗?"罗梅说。

罗天地说:"是她。"

"是汪海洋提出来分开的?"罗梅没吃惊,平静地问。

罗天地说:"听说是于晓晓不同意。"

"那个寡妇为什么没看上汪海洋?"罗梅不解地问。

罗天地说:"还不是因为你。"

"我不是跟汪海洋解除婚约了嘛。"罗梅说。

罗天地说:"海洋晚上做梦总喊你的名字,搅得于晓晓睡不着觉。"

8

罗梅娘看罗天地拿着衣服和手机从风海回来，而没看见罗梅，责备地说："你怎么不把罗梅带回来呢？"

"她不想回来，我也不能把她绑回来呀。"罗天地说。

罗梅娘看罗天地把手机和衣服放在炕上说："手机和衣服都是罗梅给的？"

"不是她还能有谁，我又没钱买。"罗天地说。

罗梅娘说："你拨通她的手机，我跟她通电话。"

"没有手机卡，打不了。"罗天地说。

罗梅娘不知道手机卡是什么，不明白地说："手机不能用吗？"

"手机能用，但得有手机卡。"罗天地说。

罗梅娘说："你怎么不拿手机卡呢？"

"风海是青岛地区号，青岛的手机卡在咱们这里属于漫游，按照长途电话漫游收费，电话费贵。"罗天地说。

罗梅娘说："手机都有了，怎么还怕花电话费呢。"

"长途电话漫游费比咱们这儿一分钟贵好几毛钱呢。"罗天地说。

罗梅娘说："怎么会差这么多钱。"

"可能是国家不想让外地人用当地手机号码。"罗天地猜测说。

罗梅娘说："咱们这里哪有卖手机卡的？"

"镇上就有卖的。"罗天地说。

罗梅娘说："你回来时路过镇上怎么不买呢？"

"我不懂哪个号好。"罗天地说。

罗梅娘说："你不懂，我就更不懂了，谁懂呢。"

罗玉说："我懂，我去镇上买手机卡。"

"你得买三个。"罗凤说。

罗玉说："这还用你说，三部手机，不买三个还能买一个。"

罗天地说："买两个就行，你俩用一个手机，我和你娘用一个手机，另一个先放着，需要时再用。"

罗凤和罗玉一起去镇上。她们在镇上遇见几个高中同学，那几个同学准备去深圳打工。她们问罗凤和罗玉想去哪儿。罗凤和罗玉说想去风海或青岛找工作。

9

罗天地接过罗玉手里的手机，在键盘上摁着罗梅的手机号，但没拨通，语音提示说不在服务区内。

罗梅娘说："怎么回事？"

“不清楚。”罗天地说。

罗梅娘说:“你没拨错号码吧?”

“没有。”罗天地看着纸上的罗梅手机号码,对照着,确认地说。

罗玉说:“可能我姐不想接电话。”

“她为什么不接电话?”罗天地说。

罗玉说:“我哪儿知道。”

“罗梅告诉我说有事给她打电话。”罗天地说。

罗凤说:“过段时间再打。”

“你姐给你们每人一部手机,你们给你姐什么?”罗梅娘说。

罗凤说:“我们什么也不给她,也没东西给她。”

“你怎么这么心安理得呢?”罗梅娘说。

罗凤说:“谁让她是我姐呢。”

罗天地说:“把罗梅给的六千元钱存起来吧。”

“她又买衣服,又买手机的,哪来这么多钱?”罗梅娘问。

罗天地说:“她没说。”

“她不会不走正路吧?”罗梅娘担心地说。

罗天地说:“不会吧。”

“你去一趟风海应该问的事一点没问。”罗梅娘埋怨地说。

罗天地说:“我不是见到罗梅了吗?”

“可罗梅没回家呀。”罗梅娘说。

罗天地说:“别出去说手机和衣服是罗梅买的,更别说六千块钱的事。”

“为什么不说?我非得说。罗梅有出息了,怕别人嫉妒是不是,有本事他们去买呀。”罗梅娘说。

罗天地说:“这样对罗梅不好。”

“挣钱多了不好,不挣钱就好了?你这种想法到哪也讲不通。村里人谁问,我都说手机是罗梅买的,并且买了三部。汪海洋不是解除婚约了吗?他不是跟于寡妇住在一起了吗?他不是故意气咱们吗?我这回也气一气汪家,让汪家对解除婚约的事后悔。”罗梅娘对汪家在罗梅逃婚后做的事不满意。

第十七章 畸形之爱

1

罗梅送走罗天地心情极为不好，在屋里躺了好多天，人瘦下来。她不希望家里人来找她，可是家里人出现又是她期待的，真是让人矛盾。她感觉太孤独，孤独得要疯了，晚上去了金丽人酒吧。

金丽人酒吧坐落在风海正阳大街的西侧，离太阳商城不远，紧邻风海市公安局，属于繁华街段。金丽人酒吧是风海市最好的酒吧之一。从前罗梅跟李修文和马苏德来过这里。李修文和马苏德被检察院抓起来后，罗梅没来过这里。她走进酒吧，顿时感觉又回到过去的生活中。她没有新奇，反而有些讨厌。

一个陌生男人朝她走来。

罗梅来这里是寻找快乐的，然而她没感觉到快乐，而是觉得生活不真实，有些虚幻。她看着陌生男人不予理睬。

陌生男人要跟罗梅跳舞。

罗梅会跳舞，这是马苏德教的。马苏德教会她许多东西，她对马苏德的记忆是深刻的。她触景生情，有点想马苏德了，不知道马苏德怎么样了。陌生男人扰乱了罗梅的思绪，罗梅看着眼前这个男人，认为他不够档次，没有心情，断然拒绝了。

男人知趣地走开了，走向另一个刚进来的女孩。

罗梅看着形形色色的人，有点麻木了。她转过神来时，又一个男人朝她走来，向她借打火机。她会吸烟，但不常吸，遗憾的是她没带打火机。

这时从旁边走过来一位娇艳的女人，娇艳的女人把打火机递给那个男人。

男人点燃了一支烟，轻轻地吸了一口，像极为有滋味。

娇艳女人朝男人要了一支烟，叼在嘴上，悠然点燃。娇艳女人对着男人一笑，抛个媚眼，飘然而去。

男人吐出一口烟雾，做出神情飘然的表情对罗梅说："小姐，你也来支吧？"

罗梅迟疑了一下，伸手从男人递来的烟盒里抽出一支烟。男人把手里的烟递给罗梅，罗梅烟头对烟头点燃了嘴上的烟。她深深一吸，吐出一股烟雾，像是情感得到释放,心情轻松很多。

接下来的日子里,罗梅经常来金丽人酒吧。那个男人和陌生女人也常来这里。他们给罗梅烟,偶尔会请罗梅跳舞,喝杯青岛红酒。罗梅不拒绝,如同朋友交往那么随意。罗梅越来越离不开烟了,吸上了瘾。这时那个男人不再给她烟了,而是让她花钱买。她受不了这种诱惑,只能用钱买男人的烟。男人卖给她的烟价钱非常高,让她难承受。她从别的地方买来的烟不如那个男人给她的烟有味道,好吸,完全是两种不同滋味和感受。

她知道自己吸毒了。

2

罗遇达看见罗梅瘦成皮包骨的样子很吃惊,他没想到在这么短时间里罗梅会变得这么瘦。这种消瘦速度是不正常的。他想到罗梅的钱了,实际上他一直惦念着罗梅的钱。他对罗梅还是一如既往地热情,他担心罗梅说出格的话。罗忆莲去街上买东西没回来,如果让罗忆莲遇上,万一被罗忆莲看出破绽,就把事情闹大了,他神色不安。

罗梅看着屋里的变化问:“五娘来了?”

罗遇达说:“上街去了。”

罗梅点着头说:“五娘来了好,不用我陪你睡觉了。”

罗遇达警告地说:“我是你五爷,你别胡说。”

罗梅说:“我胡说了吗?”

罗遇达不知道罗梅想说什么,目光盯在罗梅脸上寻找答案。

罗梅冷笑地问:“你是我五爷吗?”

罗遇达没说话。

罗梅重复地问:“你真是我五爷吗?”

罗遇达没了底气说:“我不是你五爷是你什么?”

罗梅说:“你不是我五爷,你应该是我的情人或者是嫖客。”

罗遇达慌乱地说:“你不要胡说。”

罗梅冷冷一笑说:“难道说你把跟我睡觉的事忘了吗?”

罗遇达不承认地说:“没有的事。”

罗梅说:“五爷,你不是胆小怕事的人,你是个敢作敢当的人。你也不好好想想,像这种事你跑得掉吗?你忘得掉吗?就算你不承认,我去公安局一告,你还跑得了吗?”

罗遇达紧张地说:“你要干什么?”

罗梅把目光移向了窗外,没说话,她的沉默更让罗遇达慌乱。

罗遇达怕罗忆莲回来听见这些话,便说:“你没事走吧。”

罗梅说:“我没钱花了,你给我拿点钱我就走。”

罗遇达说:“你没钱了?你朝我要钱?”

罗梅说:“我不朝你要朝谁要?”

罗遇达说:“你那么多钱,还朝我要钱。我这点钱跟你的钱相比还不差个十万八千里,你也能想得出来。”

罗梅的心抽动了一下说:“我的钱是我的钱,你的钱是你的钱,你想白睡我吗?有句话说得好:天下没有免费的午餐。我不能让你白睡,如果你不给我钱,我朝五娘要,五娘是通情达理的人,不会赖账的。”

罗遇达看罗梅不肯善罢甘休的样子,有些心虚,毕竟他不想把这件事张扬出去。他问:“你要多少?”

罗梅说:“两千。”

罗遇达几乎是吼着说:“你疯了吧?我到哪儿给你弄这么多钱!你还让不让我活了?”

罗梅根本没把罗遇达的话放在心上,不耐烦地问:“你给还是不给?”

罗遇达说:“我没有。”

罗梅质问地说:“你有什么?”

罗遇达说:“我什么也没有,我是穷光蛋。”

罗梅说:“五爷,你别装糊涂,你就说给,还是不给吧?”

罗遇达看罗梅态度过于强硬,心更虚了,软下来,一脸苦相地解释说:“我想给你,可我真没有钱。生意不好做,我又刚从老家回来。你让我到哪里给你弄两千元钱呀!你这不是在要我的老命吗?”

罗梅对罗遇达为难的表情无动于衷,没有一丝同情和怜悯,催债地说:“你什么时间能有钱,说个日子吧!”

罗遇达问:“你要这么多钱干什么?”

罗梅说:“这点钱还多?我跟其他男人睡一觉,你知道能赚多少钱吗?”

罗遇达说:“你怎么变得这么不要脸。”

罗梅说:“你要脸还跟我睡觉。你跟我发生两性关系时,你想过脸面的事吗?”

罗遇达说:“能不能少点?”

罗梅说:“这是最少了,我还没朝你要五千六千呢。你说什么时间能有钱吧?”

罗遇达没有办法地说:“过几天吧?”

罗梅追问说:“过几天?”

罗遇达思索了一下,不敢拖得日子太长,为难地说:“三天吧。”

罗梅冷冷地问:“三天不短了吗?”

罗遇达说:“三天时间还长呀。”

罗梅毫不客气地说:“明天我来拿钱。”

罗遇达看罗梅规定了日期,慌忙说:“这是两千,不是两块钱。我不像你那么有钱,你拿出两千元钱不当回事,我不行,我拿出两千元钱是要命的事。”

罗梅没有退让地说:“五爷,你记住了,明天我来拿钱。”

罗遇达说:“你不用来,我给你送过去。”

罗梅把新住处告诉给罗遇达,走到门口时遇见了从街上回来的罗忆莲。

罗忆莲很长时间没见到罗梅了,见到罗梅格外高兴。她这次来风海时,罗梅娘还叮嘱她帮着打探罗梅的消息呢。她说:“吃过饭再走吧。”

罗梅不想多待,笑着说:“今天我有事,改天吧。”

罗忆莲问:“你住在什么地方,有时间我去你那儿。”

罗梅说:“你问五爷,五爷知道。”

罗忆莲回过头,吃惊地看着罗遇达。

罗遇达把目光移到别处,不跟罗忆莲对视。

罗梅说:“五娘,我走了。”

罗忆莲说:“你有时间过来玩。”

罗梅说:“我会来的。”

罗忆莲看罗梅匆忙远去的背影有些扫兴。

罗遇达心情沉重,不敢正视罗忆莲。他跟罗忆莲在一起生活几十年了,还是第一次萌生这种愧疚之情,这是良心的自责。

罗忆莲回到屋里觉着这件事不对,看样子罗梅好像不是第一次来这里了。罗遇达为什么不跟她说见过罗梅呢?罗遇达为什么说没见过罗梅呢?为什么说没有罗梅的消息呢?这是矛盾的。罗遇达想掩盖什么呢?她问:“罗梅常来吗?”

罗遇达说:“不常来。”

罗忆莲问:“你知道她住在哪儿吗?”

罗遇达说:“她刚告诉我,我没去过。”

罗忆莲问:“你怎么跟罗天地说没见过罗梅呢?”

罗遇达说:“罗梅让我帮她保守秘密,不让我说,我能不答应嘛。”

罗忆莲说:“她不让你说你就不说?你怎么那么听她的呢?你不知道她爹娘找她找得着急吗?”

罗遇达说:“她不让我说我说干什么,闲着没事了是不是。”

罗忆莲说:“你还像当长辈的吗?亏了她还叫你五爷呢。你看她爹娘都急成什么样了?罗天地来风海找罗梅,到现在还没回去呢。”

罗遇达不相信地说:“你咋知道罗天地没回去呢?他应该回去了。他不回家还能留在风海吗。”

罗忆莲记错时间了。她离开罗家村时罗天还没从风海回家,现在已经过去好几天时间了,罗天地应该回去了。她说:“反正这件事你做得不对,你别不承认。”

“行了,我做错了,你快闭嘴吧。”罗遇达火了。他不想提起罗梅,罗梅成了他的一块心病。他想治病,可没有良药妙方。

罗忆莲没想到罗遇达会发这么大火。她哪里知道在她离开风海后罗遇达跟罗梅睡在一起的事情，她被蒙在鼓里，随口说："老绝户。"

"你给我滚开。如果你不想在这里待，就回老家去。"罗遇达更火了。

罗忆莲不敢说话了，只能把气憋在肚子里。

罗遇达说："你也不睁开眼睛看一看，罗天地那家是窝什么东西，他家的姑娘个个都跟妓女似的。"

罗忆莲白了罗遇达一眼走开了。

罗遇达自言自语地嘟哝了几句，不再说这件事了，心里还想着这件事，放不下来。他知道罗梅说一不二，说要两千就两千，没商量余地，不给不行。他不想把钱给罗梅，他得做多少天生意才能赚到两千元钱。他知道罗梅有钱，猜测罗梅找他要钱干什么，难道说罗梅又要买房子了？他不敢把事情公开，如果公开了，罗忆莲会跟他闹翻天。他没有生育能力，罗忆莲已经原谅了他。他如果在感情上背叛了罗忆莲，罗忆莲会伤心到底，决不会让步。他是跟同族晚辈女孩发生男女之事，天理难容，如果传出去，他今后还怎么见人？他想息事宁人。他背着罗忆莲从银行取了两千元钱，悄悄给罗梅送去了。

罗梅接过钱说："你这样做才算是真正的五爷。"

罗遇达面对罗梅胆战心寒，做出了断的姿态说："我就这么多钱了，全给你了。今后你别再找我要钱了，要也没有。"

罗梅说："五爷，我爸找到我了。"

罗遇达没有明白罗梅说这句话的用意，看着罗梅没说话。

罗梅说："这多亏了你，要不是你，我爸也不会来找我。我见到他真高兴。"

罗遇达问："你跟你爸说什么了？"

罗梅知道罗遇达担心什么。她说："还能说什么，总不能把跟你睡觉的事告诉他吧。"

罗遇达突然觉得罗梅不应该留在风海，罗梅留在风海会走向深渊，走向地狱，也影响他的生活。他说："你应该跟你爸回沂蒙老家。"

罗梅问："我为什么要回老家？"

罗遇达语重心长地说："你有那么多钱，回老家可以过上好日子，你那些钱在老家恐怕一辈子也花不完。"

罗梅苦苦一笑，不以为然地说："钱是什么东西？"

罗遇达说："没钱是生活不下去的。"

罗梅说："为了生活得更好，所以我还得在风海赚钱。"

罗遇达问："你爸没让你跟他回家吗？"

罗梅眼睛里充满了泪水说："我是不可能回去的，我死也要死在风海。"

罗遇达看罗梅态度如此坚决，无话可说。

罗梅说："你走吧，我不会再去找你了。"

罗遇达将信将疑地看着罗梅，缓慢离开了。他从罗梅的屋里走出来，不但没感到轻松，反倒心情沉重起来，像有块石头压在心上。他想不通罗梅为什么会变成这样，从前罗梅不是这样的。他感觉罗梅有着强烈的占有欲，如果满足不了罗梅，罗梅会不择手段，不顾一切地想尽办法达到。罗遇达感觉这不是好预兆。他回到住处心不在焉，神不守舍。他的焦虑引起了罗忆莲的注意。

罗忆莲不知道罗遇达的心事，她刚跟罗遇达吵过架，还没消气，怕再次引起罗遇达不高兴，不敢多问。她察言观色，在心里琢磨，分析，判断。

罗遇达在床上躺了一会儿就去干活了。他暗暗告诫自己，不能消沉下去，要把花在女人身上的钱赚回来，不然他在风海没法生活，没法待下去。他给罗梅两千元钱，虽然他心疼得不得了，但没办法补救，他唯一的办法是去赚更多钱。他干起活来好像比从前更有劲儿了，更拼命了。

罗忆莲拿着几件脏衣服到院子里洗，她让罗遇达把身上的衣服脱下来。

罗遇达停下手里的活，脱掉身上的脏衣服，换上干净衣服，骑着三轮车去卖盒饭了。

罗忆莲在把衣服放进水里之前，习惯性地翻了一遍衣服兜，看兜里是不是有东西。她在罗遇达的衣服兜里拿出从银行取两千元钱的存根。她仔细看上面的日期，发现是刚取出来的。她不知道罗遇达取钱的事，她不知道罗遇达手里有多少钱，她不知道罗遇达取钱干什么用，她猜测罗遇达情绪为什么反复无常，这种变化会不会跟这笔钱有关？她心里打了个结，想来想去也解不开这个结，她心里不痛快。

罗忆莲心不在焉地把衣服洗完，晾在绳子上，盼着罗遇达回来。她越是盼着，时间过得越慢，她在煎熬中度过漫长的时间。罗遇达回来了，她一脸的不高兴。

罗遇达心情好多了，看样子今天生意不错。他看罗忆莲没像往日那样过来帮他，说了一句：“你想啥呢？还不快过来帮我。”

罗忆莲不搭话。

罗遇达把三轮车上的东西搬下来，移到屋里，坐在床边看着罗忆莲说：“生气了，我没在家你跟谁生气？”

罗忆莲白了罗遇达一眼问：“你从银行取钱了？”

罗遇达六神无主地应了声：“啊！”

罗忆莲沉默了，想等罗遇达自己说出来。

罗遇达以为是罗梅来说这件事，心慌地问：“罗梅来了？”

罗忆莲试探地问：“你把钱给罗梅了？”

罗遇达以为罗梅把事情告诉了罗忆莲，承认地说：“你都知道了。”

罗忆莲感觉罗遇达有事瞒着她，淡定地看着罗遇达不说话。罗遇达从没看见罗忆莲这么淡定过。罗忆莲越是不说话，罗遇达越是慌张。罗忆莲说：“你跟罗梅是怎么回事？”

罗遇达不明白罗梅为什么要这么做，不明白罗梅到底想干什么。罗梅说再也不来找他了，怎么又来了呢？这不是出尔反尔，言而无信吗？

罗忆莲已经猜到这两千元钱是给罗梅了，但她不知道为什么给罗梅。她说：“你为什么给罗梅钱？你为什么不告诉罗天地你知道罗梅住在哪里？”

罗遇达看事情隐瞒不住了，把这件事从头到尾如实说了一遍。罗忆莲听完被气得差点晕过去，她责怪罗遇达没有良心，做对不起她的事情。罗遇达像个罪人不说话。

罗忆莲说了好长时间后，决定找罗梅把钱要回来。她知道赚这笔钱很辛苦，不能把两千元钱白白送给罗梅。

罗遇达不让罗忆莲去要钱。他说：“钱你别要了，要也要不回来。我给她这两千元钱，算是跟她了断了。”

罗忆莲说：“了断非得用钱吗？没别的办法吗？”

罗遇达说：“不给钱不行，现在罗梅只认钱，给她钱能了断就不错了。”

罗忆莲说：“她勾引你，又不是你强奸她，她有什么理由要钱？”

罗遇达说：“你去找她就把事情闹大了，还是算了吧。我对不起你，你原谅我一回，我保证不出现第二次。”

罗忆莲说：“你真不要脸，还想发生第二次。你不看你多大年龄，罗梅多大年龄吗？不过对你们这种不要脸，不知羞耻的人来说年龄不管用。”

罗遇达静静地听着，没有一点反驳的理由。

罗忆莲说：“你知道这是多少钱吗？”

罗遇达当然知道是多少钱了，这笔钱是他卖盒饭卖出来的，他要卖多少盒饭才能卖出来这笔钱呀！他比谁都心疼。

罗忆莲说：“这可是两千元钱呀！在罗家村种两年地也赚不到这个数，这么一大笔钱你说不要就不要了，脑子有毛病了吧，罗梅的身子咋会这么值钱呢？”

罗遇达说：“两千就两千吧，咱当没挣还不行嘛，以后我多挣钱。”

罗忆莲说：“你说得轻松，你以为钱是大风刮来的吗？你都多大年龄，还能做几年生意，你真是让狐狸精迷住了。这事不能听你的，我去把钱要回来。”

罗遇达说：“你别去了。”

罗忆莲说：“你怕什么？你这么大年龄了，还能有几天活头。要怕应该是罗梅怕，她年纪轻轻的都不怕，你怕什么？要丢脸一起丢！”

罗遇达没拦住罗忆莲，他看着罗忆莲的背影长叹了一声。

罗忆莲来到罗梅的住处，门锁着，在门口转了转，坐在门口等罗梅。天黑时罗梅回来了，她身边还跟着一个男人。罗忆莲没见过这个男人。她不了解男人跟罗梅是什么关系，没马上说话。

罗梅看罗忆莲一脸怒气的样子，知道不会是好事，她让男人走了。

罗忆莲说：“你是谁的钱都想挣。你用这种方式挣钱，不怕烂了身子吗？”

罗梅说:“闭上你的臭嘴。如果你认为那钱花得冤枉,你让五爷来。我跟五爷的事你管不着,你也不懂。”

罗忆莲火了说:“我咋个管不着？那钱有我的份,你把钱还给我!”

罗梅说:“想把钱要回去,你做梦！钱早花没了。”

罗忆莲吃惊地说:“你这么快就把两千块钱挥霍掉了?”

罗梅白了罗忆莲一眼说:“你说话别这么难听,不是挥霍掉,是花掉了。你会花钱吗？给你钱你也不会花。”

罗忆莲说:“你要是不把钱还给我,我回罗家村找你娘你爹要,让全罗家村人都知道你的丑事。你不要脸不要紧,看你爹你娘咋有脸见人。”

“你要是那样做,我就去公安局告五爷强奸我,到时候判他个十年八年的,让你守活寡,让你这个不生儿不生女的老太婆在寂寞中老死。”罗梅咬牙切齿地说。

罗忆莲软了许多。她说:“你去公安局告状没证据,公安局是不会相信的,也不会管。”

罗梅冷冷地说:“五爷他敢不承认吗?”

罗忆莲说:“没证据为什么承认。”

罗梅说:“警察抓住他,关起来,几电警棍他就承认了。”

罗忆莲骂:“罗梅,你真不要脸!”

罗梅嘲笑地说:“你要脸就管好五爷,别让他四处找女人。”

罗忆莲瞪着罗梅。

罗梅说:“你不用瞪,瞪也没用,你能瞪出钱来你就瞪。”

“罗梅,我警告你,你再也别到我那儿去！你再去,我打断你的腿。”罗忆莲说完愤恨地摔门而去。

罗梅心里十分不好受,想哭又哭不出来。她看不到生活的美好和希望,感到自己不可救药了。她关上门,一个人在屋里,怕别人来找她。

罗忆莲咽不下这口气,跟罗遇达发了一通脾气,还是不解恨。她不能让罗梅轻易拿走两千元钱,如果罗梅尝到了甜头,再来找罗遇达要钱怎么办？要是罗遇达私下再给罗梅钱呢？她要让罗梅臭名昭著,让熟人都知道罗梅跟男人睡觉的丑陋行为,要让罗梅丢人现眼,无地自容。她去宁子、赵娟、维娜她们那说罗梅的坏话,把罗梅住的地址告诉给她们。

宁子、赵娟、维娜她们一直在找罗梅。她们听罗忆莲这么说罗梅你看我,我看你,不相信罗梅会变得这么下流,无耻。罗忆莲是她们的长辈,名誉好,向来是有一说一,有二说二,从不制造谣言,不说谎话。她跟罗梅一无仇,二无冤,又怎么会平白无故造罗梅的谣呢？虽然罗忆莲的人品能证实她说的话的真实性很大,可宁子、赵娟、维娜她们还是难以相信。她们都是罗梅从沂蒙老家带出来打工的,如果没有罗梅,就不会有她们在风海打工的美好生活。她们对在风海打工的生活非常满意,也感谢罗梅。她们想去看望罗梅。

宁子、赵娟、维娜她们在罗忆莲走后，买了水果和糕点去看罗梅。罗梅刚好睡醒，正准备上厕所，开门看见这些同乡姐妹，又惊又喜，显得手足无措。宁子、赵娟、维娜她们异口同声地说："罗梅姐。"

罗梅慌忙把宁子、赵娟、维娜她们让进屋，转身去了厕所。她在厕所里用手使劲儿揉了揉脸，努力调整着心态。她过了好一会儿才回到屋里，解释说："我的肚子不太好。"

宁子关心地问："吃药了吗？"

罗梅说："经常这样，过一会儿就好了。"

赵娟说："可能是着凉了。"

罗梅不想说自己的事，想了解宁子、赵娟、维娜她们的事，可她却心不在焉，说话时常走神。她送走宁子、赵娟、维娜她们后，骂罗忆莲。她说："这个老不死的！"罗忆莲把她的住处告诉给宁子、赵娟、维娜她们了。她自尊心极强，不想让别人看到她的落魄，她必须搬走，不能继续住在这里。

她没钱付房租了，房东已经来催促过她好多次了。

外面有人敲门，她没开。不管是谁敲门，她都决定不开。她屏住呼吸，不让门外的人发现她。门外的人骂道："屋里人死了吗？"

第十八章

冤家路窄

1

罗梅数了数钱，只要不付拖欠的两个月房租，还够租房子的。她去租房子，并且在深夜悄悄地搬走了。虽然近期房东对她的行动格外注意，防止她不付房租偷偷搬走，还是让她幸运跑掉了。

房东发现人去屋空时，发恨地骂了句："小骚货，真精明，省下这两个月租金去买避孕套吧。"

罗梅听不到房东的诅咒，省了钱，得到了不付房租的甜头，为自己这个小小的伎俩感到愉快。从前她怎么不这样做呢？她后悔了。她认为亡羊补牢，今后租房子还可以少花钱。接下来她每次租房子时只交第一个月房租，然后开始拖欠房租，拖几个月，然后在夜深人静时偷偷跑掉。她每次都很成功，越来越有经验。她的生活用品越来越少，东西越少越便于逃脱。除了生活必需品外，她几乎什么都没有了。常在河边走，哪有不湿鞋的。那次她刚从院里悄悄溜出来，正好被巡逻的治安员遇见了。

两名治安员看罗梅在深夜拿那么多东西鬼鬼祟祟地走路，产生了怀疑，认为她不是好人，迎上去盘问："干什么的？"

罗梅胆战心惊地解释说："我是租户，在搬家。"

治安员问："怎么在夜里搬家呢？"

罗梅说："白天忙。"

治安员问："只有你一个人吗？"

罗梅神色慌张地说："只有我自己。"

治安员问："房东知道你搬家吗？"

罗梅说："知道。"

治安员不相信罗梅说的话，敲门叫醒了房东。

房东是个膀大腰圆，文化不高的农民。他上身光着，下身只穿着内裤，一脸困意地敞开房门走出来。他看见罗梅这样，立刻明白是怎么回事了，困意顿消，气愤地骂:“小挨操的,不付房租你想跑掉?”

罗梅哆哆嗦嗦地站在那里,像罪人在接受惩罚。

治安员用手里的强光手电筒在罗梅身上照了照,认为这件事不在他们管辖范围,转身离开了。

罗梅看治安员走了,想跟着走。她知道如果不走,房东是不会放过她的。她刚走两步就被房东拉住了,罗梅惊叫着:“你想干什么?”

房东说:“不付房租就想走,可能吗?”

罗梅大声喊:“放开我!放开!”

声音在夜空回荡,显得有些绝望。

治安员回过头,发现罗梅和房东撕扯在一起,走过来拉开他们说:“有事说事,不能动手,谁动手,谁负责。”

房东说:“她还欠我两个月房租呢!”

罗梅看不给房租是走不掉了,急忙从衣服兜里拿出钱数了一下,递给治安员说:“这是他的房租。”

治安员迟疑了一下,接过钱说:“多少?”

罗梅说:“一百六。”

治安员转手把钱递给房东说:“你数一下。”

房东接过钱数了一遍,不多也不少。他说:“算是让她捡个便宜。”

罗梅说:“我可以走了吧?”

治安员看了一眼房东问:“她还欠你其他东西吗?”

房东说:“我看一看她拿的是什么东西。”

罗梅不想让房东翻手里的东西,拒绝地说:“这都是我的!”

房东说:“让我看一看,你的我不要,我的你也别想拿走。”

罗梅还是不想给房东看,坚持说:“我说是我的就是我的。”

房东说:“我不信!你不让我看就别想走。”

治安员说:“你们俩在这争执吧,我们走了。”

罗梅说:“我跟你们一起走!”

治安员说:“你们两个说不清道不明的,谁有时间陪你们。”

罗梅生气地把手里的东西递到房东面前说:“你看吧,你随便看,看什么东西是你的?”

房东没了兴致地说:“你走吧!再别让我看见你!”

罗梅见房东同意她离开了,急匆匆朝夜色中走去。

两名治安员觉着罗梅一个弱小女人在茫茫夜色中行走不安全,追上去问:“半夜三更你去哪里?要是遇到坏人怎么办?”

罗梅没有止步,继续朝夜色中走去说:“我不会有事的。”

夜是那么静,人们还在熟睡中。罗梅这次逃跑失败,使原来的计划落空了。她一个人走在路上是那么寂寞,她的神情没缓过来,还有些紧张。刚才她受到了惊吓,出了一身汗,风一吹,身上凉飕飕的。她不知道要去哪里,她无处可去。每次她顺利逃掉后,先在有灯光的大楼下待着,到黎明来临时去找新的住处。这次也不例外,她来到一座亮灯的大楼下,坐在那里看着天上的星星,期待新一天的到来。

罗梅一夜没睡,天亮的时候却睡着了。当她被人叫醒时,身前站着一个男人。她看男人穿的衣服知道他是大楼里的工作人员。

男人说:"这地方不让住盲流,盲流在这里影响市容。"

罗梅生气地说:"我不是盲流,我是流氓。"

男人说:"你是流氓?"

罗梅说:"我不像流氓吗?"

男人说:"你不像流氓,你像疯子。"

罗梅说:"我要真是疯子就好了。"

男人被罗梅的表情弄蒙了,愣愣地看了罗梅一眼,转身走开了。

罗梅不情愿地站起来,看了看天空中的太阳,拎着东西蹒跚地走下台阶,她迈出每一步都是那么艰难。

街上车来车往,好像有好多眼睛盯着她。她拿着这些生活用品如同逃难者招摇过市,引起过路人的目光。她意识到不能这样走下去,她不想让人看见自己的狼狈相。她想在风海继续生活,想生活得更好。她恨手里这些东西,她觉着每一件东西都是碍手碍脚的。她想把这些东西扔到垃圾桶里,可又不舍得。她认为应该先租个房子住,翻了翻兜里的钱,还够付一个月的房租。她去租房子了。她必须躲开熟人,怕被熟人认出来,附近的房子不敢租,到远一点的地方租房子。

长期漂泊不定的生活使罗梅积累了丰富的租房经验,非常顺利地租到了房子。她从房东手里接过钥匙,把房屋租金交给房东,把门关上,一头扑到床上。

经过一夜的煎熬,她已经精疲力竭,躺在床上不想睁眼睛。她肚子饿得难受,好像肠子要倒出来了。她原本准备睡醒了去吃饭,可肚子一遍遍地叫,实在忍受不了饥饿的侵犯,去小街上吃饭了。

附近有家水饺店,她刚才路过时就看到了。她走进水饺店里时,服务员满面笑容地迎上来。她要了半斤水饺。店里面的 VCD 机正放着《一人走过咖啡屋》那首歌,她听着无限伤感。

服务员端上了饺子,罗梅头不抬眼不睁地吃起来。她吃得那么香,那么投入。她好像被饥饿困扰了很多年,一口气把一盘水饺吃得一干二净。她好像不是在吃,而是往下吞。她的目光在空盘子上停留片刻,又要了半斤水饺,吃过第二盘水饺后,抬起头,发现服务员站在不远处看着她。她从服务员惊诧的表情里意识到自己的狼狈吃相,她慌忙付了账,离开了水饺店。

她从水饺店走出来,看见了马苏德老婆,马苏德老婆也看到她了,四目相对,顿时电闪雷鸣,一场风雨之战开始了。罗梅在前面跑着,马苏德老婆在后面追着,罗梅时不时地回头看马苏德老婆。她们之间只有十几米的距离，这个距离是因为罗梅跑得早，马苏德老婆起跑晚造成的。除此之外，两个人的奔跑速度相差无几。照情理罗梅应该比马苏德老婆跑得快，因为她比马苏德老婆年轻。可是罗梅刚吃过饭，肚子里的饭成了奔跑时的累赘，影响了奔跑速度。如果知道遇上马苏德老婆，她宁愿饿着也不会来吃这顿饭。

罗梅没往住处跑，往住处跑就暴露藏身的目标了，那样麻烦就更大了，她向大街跑去。她想只要跑到大街上，马苏德老婆就不会再追了，大街上人多，她也好躲藏。马苏德老婆紧追不放，没有停下来的意思，那劲头好像不活捉了罗梅誓不罢休。这时罗梅最怕马苏德老婆喊抓贼，如果喊抓贼，人群中如果突然冒出个见义勇为的英雄，她就成为网中之鱼了。她采取了极端方式，冲向了机动车行驶的马路上。

一辆乳白色面包车在罗梅身边放慢了行驶速度，跟着她。她跑着，车缓缓地开着。车门打开了，李婧雨从车里探出头喊："罗梅，上来。"

罗梅向车上望去，跳上了车。

李婧雨关上车门。

康佳云脚踩油门，提高了车的行驶速度。

马苏德老婆望车兴叹，停下来，呼哧带喘地用手不时捶着前胸。她回过头，周围好多人在看她。刚才这一幕，她过去只是在电视里见过，没想到这精彩的画面会发生在自己身上。她当了一回胜利者，有点自豪。她是不肯放过罗梅的。

罗梅坐在车上，不住地回过头看渐渐被甩在后面的马苏德老婆。她觉着胃疼，好像胃要胀开了一样，脸色特别难看。她吃饺子吃得太多了，加上剧烈奔跑，肚子受不了。她让康佳云停车。

康佳云说："送你去医院吧？"

罗梅说："不用去医院，停下车，我下车走一会儿就好了。"

李婧雨说："没事吧？"

罗梅说："我下车走一走吧。"

康佳云看了一眼李婧雨，征求她的意见。

李婧雨说："送你去医院吧？"

罗梅说："不用。"

康佳云把车停在街边，打开车门，他和李婧雨把罗梅扶下车。

罗梅从车上下来，不敢直腰，身体弯着，如同弓箭。她手捂着胃，不停揉搓着。她的脸色比在车上好多了，疼痛也稍微减轻了。

李婧雨被罗梅刚才的样子吓坏了，看到罗梅表情缓过来，不解地问："那个追你的女人是谁？她为什么追你？"

罗梅本不想回答，可不回答又觉得不好，随口说："那女人不讲理。"

李婧雨问："你惹着她了？"

罗梅说:“我没惹她。”

李婧雨说:“你没惹她,她为什么追你?”

罗梅说:“那女人疯了。”

李婧雨说:“你跟那个女人之间肯定有事。”

罗梅说:“吃饭时我跟她吵了几句,她见我是外地人,欺负我。”

李婧雨也是外地人,有同感,她在买东西时遇到好几次这种事。她看了一眼身旁的康佳云说:“你们本地人只会欺负外地人,算什么本事!”

康佳云反驳地说:“你说话太主观了,人是不能以地域来划分好坏的,哪里都有好人,哪里都有坏人。比如说,我就是好人。”

他们两个人说起笑话来。

罗梅问:“你们去哪儿?”

李婧雨说:“我们去进货,你要是没事就跟我们一起去吧。”

罗梅说:“我去不打扰你们吧?”

李婧雨说:“你想得有点多了。”

他们上了车。

李婧雨说:“我一直想找你,可是找不到你。我还以为你不在风海打工,回沂蒙老家结婚去了呢。”

罗梅说:“我是回沂蒙老家了,可不想结婚,就从家里跑出来。”

李婧雨说:“你男朋友已经从部队复员了吧?你们感情不是很好,怎么不想结婚呢?”

罗梅说:“我现在对结婚有点恐惧。”

李婧雨说:“你得了结婚恐惧症?”

罗梅说:“有这种可能。”

李婧雨问:“你在哪儿上班呢?”

罗梅说:“待着呢。”

李婧雨说:“不工作花什么呀。”

罗梅说:“对付着活吧。”

李婧雨说:“你咋这么消极呢。”

罗梅叹了口气,忧愁再次出现在脸上。

李婧雨已经跟康佳云结婚了,她在李刚大药房卖药。在药店工作比在生产车间工作环境好,专业对口,能用上学的知识。她今天休息陪着康佳云一起进货。康佳云还在经营青青岛电脑公司。李婧雨已经不是原来打工妹的形象了,可她的言谈举止中仍带有乡村人的朴实,她对罗梅还是那么亲近,没一点外道。

罗梅在李婧雨这里玩了一整天。

2

康佳云在罗梅走后叮嘱李婧雨说："以后你少跟罗梅交往，赵强说罗梅现在什么事都干，跟过去不一样了。"

李婧雨说："你们不要用变色眼光看人，罗梅人品不坏。她现在遇到困难了，咱们应该帮助她。"

康佳云说："咱们跟她不沾亲不带故的，为什么帮她？"

李婧雨说："帮她有坏处吗？"

康佳云说："还有什么好处吗？"

李婧雨说："你怎么总想好处呢。"

康佳云说："现在是市场经济，以发展经济为纽带。这年头，没好处的事没人干。"

李婧雨说："你做生意做得钻进利益堆里出不来了。"

康佳去说："真让你说对了，没好处的事我不做。"

李婧雨说："我跟你商量件事呗？"

康佳云说："什么事？你这么郑重其事。"

李婧雨说："咱们那个老房子不是没人住嘛，我想把它借给罗梅住，你看行不？"

康佳云说："不行！我想收拾一下租出去。"

李婧雨说："过两年就拆迁了，你不是说不收拾了嘛。你别小心眼了，借给罗梅住吧。她在困境时咱们帮她，她不会忘的。"

康佳云说："你的心是太好了，快成菩萨了。"

李婧雨说："你同意了？"

康佳云说："我不同意能行嘛。"

李婧雨拨通了罗梅的手机。虽然罗梅什么都没有，但不会卖掉手机，这是她最喜爱的物品，也是与人联络的必要通信工具，不能没有。

罗梅手机里存了李婧雨的电话号码，她看了一眼，没接电话，去找李婧雨。李婧雨没想到罗梅能来，质问地说："你怎么不接电话呢？"

罗梅说："为了给你省电话费。"

李婧雨说："电话费能花多点钱。"

罗梅说："路不远，省点是点。"

李婧雨说："你现在没干活，房租贵，我们家老屋给你住吧。"

罗梅说："一个月多少钱？"

李婧雨说："不要你的钱，如果要钱就不让你住了。"

罗梅说："不给你房租不好吧。"

李婧雨说："你现在不是缺钱嘛，如果你钱多我就不让你住了。"

罗梅说:“你说了算吗?”

李婧雨说:“我说了不算谁说了算。”

罗梅说:“房子是康佳云家的吧。”

李婧雨说:“我跟他结婚了,也是我的。”

罗梅说:“咱们打工妹在本地人面前没有地位。”

李婧雨说:“我跟别的打工妹不同,康佳云也跟其他本地人不同,我们两个组成一个不同的家庭。”

罗梅说:“你别理解错了,我没别的意思,怕让你为难。”

李婧雨说:“不会的。”

罗梅住的地方跟马苏德老婆开的水饺馆太近,两个人随时会遇上。那天她遇到了马苏德老婆,每天提心吊胆的,正想换地方呢。她和李婧雨都是打工妹,生活状况却迥然不同。李婧雨过的是安心日子,而她呢?从前她比李婧雨有钱,也有过安心日子,可怎么会落入这种境地了呢?她想回到从前平静的生活里去,但那种日子越来越远了。她无论怎么努力掩饰,也无法掩盖经济上的拮据。她知道李婧雨是好意,可放不下架子,自尊心受到了刺激,不想丢面子,半推半就地说:“让我想一想。”

李婧雨对罗梅这句话不满意,不客气地说:“如果你不住,我就租出去了。”

罗梅说:“你租出去吧,租出去还能挣钱。”

李婧雨转变了态度说:“我跟你开玩笑呢。你什么时候想住就来找我。”

3

罗梅走在僻静的小路上,手里攥着很少的钱,精神恍惚。她一想到钱要花完了,从心里冒冷气,不禁打战。她对风海这座城市厌恶了,有意回家。她能这样回去吗?不能!她要赚到足够的钱才行。她找不到赚钱的门路,挣钱的想法如同在梦中一样缥缈,不现实。她偶尔陪男人睡一次觉,挣到的钱还不够买毒品的呢。

她的毒瘾又上来了,无法忍受折磨,疯狂地往金丽人酒吧跑去。黑哥就在那里。

黑哥没给她,她扯着黑哥的胳膊央求着。黑哥让她拿钱来,上几次的钱她还没付呢。她慌忙从兜里掏出一把零钱,递给黑哥。黑哥扫了一眼说:“这点钱你糊弄小孩呢!”

罗梅说:“黑哥,这几天我就有钱了。我弄到钱给你送来。”

黑哥说:“你的话谁能相信。”

罗梅说:“黑哥,我可以发誓。”

黑哥说:“如果发誓能发来钱,我宁愿时时刻刻发誓。”

罗梅恳切地说:“你相信我。”

黑哥说:“我只相信你这一次,如果再不还钱,就别想了。”

罗梅连连点头。

黑哥把一个装毒品的盒子扔在了地上。

罗梅发疯般扑了过去,她见到毒品好像见到了救命药一样,她得到了满足,情绪稳定下来。

黑哥狞笑着。

罗梅离不开毒品了,她掉到无底的深渊中。她一个人走在大街上,夜色茫茫。她缓缓地朝住处走去,又折回身来,在大街上徘徊。她完全可以回去睡一觉,休整一下疲惫的身体,但她知道一觉醒来的日子会更难过,她要在夜色中寻找赚钱的途径与机会。

黑夜里充满着恐怖,有着数不清的陷阱。

罗梅一个弱小女人能有什么本事赚钱呢?但她必须赚钱。几个男人从她身边经过时,没有理会她。她知道只能从男人身上赚钱了,她等着男人来找她。这种等待是焦虑的。终于有男人上前来跟她搭话了,她借着路灯暗淡的光,看出来这不是个有钱男人,并且不是本地人,而是外地来风海的打工者。

男人说身上就十元钱,问她行不行。

罗梅是第一次听到这个价钱。十元钱是太少了,还不够脱裤子费事的呢。她期待得太久了,无奈地接下了这笔生意。

男人得到满足后消失在茫茫夜色中。

夜依然那么静。她没走,她不可能赚到十元钱就满足了。她把钱放进兜里,用手紧紧握着,生怕不翼而飞。过了一会儿,又有一个男人向她走来。这个男人给了她五十元钱。五十元钱是十元钱的五倍,数目的增加让她得到了点安慰,她好像在漆黑的夜色中看到了一丝希望。她心想要是五百或者是五千就好了。她在最辉煌时期一次挣到过五千元钱,但已经成为历史,不会再次出现了。她又等来一个男人,这个男人给她一百元。男人给她的钱一次比一次多,使她打消了顾虑,增强了自信,使她再次产生了赚大钱的幻想和憧憬。她想在这个黑夜里一定有更好的生意等着她。

有一群民工从她身边经过,她没理会。这群民工跟她擦肩而过后,又转身回来。他们给罗梅的价钱是每人二十。

罗梅不满意这个价钱,她说最少五十。

民工跟罗梅进行了一番激烈的讨价还价后,价钱没谈好,性欲却上来了。民工顺从地说:“你说多少就多少。”但事情结束时,民工四散跑开了,一分钱也没给罗梅。

罗梅面对夜色大哭起来,她的哭声引起了巡警的注意。两名巡警走过来问她为什么哭,她才知道引来了更大麻烦。她是不能说的,说出来也没用。她止住了哭泣,编造个谎话,说:“我妈死了,我却回不去家。”

巡警信以为真,安慰她说:“人死不能复生,早点回住处休息吧,深夜里一个女人在大街上不安全。”

罗梅止住哭声,迅速离开巡警,回到小屋里。她对生活完全失去了信心。她为什么会走到今天这种地步呢?她想着想着就想到了罗遇达,如果不是罗遇达,她是不会来风海打工的;如果不是罗遇达,她是不会把房子卖掉的;如果不是罗遇达,她爸也不会来风海找她。她把一切过错都归在罗遇达身上。她越想越恨,决定找罗遇达算账,要把罗遇达的钱全弄出来。

罗遇达不在屋,门锁着。她一次次地去,可仍然没见到罗遇达。

罗遇达的房东说:“这个老头几天前已经搬走了。”

“你知道他搬到什么地方去了吗?”罗梅问。

房东摇了摇头。

第十九章 犯罪

1

罗梅的毒瘾再次发作时被警察抓起来了,她被关进拘留所。她在拘留所里既不用交房租,也不用为吃饭发愁,黑哥也找不到她要钱,她认为拘留所里很好。过去她是多么傻,怎么想不到来这里呢。如果她早点进拘留所,马苏德老婆找她麻烦时,就不用卖房子躲避了。她认为拘留所是最好的安身之处,也是最安全的地方。她在这里接受戒毒管制。她吸毒时间短,毒瘾不重,经过一段时间管制后戒掉了毒瘾,不吸毒了。警察释放她时,她却开始留恋拘留里的生活。她出去怎么生活呢?她惧怕从这里走出去。她说:“让我待在这里吧。”

年轻的警察不解地问:“你想待在拘留所里?”

罗梅点头。

年轻的警察说:“你是第一个提出这种要求的人。”

罗梅说:“我的想法不对吗?”

年轻的警察没好气地说:“你的想法没错,但脑子有毛病。”

罗梅说:“我真不想离开这里。”

年轻的警察说:“看来你脑子真有毛病,得去医院找医生看一看。”

罗梅说:“医院我不去,只想待在拘留所里。”

年轻的警察说:“你必须离开,被关在拘留所是有条件的,你不符合被继续关押的条件,走吧!”

罗梅看着年轻警察铁面无私的表情显得无奈,走了出去。

年轻警察用手拉了一下头上的警帽,锁上铁门,拿着钥匙晃晃悠悠地远去了。

罗梅站在拘留所门口,阳光强烈,眼睛不适应外面的光线,睁不开,想流泪。她认为被放出来的不是时候,她饿了,应该吃过午饭再出来。她想也许拘留所为了省这顿饭,少些麻烦,才选择在吃午饭之前放她。她想回到住处,想吃饭。

她租的屋子已经成为其他打工妹的家了。

房东说:“你被警察抓走了,谁还敢让你住。万一你要是杀人犯呢?再说,你还拖欠一个月的房屋租金呢。”

罗梅没有解释,拿起堆放在墙角的属于她的东西走了。属于她的东西很少,可她还认为多余。她把东西卖给收破烂的,换回一把零钱,去饭店吃了顿饱饭。在大街上转悠了一天,她晚上去找李婧雨了。

李婧雨在做饭,看罗梅来了说:“这些天忙什么呢,怎么没见到你呢?”

罗梅说:“回家了。”

李婧雨说:“离开家久了,不回去看一看心里总觉得是件事。”

罗梅说:“你的老房子还闲着吗?”

李婧雨说:“你随时都可以搬进去住。”

罗梅说:“我给你房租。”

李婧雨说:“我不要你的房租。”

罗梅说:“你不要房租我就不住。”

李婧雨说:“你钱多了呗。”

罗梅说:“钱不多也得付房租。”

李婧雨说:“钱这东西谁都喜欢,多了不扎手,你看着给吧。”

罗梅说:“我得在找到工作后,发了工资才能付你房租。”

李婧雨说:“什么时间付都行。”

罗梅说:“如果我没有钱付呢?”

李婧雨说:“我没想过收你的钱,我说不收你的房租你不愿意。”

罗梅说:“你为什么帮我?”

李婧雨说:“咱们是一起打工的姐妹,我能帮你很开心,你值得帮。”

罗梅说:“我哪儿值得帮?”

李婧雨说:“你刚来风海打工时,咱们住在同一间出租屋里,我老家那个对象找我闹事,跟我一起来打工的姐妹都被吓得一言不发,你却冲出来如同女侠似的。”

罗梅说:“你还记得那件事呢。”

李婧雨说:“一辈子忘不掉。”

罗梅说:“你嫁给康佳云比嫁给那个男人好。”

李婧雨说:“从哪儿看出来的。”

罗梅说:“那个男素质太差,你不跟他谈对象,他还追到风海闹,一看就知道是没出息的男人。男人有本事会让女人追着嫁。”

李婧雨做好了饭说:“吃过饭再去房子那儿吧。”

罗梅说:“我没心情吃饭,先去看房子吧。咱们以后在一起吃饭的机会多着呢。”

李婧雨说:“康佳云还得等一会儿回来,过会让他开车送咱们过去。”

罗梅不想让康佳云送,她跟康佳云说话没有跟李婧雨随意。她说:“咱们这就去吧。”

李婧雨说:“老房子离这儿远,我得骑摩托车。”

罗梅说："你还会骑摩托车呢？"

李婧雨说："我也会开轿车，上个月拿到驾驶证了。"

罗梅说："你变化太大了。"

李婧雨拿起头盔，坐上摩托车，让罗梅坐在摩托车后面，朝老房子方向开去。

罗梅想起在风海第一次坐摩托车的事了，那是李婧雨让她陪着来找康佳云，她在康佳云的青青岛电脑公司遇见了赵强，赵强骑摩托车带她去黄海饭店的路上。

老房子虽然旧，可罗梅只能住在这里了。她不完全为了节省房租，还从安全方面考虑，住在这里不会有人骚扰她，她也不用考虑每月及时付房屋租金的事。

李婧雨说："房子不好，你先住着吧。"

罗梅说："打工的人在城市能有个住处就不错了。"

李婧雨说："你又找对象了吗？"

罗梅说："没有。"

李婧雨说："我给你介绍一个？"

罗梅说："以后再说吧。"

李婧雨的手机响了，康佳云打电话让她回家吃饭。李婧雨对罗梅说："咱们回去吃饭吧。"

罗梅说："我不去了。"

李婧雨："我走了。"

罗梅说："你们药店卖戒毒药吗？"

李婧雨说："这种药少，我们药店没有。"

罗梅说："哪儿有卖的？"

李婧雨说："谁买？"

罗梅说："一个朋友。"

李婧雨说："我有一个同学在青岛药店，她那儿应该有，我给你问一问。"

罗梅担心毒瘾复发，想准备些戒毒药。她绝对不想吸毒了，毒品害她太深了。

2

罗梅去找工作了。

川味小吃店门口放着一个牌子，上面写着招聘一名女性勤杂工，年龄五十岁以内，管吃管住，每月工资三百元。

罗梅走进店里，一位五十多岁中年男人在清理餐桌上的卫生。罗梅以为是小吃店里的勤杂工呢，礼貌地问："老板在吗？"

中年男人侧过脸看着罗梅说："什么事？"

罗梅说："我想应聘。"

中年男人上下打量着罗梅说："你能干得了这活吗？"

罗梅说："能。"

中年男人说："你是哪里人？"

罗梅说："沂蒙的。"

中年男人说："革命老区的人好，勤劳，能吃苦。"

罗梅说："你是店老板吧？"

中年男人说："这么个小店，哪能称得上老板，算是店主吧。"

罗梅说："你是四川人吗？"

中年男人说："重庆人。"

罗梅说："这么远，你怎么来风海了？"

中年男人说："国家修建三峡工程时，我们村集体迁移到即墨来的。"

罗梅说："即墨离风海这么近，即墨也挺好的。"

中年男人说："青岛附近的生活都很好。"

罗梅听中年男人这么说笑了。

中年男人说："你来干活，待遇方面要求别太高，太高了我满足不了你。"

罗梅说："如果不管住，工资能高点吗？"

中年男人说："你住的地方离这远吗？别太远，太远影响干活。"

罗梅说："你放心，不会耽误干活的。"

中年男人说："不管住，每月多给一百元钱。"

罗梅说："每月四百元钱有点少了，五百行吗？"

中年男人说："你在饭店工作过吗？"

罗梅说："工作过。"

中年男人说："会招待客人吗？"

罗梅说："会。"

中年男人说："我是小本生意，刚开业不长时间，生意不太好。如果你想来干，最多每月给你四百五十元钱工资。"

罗梅急需挣钱，虽然工资有点低了，有比没有好，她到川味小吃店上班了。

罗梅十分珍惜这份来之不易的工作，她起早贪黑地干活，任劳任怨，帮助小吃店老板打理生意。小吃店的生意在罗梅来工作后比从前好，店老板高兴，对罗梅不错，主动给罗梅涨了一百五十元钱工资。

川味小吃店老板厚道，朴实，讲诚信，第一个月刚干满，就把工资发给罗梅了。罗梅把这笔钱存进银行里。她好久没挣到这么多钱了，如获至宝。她把钱看得比生命还重要。她认为这笔工资是生活的转折点，应该重新积累钱财。

罗梅要找回失去的幸福生活。事情的发展正如她想象的那样，从这天起遮在她头顶上的那片乌云开始漂向其他地方，生活灿烂的阳光穿透云层，照在她的身上。她感觉到了温暖，也看到了光明。她信心百倍，用积极心态面对生活中的每一天。

有几个从前跟罗梅有过来往的男人看见她在小吃店里，来找她，被她冷言拒绝了。她对过去那段畸形生活感到懊悔,她是不可能再回到那种生活的。她下决心与过去决裂,告别从前,迎接明天。

罗梅主动跟宁子、赵娟、维娜等罗家村出来的打工女孩联系。宁子、赵娟、维娜她们经常来罗梅干活的小吃店吃饭,小吃店老板以优惠价卖给她们。她们既省了钱,也照顾了小吃店的生意,一举两得,达到了双赢。

罗梅发现不是风海不好,也不是本地人对她有偏见,而是她选择了错误的道路,走了一段弯路。她调整了前行方向,明确了新目标,昂首阔步往前走。她结束一天劳累的工作后,回到屋里就睡着了,她睡得那么踏实,那么香,那么恬静。

3

罗梅这天还没睡醒,天没放亮,屋外传来敲门声。她懒懒地伸个腰问:“谁呀?”

没人回答,敲门声停止了。

她以为是听错了,不可能有谁这么早来敲她的房门。她想接着睡,敲门声又响起来了。她问:“谁呀?”

还是没人回答。

她细听了一会儿,周围是那么静。她听着门外的声音,她相信有人在门外。当敲门声再次响起时,她觉着事情不对头,有人故意骚扰她,心里产生了恐慌。她的两只手紧紧攥着被子,眼睛盯着门板。她生气地说:“不会说话吗?”

“我,开门。”外面的人终于说话了,也显得不耐烦。

罗梅感觉声音熟悉,不是陌生人。她在记忆中搜索着,但她一时想不起来是谁了。这些天她忙得晕头转向,没时间考虑其他事情。

门外的人急躁起来,大声叫着:“快开门!”

罗梅听出来这是马苏德的声音,吃了一惊,心想马苏德来找她干什么呢?她犹豫了,不知道该不该开门

马苏德催促地喊:“快开门!”

罗梅胆战心惊地从床上爬下来打开门。

马苏德领着两个陌生男人闯进屋里,罗梅被冷落到一边,好像他们不是来找她的,而是来看屋子的。马苏德在屋里来回走了几圈,然后在罗梅面前止住,侧过脸冷冷地说:“罗梅,过去我对你怎么样?”

罗梅没回答,她不想对过去的事进行任何评价。她知道马苏德对她不错,可马苏德是利用她想达到跟李修文在生意方面合作的目的。她帮助马苏德办到了,不欠马苏德人情。她不想提起这些事,想忘掉,想跟过去告别,她沉默着。她的沉默不能改变马苏德的态度和行动。

马苏德问:“你买的房子呢?”

罗梅的目光看着别处,没有回答。

马苏德又在屋里走了几圈,好像有发泄不出来的闷气,如果不让他把心中的气发泄出来,他是不会罢休的。他命令地说:“你跟我走。”

罗梅本能地拒绝说:“我不跟你去。”

马苏德问:“为什么?”

罗梅说:“我还要上班。”

马苏德说:“这就是你的理由?”

“我……”罗梅只说出了一个字,没往下说。

马苏德狞笑着说:“你怕我吃了你?”

罗梅担心什么自己说不清楚,她觉得马苏德出现不是好预兆,暗暗告诫自己不能去。

马苏德不理会罗梅,朝门外走去。

跟马苏德一起来的那两个陌生男人,二话不说,一边一个架起罗梅就往外走。

罗梅反抗着,可她力量太小了,她的反抗不起任何作用。她被架到停在路边的白色轿车上。她穿着内衣和短裤,两条腿露在外面。她用惊慌的目光看着马苏德质问:“你想干什么?”

马苏德发狠地说:“我想干你,我想干死你。”

罗梅警告地说:“放开我!你们要是不放开我,我就喊人了。”

“你认为叫喊有用吗?如果你认有用,你尽管喊。”马苏德不怕罗梅的警告。车开走了,他想起了什么,问旁边的人说:“门锁上了吗?”

左边的那个人说:“没有。”

马苏德说:“去把门锁上。”

左边的那个人说:“还用锁门?”

马苏德说:“不锁门会被认为发生盗窃案,如果被哪个多管闲事的人报了警,挺麻烦的。”

车停下来,那人去锁门。

罗梅说:“我没穿外衣,让我穿上衣服。”

马苏德转过脸看着罗梅没好气地说:“你现在穿得就有点多,你什么也不穿最好,裸体的你要比穿衣服的你更吸引人。”

风海的早晨很凉,罗梅感觉冷,她抱着双肩,缩着身子,坐在那里发抖。她觉着很难为情,她的身体全部暴露在马苏德的眼下。她一动不动缩在车座上,像只被雨淋湿了的鸡。她没有喊,她认为叫喊没有用,她只能像只温顺的羔羊被他们牵走了。

马苏德对女人的身体熟视无睹。他点燃了一支烟,摆出一副大获全胜的安然姿态。

罗梅被带到一个让她完全陌生的地方,这是郊区的一个住宅楼里。那两个男人把罗梅带到屋里后离开了,罗梅和马苏德单独在一起。他们之间像有一座山脉,挡住了沟通的气息。他们是陌生的，陌生让罗梅感觉到恐惧。她想坐下，可没敢坐。她站立的姿势不直，像是疲劳过度，体力不支。她用目光斜视着马苏德。

马苏德站在窗前一动不动，像是定在那里了一样。他皱着眉看着屋外的景色，一言不发。他的手机响了，拿起手机看了一眼显示屏，没接这个电话。他慢慢转过头问："罗梅，你为什么领检察院的人抓我？"

罗梅解释说："我不是有意让他们抓你的，我不领他们去找你，他们不让我走，我是没办法。"

马苏德问："你领他们抓到我，他们就放你走了？"

罗梅不想回答，再次用沉默来对待。

马苏德说："你没想到我会这么快出来吧？"

罗梅真没想到马苏德能从检察院出来。她认为李修文犯的罪那么大，马苏德犯的罪也不会小。马苏德从检察院出来了，李修文也出来了吗？她对李修文的感觉比对马苏德好。

马苏德说："你绝对想不到我能从检察院出来，你更想不到我能找到你。你后悔吗？你害怕吗？"

罗梅心想马苏德抓她来干什么呢？她的目光带着猜测。她的猜测是模糊不清的。她根本没有思考的空间，她没有把握命运的权力。她认为这次落到马苏德手里，如同羊落在狼群中一样凶多吉少，她只有任马苏德宰割。

马苏德举例说明对罗梅的好处。他说话时不看罗梅，完全沉浸在自己的感觉中。他认为罗梅无论如何也不应该领检察院的人抓他，他认为罗梅那样做是忘恩负义。开始他情绪比较平稳，说着说着激动起来，气愤地说："你是想害我。"

罗梅猛然回了句："我没那个意思。"

马苏德问："你是什么意思？"

罗梅说："我没意思。"

马苏德狠狠瞪了罗梅一眼，转身出去了。

郝东成进来了。

罗梅从来没见过郝东成。罗梅长这么大还是第一次见到这么丑的人。她一看见郝东成，倒吸一口冷气，往后退了两步说："你不要胡来，你要是胡来我就报警了。"

郝东成不听罗梅的警告，一步步走近罗梅。

罗梅惊恐地说："你别碰我！如果你碰我，我马上报警。"

郝东成说："警察在哪儿呢？警察都死光了。"

罗梅被逼得无处可逃。郝东成如同一条被饥饿困扰多日的狼，见到罗梅跟见到肉一样，贪婪十足，扑了过去。罗梅的反抗不但没起作用，反倒刺激了郝东成的性欲，郝东成更凶猛了。罗梅失去了反抗能力，任郝东成在她赤裸的身上胡作非为，疯狂地发泄着性欲，罗梅像死尸一样僵硬地躺在地上。

郝东成瘫在罗梅身上时，屋里恢复了平静。

门被打开了,马苏德站在门口,拍着巴掌说:“好,很好。”

罗梅的眼睛只睁了一条缝隙,马苏德罪恶的鬼脸从这条缝隙中收入到她心里。她给马苏德记下了这笔仇恨的账,她想进行报复。

郝东成跟着马苏德离开了,来到隔壁房间里。

马苏德把一盘录像带扔到桌上说:“我录下了全部过程。你要除掉罗梅,如果不除掉罗梅,罗梅会告你强奸,到时你肯定要坐牢。”

郝东成没想到马苏德会这么做,开始他跟马苏德商量好了,他帮助马苏德抓住罗梅,马苏德给他两万元钱酬金,给他找个听话女人。现在他却成了强奸犯,他想不通,生气地说:“马总,你的意思我不明白。”

马苏德说:“不明白就好好想一想。”

郝东成看马苏德出了屋,大骂了一声:“操你妈的!”

罗梅把耳朵贴在墙上,听着郝东成跟马苏德说话。她听得一清二楚,感觉郝东成跟马苏德各有目的,不是一伙的,这样有利于她逃跑。她对郝东成产生了同情,想拉拢郝东成为她做事。

郝东成拿着录像带来到关押罗梅的屋里,在屋里来回走着,像是一头暴怒的狮子。他猛然抓起那盘录像带朝墙上摔去,录像带摔在墙上,又落在地上,吓得罗梅大气不敢出。郝东成恶狠狠地说:“你不能迈出这间屋半步。”

罗梅等郝东成发泄够了,颤颤巍巍地说:“你不能总关着我吧?”

郝东成说:“你不能报警。”

罗梅说:“你不怕被警察抓住?”

郝东成说:“警察都是我儿子。”

罗梅说:“你就是怕警察。”

郝东成说:“马苏德要害的不只是你,还有我。”

罗梅说:“他为什么要害你?”

郝东成说:“他让我杀死你。如果我杀了你,我还能活吗?”

罗梅看郝东成没有对她下毒手的意思,放心了,大胆起来,说:“马苏德让你杀我,你就杀吧,反正我活够了。”

郝东成说:“你以为我不敢吗?”

罗梅说:“你敢,但你认为值得吗?”

郝东成心情是复杂的,他愤恨地骂着:“马苏德,我操你老妈!”

罗梅认为她跟郝东成都是马苏德手中的玩物,马苏德玩够了,会扔掉。罗梅问:“你叫什么名字?”

郝东成警觉地问:“干什么?”

罗梅试探地往外走却被郝东成拦住了,罗梅知道强硬是不可能离开的,那样不但走不了,还会惹怒郝东成。她的命现在掌握在郝东成手里,她应该想办法让郝东成平静下来,放她出去。

郝东成坐过牢，了解坐牢的生活与滋味，牢狱里的生活不好过，他不想再去坐牢。他没想到事情会是这样，也没想到马苏德会对他耍这种花招。马苏德已经把他推进了犯罪的雷池里，他恨马苏德，他想不出摆脱这种局面的办法。

罗梅越是反抗，越是能激起郝东成的性欲。罗梅改变了方式，对郝东成展开心理攻势，想削弱郝东成的意志，质问地说："你知道你在做什么吗？"

郝东成看了罗梅一眼没理会。

罗梅接着说："你这么做是在犯罪，犯罪你知道吗？"

郝东成说："老子想犯罪，老子天天在犯罪，你能怎么样？"

罗梅知道说到了郝东成的痛处。

郝东成暴怒起来说："你少吓唬我，我犯罪了，你能怎么样？你在我面前少提'犯罪'这两个字，你要是再提，我就杀了你。"

罗梅说："你杀我很简单，举手之劳的事。可你为什么要杀我？你杀我应该有个理由吧？我跟你素不相识，一无怨，二无仇，你平白无故就杀我，除非你是疯子。"

郝东成眨了眨眼睛没说话，好像被罗梅的话说中了。

罗梅说："你还没结婚吧？"

郝东成说："我要结婚还能干这种事。我想女人了！"

罗梅说："你爸妈是干什么的？你要是被公安局抓走了，他们会很伤心的。"

郝东成说："你闭嘴，我爸妈跟你没关系。"

罗梅看出来郝东成害怕了。郝东成不让罗梅说下去，他怕听到这种话，可表面上必须做出满不在乎的样子。罗梅说："你放了我吧，我不会报警的。"

郝东成说："我凭什么相信你？"

罗梅说："我可以保证。"

郝东成一听这话火了说："保证是最大的谎言，马苏德还向我保证了呢！"

罗梅说："我跟他不同。"

郝东成说："你跟他还有什么两样吗？同一货色。"

罗梅看一时难以说服郝东成，沉默下来。

郝东成看罗梅不说话，坐在门口的椅子上发呆。他不看罗梅，罗梅也不看他，两个沉默的人各自想着心事。

马苏德来了，看了看罗梅，又看了一眼郝东成说："你们很有耐心呢。"

郝东成瞪了马苏德一眼说："马总，你真够高明的。"

马苏德说："我是商人，在商场拼杀这么多年。你没听说商场如战场吗？我天天跟敌人打交道，没点手腕能混到今天嘛。"

郝东成说："你是常胜将军。"

马苏德说："我差点让这个小骚货拉下水。"

罗梅说："你主动找我的，不是我找你的。"

马苏德咬牙，发狠地说："我真他妈的想弄死你。"

罗梅看着马苏德离开的背影观念发生了重大转变，对郝东成说："马苏德想杀人，你也想杀人吗？"

郝东成说："关键我跟你没仇，如果有仇杀了你也无所谓。"

罗梅说："你无缘无故杀了我，小鬼都不会放过你，你死了都得做噩梦。"

郝东成说："我还没活够呢，没考虑死的事情。"

罗梅说："好死不如赖活着，活着比死好。人应该想怎么生活，而不是想怎么死。"

郝东成说："你口才不错，不像是打工妹。"

罗梅说："人是应该随着生活环境改变的，在城市要适应城市生活，在乡下要学会乡下生活，要么会感觉失去了生活兴致。"

郝东成说："你的想法太多，我没那么多想法。"

罗梅说："你感觉我怎么样？"

郝东成不解地说："什么意思？"

罗梅说："咱们结婚吧？"

郝东成没想到罗梅这么说，不相信地说："你骗谁呀！你少跟我耍花招，你如果耍花招，小心我要了你的小命。"

罗梅说："我是真心的。我年龄不小了，做过三陪小姐，好男人不会娶我的。如果你不介意，我愿意嫁给你。"

郝东成说："我不信。"

罗梅说："我已经是你的女人了。"

郝东成说："不是你自愿的。"

罗梅说："我可以自愿跟你在一起，你过来吧。"

郝东成说："你真不会去公安局告我吗？"

罗梅说："告你什么？"

郝东成说："强奸你了。"

罗梅说："当然不会。"

郝东成说："马苏德不会放过你，也不会放过我，咱们是拴在一起的蚂蚱，谁也跑不出马苏德的手掌。"

罗梅说："马苏德不是如来佛，你也不是孙悟空，你们是平等的两个人。"

郝东成说："我钻进马苏德设的圈套里了。"

罗梅说："马苏德不是想利用你嘛，你也可以利用他。"

郝东成的眼睛闪着光，一眨不眨地看着罗梅，他认为这是个好主意。他跟罗梅达成了协议，共同对付马苏德。

4

马苏德认为罗梅在风海是安全隐患，是危险，他要排除这个危险，他不想让危险笼罩他的生活。他希望郝东成把罗梅杀死或者让罗梅在风海永远消失，可他等了两天发现郝东成没有任何行动，着急了。夜长梦多，他怕发生意外，不想拖下去，他想强迫郝东成杀死罗梅。

郝东成这回见到马苏德不像从前那样低三下四，俯首帖耳了。他做这件事的目的跟过去大不相同，调整了方案和计划。他已经不在乎马苏德手中的录像带会产生的威胁，他安然地坐在那里跟马苏德讨价还价，向马苏德提出了新要求。

马苏德知道郝东成没钱，是他眼里的穷人，是个不安分的穷人。马苏德想到郝东成会提出这种条件的，他认为这个条件不过分，爽快地答应了。但他不同意把郝东成要的两万元钱一次性兑现，他答应先付一半，另一半在事情办成后兑现。郝东成皱着眉头想了一会儿，表示同意。马苏德拿出一万元钱甩给了郝东成，郝东成接过钱用欣赏的目光看了一会儿，起身离开了。马苏德从前比较相信郝东成，此时这种观点动摇了，派人盯着郝东成。

郝东成拿到一万元钱后胆子大了。他想从马苏德那儿弄到更多钱，然后领着罗梅离开风海，去远方，寻找新生活。他知道拿了马苏德的钱必须做事，如果不给马苏德做事，马苏德肯定不会放过他。他只有两条路可走，一是拿着钱远走高飞，二是排除掉马苏德产生的威胁，两者都有危险和困难，他必须选择一个。

罗梅认为能让马苏德拿出一万，就能让拿出十万八万的，她要让马苏德得到报应。她对郝东成说："一万元不行，钱太少，咱们上哪儿都不够用。"

郝东成说："我也觉得少，可他不会再给了。"

罗梅说："再想想办法。"

郝东成说："马苏德老奸巨猾，非常精明，咱们玩不过他。"

罗梅说："他能绑架我，咱们为什么不能绑架他呢？"

郝东成说："绑架马苏德不就犯罪了吗？"

罗梅说："你不是已经犯罪了吗？你除了强奸我之外，马苏德还可以告你敲诈，协助绑架。"

郝东成说："你不是答应嫁给我了，怎么还说我强奸你呢？"

罗梅说："我是没问题，不会跟警察说你强奸我，可马苏德能轻易放过你吗？如果他不放过你，你还不如来个先下手为强呢！"

郝东成听罗梅这么说吃了一惊，不相信这话是出自罗梅的口。罗梅开始是让他骗马苏德的钱，现在又让他绑架马苏德。马苏德身边总有人，他能绑架的了吗？他对自己的力量产生了怀疑。

罗梅看出郝东成的心思，接着说："马苏德的人是多，可那些人不能一天二十四小时跟着他，在他睡觉时动手应该没问题。”

郝东成说：“敲他的门，他不就醒了吗？”

罗梅说：“我有马苏德房门的钥匙，只要他领别的女人到那座房子里去，咱们动手准行。”

郝东成说：“如果马苏德把房门的锁换了呢？”

罗梅说：“咱们可以去试一试，如果换了再想别的办法。”

郝东城把罗梅的手机还给罗梅。他们来到马苏德一个人住的房子，这个房子是马苏德背着家人买的，只有他跟情人知道。罗梅来过这里，熟悉周围的环境。罗梅和郝东成躲在树林里监视着马苏德，马苏德离开后，他们迅速上楼试门锁，门被打开了。

郝东成进屋后想翻找钱，被罗梅一把拉住了。郝东成说：“这是找钱的好机会。”

罗梅说：“现在翻找钱容易被马苏德发现，咱们不能打草惊蛇。”

郝东成说：“如果能找到很多钱，咱们就不用绑架他了。”

罗梅说：“马苏德的钱从来不放在这里，都存在银行里。咱们就算找到了存折，不知道密码，也取不出来。”

郝东成关上了门，两个人悄悄离开了。

罗梅的手机响了，她看了一眼显示屏，见是个陌生电话号码，迟疑了一下怯生生地问：“谁呀？”

“姐，是我。”罗凤的声音传来。

罗梅吃了一惊地问：“你在哪儿？”

“我在风海呢。”罗凤说。

罗梅问：“你在风海呢？”

“我跟罗玉一起来的。”罗凤说。

罗梅问：“你们来风海干什么？”

“来打工啊！爸回家说在风海打工挺挣钱的，我们就来了。”罗凤说。

罗梅不相信地问：“你们也来风海打工？”

“来跟你做伴。”罗凤说。

罗梅说：“爸不是反对你们来风海打工吗？”

“爸见到你后改变了想法。”罗凤说。

罗梅无语了。

罗凤说：“我让罗玉跟你说话。”

罗玉接过罗凤递过来的手机说：“姐，你来接我们吧？”

“你们在哪儿呢？”罗梅问。

罗玉说：“在车站呢。”

“我有事，没时间接你们，你们来得不是时候。”罗梅说。

罗玉不高兴地说："姐，什么事能比跟我们见面还急呀。咱们都多长时间没见面了，你不想我们吗？"

"我真的有事。"罗梅说。

罗玉说："很急吗？"

"真的很急，不然我肯定会去接你们。"罗梅看了一眼站在旁边的郝东成。

罗玉说："等你办完事再说吧。"

"你们怎么办？"罗梅说。

罗玉扫兴地说："只能自己想办法了。"

"你们去宁子、赵娟、维娜她们那里吧。"罗梅说。

罗玉带着情绪说："我们在风海人生地不熟的，当然得去找她们了。"

"你知道宁子、赵娟、维娜她们住的地方吗？"罗梅问。

罗玉说："知道。"

"你们给宁子、赵娟、维娜打个电话，告诉她们一声。"罗梅说。

罗玉说："在家就打了，她们知道我和罗凤来风海。"

"这些天你们别跟我联系，我忙过了去找你们。"罗梅说。

罗玉说："姐，你干什么呢，听这话怎么跟特务似的呢。"

"电话里说不明白，以后你就知道了。"罗梅说。

罗玉说："姐，你怎么了？"

"姐对不起你们了。"罗梅说。

罗玉感觉到罗梅口气不对，安慰地说："姐，没事，你去办事吧，办完事情到宁子她们那里找我们。"

"好。"罗梅看地点危险，郝东成还在旁边一个劲用手笔画着，不让她多说下去，关了手机。

郝东成问："是你妹妹吗？"

罗梅叹息了一声。他们边走边想着行动方案。罗梅回到被关的屋子里，还是被关的样子，她不能让马苏德发现郝东成跟她是一伙的，如果被马苏德发现了，这个计划就落空了。

郝东成问："咱们现在怎么办？"

"你去找个可靠的人来做帮手，你一个人不行，但那人一定要可靠。"罗梅说。

郝东成知道他不是马苏德的对手，他在记忆中搜索着人选。他很快物色到了一个人，这个人是跟他从小在一起长大的董永田。

董永田原来在青岛一家工厂当工人，两年前工厂倒闭了，成为失业人员。他家里上有老下有小，生活十分贫困，为赚不到钱而一筹莫展。郝东成认为找他准行。董永田迟疑了，他知道这是犯罪。

郝东成怂恿地说："冒一次险，挣把大钱，干了这次，下次不干了，保准不会出事，还能让家人生活好。"

董永田问:“真能得到这么多钱吗?”

郝东成说:“我跟你能开这种玩笑吗?我是为了你好,看你家过的是什么日子,要不我不会来找你。”

董永田说:“让我再想一想。”

郝东成说:“我都想好了,不干这事到哪儿弄这么多钱。”

董永田说:“行,我干。”

郝东成领着董永田来找罗梅。

这时罗梅好像是一位大权在握的首领,指挥着千军万马一样,但她手下的兵只有郝东成和董永田两个人。他们要等到半夜才能动手。罗梅有马苏德房门的钥匙,他们进去不会被马苏德发现。他们要是突然袭击,打马苏德个措手不及,就能成功。她想到马苏德会反抗,叮嘱郝东成和董永田进屋后先把马苏德打晕,让马苏德失去反抗能力。

董永田觉着这事不会有太大问题,因为罗梅是马苏德的情妇,如果出事,罗梅是主犯。他们找来三块黑布,做了三个简易面罩。

罗梅没戴,她要让马苏德看到她,她要报仇,她要出气,她要解心头之恨,她要让马苏德怕她,她要让马苏德跪在地上求饶。他们等到天黑,又挨到半夜。

夜是那么静,一点声音都没有,他们走在路上心跳得厉害。罗梅蹑手蹑脚地打开门,熟练地开了灯,郝东成和董永田冲了进去。

马苏德正搂着一个女人在熟睡中,郝东成和董永田把他从被窝里捞了出来。他虽然是一丝不挂,可还想反抗,罗梅上前就是一棒子,把他打晕过去。

被窝里的那个女人被这突如其来的事情吓得魂不附体,她看马苏德晕死过去了,尖叫一声。

罗梅说:“你别喊,喊就弄死你。”

董永田和郝东成把马苏德绑上,用袜子堵住嘴。他们捆绑上那个裸体女人。

女人赤身裸体,皮肤白净,两只乳房挺大,让郝东成心动。他的手在女人的乳头上捏了一下,引起女人的一声惊叫。

董永田用衬衣把女人的嘴堵上了。

罗梅找到了存折与银行卡,郝东成和董永田要走,罗梅说:“密码还不知道呢。”

郝东成的目光落在马苏德身上。马苏德醒过来,郝东成扯下堵在马苏德嘴上的布说:“银行卡密码是多少?”

“不知道。”马苏德不想说。

罗梅拿过桌上的水果刀朝着马苏德脸上划了一下,马苏德叫了一声。罗梅说:“不说就弄死你。”

“只要不杀我,我全告诉你们。”马苏德没想到罗梅下手这么狠。他是个聪明人,关键时刻知道命比钱重要。

罗梅说:“如果有半点假话就弄死你。”

马苏德说出了银行卡和存折的密码。

5

马苏德老婆已经三天没见到马苏德了，马苏德手机关机，她着急，问遍了亲友也没有马苏德的消息，于是她报了警。

警察让她到公安局来一趟，她在电话里问是什么事，警察没告诉她，警察说："你来就知道了。"

她又问："是你们抓走他了吗？你们不应抓他，他有心脏病，办理了保外就医，不然检察院也不会放他出来。"

警察说："你过来看一看再说。"

她万分不安地去了公安局，在公安局的接待室里有三名警察在等着她。她进来觉着气氛不对劲，很紧张。

警察拿出一张照片给她看，询问说："这是你丈夫马苏德吗？"

"是他。"她接过照片，目光从照片上移到警察的脸上，她想从警察的表情中找到答案。

警察交换了眼色，表情很严肃，向她了解马苏德近日的社交情况。

马苏德老婆实在想不起来平时马苏德跟谁在一起，马苏德做生意结交的人比较复杂，也比较多，她不全认识，也不全知道，但她想到罗梅了。她说出来后被警察给否定了，警察说报警录音里的声音不是外地人，而是风海本地口音。她想不起来了，可她的话给警察提供了线索。

警察开始全力搜捕罗梅。

6

罗梅从银行里取出马苏德的二十八万元钱后，抽出八万元交给董永田，叮嘱说："你出去躲一躲吧。"

"我的家人都在风海，我哪儿也不去。"董永田说。

罗梅说："咱们拿了马苏德这么多钱，他会报警的。"

"你们放心，我如果被警察抓起来，也不会把你们说出来。"董永田憨厚地做着承诺。

罗梅说："你被警察抓起来过吗？"

"没有。"董永田不明白罗梅这句话的用意。

罗梅说："警察有的是办法，你被抓起来自己就说了。"

"我保证不说。"董永田说。

罗梅说："你先离开风海一段时间，如果没事了，再回来。"

“你们先走,我想想去哪里。”董永田说。

罗梅准备带着郝东成离开风海,去黑龙江北大荒,在遥远的北方躲避风声。此刻她显得格外坚强和镇静。郝东成虽然人不出色,她有点难接受,但毕竟是男人,可以给她安全感。她在去北大荒之前打算回罗家村看望爸妈。

她租了一辆桑塔纳轿车直奔罗家村。

罗家村正处在秋收黄金季节,人们在田间劳作。人们远远地看见桑塔纳轿车飞驰而来,抬头朝这边望去,目光中带着羡慕和好奇。在他们的记忆里县长来村里也没坐过这么好的轿车,他们猜测这是谁家的贵客。

轿车在地头停下来,罗梅下了车,走向她爹娘。

罗天地和罗梅娘在田里干活,他们看见从轿车上下来的人是罗梅,拎着干活用的工具,小跑着奔过来。

罗梅跟她爹娘在半山腰上相遇了。罗梅看着苍老的爹娘流下了泪水,罗天地没说话,把说话的机会全部留给罗梅和她娘了。

罗梅娘在罗梅逃婚去风海后,思念罗梅强烈,日夜牵挂罗梅,变得憔悴,得了轻微神经衰弱症。她终于等到罗梅回家了,她全部的情感一时间涌上来,流出高兴的泪水。

他们从田间往村庄里走去。

郝东成付给出租汽车司机钱,司机开车离开了。他拎着带密码锁的黑色皮箱跟在罗梅身后,跟罗梅保持着五六米远的距离,目光焦虑不安。他想让罗梅快点从亲情中解脱出来,离开这里。他不想在这里久留,这里危险性很大,可他没有插话的机会。他现在让罗梅离开是不现实的,他的焦虑只能存在心里和目光中。

罗天地陪着郝东成说话。他相信罗梅刚才的介绍,郝东成是罗梅一个朋友的哥哥,是出差路过罗家村,跟她一起来的。罗梅肯定不会跟郝东成这种男人处对象,建立恋爱关系。

郝东成不想跟罗天地多说什么,说话闪烁其词,他只有一个想法,就是快点离开。

罗梅不理会郝东成的态度。她这么长时间没回家了,这次去黑龙江北大荒,下次回来还不知道什么时候呢,她要好好陪陪爹娘。就算是她现在想走,家人也不会同意。她回到家,村里好多乡亲来看她,这让她感受到了一种久远的亲情。

她娘说:“去你五爷家看一看吧。”

罗梅说:“不去。”

她娘说:“你去风海打工是奔你五爷去的,吃水不忘挖井人,你不能忘本。”

罗梅问:“五娘身体怎么样?”

她娘说:“瘫痪了。自从你五娘瘫痪后,你五爷很少出屋,村里人很难见到他。”

罗梅问:“他家过得怎么样?”

她娘叹了口气说:“不好,在风海做生意赚的钱都给你五娘治病了,病没治好,钱却花完了。”

罗梅原本对罗遇达还有怨气，听她娘这么说，怨气消了，她同情、可怜起了罗遇达。他们有相同在外打工的生活经历与艰辛，这是心灵深处的共鸣。她去看望罗遇达了。

罗遇达和罗忆莲在屋里说着什么，听见外面有脚步声，伸着脖子向外张望。他看是罗梅来了，十分惊讶，也紧张。他不知道罗梅来干什么，不知道怎么办好。他在手足无措时，罗梅已经开门走进来了。他轻轻地说：“你回来了。”

罗梅看了一眼罗遇达说：“我娘说五娘身体不如从前了。”

罗忆莲还在生罗梅的气，看了一眼罗梅，把视线移到别处。

罗梅没介意罗忆莲的态度，环视着屋里，觉着屋子又黑又旧，跟原来不一样了。她感觉罗遇达苍老了很多，找不到过去光鲜的影子。她的目光扫过罗遇达的脸，落在罗忆莲身上。

罗遇达说：“你爹接你回来的？”

罗梅说：“我办事路过罗家村。”

罗遇达感觉罗梅神色不对，猜测罗梅回来的目的以及找他的用意。

罗梅不想多待，也没时间多待，从兜里掏出一叠钱说：“五爷，这些钱你拿着给五娘治病吧。”

罗遇达看了一眼钱，全是一百元一张的，没敢接。罗梅这个做法是出乎他意料之外的，他知道罗梅贪钱如命，她怎么会给他钱呢？

罗梅把钱往炕上一扔说：“五爷，没有你，我也不会去风海打工。”

罗遇达说：“没有我，你也会外出打工的，只是时间早晚的事。打工是社会发展的趋势。”

罗梅走了。

罗遇达看着罗梅离去的背影，心里翻江倒海一般，说不上是什么滋味。

罗忆莲转过头看了一眼炕上的钱，努力地用手撑起身子向外张望。

罗梅留给他们的是背影。罗梅原本没有打算给罗遇达钱，当她看到罗遇达处境艰难，产生了同情。

罗家屋里人来人往，特别热闹。

罗梅娘做了很多菜，像迎接新年一样高兴。

罗梅疲倦，心情也不好，脸上的笑容是勉强做出来的。当她送走最后一个来看她的人时，已经是深夜了。

万籁俱寂时，她感到了害怕。她意识到不能久留，必须马上离开。她眼前浮现马苏德的面孔，她出了一身冷汗，不自主地起了床，想离开。她此刻离开显然不是时候，家人不会同意，并且会引起家人的怀疑。

她娘问：“你怎么了，半夜三更不睡觉？”

罗梅说：“我上厕所。”

她娘说:“炕边有手电筒。”

罗梅走出屋,看着星光,想起了汪海洋,她想起了跟汪海洋第一次在月夜下接吻的事,想起跟汪海洋在风海同居的生活。她想去看汪海洋,虽然她知道汪海洋跟于晓晓住在一起过,但不在意这种事。她认为男人与女人之间的两性关系是暂时的,身体上的事不是永恒的,只有心灵的感情是永恒的。她来到汪海洋住的新房子前,站了很久。这房子是汪家准备娶她的新房,如果不出这些事,她应该是这个房子的女主人,她也成为一名村妇了。她不想成为村妇,想成为城市人,想生活得更好……她阴差阳错地离开了。

罗梅娘也睡不着,她在罗梅回到屋时说:“可能晚上买的肉不好,天亮了,我去找卖肉的。”

罗梅几乎是一夜没合眼,早晨她是第一个起来的。她说:“爹、娘,罗凤和罗玉去风海了,我还没见到她们呢,我得马上回去。”

罗天地说:“她俩会去找宁子、赵娟、维娜的。”

罗梅说:“宁子、赵娟、维娜毕竟是外人。我有时间再回来看你们。”

罗梅娘叮嘱说:“你领着罗凤和罗玉在风海好好工作,多给她们出主意,别让她们走下坡路。”

罗梅说:“我知道。”

罗梅娘说:“你回到风海往家里打个电话。”

罗梅说:“知道了。”

罗天地赶着毛驴车送罗梅和郝东成去镇里坐客车。

罗梅的心像长了翅膀一样飞走了。他们刚出了罗家村没走多远,在路上遇到了一辆警车,警车开过去后又掉头开回来了,警车挡在毛驴车前面,从车上下来三名警察。罗梅已经被吓得不会动了。

郝东成被戴上手铐,押上了警车,警察又把罗梅架到警车上。

警车开走了。

罗天地不明白发生了什么事,傻傻地看着警车开去的方向,灰尘散去,空白一片。他心想:罗梅,你怎么了?

第二十章 挽救罗梅

1

伊智慧年近五十，有着成熟女人的魅力，做事干脆利落，是风海市人民法院刑事审判二庭的庭长。她不仅连续多年被评为风海市优秀法官，还被青岛市法院多次通报表彰过。她是风海市政协常委，青岛市政协委员。她不只对业务精通，工作一丝不苟，兢兢业业，还有着菩萨般仁爱情怀。她无私帮助过许多入狱人员，使他们痛改前非，增加了失足者对新生活的信心。失足者在她的鼓励与帮助下，再次扬起驶向新生活的风帆。

她是罗梅案件的主审法官。她反复看着罗梅案件的卷宗，详细读了每一行文字，看过后心情比较复杂。她在思考一个年轻乡下女孩在进城打工不长时间，为什么会堕落成罪犯的问题。她想如果按部就班地判了这个案件，罗梅可能会自暴自弃，失去对生活的勇气与信心，毁了一生。为了挽救罗梅，她去看守所找罗梅谈心，进行感情交流。

罗梅用天真的眼神看着伊智慧问："什么时间放我出去？"

"你出去第一件事想干什么？"伊智慧问。

罗梅说："想回家。"

"你想家了？"伊智慧问。

罗梅低下了头。

伊智慧问："你为什么来风海打工？"

"五爷说风海挣钱多，生活好，我就来了。"罗梅说。

伊智慧在案件卷宗里没看到五爷这个名字，既然罗梅提起这个人了，两个人在生活中或多或少有些关联，这个人对罗梅的生活和思想影响肯定很大，便问："五爷是谁？"

"五爷就是五爷呀。"罗梅说。

伊智慧说："我是问五爷叫什么名字。"

"罗遇达。"罗梅说。

伊智慧问:“罗遇达是你亲五爷吗?”

“不是,他是罗家村的,没血缘关系,论辈分我叫他五爷。”罗梅说。

伊智慧问:“五爷对你好吗?”

“他不如五娘人好。”罗梅说。

伊智慧问:“五娘是谁?”

“五娘就是五爷的老婆呗。”罗梅说。

伊智慧被罗梅说的五爷和五娘弄糊涂了,她心想五爷怎么会跟五娘是夫妻呢?五爷应该跟五奶是夫妻。她问:“五娘也是罗家村的?”

“对呀!”罗梅说。

伊智慧说:“五娘嫁给五爷了?”

“你这人真有意思,我都说过了,你还这么问,你听不懂我说的话吗?”罗梅没想到伊智慧连这么简单的事情都不懂,觉得好笑。

伊智慧看着罗梅纯真的表情心里有点难受,罗梅年纪轻轻却成为囚犯有点可悲。她从罗梅的表情看出来罗梅没有意识到法律的严肃性,问:“你知道为什么关押你吗?”

“我绑架了马苏德,拿了他的钱。”罗梅说。

伊智慧问:“你为什么绑架他?”

“是马苏德先绑架我的,还想杀死我。”罗梅说。

伊智慧说:“所以你想杀死他。”

“我没杀他,只是拿了他的钱。他的钱我也没花多少,全让警察拿走了。”罗梅说。

伊智慧问:“马苏德为什么想杀你?”

“因为我知道他做的坏事太多,还领着检察官抓过他。他恨我,想折磨我,怕我再次报警,想杀人灭口。”罗梅说。

伊智慧说:“马苏德死了,你知道吗?”

“警察跟我说了,可他的死跟我没关系,不是我弄死他的。”罗梅说。

伊智慧知道马苏德是心脏病突发死的。虽然不是罗梅直接弄死的,但跟绑架有关,便说:“如果你不绑架马苏德,也许他心脏病不会复发,就算复发了,也许能得到及时抢救,不一定会死。”

“你这人还讲理吗?我已经说过了,是马苏德先绑架我的,还想弄死我。我绑架他是迫不得已,是自卫。我绑架他不行,他绑架我就行了?如果我不想办法绑架他,还等着让他杀死我吗?”罗梅对伊智慧说的话相当不满意,振振有词地反驳着。

伊智慧说:“他绑架你,想杀你,肯定是违法的。”

“这不就行了,他死了,生活中少了一个坏人,我也能过上安心日子,多好的事。”罗梅解脱似的说。

伊智慧看出罗梅本质善良,思想单纯,不懂法律,考虑事情过于简单。她说:

“马苏德绑架你,威胁你,你为什么不报警呢?”

“我说报警,他不怕。他被检察院抓走了,又这么快被放出来。他认识人多,有钱,本事大。如果警察抓走了他,再把他放了,他会更恨我,我受到的威胁就更大了。”罗梅说。

伊智慧问:“你请律师了吗?”

“没有。”罗梅说。

伊智慧问:“为什么没请律师?”

“我没有错,请律师干什么,请律师麻烦不说,还得花钱。”罗梅轻描淡写地说。

伊智慧说:“如果你没违法,警察怎么会抓你?你怎么会被关在这里?”

“你是法官,这不在等你审判。你判我没罪,警察不就放我出去了嘛。”罗梅说。

伊智慧说:“你有罪或没罪,由法律决定,我没权力决定。我在按照法律工作,而不是操纵法律。”

“法律不是由你们法官来执行吗?你判我没罪,我不就没罪了。”罗梅说。

伊智慧说:“法官是依法量刑。”

“我没犯罪,你不能判我有罪。你判我有罪,你就犯错误了。”罗梅说。

伊智慧问:“你家有人看你了吗?”

“还没有。”罗梅说。

伊智慧问:“你家会来人看你吗?”

“应该会吧。”罗梅说。

伊智慧问:“谁会来看你?”

“我爸、我妈,也许我妹妹。”罗梅说。

伊智慧问:“你几个妹妹?”

“两个。”罗梅说。

伊智慧问:“她们都在沂蒙老家吗?”

“也来风海了,我在风海还没见到她们就被警察抓起来了。”罗梅说。

伊智慧说:“你见到妹妹想对她们说什么?”

“让她们回老家去,别在城市生活,城市不是我们乡下人生活的地方。”罗梅说。

伊智慧说:“你来城市没错,可你选择的生活方式错了。”

罗梅怔怔地看着伊智慧,没明白话中的意思。

伊智慧问:“有男朋友了吗?”

罗梅低下了头,没回答。

伊智慧看出来罗梅是有男朋友的,只是感情出现了问题。她问:“男朋友会来看你吗?”

“不会。”罗梅仰起脸,好像从痛苦中走出来了。

伊智慧问:“他为什么不来看你?”

罗梅没回答。

伊智慧说:“是因为你做错事了吗?”

“不完全为这件事。”罗梅说。

伊智慧问:“那为什么?”

“因为我欺骗他了。”罗梅说。

伊智慧问:“你欺骗他对吗?”

罗梅又沉默了。

伊智慧说:“你应该做诚实的人。谁都不想跟骗子在一起生活,也不想跟骗子交朋友,骗子如同老鼠那么让人讨厌。”

“我没骗过人,算不上骗子,我也没骗子的本领。”罗梅说。

伊智慧说:“你不是说骗了他。”

“那是一时糊涂,不是真心想骗他,我只是在结婚这件事上摇摆不定。”罗梅说。

伊智慧说:“你能这么想,说明你还是个好女孩。”

“你认为我是好人,就放我出去吧。”罗梅看着伊智慧说。

伊智慧站起身说:“如果你家里来人看你,让他们去找我。”

“我真没有杀死马苏德,什么时间放我出去?”罗梅着急地说。

2

罗天地赶着毛驴车回到家里沉默无语,一脸愁容。

罗梅娘问:“你怎么这么快回来了?”

罗天地没说话。他不知道警察为什么抓罗梅,他眼前浮现警察给罗梅戴手铐的场景。他感觉罗梅惹了大事,如果小事警察是不会给罗梅戴手铐的。他想找人商量解决办,去了罗遇达家。

罗遇达带着五娘从风海回到罗家村后,如同凤凰从天上掉下来似的失去了往日风采,心情忧郁,很少出门。他在风海跟罗梅发生了超越伦理的事情,良心有愧,觉得对不起罗天地,跟罗天地来往少。他看罗天地来了,知道有事,习惯性地问:“没去地里吗?”

“哪还有心情干活。”罗天地说。

罗遇达问:“发生啥事了?”

“罗梅在风海干什么你知道吗?”罗天地急着想了解罗梅在风海做的事。

罗遇达应付地说:“给人打工呗。”

“除了工作还干什么了?”罗天地问。

罗遇达说:“不清楚。”

“罗梅在风海做坏事了吗?”罗天地问。

罗遇达不明罗天地想问什么,谨慎地说:“罗梅怎么了?”

“罗梅被风海来的警察抓走了,还戴上手铐了。”罗天地说。

罗遇达猜测罗梅惹了大事,不然风海的警察不会追这么远来抓她。

罗天地说:“你帮我出个主意,想一想这事咋办。”

“不好办。”罗遇达说。

罗天地说:“罗梅在家好好的,怎么去风海打工后就跟变了个人似的,如果知道是这样,当初说什么也不能让她去打工。”

“城市诱惑大,生活压力也大,人的欲望也多……”罗遇达说。

罗天地说:“风海把罗梅弄坏了。”

“你说这话有什么用呢。”罗遇达说。

罗天地说:“我都蒙了,不知道怎么办了,你说应该怎么办?”

“汪海洋知道罗梅被警察抓走的事吗?”罗遇达问。

罗天地说:“不知道。”

“海洋当过兵,年轻,有文化,见识多,你去跟他商量商量吧。”罗遇达说。

罗天地说:“我怎么有脸去找他呢。”

“罗梅如果不逃婚,嫁给了海洋,现在孩子都应该生出来了。”罗遇达说。

罗天地说:“这是罗梅的错,不怪海洋。”

“别说这种话了,你还是去跟汪海洋商量商量吧。汪海洋对罗梅好,心里还有罗梅,是罗梅对不起海洋,不是海洋对不起罗梅。”罗遇达说。

罗天地说:“正因为是这样我才没脸去找他呢,我遇见汪家人就抬不起头,矮三分。”

“你是要脸面呢,还是想解决罗梅的事呢?”罗遇达说。

罗天地从罗遇达家出来,停了片刻,朝汪海洋住的房子走去。汪海洋房门锁着,他猜测汪海洋可能去地里干活了,他在地里找到了汪海洋。

汪海洋对罗天地一家人印象很好,罗家人对他也不错,他不明白罗梅怎么会逃婚。罗梅毁了他,让他对别的女人没有信任感。他跟于晓晓在一起生活了一段时间,因为心里想着罗梅,两人分开多日了。他跟汪稼宇在地里干活,汪稼宇在地南头,他在地北头。他对罗天地说:“罗叔,找我有事吗?”

“咋说呢。”罗天地为难地想落泪。

汪海洋没想到罗天地会这样,不解地说:“罗叔,发生什么事了,你别难过,如果需要我帮忙的我一定帮。”

“罗梅出事了。”罗天地说。

汪海洋有点着急地问:“罗梅怎么了?”

“她被风海警察抓走了。”罗天地说。

汪海洋问:“罗梅回来了?”

“昨天回来的,今天早晨被风海警察抓走的。”罗天地说。

汪海洋说:“昨天夜里我做梦了,在梦里梦见罗梅来找我。”

“嗨。”罗天地不知道罗梅去汪海洋房子的事。

汪海洋问："警察为什么抓她？"

"不知道。"罗天地说。

汪海洋问："罗梅被关在哪儿知道吗？"

罗天地摇了摇头。

汪海洋说："罗梅在风海没有亲人，咱们得去找她，得去帮助她，要不她这辈子就完了。"

"罗凤和罗玉去风海打工了，可她们俩没社会经验，办这种事不行。"罗天地说。

汪海洋说："这种事先别跟她俩说，她俩知道了不但帮不上忙，还跟着着急。"

"我想明天去风海。"罗天地说。

汪海洋说："我跟你一起去。"

"海洋，我们罗家对不住你，让我说什么好呢。"罗天没想到汪海洋能说这句话，他感觉更对不起汪海洋了，当初他同意罗梅嫁给王海洋没有选错人。

汪海洋说："罗叔，跟我就别客气了。"

"你爸妈那儿能行吗？"罗天地知道汪海洋爸妈因为罗梅逃婚的事对罗家意见大，担心不让汪海洋去风海。

汪海洋说："我爸妈只是一时想不开，慢慢就想开了。"

"谢谢你，海洋。你忙着，我走了。"罗天地看见王稼宇往这边看，不想多说，想快点离开。

汪海洋说："咱们是一个村的，我应该做的，不用谢。我在风海待过，比你熟悉那儿，办事更方便些。"

"明天早晨我在哪儿等你？"罗天地问。

汪海洋说："我去家里找你。"

罗天地回到家把罗梅被风海警察抓走的事跟罗梅娘说了。

罗梅娘说："我跟你一起去风海。"

"你去风海只能增添麻烦，什么也干不了，你在家待着。如果有消息了，我打电话告诉你。"罗天地说。

3

汪稼宇在罗天地走后朝汪海洋走过来问："罗天地找你说啥事了？"

"没说什么。"汪海洋想搪塞过去。

汪稼宇说："如果没事，罗天地会来地里找你吗？"

"你不相信就没办法了。"汪海洋说。

汪稼宇生气地说："我是你爹，还是罗天地是你爹，你怎么远近不分呢。"

"你是我爹也不能什么事都管，我已经是二十好几岁的人了，自己的事可以自己处理了。"汪海洋说。

汪稼宇责备地说："你会处理什么，你跟罗梅的事一塌糊涂，又跟那个小寡妇住在一起，弄得流言蜚语，你让汪家还有脸见人吗？"

汪海洋被汪稼宇说到了要害处，情绪一落千丈，脸上出现了愁容。

罗大嘴赶着羊群经过地头时，走过来报信似的说："罗梅被警察抓走了，你们知道吗？"

"你怎么知道的？"汪稼宇问。

罗大嘴说："我当时在那边放羊看见的。"

"警察早就应该把罗梅抓起来，她把我们家折腾苦了。"汪稼宇泄愤地说。

罗大嘴说："跟罗梅一起来的那个男的也被警察抓起来了。"

"一对破鞋，警察遇见了还不抓。"汪稼宇说。

罗大嘴说："幸亏海洋没娶罗梅，如果娶了这么个女人当老婆，一辈子也够呛。"

"我当时真没看出来罗梅会这么风流，能做出这种事。"汪稼宇说。

罗大嘴小跑着追赶羊群去了。

汪稼宇转过脸看着汪海洋问："罗天地来找你是说罗梅的事吗？"

"别跟我提这事。"汪海洋说完转身朝村里走去。

汪稼宇回到家看汪海洋妈在做饭，便说："海洋不一定能过来吃了。"

"饭已经做好了，他怎么不过来吃呢？"汪海洋妈问。

汪稼宇说："他有病。"

"他去地里时还好好的，怎么会有病呢？"汪海洋妈不相信地说。

汪稼宇说："生病还分啥时间。"

"你说话咋这么冲，你跟海洋吵架了？"汪海洋妈说。

汪稼宇说："我刚才说他了，他生气了，可能不会过来吃饭。"

"海洋都是二十好几岁的人了，你说他干什么。"汪海洋妈说。

汪稼宇瞪着眼睛说："我不说他能行嘛，你看他在想什么呢。"

"海洋大了，有自尊心了，你别总说他。"汪海洋妈认为汪稼宇做得不对。

汪稼宇火冒三丈地说："海洋就是你惯坏的，如果你继续这么惯他，他连我这个爹都不认了！"

"他怎么了？"汪海洋妈没想到汪稼宇能生这么大气，很不解。

汪稼宇说："罗梅和一个男人被风海警察抓走了，你知道吗？"

"不知道，啥时间的事？"汪海洋妈说。

汪稼宇说："罗天地刚才去地里找海洋了，你知道吗？"

"罗天地找海洋干什么？"汪海洋妈得知罗天地去找汪海洋，也生气了。自从罗梅逃婚离开村里后，她对罗家人就产生了怨恨。

汪稼宇说："罗天地找海洋肯定是为罗梅的事，要不怎么会在罗梅刚被风海警察抓走，就心急火燎地找海洋呢。"

"罗梅跟咱家没关系，罗家也跟咱们没关系，罗天地怎么还有脸来找海洋呢？

他对得起海洋吗？话又说回来了，海洋也没有义务管这种事呀！”汪海洋妈说。

汪稼宇说：“说的就是这个理。”

“海洋怎么跟罗天地说的？”汪海洋妈问。

汪稼宇无奈地说：“我哪儿知道。”

“你没在跟前吗？”汪海洋妈问。

汪稼宇说：“他在地北头，我在地南头，能听得见嘛。”

“罗天地真不要脸，要脸就不会来找海洋。”汪海洋妈责骂说。

汪稼宇沉默了。

汪海洋妈问：“你是怎么知道罗梅被风海警察抓走的？”

“罗大嘴说的。”汪稼宇说。

汪海洋妈问：“他是看见罗梅被风海警察抓走的吗？”

“他说看见了。”汪稼宇说。

汪海洋妈相信罗大嘴说的话。罗大嘴虽然肚子里存不住话，爱说，絮叨，可从不乱说，他说的话有根有据。他如同是罗家村的喇叭，许多事情都是从他嘴里传开的。汪海洋妈说：“罗梅刚跟一个男人从风海回来，风海警察紧跟着追来把她和那个男人抓走，肯定不会是小事情。”

“罗梅这么小的年龄，还是女人，去风海打工也没多长时间，能做什么坏事呢？”汪稼宇琢磨着说。

汪海洋妈说：“跟男人睡觉呗。”

“那叫卖淫。风海警察有必要追到沂蒙抓她吗？”汪稼宇说。

汪海洋妈说：“反正警察不会抓好人。这叫自作自受，罪有应得。”

“你可别幸灾乐祸，咱不帮助人家，也别笑话人家，不管怎么说还在一个村里住着，好事坏事老天爷看着呢。”汪稼宁说。

汪海洋妈说：“罗天地没教育好罗梅，老天爷开始惩罚他了。”

“罗天地人不错，只是罗梅叛逆，不听他的。”汪稼宇说。

汪海洋妈说：“罗天地有可能为这件事让海洋跟他去风海。”

“我也这么想。”汪稼宇说。

汪海洋妈说：“我坚决不让海洋跟罗天地去风海。”

“就怕海洋不听咱们的。”汪稼宇说。

汪海洋妈说：“我去问一问海洋。”

汪稼宇看了一眼汪海洋妈，感觉汪海洋不会听他们的。汪海洋妈大步流星朝院外走去。他们住在汪海洋房子后面，两处房子相隔二十多米远，穿过两个房子之间的院落就到了。

汪海洋躺在炕上看妈走进屋，翻了一下身，没起来，也没说话。虽然他心里有话想跟爸妈说，可没想好怎么说。他知道无论怎么说爸妈也不会同意他跟着罗天地去风海。

汪海洋妈问:“怎么不去吃饭呢?”

“不饿。”汪海洋说。

汪海洋妈说:“干了大半天活,也到吃饭时间了,怎么会不饿呢?”

汪海洋没回答。

汪海洋妈说:“被什么事难住了?心情这么不好,饭都不想吃了。”

汪海洋叹息了一声。

汪海洋妈说:“你把事说出来,或许妈能帮你拿个主意。”

“妈,我想去风海打工。”汪海洋没说去风海看望罗梅,而是说去风海找工作,如果说去找罗梅,他妈不仅不同意,还会大发雷霆。他说去找工作,虽然他妈不同意,但不会阻止得那么强烈。

汪海洋妈刚才听汪稼宇说过罗天地找汪海洋,心中有数了,不相信汪海洋的话。她说:“正是秋收农忙季节,地里活还没忙完呢,你怎么想现在去风海打工呢?”

“地里活快忙完了,现在去风海工作好找。”汪海洋说。

汪海洋妈不想绕弯子了,一针见血地说:“你不是去打工,是去看望罗梅吧?”

汪海洋沉默了,他没理由跟爸妈说去看望罗梅或帮助罗家办事,罗梅逃婚后让他丢尽了脸面。

汪海洋妈说:“罗家的事跟咱们汪家一点关系都没有。罗家遇上难事了,咱不笑话罗家,也不帮罗家,罗家也没理由让咱们帮助。”

“妈,同在一个村里住着,低头不见抬头见,该帮的还得帮。”汪海洋说。

汪海洋妈说:“你这么想,我可以这么想,你爸也可以这么想,可罗家人会这么想吗?如果罗家人这么想,罗梅还能逃婚吗?还能让咱家丢脸,抬不起头吗?”

“妈,罗梅没看上我,咱也不能强求呀!”汪海洋把错误往自己身上揽。

汪海洋妈说:“她看不上你也行,可别答应订婚呀,更别答应结婚,罗家答应结婚了,眼看着要办婚礼了,罗梅私下跑了,这算怎么回事。”

“事情过去那么久了,别计较了,算了吧。”汪海洋说。

汪海洋妈说:“谁说事情过去了,你刚跟于寡妇分开,对象还没有呢,又跟罗梅藕断丝连,还能有媒婆来提亲吗?你还能找到媳妇吗?”

“找不到不找。”汪海洋说。

汪海洋妈说:“你别说赌气话,正常男人有几个不想娶媳妇的,哪个男人愿意打光棍,只有没本事的男人,娶不到女人的男人才过光棍的日子。”

“我就是没本事男人,所以我只能打光棍了。”汪海洋说。

汪海洋妈说:“你不是没本事,而是没把本事用在正地方。”

汪海洋看妈生气了,缓和了态度,笑着没说话。

汪海洋妈叹息地说:“这件事也怨我跟你爸,如果当初不让你跟罗梅订婚,也许你早跟别的姑娘结婚了,没准我都抱上孙子了。”

“妈,你别伤心,你肯定会有孙子的。”汪海洋坐起身安慰地说。

汪海洋妈说:“我跟你爸只有你这么一个独苗,你不结婚,哪儿来的孙子。”

“妈,你答应我一件事,这件事办完了,我就结婚。”汪海洋说。

汪海洋妈问:“啥事?”

“让我去一趟风海,如果我在风海找不到工作,就回来结婚。到时候你让我跟谁结婚都行,我一定给你生个孙子。”汪海洋说。

汪海洋妈说:“你绕来绕去还是想去风海看罗梅。”

“妈,你想一想,罗梅当时逃婚走了,所有人都怨她。现在她出事了,我去看她,外人不但不会笑话咱们,反而会认为咱家有情意,心地善良,能高看一眼,老天爷不给你送来个好儿媳妇才怪呢。”汪海洋开导地说。

汪海洋妈的态度有点转变,关爱地问:“你是怎么被罗梅迷住的?”

“不知道。”汪海洋笑着说。

汪海洋妈心想反正罗梅被警察抓起来了,汪海洋去了也只能在警察的监督下看一看,没有单独说话机会,感情上不会有进展。如果硬是不让他去看罗梅,汪海洋不死心,惦念着,也不是长久办法。她说:“咱们可说好了,你去风海如果找不到合适工作就回罗家村,回来后不论是什么样的姑娘,只要同意跟你结婚,你都得答应。”

“别说是姑娘了,就算离婚的小媳妇,有了孩子的女人愿意嫁给我,我也娶回家,但她得有生育能力,不然,您怎么能抱上孙子呢。”汪海洋调侃地说。

汪海洋妈说:“妈是关心你,你年龄不小了,应该结婚生孩子了。”

“妈,你放心,我一定生孩子。”汪海洋说。

汪海洋妈问:“你能生孩子吗?”

“我一定给你娶一个能生孩子的儿媳妇回家,能生孩子还不行,还得能生儿子的,让你实现抱孙了的心愿。”江海洋说。

汪海洋妈说:“娶能生孩子的女人你说了算,可生儿子还是女儿你说了不算。”

“妈,你今天真能说,我从小到大好像第一次听你一次性说这么多话,并且说得还这么幽默。”汪海洋说。

汪海洋妈说:“被你气的。”

“如果我气你,你就能说这么多话,以后我会经常气你。”汪海洋说。

汪海洋妈忘记是来干什么的了,跟来时想法是不同的。她感觉只要儿女开心,当父母的就会支持。

汪海洋问:“我爸不同意我去风海咋办?”

“先别跟他说。”汪海洋妈说。

汪海洋明白妈的意思,故意要妈的口供说:“那可是我爸,他是一家之主。”

“他那儿你不用管,有我呢。”汪海洋妈说。

汪海洋拥抱了一下妈说:“谢谢妈,你真是我的好妈。”

“你嘴什么时间变得这么甜了。”汪海洋妈被儿子感动了。

汪海洋说："妈，你伟大的理解与支持，改变了我的处事方式。"

"做父母的都这样，也包括罗天地和罗梅娘。"汪海洋妈说。

汪海洋理解妈的心情。他说："罗家人对我挺好的。"

"那有什么用，可罗梅对你不好。"汪海洋妈说。

汪海洋看妈又要伤感了，急忙转移话题说："地里活还没干完呢，我去风海了，你和爸要多受累。"

"你当兵那么多年没在家，我跟你爸不也挺过来了。"汪海洋妈说。

汪海洋说："我能挣到钱，会让你跟我爸享福的。"

"做父母的都希望儿女生活得开心，你能开心就行。去风海别找出力活，找不到适合的活就回来。"汪海洋妈说。

4

汪海洋刚到罗天地家，他妈就跟来了。汪海洋以为妈改变主意了，不让他去风海，吃惊地说："你怎么来了？"

"不让妈来呀！"汪海洋妈说。

汪海洋看妈的脸色不像生气的样子，也不像改变想法，不知道她来的用意。

罗家人面对汪海洋妈有点惊慌，不知道应该说什么话恰当。

汪海洋妈说："我来送你们。你们去风海会遇到许多困难，如果有事需要家里做的，就打电话回来。"

"让我们家怎么感谢你呢？"罗天地没想到汪海洋妈能说出这么温暖的话。

罗梅娘感动得落下了泪，自责地说："我们罗家对不起你们。"

"别说这种不开心的话了，天地和海洋要出门了，咱们得高高兴兴送他们。"汪海洋妈说。

罗梅娘说："对，出远门不能心情不好，心情不好办事不顺当。"

"时间不早了，我们走了。"罗天地说。

汪海洋妈说："海洋，你年轻，啥事多想着点，别让你罗叔着急。"

"知道了。"汪海洋上前拥抱了一下妈。

汪海洋妈说："出门在外注意安全。"

5

汪稼宇比往日起来得晚了点，起来时天已经大亮了。他去找汪海洋到地里干活，汪海洋的房门上了锁，他想可能汪海洋已经去地里了。他在地里没看见汪海洋，心想汪海洋一大早能去哪儿呢。他干了一会儿活后回家吃早饭，还没看见汪海洋，不解地问汪海洋妈说："你看见海洋了吗？"

“看见了。”汪海洋妈说。

汪稼宇问：“他人呢？怎么一大早门就锁上了。”

“他去风海了。”汪海洋妈说。

汪稼宇问：“他跟谁去的？”

“罗天地。”汪海洋妈说。

汪稼宇说：“罗天地昨天找海洋就是商量这件事。”

“去就去吧。”汪海洋妈说。

汪稼宇说：“你这是怎么了，从前你一直反对海洋跟罗家人来往，态度怎么会突然转变了呢？”

“管也管不住，还不如不管了。如果强行管，万一海洋想不开，精神受刺激了，得了精神病咋办？”汪海洋妈说。

汪稼宇说：“你真行，转眼间就能来个三百六十度的大转变。”

“人活着有时得信命，命中没有就别强求。海洋命中注定要跟罗梅有这么一回事，想躲也躲不开。”汪海洋妈说。

汪稼宇说：“海洋被罗梅耽误了，要不咱就抱上孙子了。”

“别说谁耽误谁了，还是想以后的日子怎么过吧。”汪海洋妈说。

汪稼宇说：“你知道海洋跟罗天地去风海，怎么不跟我说一声呢？”

“怕你不让。”汪海洋妈说。

汪稼宇说：“我比你想得开。”

“海洋去看罗梅，他俩的事也成不了，如果能成我不会让海洋去的。”汪海洋妈说。

汪稼宇说：“为什么成不了？”

“罗梅刚被警察抓起来，不可能马上被放出来。罗梅被关在公安局里，有警察看着，没有说私话的机会，何况警察能不能让看都不一定呢。”汪海洋妈说。

汪稼宇说：“风海警察能追到咱们这儿抓罗梅，这件事肯定小不了，要不风海警察不可能追这么远抓人。”

“关得时间越长越好。”汪海洋妈说。

汪稼宇说：“你这种想法不好，你是幸灾乐祸。”

“海洋帮罗家做什么事都可以，就是不能娶罗梅。”汪海洋妈说。

6

罗梅正低着头想心事呢，听见看守人员叫她名字。近来看守人员找她的次数明显比从前少了，警察、检察官、法官也不再找她了解案情。她感觉没有看守人员叫她名字，没有警察、检察官、法官找的日子更寂寞，更无聊，她一个人想心事时会产生恐慌和害怕。她没想到会是汪海洋来了，不自主地说：“怎么是你呢？”

“我不能来看你吗?”汪海洋说。

罗梅说:“我不值得你看。”

“我来好多次了,前些日子不让见。”汪海洋说。

罗梅呜呜地哭起来。

汪海洋说:“你别哭,不开心的事情总会过去的。”

罗梅还在哭。

看守人员说:“别哭了,你哥来好多次了,探视时间有限制,不能超时,抓紧时间说点想说的话吧。”

罗梅不哭了,抹了一下眼睛问:“你怎么成我哥了?”

“看守人员问我是你什么人,我说是你哥,这样容易见到你。”汪海洋说。

罗梅说:“现在社会怎么了,连你这么老实的人也学会说谎话了。”

“我是被逼无奈。”汪海洋说。

罗梅问:“你是什么时间来风海的?”

“你出事第二天就来了。”汪海洋说。

罗梅问:“你自己来的?”

“跟你爸一起来的。”汪海洋说。

罗梅问:“我爸呢?”

“他回家了。”汪海洋说。

罗梅问:“你住在什么地方?”

“我在风海找了一份工作,管吃管住。”汪海洋说。

罗梅问:“什么工作?”

“在喜迎门大酒店当保安。”汪海洋说。

罗梅知道喜迎门大酒店。她对保安工作了解,知道工作时间长,关心地说:“保安工作时间那长,你能行吗?”

“我身体好,干这份工作轻松。”汪海洋说。

罗梅问:“你恨我吗?”

汪海洋摇头。

罗梅问:“你为什么不恨我?”

“不为什么。”汪海洋说。

罗梅说:“你应该恨我。”

“过去的事已经过去了,咱不说了。”汪海洋不想旧事重提。

罗梅说:“我回罗家村那天夜里去看你了,我站在月夜下看着你住的房子,回想着你睡觉的姿势……想了很多。”

“那晚我做梦了,梦见你了,没想到你真去找我了,我还以为是托梦呢。”汪海洋说。

罗梅说:“你不是骗我吧?”

“我骗你干什么。”汪海洋说。

罗梅问:“你和于寡妇过得好吗?”

“分开好长时间了。”汪海洋说。

罗梅说:“应该分开,于寡妇配不上你。”

“是缘分没到。”汪海洋说。

罗梅说:“你的意思是对于寡妇还有感情呗。”

“我不是这个意思。”汪海洋否认地说。

罗梅问:“你喜欢跟于寡妇在一起过日子吗?”

“如果喜欢就不分开了。”汪海洋说。

罗梅说:“你心里想着我,肯定跟她过不长。”

汪海洋没说话。

罗梅说:“我没嫁给你是我的错误,你能想着我,是我的福气,我这辈子已经知足了。”

“你太容易满足了,这可不行。”汪海洋说。

罗梅说:“你不恨我,还想着我,又来看我,我能不满足。”

“我从来没怨恨过你。”汪海洋说。

罗梅说:“你以后不要来了,安心工作,多挣钱,娶个爱你的女人。”

“我会经常来看你,如果不是为了来看你,这次我就不来风海了。”汪海洋说。

罗梅说:“我可能一时半会出不去,法官让我请律师,请律师说明事情严重。”

“应该请律师,这样对你有好处。”汪海洋说。

罗梅说:“我是个打工妹,在风海无亲无故的,又没钱,怎么请?”

“我去请。”汪海洋说。

罗梅说:“请律师要花很多钱,还不知道能请到什么样的律师,还是别请了,没有律师,法官也不会乱判刑的。”

“法官让请就有让请的道理,还是请吧,有律师辩护比没律师辩护要好。钱是挣钱来的,花完了再挣。”汪海洋说。

罗梅说:“是这么个理,可是……”

“我去请律师,你别管了。”汪海洋说。

罗梅说:“要不你去找伊法官吧。”

“你认识伊法官?”汪海洋问。

罗梅说:“我感觉伊法官对我好。”

“你是怎么认识她的?”汪海洋问。

罗梅说:“从前不认识,我被关在这里后她来看过我。”

“要是这样,找不找她一个样。她来不是看你,是来了解案情,怕判错了,只能说是位负责任的法官。”汪海洋不认为伊智慧来看守所是看望罗梅。

罗梅说:“她是来了解案情的,可对我不错,有点像亲人。在风海只有两个人关心我，一个是你，另一个就是伊法官了。”

“如果她对你这么好，我去找她问一问。”汪海洋说。

罗梅说：“我不明白她为什么对我好，我是罪犯，她是法官，相互不认识，没交往，她没必要主动关心我。”

“世上还是好人多。”汪海洋说。

罗梅说：“你对我好因为我是女人，你是男人，你爱过我，跟我睡过觉，有意娶我。她对我好是为什么呢？”

“她可能什么也不图呗。”汪海洋说。

罗梅说：“世上没有无缘无故的爱，也没有无缘无故的恨。”

“伊法官也许像雷锋似的人呢。”汪海洋说。

罗梅笑着说：“雷锋早死了，哪儿还有雷锋。”

“可他的精神还在，不是有一首歌叫《学习雷锋好榜样》。”汪海洋说。

罗梅说：“那是蒙人的，哪有什么雷锋精神。咱们上小学时老师就让学雷锋，可雷锋在哪儿呢？我才不信呢。”

看守人员说：“探视时间到了，别说了。”

“我还没说完呢。”罗梅说。

看守人员说：“没说完下次说。”

“下次什么时间？”罗梅问。

看守人员说：“一周之后。”

“那么长时间！”罗梅说。

看守人员说：“一周只能看一次，如果天天来，我们工作还能干了吗？”

“辛苦你了，让我们多说一会儿吧。”罗梅讨好地说。

看守人员说：“我辛苦点没什么，可这里有规定，不能超时，我不能违反工作纪律。”

“以后我再也不犯错误了，犯错误连跟人说话的时间都受人管。”罗梅说。

汪海洋往外走说：“我下周再来看你。”

“你去找伊法官吧，也许她真能帮忙。”罗梅说。

7

汪海洋虽然来自沂蒙乡下，是农民，可当过兵，见的世面比普通农民多，少了胆怯，多了自信。他走到风海市人民法院门口时，被传达室的值班保安拦住了。

年轻保安上下打量着汪海洋问：“你找谁？”

“找伊智慧法官。”汪海洋说。

保安问：“你跟她约好了吗？”

“伊法官让来找她的。”汪海洋说。

保安问:“带身份证了吗?”

“我没带身份证,带退伍证了。”汪海洋发现在风海用身份证不如用退伍证好办事。退伍证能证明他当过兵,在部队接受过锻炼。身份证能证明他是沂蒙山罗家村的农民。

保安接过退伍证看了一眼说:“咱俩在一个部队当的兵。”

“你也当过兵?”汪海洋听保安这么说有点兴奋,当过兵的人重视战友情谊。

保安说:“我比你当兵早两年。”

“你是风海本地人?”汪海洋问。

保安说:“我家离这很近。”

“以后多关照。”汪海洋说。

保安手里的对讲机响了,同事找他,他把退伍证还给汪海说:“伊法官在二楼216房间。”

“谢谢。”汪海洋把退伍证揣进兜里,快速朝楼上走去。

伊智慧在接电话,办公室门虚掩着,被轻轻推开了。她侧过脸,朝门口看。汪海洋推开门没往屋里走,站在门口看着伊智慧。伊智慧放下电话问:“你找谁?”

“你是伊法官吧。”汪海洋说。

伊智慧没见过汪海洋,谨慎地问:“你有什么事?”

“我是罗梅的家人,想了解请律师的事。”汪海洋朝屋里走去。

伊智慧有点责备地说:“你怎么才来呢,眼看着要开庭了,不怕误事。”

“我来风海好多天了,看守人员不让见罗梅。我刚见到罗梅,她说你是好人,让我来找你。”汪海洋说。

伊智慧解释说:“国家法律规定,案件在侦察阶段不允许家属探视犯罪嫌疑人,防止串供,做假证言,你们应该理解看守人员的工作。”

“非常理解。”汪海洋说。

伊智慧问:“你是罗梅什么人?”

“我是她对象。”汪海洋说。

伊智慧问:“你跟罗梅谈多长时间恋爱了?”

“好几年了。”汪海洋说。

伊智慧说:“罗梅现在出了这么大的事,感情脆弱,你要关心她,爱护她,不要刺激她。”

“知道。”汪海洋说。

伊智慧问:“你们准备在沂蒙请律师,还是在风海请?”

“能在风海请当然好了。”汪海洋说。

伊智慧说:“我帮你联系一下律师志愿者看一看。”

“需要多少钱?”汪海洋问。

伊智慧说:“律师志愿者是专门给弱势群体人员提供法律帮助的社会组织,正常情况是不收费的。”

汪海洋听说过志愿者这个组织，但不了解志愿者的作用。伊智慧打过电话，递给汪海洋一个电话号码，让汪海洋去找郑义者律师。

郑义者律师工作室在风海市武装部办公楼里。武装部离人民法院不远，同在正阳路上。汪海洋如同在部队训练时急行军似的，走路速度快，不一会儿就到了。郑义者说：“罗梅的案件我听伊庭长说起过，这个案件有点特殊。”

“罗梅会被判刑吗？”汪海洋问。

郑义者说：“应该被判刑。”

“能被判多长时间刑期？”汪海洋问。

郑义者说：“这要看法院审判委员会的意见。”

“这件事你得多费心，我们在风海没有社会关系，认识人少，如果你跟伊法官不帮忙，我们就没办法了。”汪海洋恳切地说。

郑义者说：“我尽力吧。”

“你什么时候有时间，我请你吃饭。”汪海洋说。

郑义者拒绝地说：“不用。”

“你帮了我们，我们不会忘的。”汪海洋说。

郑义者说：“我认为该做的事就会做。”

“需要我做什么？”汪海洋问。

郑义者说：“如果你方便，跟我去见一下罗梅。我想跟罗梅交流一下，这样能更好地把握案情，提出有利的辩护。”

“没问题，什么时间去都可以。”汪海洋说。

郑义者说：“现在去吧。”

“现在去不行。”汪海洋说。

郑义者问：“你还有别的事要办吗？”

“不是。”汪海洋说。

郑义者问：“那为什么不去？”

“我刚去看过罗梅了，看守人员说一周只能探视一次，他让我下周去。”汪海洋说。

郑义者说：“我是律师，国家法律规定律师可以找犯罪嫌疑人了解案情。”

“这是国家对律师的尊重。”汪海洋说。

郑义者从伊智慧那里对罗梅的案件已经了解了，如果汪海洋不来找他，他没有见罗梅的想法。汪海洋来找他，他认为跟罗梅当面交流，加深印象能更好地辩护。他骑上摩托车载着汪海洋去风海看守所。

罗梅见到汪海洋又惊又喜，开口便说：“你咋又来了，看管人员不是让你下周来吗？”

“郑律师来找你了解案情。”汪海洋说。

罗梅激动地说:“郑律师,我没有犯罪,我是冤枉的。你要帮我,我不想进监狱。”

“法律是公正的,不会放过坏人,也不会冤枉好人。”郑义者平静地说。

罗梅说:“那为什么还关着我?”

“马苏德已经死了。他是在被你们绑架时死的,能跟你没关系。”郑义者说。

罗梅说:“是马苏德先绑架我的,并且他还想杀死我。我绑架他是迫不得已,为了保护自己。我没想弄死他,我也弄不死他,他不是我弄死的。”

“在法庭上你要跟法官说清楚,你说得越清楚对你越有利。”郑义者说。

罗梅问:“我跟伊法官已经说过了,是她审判我吗?”

“也许是,也许会是别的法官。谁审这个案件不重要,重要的是这件事在社会上的影响。”郑义者说。

罗梅说:“你让伊法官审吧。”

“我没这个权力。”郑义者说。

罗梅说:“那你多为我说好话吧。”

“我会客观公正地表达意见。”郑义者说。

罗梅没明白郑义者的意思,看不出郑义者是在帮助她,她有些失望,不想多说了。郑义者和汪海洋离开时,罗梅问:“什么时间审我?”

“法院会通知你的。”郑义者说。

汪海洋对罗梅说:“你放心,郑律师会为你提供辩护的。”

“海洋,我有点怕。”罗梅说。

汪海洋说:“别怕,相信郑律师和伊法官。”

“海洋,我想家了。”罗梅说。

汪海洋说:“我马上给你爸妈打电话。”

“海洋……”罗梅还没说完,铁门咣当被关上了。

8

罗天地得知汪海洋见到罗梅有些激动,把手机贴在嘴边,大声问:“罗梅现在怎么样?”

“跟在家时差不多,没什么变化。”汪海洋说。

罗天地问:“她在看守所里能吃饱吗?”

“看守人员在跟前,我没问。”汪海洋说。

罗天地问:“什么时间能放罗梅回家?”

“还不清楚。”汪海洋说。

罗天地问:“警察为什么抓她?”

“我还不知道。”汪海洋没把事情真相说出来。

罗天地说:“你不是见到罗梅了,罗梅没说警察为什么抓她吗?”

“看管人员在，罗梅没说。”汪海洋说。

罗天地相信汪海洋说的话。他是跟汪海洋一起去风海的，他们在风海市公安局经过多次打听才知道罗梅被关在看守所里，可看守人员不让探视罗梅。汪海洋找到工作，在风海边工作边等机会看望罗梅。罗天地家里有事，先回罗家村了。罗天地问：“我能跟罗梅通电话吗？”

“不能。”汪海洋说。

罗天地说：“我过几天去看罗梅。”

“你现在不用来。”汪海洋说。

罗天地说：“我放心不下。”

“我在这里，还有伊法官和郑律师帮忙，不会冤枉罗梅的。”汪海洋说。

罗天地说：“请律师要花很多钱吧，需要多少钱都行，只要能让罗梅出来就行。”

“律师不要钱。”汪海洋说。

罗天地说：“律师怎么会不要钱呢？听说请律师花钱可多了。我跟你五爷商量过请律师的事，他说风海律师费可贵了。”

“郑律师是志愿者，免费服务，不收钱。”汪海洋说。

罗天地问：“什么是志愿者？”

“电话里说不明白，见面后再跟你细说。”汪海洋说。

罗天地问：“我去风海给伊法官和郑律师带点什么礼品呢？”

“咱家里那么穷，也没什么东西可带的。”汪海洋说。

罗天地问：“你知道法院什么时间审罗梅吗？”

“快了，准确时间还不知道。”汪海洋说。

罗天地说：“海洋，你辛苦点，多去看望罗梅，我们罗家欠你的情太多了。”

“罗叔，别说客气话了。罗梅遇到困难了，我能看着不管吗？我是你看着长大的，我是啥样人你还不清楚吗？”汪海洋说。

罗天地说：“你是好孩子，只是罗梅没福分嫁给你。”

“罗叔，咱不说这个了，有消息我再打电话告诉你。”汪海洋说。

罗天地说：“如果开庭审罗梅，你告诉我，我一定去。”

“我提前打电话告诉你。”汪海洋说。

罗天地说：“挂了吧，长途电话费贵。”

9

伊智慧在法院工作这么多年，审理过那么多案件，遇见过各式各样的案情，认为罗梅这个案件比较特殊。她想挽救罗梅，给罗梅一次痛改前非的机会。她跟同事交流过看法后，又把想法跟法院领导说了，还分别跟审判委员会的几位法官进行了沟通。领导和同事，还有审判委员会的法官都认为罗梅这个案件与别的案件有不同之处。她有意做一次特殊审判。

她坐在审判长的位置上看着法警押着罗梅、郝东成和董永田走上法庭。罗梅、郝东成和董永田走到法庭上相互看了一眼,低下头。他们有好几个月没见了,相貌上发生了变化。他们谁都没埋怨谁,在等法官审判。

这个案件不复杂,只是性质有点特殊。罗梅从被马苏德绑架,到拉拢郝东成绑架马苏德,转败为胜,而马苏德的意外身亡,使案件发生了根本性转变。罗梅如同演员在一系列事件中不停转换角色。这个案件不但考验着主审法官的业务能力,还在验证人品与职业道德。

法庭审理进行得非常顺利,在经过公诉、辩论、陈述等环节后,进行了休庭。法官合议后,根据国家法律,对罗梅、郝东成、董永田当庭进行了宣判。

郝东成因为参加绑架罗梅,又是绑架马苏德的主要成员,还有犯罪前科,被判有期徒刑二十年。

董永田因为参加绑架马苏德,被判了十年有期徒刑。

罗梅开始是受害者,人身安全受到了威胁,为了逃脱危险,迫不得已拉拢郝东成绑架马苏德……案件侦破后认罪态度好,为了挽救她的人生,依法从轻判决,被判处有期徒刑六个月。

罗梅、郝东成、董永田均表示服从风海市人民法院判决,不上诉。

马苏德的老婆认为给罗梅量刑过轻,在庭下发怒,大发雷霆,指责说:“有这么判的吗?马苏德死了,才判罗梅六个月,量刑太轻了。”

“马苏德是死了,可他的死不是罗梅造成的,是自己身体健康出了问题。并且是他先绑架罗梅的,还有意杀死罗梅,你能说马苏德是无罪的人吗?”伊智慧正义凛然地反驳说。

马苏德老婆质问说:“罗梅给了你什么好处,你这么偏向她?”

“你去问罗梅吧。”伊智慧拿着文件夹转身离开了法庭。

法警押着罗梅往法庭外走。

马苏德的老婆不依不饶地说:“罗梅,我是不会放过你的。”

“你也想进监狱吗?”罗梅说。

马苏德的老婆被气得脸色发青,瞪着双眼说:“你……”

罗梅边往外走边看着汪海洋。汪海洋做出给罗梅信心的表情,让罗梅产生了对生活的希望与期待。罗梅上了警车,警车开走了。

汪海洋走到法院门口时遇见罗天地。

罗天地接到汪海洋的电话后着急来风海,可罗梅娘突然发高烧病倒了,他没能马上来风海。他预计早晨能赶到,因为客车中途坏在路上,又无法换乘别的客车,来到风海人民法院时已经开庭了,保安没让他进去。他问:“审完了吗?”

“审完了。”汪海洋说。

罗天地问:“怎么判的?”

“判了六个月有期徒刑。”汪海洋说。

罗天地说:“那个人死了,才判罗梅六个月?”

“法医鉴定马苏德是心脏病复发死的,跟罗梅责任不大。”汪海洋说。

罗天地问:“律师和法官向着罗梅说话了吗?”

“审判很公正。”汪海洋说。

罗天地说:“我拿了些花生和地瓜给律师和法官。”

“人家不能要。”汪海洋说。

罗天地说:“咱们村穷,没什么可送的。人家帮了咱的忙,咱得表示心意。”

“郑义者律师过来了,你送给他,看他要不要。”汪海洋说。

罗天地走到郑义者面前说:“郑律师,谢谢你为罗梅说情。”

“不用谢我,这是我应该做的。如果谢,你去谢伊法官吧。”郑义者说。

罗天地说:“你和法官都要感谢。我们那地方穷,没东西可送的,我拿了些地瓜和花生给你们。”

“我老家也是乡下的,这些东西家里有,你送给伊法官吧。”郑义者说。

罗天地问:“你老家是哪儿的?”

“宾州。”郑义者说。

罗天地说:“我去过宾州,那里乡下的生活跟我们沂蒙差不多。”

“我还有事,先走了。”郑义者礼貌地说。

罗天地对汪海洋说:“你跟我去找伊法官吧。”

“你拿着东西去,影响面大,伊法官还能要嘛,你一个人去好。”汪海洋说。

罗天地忽略了负面影响。他认为这不是送礼,也不是拉关系,而是表达感激,对法官不是坏事,而是好事。他是这么想的,可别人不一定这么想,人与人想法是不同的。汪海洋的话提醒了他,他觉得一个人去好。他看了一眼办公楼问:“伊法官在哪儿办公?”

“二楼216房间。”汪海洋说。

罗天地拎着地瓜和花生进办公楼去找伊智慧。

伊智慧刚走进办公室,喝了一杯水,还没坐下,罗天地就拎着塑料袋子跟进来了。伊智慧打量着罗天地说:“你是?”

“我是罗梅她爸,刚从沂蒙老家来,没能赶上开庭。我听老乡说你对罗梅挺好的,特意来感谢你。”罗天地说。

伊智慧说:“不用感谢我,我是在国家法律内做了应该做的事。”

“我听老乡说你执法公正,还关心罗梅,谢谢你。”罗天地说。

伊智慧知道汪海洋是罗梅的男朋友,汪海洋是在罗梅被逮捕后来风海的,没听说有老乡,不解地问:“你听哪个老乡说的?”

“汪海洋。”罗天地说。

伊智慧问：“汪海洋不是罗梅的男朋友吗？”

“从前是，现在不是了。”罗天地扫兴地说。

伊智慧没想到会是这样，以为是罗梅被判刑造成的呢，不解地问：“为什么？”

“罗梅在结婚那天改变想法，不跟海洋结婚，她是逃婚来风海的。”罗天地一五一十地说。

伊智慧说：“汪海洋人挺好的。”

“罗梅不识好坏人，没这个福分。”罗天地说。

伊智慧说：“人的想法是会变的，你别失望，没准罗梅转变看法，现在看上汪海洋了。”

“罗梅犯罪了，成为监狱里的囚犯，就算她改变想法看上海洋，海洋还能看上她吗？”罗天地说。

伊智慧说：“汪海洋心里还有罗梅，如果他心里没有罗梅，这些天就不会为罗梅的事跑前跑后，忙个不停了。”

“是我去找汪海洋来帮忙的，他可能是磨不开乡亲的情面才这么做的。如果让他娶罗梅可能性不大。”罗天地说。

风海市人民法院院长走进伊智慧办公室，看了一眼罗天地，又看着伊智慧说：“有客人？”

“罗梅的父亲。”伊智慧说。

法院院长知道罗梅的案件，习惯性地问：“就是那个来自沂蒙的打工女孩吗？”

“是她。”伊智慧说。

法院院长问：“审完了吗？”

“刚审完。”伊智慧说。

罗天地说：“伊法官，你收下，我走了。”

“这是我们院长。”伊智慧介绍说。

罗天地以为院长是来批评伊智慧的，急忙解释说：“院长，这些地瓜和花生是我自己家种的，我是来表示谢意的。伊法官不认识我，我们是第一次见面。”

法院院长笑了。

罗天地不想打扰伊智慧的工作，把塑料袋放在办公桌前说：“我们那地方穷，没什么东西给你带的，拿点地瓜和花生给你，你别嫌弃。”

“东西我不能要，你拿回去，心意我领了。”伊智慧说。

罗天地说：“这么远拿来了，怎么能拿回去呢，你收下吧。”

“我真不能收。”伊智慧说。

罗天地说：“这是我自己种的，不值钱，不算是送礼，你收下也不犯错误，何况你们院长还在跟前看着呢。”

伊智慧无奈地看着法院院长。

法院院长说:“收下吧,这是人家的心意。”

“这好吗?”伊智慧说。

罗天地说:“这有什么不好的,你们院长都让你收下了,你还能拒绝呀。”

“这……”伊智慧笑着。

罗天地担心给伊智慧带来麻烦,对法院院长说:“院长,我这可不是给伊法官送礼,两份,也有你一份。”

“这是一份心情,应该收下。”法院院长说。

罗天地说:“谢谢伊法官和院长,能有你们这样负责的法官,就不会有冤假错案了。”

“人民群众能理解我们,这是对我们工作最好的支持。”法院院长说。

罗天地说:“我不打扰你们了,等罗梅从监狱出来,让她来感谢你们。”

“咱们要相信罗梅,她能成为对社会有用的人。”伊智慧说。

10

罗梅没想到会被判刑,感觉有些冤枉,想不开。她认为自己是无辜的,接受不了成为罪犯的事。她被判刑不久,被从看守所移送到监狱服刑。

风海市的犯人在青岛监狱接受劳动改造,监狱里的生活要比看守所里自由。罗梅到监狱后一言不发,情绪低落,谁跟她说话都如同没听见,没反应。狱警知道她有精神压力,尽可能开导她。

这天罗梅突然对狱警说:“我想见伊法官。”

“伊法官?”狱警不知道伊法官是谁。

罗梅说:“就是审判我的那个法官。”

“你找她有事吗?”狱警不明白罗梅的想法。

罗梅说:“没事。”

“没事你找她干什么?”狱警问。

罗梅没回答。

狱警说:“如果你有事,我们可以帮你转达。”

罗梅沉默着。

狱警说:“你别急,我向领导汇报一下,如果得到批准,可以带你去见伊法官。”

“监狱里跟外面的生活真是不同,想见个人也不让。”罗梅深有感触地说。

狱警说:“如果一样就不叫监狱了。”

“你能告诉我犯人跟不是犯人的区别是什么吗?”罗梅这些天一直在考虑这个问题。

狱警说:“犯人的生活行为是受约束的,而普通人只要不违反国家法律,可以想做自己想做的事。”

“我能见伊法官吗?”罗梅问。

狱警说:“我刚才不是说了嘛,得向领导汇报,领导批准后才行。”

“这么严吗?”罗梅以为狱警说了算呢。

狱警笑着说:“这是监狱。”

“监狱。”罗梅琢磨着这两个字。

狱警问:“你特别想见伊法官吗?”

“监狱里不让犯人见法官吗?”罗梅说。

狱警说:“可以见法官,但工作中有纪律,是有工作程序的。”

“我是犯人,她是法官,一个地下,一个天上,差距大,不让见面也正常。”罗梅说。

狱警说:“你的思想过于消极了,这不好。你生活的路还很长,应该往好的方面想。”

“你不用去请示领导了,我不见伊法官了。”罗梅改变了想法。

狱警问:“为什么?”

“犯人想见法官,这个想法太天真了。”罗梅说。

狱警说:“法官的工作就是面对有法律诉求的人。”

“那是在法庭上,而不是在监狱里。”罗梅说。

狱警正要说什么,不远处有两名犯人吵起来了,急忙过去制止。那两名犯人都是第三次进监狱,同行叫“三进山城”或“三进宫”。她们一个是犯了卖淫罪,一个是犯了盗窃罪。她们在犯人中争霸,谁都不服谁,想战胜对方,狱警和管教多次劝阻也不起作用。

罗梅入狱后的短短几天时间里,看见这两名犯人打了好几次架。她想不明白在监狱里已经失去了生活的自由,还打什么架呢,人和人的想法真是不同。她正想着心事,接见室的工作人员喊她的名字,说有人来看她。她没有去,她知道来看她的只有两个人,一个是罗天地,一个是汪海洋。她认为对不起他们,不想见面。

罗天地是跟汪海洋一起来的,他们来过几次都没见到罗梅。他们想不通罗梅为什么会在被判刑后拒绝见他们。这次罗天地来看过罗梅后准备回沂蒙老家了,他在风海这段日子里一直住在汪海洋那儿,给汪海洋增加了不少麻烦,心里过意不去。

汪海洋说:“我觉得应该让罗凤和罗玉来看罗梅,这样也许对罗梅的思想转变会有帮助。”

“我也这么想过,可罗梅咱们都不见,怎么可能见她们呢。”罗天地说。

汪海洋说:“罗梅想多了。”

“罗梅觉得没脸见亲人了,怕亲人笑话她。”罗天地说。

汪海洋说:“所以我一直没把罗梅被判刑的事告诉罗家村的人。罗家村的人问我罗梅被关押在哪儿,我一直说不知道。”

“罗梅可以不见别人,我是她爸,应该见我,有什么事不能跟我说呢。别人笑话她,我还能笑话她吗?”罗天地说。

汪海洋说:“我怕罗梅想不开,发生意外。”

“我担心的也是这个。”罗天地说。

汪海洋说:“要不你过些日子再回罗家村吧,咱们想一想办法,看怎么才能让罗梅转变想法。”

“她在监狱里面,咱们在外面,说不上话,能有什么办法可想。”罗天地说。

汪海洋说:“要不咱们去找监狱领导,让监狱领导提供帮助,给个特殊关照,最好能让咱们进监狱里看罗梅。”

“监狱管理这么严格,能随便让进嘛。”罗天地认为这个要求实现不了。

汪海洋说:“咱们去试一试,行就行,不行就当没这回事。”

“也只能这样了。”罗天地说。

汪海洋和罗天地一前一后走进监狱长办公室。

监狱长正跟看管罗梅的狱警说罗梅要求见伊智慧的事呢。他们用审视的目光看着罗天地和汪海洋,猜测出这是犯人家属。狱警问:“你们有什么事?”

汪海洋看了一眼罗天地,意思是让罗天地说。

罗天地说:“我是罗梅的爸,我们来好多次了,罗梅不见我们,我们想进监狱看她。”

“你们进不去,让她出来见你们可以。”监狱长说。

罗天地说:“如果能让罗梅出来也行。”

“把罗梅叫出来吧。”监狱长对狱警说。

狱警转身去找罗梅。

罗梅没想到汪海洋和罗天地还没走,还在等她。她来到监狱长办公室,看见汪海洋和罗天地时依然不说话,屋里人不管怎么劝说她,她还是一言不发。

监狱长看这种情况,让罗梅回监区,然后对汪海洋和罗天地说:“你们别着急,我们在考虑工作方案。”

“罗梅为什么会这样呢?”罗天地问。

监狱长说:“思想出了问题。”

“罗梅长这么大从来没这样过。”罗天地说。

监狱长说:“年轻人在遇到困难时会出现心理障碍的。罗梅接受不了眼前的现实生活,她需要一个转变过程。”

“监狱长多操心,罗梅只要不发生意外就行。”罗天地说。

监狱长说:“你放心,罗梅在我们这里是安全的。你们要经常来看望她,让她知道还有这么多人关心她。”

“我们听监狱长的。”罗天地说。

有工作人员进来找监狱长商量事情,罗天地跟汪海洋离开了。

监狱长认为让伊智慧来监狱跟罗梅见面要比罗梅去风海人民法院收效好，可不知道伊智慧愿意不愿意来。他让狱警跟伊智慧沟通，听一听伊智慧的想法。

伊智慧没想到罗梅会产生抵触情绪，不过罗梅出现这种情绪也可以理解，毕竟这是人生中一个大的挫折，她处在生活中的低谷期。她爽快地答应到监狱见罗梅。

罗梅没想到第二天中午就见到了伊智慧。她见到伊智慧后想法突然又改变了，她原本想质问伊智慧为什么要判她六个月刑期，当她见到伊智慧时没勇气问了。

伊智慧说："这些天我就想来看你，因为忙，没能抽出时间来。"

"我觉得你是个好法官，可你为什么要判我六个月呢？马苏德不是我弄死的，他还想弄死我，也绑架了我。我只不过拿了他的钱，而钱也没花多少，钱被警察拿走了……"罗梅说。

伊智慧说："虽然马苏德不是你弄死的，可你们抢了钱，也绑架了他，这就构成绑架罪和抢劫罪了，何况他还在绑架中死了呢？"

罗梅沉默了。

伊智慧说："虽然你是受害者，可你也是违法者，受害能得到法律保护，违法会得到法律惩罚，法律对每个人都是一样的。"

"感觉你很关心我，要不我不会想见你。"罗梅说。

伊智慧说："你年轻，走上犯罪之路不完全是你的责任，也有社会的责任，如果你能多了解社会，认清人生的路，也许不会做出违法犯罪的事。"

"你说的我懂，从前没人跟我说起过这些道理。"罗梅说。

伊智慧说："正因为没人跟你说过，才出现这种事情。你来自沂蒙乡下，那里物质生活与文化都不如沿海地区发达，所以你面对各种诱惑时，在选择对与错时，迷失了方向，不知道怎么办了。"

"如果我早认识你就不会犯罪了，就不会被关在监狱里。"罗梅说。

伊智慧说："如果你能看清生活，意识到对与错，就不会做那些事。"

"可是晚了，我成为囚犯了。"罗梅说。

伊智慧说："不晚，一点也不晚。你才被判六个月刑期，六个月在人生中占的比例很小，转眼就过去了。"

"我从监狱出去还能跟正常人一样生活吗？"罗梅担心今后的生活会被影响。

伊智慧说："不仅一样，如果你努力，还会生活得更好。"

"你为什么关心我？"罗梅问。

伊智慧说："法律不是以惩罚为目的，而是以教育、唤醒人的良知为宗旨。被判刑入狱的人，肯定做出了危害社会，违反法律的事。他们在监狱里能得到教育，在思想上会得到反省，经过改造，应该成为对社会有用的人。"

"谢谢你给我讲了这么多做人的道理。"罗梅说。

伊智慧说："你应该感谢你的家人，还有汪海洋，他们为你特意从沂蒙来到风海,在陌生城市里为你奔波……可你却不想见他们,你知道他们会有多伤心吗?你说你做得对吗?"

罗梅认错地低下了头。

伊智慧说:"我只是做了法官应该做的事,而他们为了你操心那么多,付出那么多辛苦,你说你是不是应该感谢他们?"

罗梅眼眶里充满了泪水。

伊智慧说:"你别难过了,知道错就好,就怕知道错不改。我相信你能改,能做感恩的人,能成为社会上有用的人。"

"你这么相信我?"罗梅抬起头看着伊智慧。

伊智慧点着头。

第二十一章

点燃生活的希望

1

罗凤见到罗天地时迫不及待地问:“爸,你见到我姐了吗?”

“见到了。”罗天地说。

罗凤问:“我姐被关在什么地方?”

“在青岛监狱呢。”罗天地说。

罗凤问:“青岛监狱在什么地方?”

“离风海不远,坐车一个多小时就到了。”罗天地说。

罗凤说:“我明天去看我姐。”

“过几天去吧。你姐刚被判了刑,思想上有负担,不想见咱们。过些天她心情好了,适应监狱里的生活了,你再去看她。”罗天地说。

罗凤说:“我去开导她,劝说她往好的方面想。我去晚了,万一她想不开,自杀了呢。”

“罗梅不是这么脆弱的人。”罗天地说。

罗凤说:“坚强的人也受不了这种打击,从普通人突然变成囚犯……”

“罗梅怎么会犯罪呢?”罗天地想不通罗梅因为什么落入这种地步。

罗凤说:“我姐缺少克制力,没禁得住城市的诱惑。”

“罗玉呢?”罗天地问。

罗凤说:“去上班了。”

“她在哪儿上班?”罗天地问。

罗凤说:“在青特集团。”

“青特集团是生产什么的?”罗天地对青特集团不了解。

罗凤说:“生产汽车的。”

“她在里面干什么活?”罗天地问。

罗凤说:“接待客户。”

“她挣钱多还是你挣钱多?”罗天地问。

罗凤说："我比她能多点。"

"挣钱多少不要紧，千万要走正路，用正当方式挣钱，不能让钱遮住了眼睛，往坏路上走。"罗天地说。

罗凤说："爸，你放心，我们不会像我姐那样。"

"罗梅开始也不这样，不知道她怎么会变成这样了。她让我跟你娘操太多心了。"罗天地说。

罗凤说："你不能埋怨我姐。她来风海时一个人不认识，没见过大世面，第一次到城市，文化还不高，出现这种事也正常。"

"你五爷和五娘当时在风海，她是投奔你五爷来的。"罗天地说。

罗凤说："我五娘还行，五爷不行，他们没帮上我姐忙。"

"你怎么知道的？"罗天地说。

罗凤说："从我姐后来对五爷的态度上，还有五爷跟咱家关系转变分析出来的。"

"我感觉你五爷做了对不起你姐的事。"罗天地说。

罗凤说："没有血缘关系，只是一个村的，能怎么好。"

"我觉得你五爷……"罗天地已经感觉到罗遇达跟罗梅之间有事情，可是什么事情他不知道。

罗凤了断性地说："五爷已经回罗家村了，五娘也得重病了，不说那些事了。"

"人这辈子什么事都能遇见。"罗天地感慨地说。

罗凤问："你来风海怎么不告诉我们呢？"

"不想让你们知道你姐被判刑的事，你姐自尊心强，怕亲人知道她犯罪的事。"罗天地说。

罗凤问："你住在哪儿？"

"住在汪海洋那儿。"罗天地说。

罗凤说："汪海洋真是好人，我姐那么对他，他还帮助咱们。"

罗天地叹息了一声。

罗凤说："我给你找个住处吧。"

"不用了，我明天就回罗家村。"罗天地说。

罗凤说："你不去看我姐？"

"我和汪海洋刚从监狱回来。"罗天地说。

罗凤说："汪海洋也去了？"

"他为你姐的事没少操心，去找法官，请律师……比我还忙碌。"罗天地说。

罗凤说："我妈一个人在家忙不过来，你回家照顾我妈吧。我会经常去看我姐的。"

"你在哪儿工作？"罗天地问。

罗凤说："在国货商场收款。"

"你别私自拿人家钱，工资是多少就多。"罗天地叮嘱说。

罗凤笑着说："犯罪这种事不会发生在我身上。"

"你几点上班?"罗天地问。

罗凤说："下午两点到晚上九点。"

"我走了,你休息一会儿去上班吧。"罗天地说。

罗凤说："晚上我请你和汪海洋吃饭。"

"我是你爸,你不用请我,你应该请海洋,咱家欠海洋的人情。"罗天地说。

罗凤说："我给罗玉打电话,让她晚上等我吃饭。"

罗天地看着罗凤。

罗凤拨通了罗玉的手机。罗玉想跟罗天地说话,罗凤把手机递给罗天地。

罗天地接过手机说："你上班呢?"

"上班呢。"罗玉回答。

罗天地说："你要好好工作,不能偷奸耍滑,要做个诚实的人。"

"知道了。"罗玉说。

罗天地说："你不要有占人便宜的想法,这种想法会吃亏的。"

"爸,你看我是那种人吗?"罗玉笑了。

罗天地说："我看罗梅也不像犯罪人,可她犯罪了。"

"爸,你见到我姐了吗?"罗玉问。

罗天地说："见到了,可没说话。"

"为什么不说话?"罗玉问。

罗天地说："罗梅不想说。"

"我姐性格开朗,爱说爱笑的,怎么会不说呢?"罗玉不相信地说。

罗天地说："她进监狱里就变了。"

"变成不说话的人怎么行呢,我得去看我姐。"罗玉说。

罗天地说："电话费贵,不说这些了,晚上见面说吧。"

"爸,你把手机给罗凤。"罗玉说。

罗天地把手机递给罗凤。

罗凤跟罗玉约好晚上一起吃饭。罗凤还给宁子、赵娟、维娜打了电话,把几个在风海打工的罗家村女孩都约上了。她还让罗天地把汪海洋叫上。

汪海洋为了去监狱看罗梅跟同事换了班,把白班换成夜班。夜班保安晚上二十点上班,工作到第二天早晨八点,他没时间去吃饭。罗天地让汪海洋去。虽然是罗凤和罗玉请客吃饭,可还有宁子、赵娟、维娜她们呢。罗家村在风海打工的人不多,晚上差不多到齐了,也算是罗家村乡亲聚会,少了汪海洋不好。汪海洋找了一个休息的同事替班。

风海的夜晚虽然不如青岛热闹、繁华,但也能闻到海风带来的气息,也有着沿海城市的美丽。他们围坐在一个大桌前,谈论着工作与生活,喝着青岛扎(散装啤酒)啤,吃着蛤蜊、海螺、烤肉,享受着城市生活的美好。

谁都没有提罗梅的事，因为提起这件事会不开心，产生伤感，影响心情，但这些人都是因为罗梅才来到风海的。

第二天早晨罗凤和罗玉在送走罗天地后，去青岛监狱看望罗梅。

2

罗梅跟伊智慧见过面后，经伊智慧开导和劝说，意识到自己想错了，不应该那么对待爸爸和汪海洋。汪海洋和爸爸来看她是对她的关爱，她拒绝见他们的做法是不对的，深深地伤了他们的感情。她在为自做过的错事自责，也在反省，在思考今后的生活怎么过。接待室工作人员叫她，她想可能是汪海洋和爸爸来了，高高兴兴地走进接待室。她看见两个妹妹站在眼前吃惊地说："你们咋来了？"

"姐……"罗凤和罗玉异口同声地说，泪水迅速从三姐妹眼眶中涌出来。

罗梅嗓子哽咽了，说不出话，她没想到罗凤和罗玉来监狱看她。在她刚被警察抓起来的日子里，因为爸妈在沂蒙老家离得远，罗凤和罗玉在风海打工，所以盼着罗凤和罗玉来看她。汪海洋对她说她爸妈不想让罗凤和罗玉看见她落魄的样子，没把她被警察抓起来的事告诉罗凤和罗玉。她认为爸妈想得对，这么做是对她的保护。当时她确实不想看见熟悉人，看见熟悉人心情更糟糕，叮嘱汪海洋不要对罗家村人说她的事。

罗玉说："姐，这点事你别往心里去，没什么大不了的。"

罗凤说："姐，无论发生什么事，任何时候你都是我们亲人，我们不会看着你落难不管的。"

罗梅说："姐对不起你们，也对不起爸和妈，姐给你们丢人了，让咱家人抬不起头。"

罗玉说："姐，你别想那么多，没有人看不起咱家。等你刑期满了，振作精神，咱们在风海努力工作，干出个样子，让人们刮目相看。"

罗凤说："姐，我和罗玉等你出来。"

罗梅点下头。

罗玉说："姐，六个月时间很快就过去了。你这么年轻，以后日子还长着呢。"

罗凤说："姐，我们会经常来看你的。"

罗梅问："爸呢？"

罗玉说："爸回家了。"

罗梅说："你们多跟爸通一通电话，别让爸和妈惦念。"

罗玉说："我们隔一天往家打一次电话。"

罗梅说："不用打这么勤，一周打一次就行，电话费贵，挣钱不容易，还是节约点。"

罗凤和罗玉临走时告诉罗梅可能宁子、赵娟、维娜她们会来看她。罗梅说别让她们来了，她们工作时间长，休息时间少。罗玉说她们肯定会来的。罗凤和罗玉商量好了，以后她们不一起来，分开来，这样罗梅能经常见到亲人。亲情能改变人的想法，唤起沉睡的心灵，对生活充满希望，这样对罗梅思想转变有促进作用。

罗梅感受到了亲人的关爱，再次鼓起面对新生活的勇气。她表现积极，得到了监狱领导的表扬。在监狱元旦晚会上，她唱起了《沂蒙山小调》这首经典老歌。

人人（那个）都说（哎）沂蒙山好，
沂蒙（那个）山上（哎）好风光。
青山（那个）绿水（哎）多好看，
风吹（那个）草低（哎）见牛羊。
高粱（那个）红来豆花（那个）香，
万担（那个）谷子（哎）堆满场。
咱们的共产党领导好啊……

监狱工作人员及犯人没想到罗梅的嗓音会这么好，动听的歌声激起了犯人的热情，歌声落下，响起雷鸣般热烈掌声。

第二十二章 重生

1

汪海洋正要去找罗凤和罗玉时，突然他爸妈出现在了面前。他没想到爸妈会在这个时间来，不解地问："你们怎么来了？"

"我们不能来吗？"汪海洋妈说。

汪海洋说："我的意思是你们来风海怎么没提前打电话告诉我。"

"岁数大了，脑子不好使，考虑事情哪能这么周全。"汪海洋妈说。

汪海洋说："昨天咱们还通电话了，电话中你们也没说要来。"

"当时还没决定来呢，今天早晨决定来的。现在就是好，交通方便，想去哪儿，坐车就走了。"汪海洋妈说。

汪海洋问："你们来有事吗？"

"没事就不能来风海了？"汪海洋妈说。

汪海洋说："能来。"

"来风海看你是最大事情，我们只有你这一棵独苗，不能有半点闪失。你不回家看我们，我们只好来看你了。"汪海洋妈说。

汪海洋说："你们先休息，我出去办点事。"

"你不会是去看罗梅吧？"汪海洋妈说。

汪海洋被这句话问住了，没回答。

汪稼宇说："你来风海时我不知道，你跟你妈说来看一看就回去，你这一看就这么长时间，过春节罗凤、罗玉、宁子、赵娟、维娜她们都回罗家村了，只有你没回家过春节，你说对吗？"

"过春节她们放假时间长，我过春节值班了，春节时工资是双倍的。我不回家一是工作需要，二是为了多挣钱。"汪海洋说。

汪稼宇问："你攒多少钱了？"

"几千块吧。"汪海洋说。

汪稼宇问："你认为攒这些钱是多还是少？"

“上班前三个月是试用期,试用期工资少,后来多了,可花销也跟着多了。在城市不同乡下,城市上厕所都得花钱,何况我还想多结交些朋友。结交人需要花钱,不结交人遇到事情没人帮助。”汪海洋说。

汪稼宇说:“人熟为宝,人熟好办事。你交朋友我不反对,可你给罗梅也花了不少钱。”

“我给罗梅花钱不多。”汪海洋说。

汪稼宇不相信地问:“你多长时间去看她一次?”

“不一定,工作忙时去的次数少。”汪海洋没说出实情。他不想让爸妈知道去看罗梅的次数,知道去的次数就能算出花多少钱了。

汪稼宇说:“罗梅进监狱好几个月了,快出来了吧?”

“今天出来。”汪海洋说露馅了。

汪稼宇说:“你是去接罗梅出狱吗?”

“罗凤和罗玉让我跟着去接罗梅。”汪海洋说。

汪稼宇说:“你真是我儿子,跟我一样不会撒谎,撒谎就能被看出来。”

汪海洋观察着爸妈的表情,发现没有责备他的意思,可又看不出来爸妈同意去接罗梅,试探性地说:“宁子、赵娟、维娜她们都去。”

“她们是罗梅带出来打工的,罗梅帮助过她们,她们应该去接罗梅出狱。”汪稼宇说。

汪海洋说:“爸,你真开明。”

“你别讨好我。”汪稼宇说。

汪海洋妈问:“保安的活累吗?”

“不累,我都胖了。”汪海洋说。

汪海洋妈说:“比从前装煤的活好,可保安这活不是正经工作,给人游手好闲的感觉,年轻人应该学点技术才行。”

“我有部队发的汽车驾驶证,换成地方的就可以开车了。”汪海洋说。

汪海洋妈说:“城市人多车多,开车危险,你还是找个安稳工作吧。”

“人活着随时都有危险,吃饭还能噎死人呢,那就不吃饭了吗?你们不能总看城市不好的地方,应该看城市好的方面。”汪海洋说。

汪海洋妈说:“城市好是好,可不是咱乡下人生活的地方。”

“谁说乡下人不能在城市生活了,我们总经理老家在太行山区,那地方比罗家村还穷呢。”汪海洋说。

汪海洋妈问:“总经理是啥官?”

“总经理就是总经理。”汪海洋说。

汪海洋妈还是不明白。

汪稼宇说:“应该相当于村长吧。”

“对,就是村长这么大的官。”汪海洋笑着说。

汪海洋妈问:“你能当上总经理吗?”

“我能当上罗家村的村长。”汪海洋开玩笑地说。

汪海洋妈说:“罗家村穷,村长挣钱不多,麻烦事不少,村长当不当没啥用。”

汪海洋的手机响了,电话是罗凤打来的。罗凤问他去不去接罗梅,他说马上过去。他挂断电话说:“你们在这里休息,中午我就回来了。”

“我们跟你一起去。”汪海洋妈说。

汪海洋没明白妈的意思,急忙说:“你们去干什么?”

“你去干什么?”汪海洋妈问。

汪海洋说:“我去接罗梅呀。”

“我们跟着你去接罗梅不行吗?”汪海洋妈质问说。

汪海洋说:“你们坐了好几个小时的客车,累了,在这儿休息吧。”

“我们是来看你的,你不在,我们在这儿干什么。”汪海洋妈说。

汪海洋怕耽误了时间,叮嘱地说:“你们去可以,但不能乱来。”

“你妈我是乱来的人吗?”汪海洋妈说。

汪海洋说:“你们说话注意点,不要什么话都说。”

“你长脾气了,还敢管我说话了。”汪海洋妈说。

汪海洋说:“你如果是这种态度就别去了。”

“我非去不可。”汪海洋妈说。

汪海洋看时间到了,快步朝屋外走去,他爸妈跟在身后。他们上了公交车,汪海洋给罗凤打电话说已经上车了。这趟公交车经过罗凤、罗玉住的地方,罗凤、罗玉、宁子、赵娟、维娜她们都上了车。

从风海开往青岛监狱的公交车上乘客少,如同是罗家村的包车。罗凤和罗玉没想到汪海洋爸妈来了,并且还跟着去接罗梅,主动跟汪海洋爸妈聊天,拉近感情。

罗梅看见这么多人来接她出狱,感动了,眼泪止不住流出来。她做梦也没想到汪海洋爸妈会来接她,她不敢正视汪海洋爸妈。自从她逃婚离开罗家村后再没见过他们,他们来接她出狱让她更加自责了。

汪海洋爸妈虽然认为罗梅不可能成为儿媳妇,可还是乡亲,还是同村人,内心深处有着浓浓乡情。罗梅在他们眼里还是孩子,他们理解罗梅的心情,已经原谅了罗梅。

汪海洋妈走上前说:“孩子,别哭了,事情过去就没事,如同夜里做了噩梦,醒来就好了。你看今天的天气多好,能有这么多人因为你聚在一起,像过节似的,你应该高兴。”

罗凤说:“姐,别哭了,今天是好日子,应该高兴。”

罗玉说:“姐,咱们在风海团聚是多好的事。”

宁子说:“罗梅姐,如果不是你先来风海打工,我们可能都不敢来,也不敢想到城市生活。你是我们来城市生活的老师,今天我们得好好请一请你。”

赵娟说："咱们今天去风海最好的饭店为罗梅姐庆祝吧。"

维娜说："我赞成。"

罗梅心情好起来，她换上罗凤带来的衣服和鞋，脱掉囚服，如同城市女孩那么靓丽。

宁子说："罗梅姐如同电影明星似的。"

赵娟说："罗梅姐真有气质。"

维娜说："谁看了罗梅姐都会喜欢。"

宁子说："海洋哥，你说呢？"

汪海洋因为爸妈在跟前显得拘谨，没怎么说话，只是看着眼前这群女孩开心说笑。他听宁子这么说，脸红了。宁子只顾高兴了，忘了汪家对罗家有看法，两家大人长时间不来往的事了，说出口后才意识到不应该这么说，不好意思地吐了一下舌头。汪海洋笑着说："咱们去赶公交车吧。"

她们说说笑笑坐上了青岛监狱开往风海的公交车。

这辆车正好是罗凤她们来时乘坐的。司机开玩笑地说："你们好像是老乡聚会。"

赵娟说："比老乡聚会隆重得多。"

宁子说："我们宴请罗梅姐，她是我们罗家村第一个来风海打工的女孩人，如果没有她，我们都不会来风海。"

"她是你们的老师，也是引路人，你们是应该好好请一请老师。"司机风趣地说。

她们下车后去了风海市最好的海梦园大酒店。

2

罗梅走到风海市法院门口时，伊智慧拿着公文包从法院办公楼出来，正要往台阶下走，罗梅迎面走上前说："你出去办事吧？"

"去了解关于案件的事。"伊智慧说。

罗梅说："你每天都这么忙。"

"我这些天就想去看你，因为接了个新案件，开庭时间紧，没能抽出时间来。"伊智慧说。

罗梅脸上露出灿烂的笑容说："我来看你更好。"

伊智慧问："以后有什么打算？"

"刚出来三天，还没想好呢。"罗梅说。

伊智慧说："应该想一想了。"

"我有好多想法，可觉得不行，实现不了。"罗梅说。

伊智慧问："你是想回沂蒙老家，还是继续在风海工作？"

"我不想回沂蒙老家，想永久生活在城市里。"罗梅说。

伊智慧说："国家政策这么好，发展机会这么多，你只要努力，这个想法能实现。"

"还是很难的。"罗梅说。

伊智慧说："你是没信心，有思想顾虑吧？"

罗梅默认地看着伊智慧。

伊智慧说："你跟我来，我给你介绍一个人，她的经历或许会对你能有帮助。"

罗梅跟着伊智慧上了车，伊智慧开车拉着罗梅去了晚洁美容店。罗梅在跟马苏德刚开始交往时，马苏德陪她来晚洁美容店保养过皮肤，那时她没留意这个店面。她不明白伊智慧领她来这里干什么。

晚洁美容店是迟晚洁开的。迟晚洁跟伊智慧年龄差不多大，她比伊智慧更漂亮，更有女人气质，更爽快。她正在给一位女顾客做面膜，侧过脸对伊智慧说："你这个大忙人怎么有时间来了？"

"想你了，来看你。"伊智慧说。

迟晚洁说："这句话是假的。"

"你不相信？"伊智慧笑着。

迟晚洁说："我真不信。"

"不信就不信吧。"伊智慧做个无奈的表情。

迟晚洁说："如果你有时间，中午我请你吃饭，咱们好长时间没在一起吃饭了。"

"今天不行，我约人了。"伊智慧说。

迟晚洁问："你来是什么事？"

伊智慧看店里有顾客没马上说明来意，她在那位顾客走后说："请你帮助开导一下罗梅，罗梅对自己的生活缺少自信心。"

"我想你来就是这方面事。我在你眼里好像是这方面的老师，不谦虚地说应该是专家，可这样的老师我真不愿意当。因为当一次，我就要把不光彩的历史重新回放一次，让更多人知道我的过去。幸亏我内心强大，不然就让你给搞垮了。"迟晚洁说。

伊智慧说："谁让你认识我这个法官朋友了，如果你不认识我，你就不会有这种烦恼了。"

"能认识你是我一辈子的荣幸，不然我怎么能有机会教育那么多人，拯救那么多失足人的灵魂。我能用自己的经历教育别人，给失足者重新生活的勇气，唤起他们对生活的信心，绝对是件开心事。"迟晚洁说着感受。

伊智慧转过脸问罗梅说："你认识她吗？"

"我们见过面，但没交往过。"罗梅说。

伊智慧问："你知道她在开美容店之前是干什么的吗？"

罗梅看了一眼迟晚洁，猜不出来迟晚洁以前是干什么的，但她从伊智慧这句话中能听出来迟晚洁从前的工作很好。

伊智慧说:“她过去是警察。”

“警察?”罗梅不相信地看着迟晚洁。

伊智慧的手机响了,接了电话。她接过电话,看了一眼时间,急忙说:“晚洁,罗梅交给你了,我晚点了,得走了。”

“你去忙吧,我一定完成你交给的任务。”迟晚洁说。

罗梅和迟晚洁走到门口,目送伊智慧开车离开。

迟晚洁回到屋里跟罗梅讲起了自己的经历。她从前是一名户籍警察,当时电脑还没普及,办公时用钢笔,她利用工作的便利违规给人落户,改年龄,收好处费,做了违法事情。后来她被查处了,审判她的法官是伊智慧。

她是跟伊智慧同年参加工作的,认识多年了,她们俩在青岛市政法系统工作人员培训班一起学习过。如果是别的法官审判她,她不会那么自卑,失意。伊智慧审判她,她要崩溃了。从前两个人是同行,都是执法者……伊智慧审判她时,她无地自容,想轻生了。伊智慧多次耐心开导她,她才从人生的沼泽地里走出来。

罗梅听着迟晚洁的讲述如同在听故事似的聚精会神。

迟晚洁叹息地说:“你知道从警察到囚犯的心里落差有多大吗?”

“如果换成我,可能不活了。”罗梅说。

迟晚洁说:“我也这么想过,可这种想法是错误的。人在走路时难免走错路,关键要认识错误,改正错误,走上正路。”

“你不当警察,开美容店,当老板也很好。”罗梅说。

迟晚洁说:“警察工作受人尊敬,开美容店挣钱多,各有利弊。”

“你的顾客多,店面有点小了。”罗梅说。

迟晚洁说:“我刚买了一个大店面,准备扩建成美容院。”

“你成大老板了,为你高兴。”罗梅说。

迟晚洁说:“如果你没找到工作,可以来我这里干。”

“谢谢你的好意,我对美容行业没兴趣,在这方面不会有发展的。”罗梅说。

迟晚洁说:“不喜欢的工作不要干,干了也不会出成绩。工作方面一定要干自己喜欢的,这样才能越干越好,生活才能充实。”

罗梅在跟迟晚洁说话时来了几位顾客,迟晚洁让徒弟去做。有两位顾客不同意别人做,在等她做。罗梅不想影响迟晚洁做生意,说了客气话离开。

罗梅走在风海的大街上,看着街边林立的高楼,思考着自己能干什么,在寻找生存的立足点。她来风海打工这么久了,经历过这么多波折,应该好好想一想自己能干什么,适合干什么了。

她在韩欧美电子有限责任公司和宝利达渔具有限责任公司干过活,也在冷藏厂工作过,还在赵强的黄海饭店和川味小吃店干过,这些经历再次浮现在眼前,她想从中梳理出生活的希望。她想来想去感觉在餐馆工作比较舒心,随意。

她想回到川味小吃店上班,但不知道川味小吃店能不能用她。她怀着忐忑不安的心情走进川味小吃店。

川味小吃老板愣愣地看着罗梅说:“你去哪儿了？招呼也不打,就不见了。”

罗梅说:“我有点急事,没来得及打招呼。”

川味小吃店老板说:“什么急事,工资都不拿就走了。如果我不干了,你到哪儿要工资。”

罗梅说:“那半个月工资送给你了。”

川味小吃店老板说:“你的工资我不要,给你留着呢。”

罗梅说:“现在生意好吗?”

川味小吃店老板说:“不如你在这里好。”

罗梅说:“看着还可以。”

川味小吃店老板说:“如果看着不行就到关门停业的时候了。”

罗梅说:“你这儿招聘人吗?”

川味小吃店老板说:“你来要,别人来不要。”

罗梅说:“为什么?”

川味小吃店老板说:“你来生意会跟着好起来。”

罗梅说:“我哪儿有这个本事。”

川味小吃店老板说:“我把那半个月工资给你。”

罗梅说:“你不用急着给,我还想到你这里干活呢。”

川味小吃店老板说:“这是过去的工资,在我这儿保管这么久了,我付不起利息给你。你如果想来上班随时都可以。”

罗梅接过川味小吃店老板递过来的钱说:“我现在就上班。”

3

汪海洋、罗凤、罗玉、宁子、赵娟、维娜她们都接到了罗梅打来的电话,罗梅在电话里告诉他们下班后到川味小吃店吃饭。宁子、赵娟、维娜她们知道罗梅在川味小吃店工作过,汪海洋和罗凤罗玉不知道。

他们来到川味小吃店看见罗梅穿上了工作服,戴上了工作帽,高兴地说:“这套衣服真挺适合你的。”

“我挺喜欢这份工作。”罗梅说。

汪海洋说:“做自己喜欢的工作开心。”

“如果我能自己开餐馆就好了。”罗梅说。

汪海洋说:“慢慢来,这个想法应该能实现。”

“今天我请你们吃饭。”罗梅说。

罗梅被判刑后,宁子、赵娟、维娜她们没来川味小吃店吃过饭。她们怕触景生情,产生对罗梅的想念与牵挂。宁子叹息地说:“转眼这么久没来这里吃饭了。”

“你怎么伤感了?”赵娟说。

川味小吃店老板不知道罗梅入狱的事,他对宁子、赵娟、维娜她们有点不满意,带着情绪说:“罗梅不在我这里上班了,你们也不来吃饭了,好像对我有意见。我跟你们说,罗梅不是因为我走的。我不知道她为什么走,也不知道她去干什么了。”

“罗梅姐对你的印象非常好,要不也不会又回到你这里上班。”宁子说。

川味小吃店老板说:“我对她真不错。”

“我是冲着老板来的,不是冲着工资来的。”罗梅说。

赵娟说:“工资也应该涨一涨了。”

“咱不提工资的事。”罗梅说。

川味小吃店老板有点激动地说:“不瞒你们说,我想把店转让出去,可能开不了太长时间。我老家的父母有病,我得回去看望父母,我什么时间回来还不知道,不想来风海了。”

“你不想干了?”宁子说。

川味小吃店老板说:“这种想法已经有一个多月了。我还没找到适合转卖的人,如果找到我就不干了。”

罗梅很是失望。

汪海洋说:“今夜有酒今夜醉,明天再考虑明天的事。”

“明天的太阳肯定比今晚的月亮好。”赵娟说。

罗梅为了不影响大家的情绪,脸带笑容地为这些家乡的亲人服务。她们吃过饭时间已经很晚了,她们第二天都要上班,说了一会儿话回住处了。

汪海洋和罗梅是最后离开的。罗梅不说话,想着心事。汪海洋说:“你不高兴?”

“我刚找到了工作,又要失业了,心情能好吗?”罗梅说。

汪海洋说:“川味小吃店关门了,你可以去别的餐馆工作。”

“川味小吃店老板好,干活舒心。”罗梅说。

汪海洋说:“要不你把川味小吃店接过来自己当老板。”

“我能行吗?”罗梅说。

汪海洋说:“不试怎么知道不行呢?如果失败了,努力过了,不后悔。”

“你比我有信心。”罗梅说。

汪海洋说:“开餐馆没什么难的。”

“开餐馆得有钱,还得请厨师。”罗梅说。

汪海洋自告奋勇地说:“我当厨师,钱可以借。现在咱们罗家村不只是你一个人在风海,还有宁子、赵娟、维娜她们呢。如果她们能借钱给你,餐馆就能开成。”

“钱不是问题,可厨师是个大事,你会做饭,我也会做饭。咱们在家里做饭行,如果面向广大顾客就不行了。”罗梅说。

汪海洋说:“我可以去技校短期学习,厨艺很快就能长进。我再把汽车驾驶证换出来,还可以开车去买菜,我又当厨师,又当司机,你雇我比雇别人划算。”

“咱们一起开吧。”罗梅说。

汪海洋说:“我当老板,你当老板娘。”

“你当老板行,我当老板娘不行,你还是另外找老板娘吧。”罗梅说。

汪海洋问:“为什么?”

“我对不起你,也配不上你。”罗梅哀伤地说。

汪海洋说:“你别这么想,我也不这么认为。”

“你得回沂蒙老家学厨艺,换汽车驾驶证。”罗梅说。

汪海洋说:“咱们从小在那里生活,在那里长大,耳濡目染,有做家常菜的基础,半个月时间差不多就够了。”

“你回沂蒙老家换汽车驾驶证,学厨艺,我在这里做准备,你回来咱就开业。”罗梅说。

汪海洋说:“我明天就辞职,然后回沂蒙老家去。”

“也不用这么着急。”罗梅说。

汪海洋说:“要趁热打铁,如果这种激情没了,可能没勇气干了。”

“你不愧是当过兵,说话都离不开军人的心态。”罗梅说。

汪海洋说:“你问一问川味老板想要多少钱,咱们得准备钱。”

“钱应该能借到。”罗梅说。

汪海洋把罗梅送到住处走了。

罗梅进屋时罗凤和罗玉已经躺下了,但没睡着。罗梅把开餐馆的想法跟罗凤、罗玉说了,她们支持罗梅开餐馆,她们说应该开以沂蒙山餐饮为特色的餐馆。

4

喜迎门大酒店总经理看了一眼汪海洋递过来的辞职书,不解地问:“为什么辞职?”

“我想自己做生意。”汪海洋说。

喜迎门大酒店总经理说:“这是好事情,你想做什么生意?”

“我想开餐馆。”汪海洋说。

喜迎门大酒店总经理问:“你想回沂蒙老家开餐馆吗?”

“在风海开。”汪海洋说。

喜迎门大酒店总经理说:“你辞职书上写着回老家有事。”

“我是回去学厨艺,顺便把汽车驾驶证换了。”汪海洋说。

喜迎门大酒店总经理说:“驾驶证回沂蒙换,厨艺可以在这里学,没必要回沂蒙学,咱们厨房就有做沂蒙菜的厨师。”

“我去厨房工作不够条件,没好意思跟你说。”汪海洋说。

喜迎门大酒店总经理说："你去厨房学徒吧，虽然学徒工的工资少了点，但能学到手艺，利于你开餐馆。"

"谢谢总经理。"汪海洋说。

喜迎门大酒店总经理说："如果你不辞职，我准备让你给我开车呢。"

"谢谢你对我的信任。"汪海洋说。

喜迎门大酒店总经理说："自己做生意是对的，打工不是长办法。我喜欢有志向的人。在风海有浙江商会、东北商会、陕西商会，过几年你能弄出个沂蒙商会就更好了。"

"这个目标太大，没敢想过，只想把餐馆开好。"汪海洋说。

喜迎门大酒店总经理说："人得敢想，想都不敢想还能去做吗？"

汪海洋笑着。

喜迎门大酒店总经理问："你自己开，还是跟别人合开？"

"跟罗梅一起开。"汪海洋说。

喜迎门大酒店总经理说："听起来好像是个女人名字。"

汪海洋笑着。

喜迎门大酒店总经理说："合伙做生意容易出现纷争。"

"罗梅想开餐馆。"汪海洋说。

喜迎门大酒店总经理说："罗梅是你女朋友吧，只有这种关系，你说的才会这么肯定，也只有这种关系，纷争出现的概率才少。"

"我什么时间去厨房上班？"汪海洋问。

喜迎门大酒店总经理说："你想现在去，还是等从沂蒙老家换完驾驶证去？"

"现在吧。"汪海洋说。

喜迎门大酒店总经理拿起电话，拨通了酒店人事部的电话，跟人事部主管说了让汪海洋去厨房工作的事。

汪海洋交接完保安工作后，离开保安队，去厨房上班了。行政总厨安排汪海洋跟厨师马占祥学徒。

马占祥五十多岁，中等个子，微胖身材，给人印象憨厚实在。他见过汪海洋，汪海洋也见过他。因为喜迎门大酒店是五星级大酒店，店里员工多，他俩没有工作往来，没说过话。汪海洋跟马占祥聊起来才知道是沂蒙老乡。

马占祥前些年去深圳、广州、福州等地工作过，那时北方不如南方经济发展快，工作不如南方好找，工资也没南方多。这几年北方经济发展快了，缩小了与南方的经济差距，为了回家方便，他来风海工作。他厨艺好，为人随和，对汪海洋很关照。

汪海洋下班后去找罗梅了。他来到罗梅住的门口，门锁着，他打电话给罗梅，罗梅说在川味小吃店。

汪海洋伸手拦了一辆两轮出租摩托车。

5

早晨罗梅走进川味小吃店对老板说:“你真想转卖吗?”

川味小吃店老板说:“当然了。”

罗梅说:“转给我吧。”

川味小吃店老板说:“你干应该比我干挣钱多。”

罗梅问:“为什么?”

川味小吃店老板说:“你比我有人缘,人缘就是客源,餐馆有回头客,生意就好。”

罗梅说:“你说个价钱吧?”

川味小吃店老板说:“房子是租的,你可以继续租。主要是餐馆里的用具及余下的一年租金。你把租金给我,接了这些用具就行,我不多要钱。”

罗梅说:“别人不要用具吗?”

川味小吃店老板说:“先后来了几个人找我想接店。可他们想开商店和茶馆,不接那些用具,这些用具如果不开餐馆就用不上了,我没同意。”

罗梅说:“我用得上,全接过来。”

川味小吃店老板说:“开餐馆开好了比给别人打工挣钱多。”

罗梅说:“我打算把店名改成沂蒙饭庄。”

川味小吃店老板说:“这个店名有特点,好记。”

罗梅说:“只是店名好记不行,还得生意好,能挣钱。”

川味小吃店老板说:“你什么时间接?”

罗梅说:“现在就接,明天给你钱。”

川味小吃店老板说:“我晚上回即墨,明天早晨来办理手续。”

罗梅说:“好。”

川味小吃店老板说:“还让潘丽在你这儿干吧。”

罗梅说:“如果她愿意可以。”

过了吃饭高峰期,川味小吃店老板骑着电动车回即墨了。罗梅一个人在店里等着罗凤、罗玉、宁子她们。

宁子、赵娟、维娜她们来了,她们从包里掏出钱,往桌上一放说:“罗梅姐,这是我们的所有积蓄,你看够不?如果不够我们去找工友借点。”

罗凤和罗玉来风海打工时间短,钱少了点。

汪海洋把一个存折递给罗梅说:“你把钱取了吧。”

罗梅说:“如果开餐馆亏了,我可能还不起你们了。”

罗凤说:“亏了就当我没挣。”

罗玉说:“亏了就当帮你交学费了,你从头再来。”

宁子说:“你放心,亏不了。如果真亏损了,我们再给你筹钱,你重新干,总有一天会成功的。”

赵娟说:“你能有勇气开餐馆,这就是成为老板的希望,我们支持你。”

罗梅说:“你们为什么这么相信我?”

宁子说:“咱们罗家村在城市打工的姐妹里你是最有魄力的,你想做生意我们当然支持了。如果你成为老板,赚到钱了,咱们姐妹都有面子,脸上都有光。我们回到村里还得找村长,让村长表扬你呢。”

罗梅说:“我不图表扬,只想做点事,证明咱乡下人在城市里也有生存价值。”

罗凤、罗玉、宁子、赵娟她们工作了一天,累了,第二天还要起早去上班,回住处休息了。罗凤走时看罗梅没有走的意思,问:“姐,你回去不?”

“我晚上住在店里。”罗梅说。

罗凤担心地说:“能行吗?”

“监狱我都待过,住店里咋不行。”罗梅说。

罗凤说:“你注意安全,晚上我不关手机,有事及时打电话。”

“如果来贼了,我就跟他拼了,当回英雄,上上电视和报纸。”罗梅开玩笑地说。

罗凤和罗玉她们走了,屋里静下来。

汪海洋说:“你晚上住在这里能行吗?”

“我觉得住在这里踏实,这是我生活的根据地。”罗梅说。

汪海洋说:“昨天你还在店里打工呢,今天却成为店老板,变化太大了。”

“我借了这么多钱,得把店开好,尽快把钱还上。”罗梅心理压力很大。

汪海洋环视店里的摆设,店里需要重新装修,调整格局。

罗梅问:“你的辞职手续办好了吗?”

“我暂时不用回沂蒙老家了。”汪海洋说。

罗梅不解地问:“为什么?”

“我找总经理辞职时,他不让我辞职,他安排我跟酒店的马厨师学厨艺。马师傅人好,还是咱们沂蒙老乡。”汪海洋说。

罗梅问:“你不换驾驶证了?”

“现在不买车,部队发的驾驶证临时用也可以。”汪海洋说。

罗梅说:“这么说咱们的沂蒙餐馆很快就能开业了。”

“你说什么时间开业,就什么时间开业。”汪海洋说。

罗梅说:“还得等你这位厨师呢。”

“咱们都会做家常菜,边做边学。马师傅说他休息时可以过来帮忙。”汪海洋说。

罗梅说:“我的命还算挺好的,遇见这么多好人。”

“时间太晚了,我得回去了。”汪海洋站起身说。

罗梅说:“你住在这儿吧,我一个住在这儿有点独孤。”

“这……”汪海洋有点迷茫了。

6

汪稼宇从风海回到罗家村后,在考虑应该不应该去罗天地家商量汪海洋跟罗梅的婚事。虽然他在这件事上没意见,可汪海洋妈意见大,不接受。汪海洋妈对罗梅过去做的事还记着,难忘掉。她认为把罗梅当乡亲对待还行,如果当儿媳妇不行。汪稼宇开导地说:“海洋已经是二十好几岁的人了,没对象,也没来提亲的,这样下去怎么行呢?”

“这是罗梅造成的。”汪海洋妈说。

汪稼宇说:“罗梅就算是寡妇,将来也有男人娶。海洋岁数大了,就没女人嫁了。”

“于晓晓嫁到县城去了,男的是开出租车的。”汪海洋妈说。

汪稼于说:“罗梅比于晓晓强多了吧。海洋不娶罗梅,别的男人也会娶罗梅。”

“海洋怎么非得看上罗梅呢?”汪海洋妈想不通。

汪稼宇说:“人的婚姻在出生时就注定了。”

“你这是胡说,没道理。我出生时就注定要嫁给你了,给你生个儿子,这可能吗?”汪海洋妈反驳地说。

汪稼宇说:“你心里咋想的我清楚,你思想别那么守旧了,开放点吧。”

“我咋想的?”汪海洋妈问。

汪稼宇说:“你不只是因为罗梅逃婚了,也不是因为罗梅犯罪了,你主要是在意罗梅跟别的男人睡过觉,身体不干净。”

汪海洋妈没想到自己的心思能被汪稼宇看出来。虽然他们是夫妻,同房共枕,可她没跟汪稼宇说过这个想法。她在意的真是这件事,她感觉儿子如果跟这种女人结了婚,生出来的孩子都不干净,不是正宗汪家血统。

汪稼宇说:“你别看罗梅身体不干净,也看一看海洋,海洋也不干净,海洋不是跟于寡妇也睡在一起那么多天吗?在这方面你应该跟城里人学,城里人把这种事看得平淡。城里男人和女人想在一起住就住,不想住,就分开,听说这叫试婚。”

“好像你是城里人似的。”汪海洋妈说。

汪稼宇说:“在男人和女人住在一起的事情上,不分城市或乡下,睡觉的方式是相同的。”

“你怎么会这么想呢?”汪海洋妈说。

汪稼宇说:“不这么想会有更好的办法吗?”

“我还是不想让海洋娶罗梅。”汪海洋妈说。

汪稼宇说:“别跟自己过不去了。咱们俩都这么个年龄了,还干涉海洋的婚事干什么,顺着海洋吧,这样能早点抱孙子。”

“罗梅跟别的男人睡过觉，不会生不了孩子吧？”汪海洋妈担心地说。

汪稼宇没考虑过这个事，拿不准地说：“应该不会。”

“只要能为咱汪家生孩子，传宗接代，娶罗梅就娶罗梅吧。”汪海洋妈叹息地说。

汪稼宇说：“还去找李大仙吗？”

“上次提亲找的李大仙，退婚也是找的李大仙，这次再去找李大仙好吗？”汪海洋妈说。

汪稼宇说：“如果不找李大仙，李大仙应该会生气的。”

“跟李大仙怎么说呢？”汪海洋妈说。

汪稼宇说：“就这么说吧。”

“你去跟李大仙说吧。”汪海洋妈说。

汪稼宇说：“你去比我去好。”

“我根本接受不了娶罗梅当儿媳妇的事，如果让我去跟李大仙说这件事还是算了吧。”汪海洋妈说。

汪稼宇去找李大仙了。

李大仙看汪稼宇来找他去罗天地家重提罗梅跟汪海洋的婚事，有点不满意地说：“你们家一会儿提亲，一会儿退婚，一会儿这样，一会儿那样，忽左忽右，我都不知道应该怎么跟罗天地说了。”

“罗梅缠着海洋，海洋别的女人看不上，海洋的婚事不能总这么拖延下去。”汪稼宇说。

李大仙说：“你别给海洋掩饰找借口了，海洋也有问题。他跟于晓晓住在一起时，半夜三更做梦，在梦里喊罗梅的名字。罗梅被风海警察抓走后，海洋第二天就跟罗天地去了风海，外人都说海洋心里放不下罗梅。”

“你说的话在理，所以麻烦你去罗家说一说这事。罗家同意也好，不同意也好，让海洋明白罗家在这件事上的想法。”汪稼宇说。

李大仙说：“媒人的脸都像我这么厚吗？”

“如果你这么想我真无话可说了。”汪稼宇说。

李大仙说：“既然你来找我了，这是对我的信任，我好事尽量做到底吧。你跟我一起去找罗天地吧。”

“我去好吗？”汪稼宇说。

李大仙说：“你去好。如果罗天地没意见，让他直接给罗梅打电话，看罗梅的态度，如果罗梅不同意，这件事到此为止。如果罗梅同意，立刻订下日子，尽快结婚。你们两家有什么想法，有什么要求，可以当面说清楚。”

“你想得比我周全。”汪稼宇说。

李大仙说：“不周全说不成媒。”

“我还以为你只知道喝酒呢。”汪稼宇说。

李大仙说：“说媒是工作，喝酒是爱好。”

罗天地没想到汪家能再次上门提罗梅的婚事。虽然近来两家关系大有好转，可他没往这方面想。他认为罗梅犯了罪，成了囚犯，配不上汪海洋。汪海洋越是对罗家好，他越是觉得对不起汪海洋，不能把罗梅嫁给汪海洋。他感慨地说："海洋那孩子好，十里八村的人都知道，可罗梅不争气，做了许多不该做的事，配不上海洋。"

"这不能完全怪罪罗梅，咱们当家长的也有责任。咱们没把孩子培养好，如果培养好了，孩子就不会走错路。"汪稼宇说。

罗天地没想到汪稼宇这么说。他认为在培养孩子方面自己没做错，不接受这种观点，抵触地说："孩子做错事了，怎么能怨大人呢?"

"你想一想，罗梅在乡下长大，没出过远门，读书不多，初到城市打工，没有亲人，一个女孩子在城市生活能容易吗? 城市生活环境比乡下复杂得多，她走了弯路，做了不应该做的事不奇怪。如果咱能供她读大学，读书多了，懂得道理也就多了，或许不会走弯路。你说咱能没责任吗?"汪稼宇分析地说。

罗天地认为汪稼宇说的话有道理，心想汪家已经原谅了罗梅，自己没必要顾虑重重，认可地说："我是不想委屈海洋，海洋能娶罗梅当然好了。"

"罗梅和海洋只要愿意在一起生活，谈不上谁委屈谁。"汪稼宇说。

罗天地说："这件事听你的，你说怎么办就怎么办。"

"咱们听大仙的，大仙在这方面比咱经验多。"汪稼宇说。

罗天地说："应该听大仙的，他在这方面是咱们这儿的专家了。"

李大仙看汪稼宇和罗天地都没意见说："你们两家这件事是我当媒人遇到最麻烦的事，真是好事多磨了。经历过这么多事，反反复复折腾了好几回，应该是好事。"

"媒人不好当，如果好当，我不也去当了。"汪稼宇说。

李大仙说："咱们尽快把海洋和罗梅的婚事办了，他们生活上也相互有个照顾。风海毕竟是城市，不如咱们乡下治安好。"

"你说得对，风海真不如咱们这儿治安好。"罗天地说。

李大仙正要往下说，看村长走进来了，转变话题说："村长来了，今天真是个好日子。"

"让村长给参谋参谋。"罗天地说。

李大仙说："不是参谋，而是拿主意。"

"让村长给做个主。"汪稼宇说。

村长说："你们说什么事呢?"

"罗梅跟海洋的婚事。"汪稼宇说。

村长说："咱们说的不是一件事。"

"你是什么事?"汪稼宇问。

村长说："宁子给我打电话说罗梅在风海准备开餐馆，让我代表村里的父老乡亲去参加开业，我想征求你们的意见。"

“你是村长,如果能去当然好了。可是去风海路远,怕麻烦村长。”罗天地说。

村长说:“你说这话就见外了。罗梅是咱们罗家村第一个外出打工的女孩子,现在她又是村里第一个在城市做生意的女孩,她想当老板致富是好事,村里应该支持。”

“当啥老板,就是开个小饭馆。”罗天地说。

村长说:“罗梅这种想法好,比给人打工有发展。生意是从小到大发展起来的,罗梅没准过几年就把生意做大了,成为大老板呢。”

“村长的意思是准备去风海了?”罗天地说。

村长说:“去。”

“谢谢村长。”罗天地说。

村长说:“你这话我不愿意听,罗梅不只是你罗天地的女儿,她还是罗家村的村民,她想干事业,村里支持是应该的。”

“咱们一起去。”罗天地说。

汪稼宇说:“村长,我们的事,你给拿个主意。”

“你们俩今天是怎么了,好像我是外村人似的,说话总试探着说,能不能直截了当地说。”村长性格直爽,不喜欢拐弯抹角。

汪稼宇说:“罗梅和海洋年龄都不小了,我想把他们的婚事办了,可他们俩都在风海,你看这事咋办?”

“罗梅和海洋都是咱们看着长大的,知根知底,相互了解。你们两家定亲原本是好事,没想到中间出了这么多问题。如果你们两家大人意见统一了,海洋和罗梅有结婚的意愿,咱们这次去风海就把他们的婚事办了。”村长说。

汪稼宇说:“在风海给罗梅和海洋办婚事能行吗?”

“在风海办不好吗?”村长说。

罗天地吃惊地看着村长,没想到村长这么说。

汪稼宇原本想在罗家村给汪海洋和罗梅办婚事,不解地问:“在风海怎么办?”

“罗梅的沂蒙餐馆不是要开业了嘛,咱们去时把开业和婚事一起办,来个双喜临门。”村长说。

汪稼宇说:“这个主意好,这件事听村长安排。”

“虽然你们两家大人想让罗梅和海洋结婚,可罗梅跟海洋是怎么想的你们知道吗?如果他们想结婚才行,如果他们不想结婚,咱们着急也没用。”村长说。

汪稼宇说:“海洋肯定同意,上次我去风海时看出来他对罗梅有情有义,想娶罗梅。”

“罗梅的想法呢?”村长问。

罗天地说:“既然海洋同意娶罗梅,罗梅应该会同意嫁的。”

“你能保证罗梅同意吗?”村长担心罗天地做不了罗梅的主。罗梅逃婚时县公安局发了寻人启事,县广播站播报了找人的消息,闹得满城风雨,影响不好,村长担心再次发生类似事情。

罗梅娘插话说:“村长,你放心,罗梅如果再敢逃婚,不跟海洋结婚,我跟她一刀两断,就当没生她,她没我这个娘,我也没她这个闺女。”

“别说气话,咱们在商量事情怎么办。”村长说。

罗天地说:“要么我打电话问一问罗梅?”

罗梅娘着急把罗梅嫁出去,大包大揽地说:“不用问,我是她娘,我从没管过她的事,这次我做决定了,就照村长说的办,村长说咋办就咋办。”

“应该征求罗梅的意见,如果她不想嫁也不能强求。”村长说。

罗梅娘说:“罗凤和罗玉在电话里跟我说了,现在罗梅跟海洋感情好着呢。再说海洋在罗梅遇到困难时没嫌弃她,忙前忙后的,她就应该嫁给海洋。”

“天地,你给罗梅打个电话,问她想不想跟海洋结婚,看她怎么说,你别说准备办婚事。”村长说。

罗天地拿起手机拨通了罗梅的手机,关心地问:“餐馆的事准备怎么样了?”

“差不多了。”罗梅说。

罗天地问:“你一个人能忙过来吗?”

“海洋在帮我呢。”罗梅说。

罗天地问:“海洋对你好吗?”

“好啊。”罗梅说。

罗天地问:“你对海洋好吗?”

“爸,你咋问起这个了呢?”罗梅觉得罗天地说的话反常。

罗天地问:“你愿意嫁给海洋吗?”

“爸,你今天怎么了?”罗梅不知道罗天地想说什么。

罗天地叹息了一声说:“罗梅呀,男大当婚,女大当嫁,你年龄不小了,还经历过那么多挫折,也该结婚成家了。你不为自己想,也得为海洋想一想呀。”

“知道了。”罗梅说。

罗天地说:“有一个媒婆来咱们家提亲,如果你不想嫁给海洋,你就回来看一看,我和你娘觉得这家人不错,家境也好。要不你答应这门亲事吧,也好让海洋对你死了心,你总这么拖延着怎么能对得起海洋呢。”

“你让那个媒婆走吧,多好的男人我也不看。”罗梅说。

罗天地说:“你不定亲,海洋就不死心,总这么拖延下去既耽误了自己,也耽误了海洋。你耽误自己可以,但不能耽误海洋呀。”

“爸,你是不是想让我嫁给海洋?”罗梅有点听出来罗天地话里的意思了。

罗天地说:“你嫁谁我不管,可婚事不能拖着。你年龄不小了,拖下去不行。”

“爸,你和我娘对海洋好,我知道。我答应你们,我同意嫁给海洋,让海洋做你们的女婿。”罗梅说。

罗天地说:“我和你娘没勉强你嫁给海洋,如果你不同意就不嫁,咱们可以答应来家里提亲的媒婆。”

“你让媒婆走。”罗梅说。

罗天地说:“在你嫁给海洋之前还不能这么说,这门亲事我和你娘觉得还行,你年龄大了,得给你留条退路,不能让你成为嫁不出去的老姑娘。如果你成为嫁不出去的老姑娘,我死了都闭不上眼睛。”

“我不跟你说了。”罗梅生气了,挂断了电话。

汪稼宇、罗梅娘、村长、李大仙竖着耳朵在听罗梅说的话。罗天地用的是免提,声音大,罗梅说的话他们听得一清二楚。

罗梅娘兴奋地说:“罗梅已经答应嫁给海洋了。”

“没想到天地能有这么好的口才,不愧是当过兵的人。”村长称赞地说。

罗天地说:“我哪有什么口才,这是心里话,只是转了个弯,换个说的方式。”

“你们两家准备一下,咱们在罗梅餐馆开业那天,在风海把罗梅跟海洋的婚事办了。”村长做决定地说。

汪稼宇说:“咱们怎么去风海？要不我在县城租一辆客车?”

“不用,让罗永富开车去。”村长说。

汪稼宇说:“这好吗?”

“怎么不好,我跟罗永富说,车的事你们不用管了。”村长说。

7

罗梅和汪海洋在屋里忙着什么,一辆粉红色中型巴士客车停在街边,他俩不约而同地转过脸朝门口看去。车门打开后罗家村的村长从车里第一个走出来,罗天地、罗梅娘、汪稼宇、汪海洋妈、李大仙及罗家村的乡亲们随后下了车。罗梅和汪海洋喜出望外,急忙从屋里出来,迎着罗家村的乡亲走过去。

罗永富摘下变色镜,脱掉手上的白手套,握着汪海洋的手,激情地说:“海洋,咱哥们儿可是好多年没见了。”

“你去广东发财了,走后很少回来,哪儿能见面。”汪海洋说。

罗永富说:“我回来过两次,你当兵在部队呢,没在家。”

“你开谁的车?”汪海洋在部队开过车,喜欢车。

罗永富说:“我自己的。”

“别开玩笑了,你哪儿来这么多钱买车。”汪海洋不相信地说。

罗永富说:“不相信你去问村长。”

村长说:“是永富自己的车。”

这辆巴士客车是罗永富的私家车。罗永富跟汪海洋是发小,初中毕业后没读高中,离开学校去广东打工了。他去广东打工后,只回过罗家村两次。前不久他回来看罗家村还没有通往县城的客车,萌生了跑运输的想法。他在广东考到了汽车驾驶证，在公司开过班车，驾驶技术没问题，只是资金不够。他找了个广东女朋友，女朋友父母是开鞋厂的，借给他一些钱，罗家村为他担保又在银行贷了款。他不只是拉罗家村人去县城，还有沿途几个村庄去县城的人，生意很好。村长跟他说开车来风海参加罗梅和汪海洋的婚礼及餐馆开业时，他二话没说立刻答应了。

汪海洋说："现在你是罗家村最有钱的人了。"

"银行有贷款，村长给不少支持，要不也干不起来。"罗永富说。

汪海洋说："万事开头难，有了好的开头，发展就顺利了。"

"你在风海怎么样？"罗永富问。

汪海洋说："这不帮助罗梅开餐馆嘛。"

"怎么会是帮罗梅呢，罗梅的餐馆不就是你的嘛。"罗永富说。

汪海洋说："罗梅的餐馆怎么会是我的呢。"

"罗梅不是你媳妇吗？"罗永富说。

汪海洋说："现在不是，以后是不是还不知道。"

"罗梅快成你媳妇了。"罗永富说。

汪海洋转移话题说："谁组织你们来的？怎么没提前给我打电话说一声呢。"

"村长不让告诉你，村长想给你惊喜。"罗永富说。

汪海洋朝村长看去。

村长在餐馆里走了一圈，看了看屋里的摆设，满意地说："这间屋风水好，生意肯定红火。"

"村长什么时候学会看风水的？"罗梅说。

村长说："刚学的。咱们村过去穷，我琢磨着让村里富起来，让村民过上好日子，就请风水先生到村里看了风水，风水先生说很快就出现致富带头人了。风水先生刚走一个星期，永富就从广东回来了，他跟我说跑运输的想法。我一听这是好事，应该支持。村里帮助他办手续，买车。永富跑客运既方便了村民出行，还赚到钱了，更主要的是让村民开了眼界，考虑如何挣钱，如何改变生活了。"

"风水先生是骗人的，只是碰巧了。"罗梅说。

村长说："当时我是没办法，想自我安慰，没想到让风水先生说准了。"

"村长，你别相信风水先生的话。"罗梅说。

村长说："我是共产党员，肯定不相信。我只相信罗梅开的沂蒙餐馆在眼前了，也看见永富走上了致富路。"

"餐馆小了点。"罗梅说。

村长说："生意不怕小，越做越大。你跟永富是罗家村致富的带头人，村里大力支持你们。"

"谢谢村长。"罗梅说。

村长从衣兜里拿出一沓钱说："这是我代表村里父老乡亲们的一点心意，咱们村穷，钱不多，你别嫌少。"

"咱村里啥情况我情楚,乡亲们的心意我领了,你把钱拿回去。"罗梅拒绝地说。

村长说:"这是全村乡亲们的心意,不能拒绝,必须收下。"

"那好,我收下,如果我挣到钱了,就把咱们村通往县城的泥土路修成柏油路。"罗梅畅想地说。

村长说:"这个想法好,就应该有热爱家乡的观念。家乡是我们生长的地方,也是我们的根。"

"你今天多喝点。"罗梅说。

村长说:"你这个店名改一下吧。"

"改成什么?"罗梅不解地问。

村长说:"叫沂蒙乡情餐馆更好。"

"这个名好,忙过今天,我换个牌子。"罗梅说。

村长说:"我给你带来了,在县城特意做的,放在车上呢。"

"谢谢村长。"罗梅高兴地说。

村长让人从车上把牌子拿下来,换上。

罗梅看伊智慧和迟晚洁开车来了,迎了过去。

罗梅有点应酬不过来,想找罗凤、罗玉、宁子、赵娟、维娜她们帮忙,可没找不到。她心想她们都去哪儿了呢?她对伊智慧说:"谢谢你们来参加餐馆开业。"

"自己创业心情好吧?"伊智慧笑着说。

罗梅说:"如果你不介绍我认识迟大姐,也许我不会自己开餐馆,我是从她身上得到勇气的。"

"她是好老师。"伊智慧说。

罗梅说:"也是好人。"

"浪子回头金不换。"伊智慧说。

迟晚洁说:"这个词用得不恰当,我不是浪子,我是良民。"

伊智慧递给罗梅一个红色信封说:"这是我的一点心意,你收下。"

"钱我不收,你那么忙,又是法官,能来就很感谢了。"罗梅知道里面是钱,拒绝地说。

伊智慧说:"你刚开始创业,用钱地方多,需要钱。如果你挣到钱了,再还我。"

罗梅收下了。

迟晚洁从车上拿下来一个电子广告灯。罗梅有意做一个,可是价钱贵,开店资金不宽裕,没做。迟晚洁说:"插上电试一试。"

"海洋,你把这个接上电。"罗梅喊。

汪海洋快步走过来笑着说:"这可是你想要的,大姐多懂你的心思。"

"要不咋是大姐呢。"罗梅说。

迟晚洁笑着。

村长走过来。

罗梅介绍说:“村长,这是风海市人民法院的伊庭长。”

“伊庭长,谢谢你对罗梅的帮助。你对她的帮助,我们罗家村人记着。”村长说。

伊智慧说:“应该做的。”

罗梅介绍说:“这是美容院的迟经理。”

“罗梅年龄小,社会经验不多,刚开始做生意,迟经理在生意方面多对罗梅进行指导。”村长说。

迟晚洁说:“罗梅聪明,好学,接触事物快,应该不会有问题。”

这时有两辆出租车开过来,停在人群边上。罗凤、罗玉、宁子、赵娟、维娜她们从车上一窝蜂下来,拿着婚纱和礼服,还有鲜花快步朝罗梅走来。

罗梅不知道她们是干什么,怔怔地看着。

所有人都把目光投向这边。

罗凤说:“姐,进屋给你换上婚纱。”

“这是?”罗梅蒙了。

罗凤说:“今天是你和海洋哥结婚的日子。”

“啊?”罗梅没想到这样。

罗凤说:“村长不让任何人说出来,说出来村里就开大会批评。”

罗梅把目光转向村长。

村长说:“我做的决定,今天给你和海洋办婚礼。”

罗梅感动得落下泪了。

罗玉把男礼服递给罗永富。

罗永富对汪海洋说:“海洋,你太有福气了,这么多人关心你。”

“为什么不提前告诉我?”汪海洋问。

罗永富说:“你去问村长吧。”

“村长真是好人。”汪海洋说。

汪海洋和罗梅换完结婚礼服,从屋里走出来时,一辆新闻采访车开了过来。罗梅被惊住了,这是风海市电视台《生活一线》栏目的记者。

风海市电视台记者担心罗梅恐慌,小声介绍说:“我是伊智慧的朋友,她介绍我来采访你,你别紧张。”

罗梅知道这是最好的广告宣传,转脸看着伊智慧。

伊智慧朝她微笑地点头。

村长说:“今天是罗梅的沂蒙乡情餐馆开业日子,也是罗梅和汪海洋的结婚喜庆日子,咱们罗家村的人能在风海创业,这是好事,是脱贫的开始……”

当天晚上风海电视台报道了失足打工女青年罗梅开餐馆的新闻。

时间，请给证明

长篇小说《梦想与现实》的出版，斩断了我在文学创作方面一根纠结的情丝。这部小说的初稿完成在2003年。那时我的精力比现在旺盛，事务也没现在繁多，而且长篇小说《爱的旅程》出版得特别顺利，出版社付的又是版税，并且在2003年1月的北京图书订货会上一次性就发完了货，这么好的收获让我喜悦。这时我创作激情高涨，坐在电脑前不肯离开，一年内便完成了《茫茫前程》《梦想与现实》《情在何处》三部长篇小说的初稿。

那时，这几部书名不叫现在的名字，当时《情在何处》叫《与狼共舞》，《茫茫前程》叫《初到城市》，《梦想与现实》叫《罪恶》。我认为这三部书稿中的《罪恶》与《初到城市》可以出版了，经雨桦把这两部书稿寄给了群众出版社文艺部的张蓉主任。

张蓉主任是我《爱的旅程》长篇小说的责任编辑。她做事干练，雷厉风行，出版了许多著名作家的书，是位优秀的出版人。后来，因为某些原因，我这两部书稿如石沉大海，没了音讯。

当时《罪恶》全文十四万字，以我的感觉认为可以发表和出版了。过了很久，也就是2011年12月15日，我改名为《堕落》，把打印稿寄给了《大家》杂志副主编韩旭先生。韩旭先生让我联系李巍老师。

又过了很久，我联系李巍老师。李巍老师知名度高，他编发过莫言的长篇小说《丰乳肥臀》，在文坛引起轰动。李巍老师看过稿件后，跟我交流，我好像看到了希望的曙光。可在我期待之时的某天傍晚，突然收到李巍老师发来的一条短信。他说因为某些原因，他不在出版社任职了。我听他这么说感觉又掉进了黑暗中。我恳切地让李老师把我推荐给别人。

2013年12月30日，我再次跟《大家》杂志联系。赵石定总编说李巍老师把这部作品转给了他。李巍老师是我敬重的前辈，也是我仰慕的出版人。他这种负责的精神让我感动。同时我也感谢韩旭先生。后因某些原因，这部小说没有刊发。

期间我依然在与出版社联系。我每次接到退稿后都会沉寂很久，如同打了一场败仗，休整后，经过思量，再上战场。

在休整时我会阅读世界著名作家被退稿时的事，比如菲茨杰拉德的成名作《了不起的盖茨比》被退稿的理由是，没有盖茨比这个角色，这本书倒是不错。比如J. K. 罗琳的《哈利·波特与魔法石》被退稿的理由是，作为一本儿童书，太长啦！比如福楼拜的《包法利夫人》被退稿的理由是，你用一堆琐碎的细节遮掩着你的小说，以至于它失去了原貌——那些细节写得很好，只不过太肤浅了……这些世界名作家被退稿的经历如同良药在抚慰着我的伤感，在为我打气。我告诫自己不能半途而废，既然在文学路上已经出发了，就必须在艰难中前行。

2011年9月7日，我把打印稿寄给了作家出版社的王征老师。半年过后王征老师高兴地说，看过稿了，有特点，可以出版，但有些条件。考虑再三后，我没有同意。

这时雨桦把我和山东泰安作家王树军先生的稿件一起推荐给了北京一家文化公司，公司接到电子稿后，用最快的速度在2012年7月15日跟我签订了出版合同。后来这个文化公司没有出版这部小说。

2016年5月26日，我把电子稿发给了公安部出版社文艺分社的易孟林社长。没过几天的一个傍晚，我正准备吃晚饭，突然接到了易孟林社长的电话，他看了我的小说，说比网上的作品有特点……建议我改成励志作品。他是资深出版人，他对书稿的肯定如同给我打了兴奋剂，我心潮澎湃，晚饭吃得也匆忙，立刻着手改稿。

我分别在2016年6月16日、7月4日、9月19日、11月15日把电子稿发给他。他说出书简单，但应该出本能开作品研讨会、能获奖的书。这么着，这部书又搁下了，没出版。

虽然当时这部小说没有出版，但我非常感谢易孟林社长，如果没有他的提示，就不会有结尾处的几万字作品。

此间，我依然希望能在杂志上刊发这部小说。因为长篇字数多，篇幅大，不易发表，就改成中、短篇小说，投给了各地杂志。名刊发表不了，转战小刊。书稿总在否定与肯定之间转悠，我这时没了信心，也拿不定主意，想在发表后看反响怎么样。

四川的《文昌文艺》是小刊，发了头题，主编说他们这儿的作家都喜欢读我的文章。有人喜欢读就给了我信心。

各地杂志以中、短篇小说形式把这部长篇小说刊发了。虽然不是名刊，但证明有读者在读，作品达到了发表的水准。

山东省作家协会创作室在《齐鲁文学作品年展·2014》(小说卷)中，收录了中篇小说《罗梅的故事》(山东友谊出版社)。这是正式出版的作品，这时已经离我完成的时间过去了十一年。

2016年11期《北极光》杂志开始分四期全文连载。这时作品在多次修改后已经有二十六万字，从最初的小长篇成为大长篇。

这部小从成稿到发表，再到出版，一直是在否定与肯定之间前进。

这次出版单行本，从发表到出版，算是做到了完整性。

我认为这部作品是有一定文学性的。从2003年完稿到2018年出版，已经过去十五年了，虽然在人生中不算长，但也不算短了。在十五年后还能有出版人认可它的出版价值，让我欣喜。

我认为这是值得验证的作品。

时间，请给证明吧！

吴新财

2018年12月8日青岛